W0211202

BASTEI LÜBBE TASCHENBUCH

Über die Autorin

Martha Sophie Marcus wurde 1972 im Landkreis Schaumburg geboren, studierte in Hannover Germanistik, Pädagogik und Soziologie und verbrachte anschließend zwei Jahre in Cambridge. Heute lebt Martha Sophie Marcus mit ihrer Familie in Lüneburg. Im Herbst 2016 erhielt die Vollzeit-Schriftstellerin den Kulturförderpreis des Landkreises Lüneburg in der Sparte »Literatur«. Weitere Informationen finden Sie auf Martha Sophie Marcus' Internetseite: www.martha-sophie-marcus.de.

Martha Sophie Marcus

Das blaue Medaillon

HISTORISCHER ROMAN

BASTEI LÜBBE
TASCHENBUCH

BASTEI LÜBBE TASCHENBUCH
Band 17564

Dieser Titel ist auch als E-Book erschienen.

MIX
Papier aus verantwortungsvollen Quellen
FSC® C083411

Originalausgabe

Die Veröffentlichung dieses Werkes erfolgt auf Vermittlung der literarischen Agentur Peter Molden, Köln.

Textredaktion: Eva Wagner, Dorfen
Titelillustration: © Johannes Wiebel | punchdesign, unter Verwendung von Motiven © Richard Jenkins Photography; shutterstock/Rudy Bagozzi; shutterstock/Nik Merkulov; shutterstock/mountainpix; © Richard Jenkins Photography
Umschlaggestaltung: Johannes Wiebel | punchdesign
Satz: two-up, Düsseldorf
Gesetzt aus der Garamond
Druck und Verarbeitung: CPI books GmbH, Leck – Germany
Printed in Germany
ISBN 978-3-404-17564-2

1 3 5 7 6 4 2

Sie finden uns im Internet unter www.luebbe.de
Bitte beachten Sie auch: www.lesejury.de

I

Venedig, 1667

Behütete Mädchen aus guten Häusern glaubten, dass alle Nächte gleich dunkel seien. Hinter ihnen wurden abends die Türen geschlossen, sodass sie nur durchs Fenster aus der Geborgenheit hinausspähen konnten, oder ihre Eltern fuhren mit ihnen im flackernden Schein von Laternen mit der Gondel zu hell beleuchteten Vergnügungen, die mit ihrem Prunk alles andere in den Schatten stellten.

Alessa kannte alle Spielarten venezianischer Dunkelheit. Schon als kleines Mädchen hatte ihr Großvater sie nachts durch die Gänge und niedrigen Tore der Serenissima geführt. Sie wusste, wie pechschwarz die Schatten in den Gewölben der Fondamentas bei mondlosem Himmel waren. Doch sie hatte auch erlebt, wie erschreckend hell sogar die schmalste Gasse zwischen hoch aufragenden Palazzi bei Mondlicht sein konnte, wenn man dringend ein Versteck suchte.

Sie stand am Ende der Gasse neben dem Ca'Massio an der eisernen Gittertür, die den Zugang zum Canal Grande versperrte. Der Wind kam von Norden und trug den Sumpfgeruch zu ihr, den die Barene bei Niedrigwasser verströmte. Es war die eine Stunde der Nacht, in der auch die letzten vom Tage Übriggebliebenen endlich zu Bett gegangen waren und die ersten dem Tagesanbruch Vorauseilenden noch nicht ihre Häuser verlassen hatten. Kein singender Ruderer steuerte sein Boot durch den Canal, kein Karren wurde polternd über Brückenstufen gezerrt, kein Fass durch die Gassen gerollt. Alessa hörte nur das Gluckern, Blubbern und Schwappen der Kanäle und das Knarren der Gondeln, die sich an den Pali und Tauen rieben, an denen sie festgemacht waren. Sie lauschte angespannt. Eine Flagge schlug in der unruhigen Brise, und in der Ferne jaulten streitende Kater. Der Himmel war klar, der Mond jedoch nur eine schmale Sichel, die gleichmäßiges, schwaches Licht spendete.

Alessa blickte an dem Haus hoch, dessen Fassade hier längst nicht so prächtig gestaltet und gepflegt war wie an der dem Canal Grande zugewandten Seite. Für sie war das ein Vorteil, denn die maroden Fugen zwischen den Ziegeln würden ihr beim Klettern Halt bieten. Noch einmal beugte und streckte sie die Arme, ballte die Hände zu Fäusten und lockerte sie wieder. Die Streben der Gittertür stellten die ersten Stufen ihrer Leiter in die Schatzkammer des Ca'Massio dar, die Risse in der Wand und der wuchernde Efeu die nächsten. Zu Anfang wusste sie, wohin sie greifen und ihre nackten Füße setzen konnte, weil sie die Wand bei Tageslicht genau gemustert hatte. Weiter oben würde es schwieriger werden, sodass sie ihre Geschwindigkeit beim Klettern mäßigen musste.

Obwohl das Fenstergitter des ersten Geschosses ihr einen bequemen Halt geboten hätte, hielt sie sich davon fern. Ihr Ziel lag nicht in diesem Stockwerk des Hauses, und sie würde nicht riskieren, zufällig von einem schlaflosen Gast entdeckt zu werden, der sich die Zeit im Saal oder in der Bibliothek vertrieb. Doch auch am darüber liegenden Fenster kletterte sie vorbei – inzwischen hoch genug, um sich zu Tode zu stürzen. Wann aber würde ein Gecko je abstürzen? So nannte ihr Großvater sie oft, wenn niemand sonst es hören konnte. *Gecko*. Nicht schmeichelhaft für eine junge Frau, genannt zu werden wie ein Reptil, aber auf solche Eitelkeiten hatte er noch nie Rücksicht genommen.

Ihre knielange Pumphose blieb flüchtig an einer schartigen Stelle der steinernen Regenrinne hängen, als sie auf das Dach des Hauses stieg. Es war ein tückischer Übergang von der Wand auf die schräge Fläche aus flachen, zerbrechlichen Ziegeln. Jedes

Knacken und Bersten würde die Dienerschaft aufstören, die das oberste Geschoss bewohnte. War wirklich niemand auf der Dachterrasse? Sie nahm sich die Zeit, hocken zu bleiben und sicherzugehen. Erst danach richtete sie sich auf und setzte behutsam ihre Schritte, bis sie die gegenüberliegende Seite des Dachs erreichte. Nun begann der schwierige Teil ihres Plans, denn sie kletterte ungern abwärts. Immerhin würde sie hier nach einem Absturz im Wasser des kleinen Rio landen, der am Ca'Massio entlangfloss, und wahrscheinlich überleben.

Auf der Höhe des zweiten Stockwerks blieb ihr nichts anderes übrig, als sich auf die Vorderseite des Hauses zu wagen, die sogar vom Gegenufer des Canal Grande aus zu überblicken war. Hier würde ihre schwarze Kleidung sie nicht davor schützen, entdeckt zu werden, deshalb war Eile geboten. So zügig wie möglich wand sie sich um die Hausecke herum und kletterte zu dem schmalen Altan vor den Wohnräumen des Hausherrn. Aufatmend lockerte sie dort ihre Hände und Finger. Das nächste Stück würde ihre Kräfte weniger herausfordern.

Geräuschlos erreichte sie den Abschnitt des Altans, von dem aus sie ins Haus einbrechen wollte. Mit dem Glasschneider aus Diamant, den sie zu ihrem zwanzigsten Namenstag bekommen hatte, schnitt sie ein rundes Loch in die Scheibe der Tür. Fenster und Türen auf diese Weise von außen zu öffnen, hatte sie tausendmal geübt. Auch dieses Mal stellte es keine Schwierigkeit dar, das herausgeschnittene Glas mit einem klebrigen Stück Pech daran zu hindern, dass es klirrend zu Boden fiel. Zu ihrem Ärger konnte sie jedoch nicht verhindern, dass die Tür leise quietschte, als sie sie aufdrückte. Lauschend verharrte sie, doch es blieb ruhig – bis auf das Schnarchen des Mannes, der drinnen in seinem großen Himmelbett schlief.

Ihr Herzschlag beschleunigte sich, als sie in der Dunkelheit durch das Schlafgemach des Hausherrn glitt. Mit einem raschen

Stoßgebet zu San Marco bat sie darum, dass die Tür zum Flur besser geschmiert war als die zum Balkon. Nach Beute sah sie sich nicht um, denn auf Fingerringe, kleine Münzen und Firlefanz war sie in dieser Nacht nicht aus.

San Marco erhörte sie und ließ die Türangeln gefettet sein wie ein Tranfass. So verließ sie das Gemach, während der *Nobile Huomo* in seinem Bett friedlich weiterschlief.

Der Flur war von einem gleichmäßig brennenden Nachtlicht schwach beleuchtet. Sie wandte sich nach links, der nächstgelegenen Tür zu. Triumphierend zog sie den Schlüssel hervor, der an einem Band in ihrem Ausschnitt gehangen hatte. Das Geräusch des aufschnappenden Schlosses ließ sich nicht vermeiden, doch es war nicht laut genug, um die Schläfer im Haus zu wecken. Sie öffnete die Tür.

»Ich habe dich gehört, Tochter des Ungeschicks. An einem tauben Säufer kämest du auf diese Art vielleicht vorbei, aber nicht an einem Nobile mit leichtem Schlaf. Soll ich nun also die *Signori di notte al criminal* rufen? Oder hast du mir etwas anzubieten, was mich zufriedener macht, als Abschaum wie dich im Kerker zu wissen?«

Mit einem verächtlichen Schnauben nahm Alessa gegenüber dem alten Mann Platz, der in Schlafrock und Nachtmütze beim Licht einer funzligen kleinen Kerze in einem Armlehnstuhl saß und sie böse anfunkelte. »Du willst mich gehört haben? Warum sagst du das jedes Mal? Es ist nicht wahr. Du willst nur nicht zugeben, dass ich dich überrumpeln könnte. Wahrscheinlich hast du dir Nadeln ins Gewand gesteckt, damit du nicht einschläfst, sondern mich gleich anfahren kannst, wenn ich hereinkomme.«

»Du hast die Tür geöffnet, wie ein Bauerntrampel eine Stalltür öffnet. Wo ist das Fingerspitzengefühl, das ich dich gelehrt habe?«

»Ein schweres Schloss lässt sich nie geräuschlos öffnen. Aber das ist gleichgültig, denn außer dir hat es niemand gehört. Und du bist gar nicht hier. Hier ist nur eine volle Geldkassette, und die werde ich nun so leise aufschließen, dass jedes Mäuserascheln im Vergleich dazu Getöse ist.«

Ihr Großvater wedelte ungeduldig mit der Hand. »Dann mach endlich, statt mich mit deinen vorlauten Dummheiten zu ärgern. ›Ein schweres Schloss lässt sich nicht geräuschlos öffnen‹, pah! Selbst wenn es so wäre: Ich habe dich auch vorher schon gehört.«

Alessa hatte sich bereits erhoben, um die Geldkassette aus der Truhe zu holen, in der sie ihrer Vermutung nach aufbewahrt wurde, doch nun hielt sie inne und wandte sich ihrem Großvater wieder zu. »Das hast du nicht!«

Pietro Ferretti, der ehemals wohl geschickteste Einbrecher Venedigs, verschränkte die Arme und betrachtete sie hochmütig unter dem Rand seiner roten Nachtmütze hervor. »Das habe ich doch!«

Seine bockige Haltung war der beste Beweis dafür, dass er log. Sie zuckte kühl mit den Schultern und setzte ihr Vorhaben fort, obwohl er nun die Kerze ausblies. Es war nicht das erste Mal, dass Erinnerungsvermögen und Tastsinn ihr das Licht ersetzen mussten. Bei den Scharnieren der Truhe ging sie kein Risiko ein. Ein wenig Schmalz aus der kleinen Dose, die sie bei sich trug, verhinderte jedes Quietschen. »Dann sag mir doch, wo genau du mich gehört hast. Auf welchem Weg bin ich ins Haus gekommen?«

Die Antwort kam ohne Zögern. »Du bist von der Calle aus aufs Dach geklettert, durch die Tür zur Dachterrasse eingebrochen und über die Treppen heruntergekommen.«

Weder das Schloss der Truhe noch das der Geldkassette stellten Alessa vor Schwierigkeiten. Sie besaß ein Bund von Diebeshaken in verschiedenen Größen. Schlösser damit zu überlisten, übte sie seit ihrer Kindheit. Leise klappte sie den Deckel der Kassette auf. Sehen konnte sie nicht, was darin lag, doch ihre Finger verrieten ihr, dass es weder Papiere noch Münzen waren, sondern samtweiches Gewebe. »Was ist das?«, fragte sie.

Ihr Großvater seufzte und schwieg einen Augenblick. Der Kampfgeist war aus seiner Stimme verschwunden, als er wieder sprach. »Etwas, was wir schon heute oder morgen brauchen werden. Das mit den Schlössern hast du nicht schlecht gemacht. Lass es für dieses Mal gut sein und zieh dich um. Wir sollten versuchen, noch ein paar Stunden zu schlafen.«

Sie nickte, obwohl er es in der Dunkelheit nicht sehen konnte. Für gewöhnlich war ihre Aufgabe erst beendet, wenn sie das Haus mit der Beute erfolgreich wieder verlassen hatte. Doch nachdem ihr Großvater sie nun an ihren gemeinsamen Kummer erinnert hatte, war ihr so wenig wie ihm danach zumute, das Spiel zu Ende zu spielen. Sie ging mit der erloschenen Kerze auf den Flur und nutzte die Flamme des Nachtlichts, um sie wieder zu entzünden. Als sie ins Zimmer zurückkam, hatte Pietro den Kopf müde gegen die Kopfstütze sinken lassen und die Augen geschlossen.

Auf dem Bett lag ihr Nachthemd neben dem Kleid, das sie am nächsten Morgen anziehen würde. Sie hatte es erst vor wenigen Tagen beim Schneider abgeholt, verzückt von der überbordenden Pracht der Schleifchen, Falbeln und kleinen Stickereien. Manch einer hätte gesagt, dass es kein Kleid sei, in dem man einen Besuch bei einer Schwerkranken machen durfte. Doch sie war sich gewiss, dass ein zurückhaltendes Trauergewand ihre Tante Zenobia eher enttäuscht hätte. Sich mit auffallenden Gewändern und Verkleidungen zu beschäftigen, Rollen zu spielen und das richtige Kostüm zu wählen war Zenobias Lebensinhalt gewesen.

Alessa schlüpfte aus ihrer eigenen schwarzen Verkleidung, die sie über Jahre hinweg erfunden und verbessert hatte. Robuste, eng anliegende, aber dehnbar gestrickte Beinlinge und Armlinge, eine nicht zu weite Pluderhose und eine Weste mit der richtigen Anzahl von verschließbaren Taschen für ihre Ausrüstung boten ihr volle Bewegungsfreiheit beim Klettern und verschmolzen mit den Schatten, in denen sie sich verbarg. Sollte sie als Frau in dieser Männerkleidung erwischt werden, konnte sie nur auf die venezianische Großzügigkeit hoffen, was Karnevalskostüme anging. Doch diese Sorge war nur eine von vielen, die sie haben würde, falls man sie je erwischte.

Tief durchatmend zog sie ihre langen Locken aus dem Kragen des Nachthemds. »Nicht über die Dachterrasse, Nonno. Ich bin über die Altana vor dem Schlafgemach von Signor Bartoldo eingestiegen. Dabei habe ich ein Loch in die Scheibe seiner Tür geschnitten. Du wirst das mit ihm klären müssen.«

Er hob den Kopf und sah sie an. »Über die Altana? Bist du etwa vom Canal her an der vorderen Fassade hochgeklettert? Wie lebensmüde bist du denn, du Huhn?«

Sie seufzte und streckte sich wohlig auf dem Bett aus. »Hör auf zu schimpfen. Ich bin über das Dach gekommen und dann von der Seite her geklettert.«

»Über das ganze Dach? Dächer sind immer gefährlich, Alessa! Wie oft habe ich dir das erklärt? Die Ziegel …«

»Ich weiß. Die Ziegel bersten leicht. Aber du hast mich nicht gehört, nicht wahr? Und auch sonst niemand.«

Er schwieg, und sie begann schon, ins Reich der Träume zu schweben, als er doch noch etwas zu sagen fand.

»Werde Bartoldo das Glas der Tür vom Feinsten ersetzen. Wird ihn belustigen zu hören, dass du durch seine Kammer geschlichen bist. Ist ein guter Freund, Bartoldo. Aber alt ist er geworden. Das habe ich gemerkt, als wir vorhin zusammen Wein tranken. Ich werde ihn nicht noch einmal um einen Gefallen bitten. Es wird zu gefährlich, wenn so ein Alter seine Sinne nicht mehr beisammenhat. Am Ende beginnt er doch noch, Dinge auszuplaudern, die dafür nicht gedacht waren. Du kannst nicht vorsichtig genug sein, kleiner Gecko. Das musst du dir merken. Auch wenn du jemandem vertrauen möchtest, frag dich erst, ob derjenige allein Meister seines Willens ist.«

Alessa murmelte eine Bestätigung, stellte aber für sich fest, dass ihr Großvater ihr schon seit langer Zeit keine neuen Weisheiten mehr mitzuteilen hatte. Er wiederholte sich nur noch, und sie hatte den Verdacht, dass er bald selbst einer von diesen wenig vertrauenswürdigen »Alten« sein würde, von denen er gerade etwas überheblich gesprochen hatte. Sie hatte ihm schon als Kind viel von dem verschwiegen, was sie tat und dachte. Damals hatte sie die Wahrheit aus Angst vor ihm für sich behalten. Inzwischen wollte sie es sich einfach ersparen, mit ihm streiten zu müssen.

»Weck mich früh genug, sodass ich mich in Ruhe ankleiden lassen kann«, bat sie ihn noch, bevor sie sich dem Schlaf überließ.

Noch bei ihrem vorherigen Besuch hatte Zenobia Buccolini sich nicht einmal ihrem Vater und ihrer Nichte gegenüber die Blöße gegeben, sie unfrisiert im Bett liegend zu empfangen. An diesem Tag jedoch hatte ihr offenbar die Kraft gefehlt, sich lange genug aufzurichten, um die Zofe ihre Arbeit tun zu lassen. Mit geschlossenen Augen ruhte sie auf den Seidenkissen ihres prunkvollen Bettes, das Zeuge so vieler ihrer Geheimnisse war. Statt der kostbaren Perücke trug sie nur eine Nachthaube über dem kurz geschorenen blonden Haar, und ihr weißes Hemd war ein wenig fleckig. Wächsern, fahl und eingefallen wirkte ihr Gesicht, so, als wäre sie schon tot. Zwischen den Falten des Nachthemds ruhte auf ihrer Brust an einem schwarzen Seidenband ein Medaillon, das sie niemals ablegte. Sein Deckel bestand aus einer in Silber gefassten blauen Achatgemme mit dem Motiv einer schlichten Rosenblüte und war so groß wie der Daumenabdruck einer Männerhand. Kleine Saphire säumten den Rand. Zum ersten Mal fand Alessa das funkelnde Schmuckstück unpassend. Zenobia hatte es immer als ihren Glücksbringer bezeichnet, und ihr jetziger Zustand sprach diesem Glauben Hohn.

Obgleich Alessa gewusst hatte, wie es um ihre Tante stand, wurde ihr erst in diesem Augenblick deutlich, dass Zenobia sich niemals wieder maskieren würde, niemals wieder eine ihrer Rollen spielen, von denen sich so viele Menschen mit großem Vergnügen hatten täuschen lassen. Alessa ließ den Arm ihres Großvaters los, bei dem sie sich untergehakt hatte, und trat zu ihr ans Bett. Es erschien ihr ungehörig, die Schlafende zu wecken, deshalb blieb sie nur stehen und betrachtete die Frau, die für sie einer Mutter am nächsten gekommen war. Alles, was ein Mädchen wissen musste und nicht von einem Großvater erfahren konnte, hatte Zenobia ihr erklärt.

»Du kannst sie ruhig wecken. Schließlich sind wir hier, um mit ihr zu sprechen. Und schlafen wird sie noch lange genug«, sagte Pietro. Seine Miene war grimmig und sein Tonfall grob, doch das verriet Alessas Erfahrung nach nur wenig über seine wahren Gefühle.

»*Zia* Zenobia, bist du wach?«, fragte Alessa leise.

Zenobia schlug die Augen auf und verzog die Lippen zu einem verächtlichen Lächeln. »Sag dem alten Furz, dass er mich mal gernhaben kann. Das hier ist mein Sterbebett, auf dem ich tue und lasse, was ich will. Er hat mich nicht herumzukommandieren«, flüsterte sie.

»Als hättest du jemals nicht getan, was du tun willst, du halsstarriges Weibsstück. Aber nun vergeude keine Zeit. Du hast uns rufen lassen, also nehme ich an, dass wir etwas Wichtiges zu bereden haben«, sagte Pietro. Auch er war näher getreten, setzte sich nun aber halb auf die Armlehne eines Sessels neben dem Bett und verschränkte die Arme. Kaum eine Haltung konnte gleichgültiger wirken, doch Alessa sah, dass seine Knie zitterten.

Zenobia setzte zu einer Antwort an, musste aber husten und konnte sich für längere Zeit nicht wieder fangen, weshalb ihre Zofe ins Gemach geeilt kam und sie aufsetzte, um ihr das Atmen zu erleichtern. Als sich der Husten gelegt hatte, klopfte Zenobia ihrer Dienerin zärtlich die Hand. »Danke, aber nun geh wieder hinaus. Ich muss mit Signor Ferretti und meiner Nichte allein sprechen.«

Die Zofe knickste und verließ den Raum, woraufhin Alessa sich zu ihrer Tante auf die Bettkante setzte. Matt streckte die Kranke die Hand aus, um spielerisch an einer der Zierschleifen von Alessas Kleid zu zupfen. »Wie erwachsen du geworden bist, Alessandra. Ich weiß noch, wie Vater dich zum ersten Mal hergebracht hat. So ein kleines Ding warst du, das noch keine zwanzig Worte sprechen konnte. Und du hast geheult, weil du zu deiner *Mamma* wolltest. An dem Tag hat er mir auch das hier gegeben. Heute gebe ich es zurück.«

Sie legte die Hand um das blaue Medaillon, war jedoch zu schwach, sich das Band über den Kopf zu streifen. Alessa half ihr dabei und ließ sich von ihr das Schmuckstück in die Hand drücken. Dass es kein Geheimnis enthielt, sondern enttäuschend leer war, wusste sie schon lange. »Großvater hat es dir gegeben? Ich dachte, es wäre von deinem ersten Gönner?«, fragte sie.

Ihr Großvater starrte an die Decke und tat mürrisch und unbeteiligt. Er hatte widersprüchliche Einstellungen zum Lebenswandel seiner Tochter und mochte es nicht, wenn andere darauf anspielten. Mit dem Wohlstand, den sie sich verschafft hatte, war er durchaus einverstanden. Ihr glanzvoller Erfolg und die Berühmtheit, die sie als Schauspielerin und Kurtisane erworben hatte, gefielen ihm im Grunde ebenfalls. Das hatte ihn jedoch nie davon abgehalten, sie für ihre »Hurerei« zu verachten. Er lebte in vielerlei Hinsicht nach einer doppelten Moral, das hatte Alessa schon früh festgestellt. Mit dem Diebstahl war es nicht anders. Er hatte nichts daran auszusetzen, in die Unterkunft eines Fremden einzusteigen, der in der Serenissima zu Gast weilte, und ihm die Reisekasse zu stehlen. Doch er spuckte Gift und Galle, wenn er davon hörte, dass ein ach-so-gemeiner Dieb seinen liebsten Muschelfischer um die schlanke Geldkatze gebracht hatte.

»Du wirst es ihr erklären müssen, Signor Ferretti. Mir fehlt der Atem dazu«, sagte Zenobia.

»Was gibt es da groß zu erklären? Das Medaillon gehörte deiner Mutter, Alessa. Ich gab es Zenobia, damit sie es für dich aufbewahrt. Am besten, wir …«

Zenobia unterbrach ihn. »Es ist zu gefährlich, sie zu belügen. Du bist ein Greis und weißt nicht, wie lange du noch Geheimnisse für sie hüten kannst. Alessa ist alt genug. Sie muss selbst entscheiden, wie sie mit der Wahrheit umgeht.«

»Sie ist nicht alt genug, um zu begreifen, dass man manche schlafenden Hunde niemals wecken sollte. Wir sind bisher gut zurechtgekommen, ohne in dieser alten Lumpentruhe zu wühlen«, erwiderte Pietro.

»Warum haben wir die blaue Rose nicht längst fortgeworfen, wenn du so denkst?«, fragte Zenobia.

Alessa war es gewöhnt, von ihrem Großvater wie ein Kind behandelt zu werden. Ihre Tante allerdings hatte ihr nie den Eindruck vermittelt, dass sie ihr etwas wegen ihres Alters vorenthalten würde. Im Gegenteil: Sie hatte schon in jüngsten Jahren Dinge zu Gesicht bekommen, die andere Mädchen sich nur vage vorstellen konnten.

»Wenn diese Geschichte etwas mit meinen Eltern zu tun hat, will ich sie hören. Ich bin einundzwanzig Jahre alt und habe ein Recht darauf«, sagte sie.

Ihr Großvater knurrte wie ein mürrischer alter Hund und verließ seinen unbequemen Platz auf der Armlehne, um sich im Sessel niederzulassen und die Beine lang auszustrecken.

»Die Fehde, die deine Eltern das Leben gekostet hat, war der Höhepunkt langer Kämpfe zwischen zwei Sippen, die um die Oberhand über gewisse gewinnbringende Geschäfte stritten, die meistens bei dämmrigem Licht abgewickelt werden. Die Sippe deines Vaters hat am Ende verloren, und die Fehde wurde vor langer Zeit beendet. Fast alle Mörder von damals sind längst selbst begraben. Kurz bevor deine Eltern umgebracht wurden, hat allerdings dein Vater erfolgreich einige seiner reichsten Gegner beraubt. Dabei fiel ihm eine Schatulle voller Briefe und Urkunden in die Hände, mittels derer man mindestens einen der mächtigsten Männer Venedigs als Verbrecher überführen könnte. Deine Eltern haben nun schnell und klug gehandelt. Sie haben einen Teil ihres Vermögens zusammen mit diesen Unterlagen heimlich bei einem Bankier in Sicherheit gebracht und ihn darauf eingeschworen, dass er es nur demjenigen wieder aushändigen wird, der ihm das blaue Medaillon vorweisen kann, das du gerade in der Hand hältst. Giulietta, deine Mutter, brachte es mir, zusammen mit dir, als sie schon um ihr Leben fürchtete. Was dein Vater seinen Feinden gestohlen hatte, haben sie ebenfalls versteckt. Und sie haben das Versteck preisgegeben, als die Mörder zu ihnen kamen. Dass die Unterlagen fehlten, können die Bastarde erst gemerkt haben, als deine Eltern schon tot waren. Die größte Kostbarkeit ist ihnen damit entgangen, denn die Männer, die man damit erpressen könnte, sind heute reicher und mächtiger denn je. Nun könntest du fragen, warum ich den Schatz nicht geborgen habe. Ich sage dir, warum: Erpressung ist ein widerliches und gefährliches Geschäft. Ich hätte keine Nacht mehr ruhig schlafen können, wenn ich diesen Schmutz im Haus gehabt hätte. Niemand sollte auf den Gedanken kommen, dass ich, deine Tante oder du irgendetwas über die Geheimnisse deiner Eltern wissen. So wollte ich es haben. Und so solltest du es beibehalten, wenn du meine Meinung hören willst. Niemand verdächtigt eine kleine Diebin und ihren alten Großvater, die von der Hand in den Mund leben, dass sie ein Geheimnis hüten, das sie reich machen könnte.«

Alessa hatte gewusst, dass ihre Eltern ermordet worden waren und dass ihr Vater sich und seine kleine Familie nicht von seinem mehr schlecht als recht vorgetäuschten Tischlerhandwerk ernährt hatte. So viel hatte Zenobia ihr verraten. Außerdem hatte sie keinen Hehl daraus gemacht, dass sie sich mit ihrer Halbschwester Giulietta nicht verstanden hatte. Immer wieder hatte sie es bedauert, dass sie aus ihrer Nichte keine Schauspielerin machen durfte. *Du wärst sooo talentiert. Aber der Alte musste deiner Mutter ja versprechen, dass er dich keine Schauspielerin werden lässt. Sie hat Schauspieler gehasst, weißt du? Angeblich, weil sie die Verstellung verabscheute. Dabei hat sie doch ihr eigenes Leben auf Heuchelei aufgebaut. Braves Eheweib eines Tischlers, dass ich nicht lache, ha!*

Viel mehr als das wusste sie nicht über Valentiano und Giulietta Sala. Sogar die Namen ihrer Eltern hatte sie erst mit siebzehn Jahren erfahren – und auch das nur, weil ihre Tante sich verplappert hatte. Sie hatte ihr anschließend versprechen müssen, die Namen nie zu erwähnen. Obwohl sie die Angst ihres Großvaters vor dem versteckten Nachlass verstand, wünschte sie sich, ihn betrachten zu können. Sie war sicher, dass es ihr etwas über ihre unbekannten Eltern verraten würde. Doch diesen Wunsch würde sie gewiss nicht vor ihrer todkranken Tante äußern.

»Wie kommst du bloß darauf, dass ich mit Erpressung mehr zu tun haben will als du, Nonno? Ich werde die Unterlagen nicht anrühren. Glaubst du denn, dass uns jemals jemand in Verdacht hatte, etwas zu wissen?«

Pietro wiegte das Haupt und zuckte dann doch mit den Schultern. »In den ersten Jahren war ich sicher, dass ich beobachtet werde. Es war für diese gerissenen Schweine nicht schwer herauszufinden, dass Giulietta ihr Kindchen beim Großvater untergebracht hatte. Und zu viele von ihnen wussten, dass mir ihre Art von Geschäften nicht ganz fremd ist. Da hätte es ja auf der Hand gelegen, bei mir nach dem zu suchen, was verschwunden war. Aber es hat mich nie einer von ihnen beiseitegenommen. Mag auch sein, dass nicht viele von den schmutzigen Briefen wussten. Vielleicht waren es nur ein paar Aaskrähen, die darauf gewartet haben, dass ich mir hole, was Valentiano an Gold und Juwelen versteckt hat.«

»Sag ihr den Namen des Bankiers. Was er aufbewahrt, ist das Einzige, was ihre Eltern ihr hinterlassen haben. Vielleicht braucht sie es eines Tages«, verlangte Zenobia mit schwacher Stimme.

»Es ist nicht so, als würde sie von mir gar nichts erben«, widersprach Pietro mit finster zusammengezogenen Brauen.

»Lass ihn, Zia Zenobia. Für heute habe ich genug erfahren. Er kann es mir später sagen«, wandte Alessa ein. Sie sah, wie sehr das Gespräch ihre Tante anstrengte, und fand es nicht anständig, sie weiter zu beanspruchen.

Zenobia seufzte und schloss die Augen. »Mir fällt so vieles ein, was ich dir hätte erzählen sollen. Aber ich muss jetzt schlafen. Kommst du morgen noch einmal zu mir?«, flüsterte sie.

Alessa beugte sich über sie und gab ihr einen Kuss auf die Wange. »Natürlich, wenn du es wünschst. Ich komme gleich morgens. Und wenn du zu müde zum Sprechen bist, dann lese ich dir etwas vor. Falls du das möchtest.«

Ihre Tante drückte ihre Hand, antwortete jedoch nicht und behielt die Augen geschlossen.

»Wir müssen gehen«, sagte Pietro mit rauer Stimme. Steifbeinig trat er neben sie an das Bett seiner Tochter und blickte auf sie hinab. »Hast mir viel Kummer gemacht«, stieß er plötzlich hervor.

Nun schlug sie die Augen noch einmal auf. »Du mir auch, Padre.«

Die Gasse, die von Zenobia Buccolinis Haus zum Campo San Samuele führte, war vom warmen Aprilsonnenschein erfüllt, der mittags für kurze Zeit seinen Weg zwischen die eng stehenden Häuserzeilen fand. Vor dem Teatro San Samuele tummelte sich ein kostümiertes Völkchen, das sich offenbar von einer Schauspielprobe erholte. Ein Arlecchino schlenkerte mit den Gliedmaßen wie eine durchgeschüttelte Marionette, und eine Ballerina streckte und dehnte sich anmutig, während eine als Magd gekleidete Colombina auf sie einredete.

Alessa war in Gedanken noch bei ihrer Tante, als sie hinter ihrem Großvater aus der Tür trat. Dennoch wunderte sie sich über den seltsamen Blick der Zofe, die sich an der Schlafkammertür ihrer Tante mit einem Knicks von ihnen verabschiedet hatte. Die Dienerin war ihr gegenüber in all den Jahren, die sie für Zenobia gearbeitet hatte, immer verschlossen gewesen. Doch sie hatte nie das Gefühl gehabt, dass Abneigung dahintersteckte. Der Blick, bei dem sie die Zofe eben ertappt hatte, war ihr jedoch feindselig vorgekommen. Hatte sie sich etwas zuschulden kommen lassen? Oder war das Weib nur bedrückt, weil es sich um seine Zukunft sorgte?

Vom Haus bis zum Theater waren es nur wenige Schritte, die sie schnell hinter sich gebracht hatten. Die Schauspieler schienen auf sie gewartet zu haben, denn sie hielten inne und wandten sich ihnen zu. Ihr Anführer, der das traditionelle schwarz-rote Kostüm eines Pantalone und den dazu passenden Spitzbart trug, kam auf ihren Großvater zu und umschloss mit seinen beiden Händen dessen rechte Hand.

»Signor Ferretti, darf ich Euch sagen, wie sehr ich mit Euch fühle? Wie geht es unserer verehrten Zenobia heute? Besteht noch Hoffnung auf eine Genesung?«

»Sie selbst schließt es aus. Ihr Leiden ist weit fortgeschritten, Signor Sartori. Ich rechne damit, dass es bald zu Ende geht«, erwiderte Pietro.

Alessa erinnerte sich an die schwarzen Bänder aus der Schatulle, die sie nachts aufgebrochen hatte. Sie lagen nun in dem Henkelkorb, den sie über dem Arm trug. Ein bitterer Hinweis ihres Großvaters darauf, dass sie bald Trauerkleidung tragen würden.

Vitale Sartori seufzte tief. »Ach, ›vielgestaltig ist der Menschen Leid. Mit immer neuem Fittich stürmt das Weh heran‹. So sprach schon vor langer Zeit mein hochverehrter Aischylos. Wer hätte das noch vor einem Jahr gedacht? Ihr Verlust wird alle Liebhaber des Theaters schwer treffen.«

Alessas Großvater stieß einen sarkastischen Laut aus. »Ja. Ihr Leichenzug wird an Länge und Lautstärke kaum zu überbieten sein. Jeder kleine Faxenmacher wird ihn begleiten.«

Der Schauspieler legte sich die Hand aufs Herz. »Auch ich würde es mir nicht nehmen lassen, der großen Zenobia Buccolini diese Achtung zu erweisen. Doch es hat sich ergeben, dass ich mit meiner Truppe einen Ruf ins Ausland erhielt. Wir reisen schon übermorgen nach Deutschland ab. Der Herzog von Braunschweig-Lüneburg wünscht seine Hofgesellschaft mit unseren Vorführungen zu erfreuen.«

Alessas Aufmerksamkeit war geweckt. »Sprecht Ihr etwa von Herzog Georg Wilhelm?«

Sartori nickte. »Eben dem Selbigen.«

»Dann seid so gut und erwähnt ihn und Eure Reise nicht vor meiner Tante, falls Ihr sie besucht. Der Herzog …«

»Der Herzog stand ihr einmal nahe. Ich habe davon gehört. Selbstverständlich werde ich vor ihr nicht darauf zu sprechen kommen, falls sie mir die Ehre erweist, mich noch einmal vorzulassen«, sagte der Schauspieler mit ernster Miene.

Alessas Großvater ergriff ihren Arm und zog sie weiter. »Wir müssen gehen. Komm jetzt, Mädchen.«

Seine grimmig verkniffenen Lippen ließen sie ahnen, dass sie einen Fehler gemacht hatte.

»Was ist denn? Was habe ich nun wieder getan?«, fragte sie, als sie außer Hörweite des Theatervolks waren.

»Ist dir nichts zu peinlich? Musst du diesen Popanz unbedingt mit der Nase auf die alte Geschichte stoßen? Es hat lang genug gedauert, bis sie aufgehört haben, darüber zu schwatzen. Der verdammte *Tedesco*! Als er mit dem kleinen Bastard fort war, dachte ich, die Zügellosigkeit würde ihr das Genick brechen, die sie auf einmal an den Tag legte. Ein Wunder, dass sie sich wieder gefangen hat. Nun … Geholfen hat es nichts.«

»Der Herzog hat sich ganz nach ihren Wünschen gerichtet, als er ihr Verhältnis beendet hat. Das hat sie immer wieder betont«, wandte Alessa ein.

»Aber gewiss doch. Alles verlief ganz nach ihrem Willen. Ha!« Er spuckte auf den Boden und machte deutlich, dass er nicht weiter über die Angelegenheit sprechen wollte.

Alessa erinnerte sich gut an den *Tedesco*, den Herzog aus *Germania*, der in ihrer Kindheit ganze Monate in Zenobias Haus verbracht hatte. Seinetwegen sprach sie seit ihrem siebten Lebensjahr fließend Deutsch und leidlich gutes Französisch, denn Zenobia hatte in den Jahren ihrer Bekanntschaft mit Herzog Georg Wilhelm Sprachunterricht genommen und darauf bestanden, dass sie, Alessa, daran teilnahm. Einige Jahre lang hatte sie in ihrer Gegenwart ausschließlich Deutsch oder Französisch sprechen dürfen. Wie ein wohlwollender Onkel war der Herzog entzückt gewesen, wenn sie ihm auf seine Fragen in seiner eigenen Sprache antwortete. Er hatte sie ebenso mit süßen Leckereien gefüttert wie ihren jüngeren Cousin – Zenobias Sohn Lucas. Dass der Herzog Lucas' Vater war, hatte sie erst begriffen, als es zum Bruch zwischen ihm und ihrer Tante kam. Georg Wilhelm hatte angekündigt, dass die Verpflichtungen in seiner Heimat ihn zwängen, Venedig in Zukunft fernzubleiben. Zenobia hatte daraufhin wütend darauf bestanden, dass er den damals achtjährigen Lucas mit sich nahm.

Seitdem hatte Alessa nichts mehr von ihrem Cousin gehört. Ihre Tante hatte alle Spuren ihres Sohns so gründlich aus ihrem Leben getilgt, dass es bald war, als hätte es ihn nie gegeben. Ob sie auch darüber vor ihrem Tod noch mit ihr sprechen würde? Oder ging es um Alessas Eltern?

In Gedanken versunken schritt sie neben ihrem ebenfalls schweigenden Großvater her und stieg schließlich mit ihm in eine Gondel, die sie beinah bis an ihr Ziel im Sestiere di Cannaregio brachte. Um einige Ecken gingen sie noch zu Fuß, in immer schmaler werdende, lückenlos bebaute, schummrige Gassen hinein, in die um keine Tageszeit Sonnenlicht fiel. Vor einer unscheinbaren Tür hielten sie an. Dreimal nacheinander klopfte Alessa drei kurze Schläge mit der flachen Hand gegen das raue Holz, woraufhin ihnen geöffnet wurde. Sie erklommen die Stiegen des Hauses bis in das zweite Stockwerk und vermieden es dabei, in die gefährliche Mitte der brüchigen Holzstufen zu treten. Die stehende Luft stank nach gekochtem Fisch, Katzenpisse und fauligem Gemüse und war so dick, dass man sie kaum atmen konnte. Alessa raffte ihren Rock, damit er weder den schmutzigen Boden noch die Wände berührte.

Die Wohnung im Obergeschoss bestand auf den ersten Blick aus einer kleinen Küche und einem Schlafraum, der so winzig war, dass kaum mehr als das Bett hineinpasste. Sie wurde von einer einarmigen alten Frau bewohnt, der sie eine Miete für die Bodenkammer zahlten, die nur von ihrer Schlafkammer aus durch eine kaum sichtbare Luke in der Decke zu erreichen war. Um hineinzugelangen, musste eine Leiter aufgestellt werden, die neben dem Bett lag. Während ihr Großvater einige höfliche Worte mit ihrer verschwiegenen Vermieterin wechselte, kletterte Alessa in ihr verstecktes Nest. Rasch nahm sie das schwarze Kostüm aus ihrem Henkelkorb, das sie in der Nacht getragen hatte, und brachte es wieder in der Kiste unter, die dafür vorgesehen war. Wenn sie es das nächste Mal brauchte, würde sie es hier anziehen und die Bodenkammer anschließend über die Dachluke verlassen. Üblicherweise kehrte sie auch über die Dächer hierher zurück, um wieder in ihr gewöhnliches Kleid zu schlüpfen, nur dieses Mal hatten sie es ausnahmsweise anders gemacht.

Als sie eine knappe Stunde später endlich in ihrem eigenen Haus im Sestiere San Polo angekommen waren, das zwar bescheiden, aber weit behaglicher ausgestattet war als die schäbigen Unterkünfte in Cannaregio, wo sie ihr Versteck gemietet hatten, konnte ihr Großvater vor Müdigkeit kaum noch die Augen offenhalten. Auch sie spürte die Folgen der kurzen Nacht und lockerte nur noch ihr Mieder, bevor sie Pietros Beispiel folgte und sich auf ihrem Bett ausstreckte.

Sie hätte lange geschlafen, wenn nicht noch vor Einbruch der Dunkelheit ein lautes Klopfen an der Haustür sie geweckt hätte. Verschlafen verbarg sie ihre zerwühlten Locken unter der Haube, die auf einem Bettpfosten gehangen hatte, bevor sie dem Besucher öffnete. Der junge Mann musste gar nichts sagen, um ihr seine Botschaft auszurichten. Er war einer von Zenobias Hausknechten, und seine Miene war so betrübt, dass sie gleich wusste, was geschehen war.

»Ist meine Tante gestorben?«, fragte sie, und er nickte.

Als sie die Nachricht ihrem Großvater überbrachte, überraschte er sie wieder einmal. Obwohl er sich mit dem Rücken zu ihr ans Fenster stellte und sich um eine besonders aufrechte Haltung bemühte, konnte er nicht vor ihr verbergen, dass er weinte.

»Ich habe es mir überlegt. Sie hatte recht«, sagte er heiser. »Der Tod wartet nicht, bis wir endlich ausgesprochen haben, wogegen wir uns sträuben. Der Bankier, bei dem der Nachlass deiner Eltern liegt … Sein Name ist Ulrico Benedetti.«

2

Alessa verbrachte den ganzen Tag nach dem Tod ihrer Tante in deren Haus. Zuerst ging es ihr nur darum, in Ruhe Abschied von der Toten zu nehmen. Doch im Laufe des Tages erschienen mehr und mehr Besucher auf der Schwelle, die zwar unter dem gleichen Vorwand kamen, sich aber mit auffällig gierigen Blicken in den Räumen umsahen. Das bescherte ihr das Gefühl, Zenobias Nachlass bewachen zu müssen. Daher blieb sie noch lange, nachdem ihr Großvater wieder gegangen war. Erst bei Anbruch der Dunkelheit verließ sie das Trauerhaus und befahl Zenobias Dienerschaft, die Türen hinter ihr zu verriegeln.

Auch an diesem Abend standen Schauspieler vor dem Theater, als Alessa vorüberging, doch da sie keine Anstalten machte, bei ihnen stehen zu bleiben, beschränkten sie sich darauf, Beileidsbekundungen zu murmeln. Alessa kannte viele von ihnen flüchtig, doch niemanden näher. Ihr Großvater und ihre Tante hatten darauf geachtet, dass sie sich dem bunten Volk nicht anschloss. Es war eine weitere Ungereimtheit in ihren Moralvorstellungen, dass sie selbst mit den Theaterleuten vertraut umgingen, sie aber nicht als vertrauenswürdigen Umgang für Alessa betrachteten.

Sie hatten Erfolg damit gehabt, bei ihr leises Misstrauen gegen die Lebensart dieser Menschen zu säen. Obwohl sie als Kind viel Zeit bei Zenobia verbracht hatte, die häufigen Theatervorstellungen geliebt und mehr über die Schauspielerei gelernt hatte, als ihrer Mutter vermutlich recht gewesen wäre, zog es sie nicht auf die Bühne. Sosehr sie ihre Tante bewundert hatte, war sie ihr doch ein abschreckendes Beispiel. Zenobia hatte geradezu zwanghaft in ständiger Verstellung gelebt, was ein Grund dafür war, dass sie einander nie wirklich nahegekommen waren. Alessa hatte nicht erkannt, wer ihre Tante unter all den Rollen eigentlich war. Lebte sie aus Überzeugung gern in Venedig, oder bedauerte sie, dass sie nichts anderes kennengelernt hatte? Waren ihre zahlreichen Liebhaber Ausdruck ihrer Lebenslust oder schiere Überlebensnotwendigkeit? Liebte sie Hündchen, oder verachtete sie die »Schoßratten«? Je nachdem, wer sie gefragt hatte, war die Antwort unterschiedlich ausgefallen und hatte dennoch immer überzeugend geklungen.

Umgekehrt hatte auch Alessa selbst nie offen über die Dinge sprechen dürfen, die ihr Großvater sie lehrte. Daher trauerte sie zwar um ihre Tante, die sie mit ihrem Großvater als letztem Verwandten zurückließ, doch es war nicht die Trauer um jemanden, der ihr liebevolle Zuwendung und Vertrautheit entgegengebracht hatte. Besonders nach dem Abschied von Lucas hatte Zenobia niemandem mehr Zuneigung gezeigt – außer ihren Liebhabern. Und auch das hatte Alessas Einschätzung nach wenig mit echten Gefühlen zu tun gehabt.

Die Gedanken an ihre Tante beschäftigten sie den ganzen Heimweg, sodass sie wenig von ihrer Umgebung wahrnahm. Deshalb erschrak sie umso heftiger, als sie ins Haus eintrat. Im Obergeschoss polterte es, als hätte ihr Großvater einen Stuhl umgeworfen und würde nun aus Wut über das Missgeschick unbeherrscht dagegentreten. Was ihm nicht unähnlich gesehen hätte. Vorsichtig lauschend stieg sie die Treppe empor. Worüber war er wütend? Vom oberen Treppenabsatz aus konnte sie in sein von Kerzenlicht erleuchtetes Gemach blicken. Ihr Herz überschlug sich, und sie stürzte vor. Ihr Großvater lag reglos am Boden.

»Nonno?«

Seine offenen Augen starrten ins Leere. Aus einer Kopfwunde floss Blut und versickerte in seinem geliebten indischen Teppich.

Bevor sie sich neben ihm niederknien konnte, wurde ihr mit einem kalten Schauder die Gegenwart eines weiteren Menschen im Raum bewusst. Hinter der Tür stand ein dunkel gekleideter Mann. Er rechnete offenbar nicht mit ihrer Schnelligkeit, denn die Bewegung, mit der er auf sie zukam, war halbherzig. Sie sprang mit einem Satz zur Tür und versetzte ihr im Hinauslaufen mit aller Kraft einen Stoß. Hart prallte das massive Holz gegen den Eindringling.

»Porca puttana!«, hörte sie den Kerl fluchen. Doch sie sah sich nicht nach ihm um, denn auf der Treppe wartete eine weitere schwarze, maskierte Gestalt auf sie – die Arme weit ausgebreitet. Sie raste in ihr eigenes dunkles Gemach, knallte die Tür hinter sich ins Schloss und schob den Riegel vor. Hastig riss sie den Beutel mit ihren Ersparnissen unter ihrer Matratze hervor und stopfte ihn in eine Tasche, die sie sich umhängte.

»Aber Kleine, das war ein Unfall! Ich wollte deinem Nonno nichts tun! Sei vernünftig und gib mir ein paar Antworten, dann kannst du dich um ihn kümmern, und dir geschieht nichts«, hörte sie durch die Tür.

Alessa nahm an, dass der Mann sprach, der ihren Großvater niedergeschlagen hatte. Seine kalte Stimme verriet, dass ihm Mitgefühl fremd war. Er konnte sie nicht täuschen. Ihr Großvater war tot. Sie hatte den Tod oft genug gesehen, um ihn zu erkennen. Ohne innezuhalten, steckte sie auch noch ihren Schmuck und ihre Schuhe in die Tasche.

»Was für Antworten?«, fragte sie, während sie sich schon barfuß zum Fenster bewegte und dabei ihren Rock schürzte.

»Öffne die Tür. Dann können wir uns unterhalten. Wenn du mir hilfst, bekommst du eine Belohnung, was hältst du davon? Und du stehst fortan unter meinem Schutz.«

»Ich glaube nicht, dass ich etwas Wichtiges weiß«, sagte sie und ließ ihre Stimme jämmerlich klingen.

»Den Namen des Bankiers. Hat dein Großvater ihn dir gesagt?«, fragte er.

Alessa entriegelte ihr Fenster. Die Angeln der Fensterflügel waren vorbildlich gefettet und quietschten nicht. Ein flinker Blick hinab auf den schmalen Rio zeigte ihr ein verdächtiges kleines Ruderboot, in dem ein Mann mit hochgeschlagenem Kragen in der Dunkelheit hockte.

»Mezzanotte! Das Weib steigt aufs Dach!«, brüllte er.

Mit einem dumpfen Knall rammte etwas ihre Zimmertür, als wollte ihr Gegner sie aufbrechen. Doch der erste Hieb war offenbar nur ein Ausdruck von Zorn, denn gleich darauf sah sie den Mann, den sie für den Mörder ihres Großvaters hielt, auf der Fensterbank des benachbarten Raums erscheinen. Sein Gesicht war von einem steifen runden Filzhut beschattet, die Gestalt von einer weiten grauen Jacke verhüllt. *Mezzanotte.* Jeder Venezianer hatte den Namen schon einmal gehört. Er war ein Mann, der im Auftrag mordete.

Den Weg von ihrem Fenster aus auf die Dächer hätte sie auch mit geschlossenen Augen zurücklegen können, so oft hatte sie die Mulden und Fugen der Wand für Hände und Füße schon genutzt. Sie spürte bereits die rauen Dachschindeln unter ihren nackten Fußsohlen und lief los, als ihr Verfolger noch überlegte, ob er sich ans Klettern heranwagen sollte. Der Mann im Boot allerdings folgte ihr unten auf dem Rio. Und dem Geräusch klappernder Holzschuhe nach zu urteilen, rannte auf der anderen Seite ihrer Häuserreihe jemand die Gasse entlang, der ihr vermutlich ebenfalls nichts Gutes wollte. Vorsichtig näherte sie sich dem Rand des Dachs, um Ausschau nach dem Läufer zu halten. Gerade als sie ihn zwischen den gewöhnlichen abendlichen Vorübergehenden entdeckte, stieß er gegen einen Muschelkarren, weil er den Blick während des Laufens nach oben gewandt hielt. Der Muschelverkäufer beschimpfte ihn, und Alessa war schon drauf und dran, die

Ablenkung zu nutzen, als auch noch der Mörder auf der Gasse angerannt kam.

Eilig zog sie sich vom Rand des Dachs zurück und lief so schnell und so leichtfüßig wie möglich weiter. Den Ruderer auf dem Rio hatte sie bald hinter sich gelassen, und diesen kleinen Vorsprung nutzte sie, als sie in der Nähe der nächsten Brücke eine leere Gondel sah, die bei einem Hauseingang festgemacht war. Mit katzenhafter Geschwindigkeit kletterte sie nach unten, machte die Gondel los, stieß sie ab und sprang hinein – nur um sie an der Brücke bereits wieder zu verlassen. Einige Schritte lief sie am anderen Ufer in die Gasse hinein, die zur Brücke führte, bis sie vom Rio aus nicht mehr zu sehen war. Dann schlüpfte sie in einen ihr wohlbekannten, stets offenen Hauseingang, ging über einen Flur und durch eine Hintertür, die sich auf ein Gärtchen hin öffnete. Von hier aus kletterte sie erneut auf die Dächer, ohne auf das Schimpfen eines alten Weibes zu hören, das sich über sie beschwerte.

Für kurze Zeit hoffte Alessa, dass es ihr mit diesem Schachzug bereits gelungen war, die Verfolger zu überlisten. Doch Mezzanotte stellte sich als widerwärtig schlau heraus. Er fand den Weg, den sie genommen hatte, und folgte ihr von da an über die Dächer. Mehrfach schlug sie Haken, nahm verborgene Wege durch fremde Häuser, über Altane, durch Bootsgewölbe, über festgemachte Kähne und Gondeln. Immer wieder begriff er, was sie vorhatte, und blieb ihr auf den Fersen.

Sie war zum Umfallen erschöpft, als es ihr endlich gelang, ihn abzuschütteln. Den Stundenschlägen der Glocken nach lag sie eine ganze Stunde bäuchlings am Rande eines Dachs im Schatten des großen Schornsteinkopfs und hielt Ausschau in die Richtungen, aus denen Mezzanotte oder seine Helfer hätten auftauchen können. Ungefähr von der elften Stunde bis Mitternacht harrte sie reglos aus. Erst dann wagte sie es, ein bequemeres Versteck auf dem Dach zu suchen, sich dort auf den Rücken zu legen und in den Sternenhimmel zu blicken.

Mitternacht. *Mezzanotte*. Ihre Brust krampfte sich zusammen, weil auf einmal die Angst über sie herfiel, an die sie auf ihrer wilden Flucht keine Gedanken hatte verschwenden können. Wer hatte den Mörder geschickt? Wie hatte er so schnell von ihrem gefährlichen Geheimnis erfahren? Was sollte sie nun tun? In das Haus ihres Großvaters durfte sie nicht zurückkehren, das wurde gewiss beobachtet. Ausgeschlossen war auch, dass sie sich an die *Polizia* oder den Rat wandte, da sie nicht wusste, wer ihrem Großvater und ihr den Mörder auf den Hals gehetzt hatte. Falls der unbekannte mächtige Mann dahintersteckte, der sich von ihrem Geheimnis bedroht fühlte, konnte es geschehen, dass sie sich ungewollt selbst auslieferte. Die mächtigen Nobiles hatten überall Leute in ihrem Sold stehen.

Auch das Haus ihrer Tante kam als Zuflucht nicht infrage. Ein Mann von Mezzanottes Gerissenheit würde auch dort jemanden postiert haben, der auf sie lauerte. Wo also konnte sie sich verstecken? Nur zwei alte Freunde ihres Großvaters fielen ihr ein, die ihr vielleicht helfen konnten.

Leise seufzend richtete sie sich auf und bereitete sich gedanklich darauf vor, sie aufzusuchen.

Rebarino war ein dickwanstiger Hehler, mit dem Alessas Großvater sein Leben lang Geschäfte gemacht hatte. Ihn als Freund zu bezeichnen war möglicherweise zu hoch gegriffen. Aber zweifellos hatte die beiden ein Vertrauensverhältnis verbunden, und Rebarino kannte Alessa von klein auf. Weil er sie so gut kannte, ließ er sie keinen Augenblick draußen stehen, als sie in den frühen Morgenstunden bei ihm klopfte, sondern zog sie eilig ins Haus und verriegelte hinter ihr die Tür. Mit misstrauisch zusammengekniffenen Augen musterte er ihr vom Klettern zerschlissenes Kleid und schob sich die Nachtmütze aus der Stirn.

»Was ist los, Signorina? Hast du heute Nacht Pech gehabt? Ist dir jemand auf den Fersen? Dann schlüpf am besten gleich wieder aus der Hintertür.«

»Ich bin sicher, dass mir niemand hierher gefolgt ist. Aber ich bin in Schwierigkeiten. Großvater ist ermordet worden, Signor Rebarino. Und ich habe Angst um mein eigenes Leben. Verzeiht, wenn ich Euch so damit überfalle.«

Sie hielt inne, weil die Nachricht ihn doch schwerer zu treffen schien, als sie vermutet hatte. Er fasste sich ans Herz und verzog das Gesicht. »Da du zu mir kommst, statt zur Polizia zu gehen, kann ich mir vorstellen, dass es um schmutzige Verwicklungen geht. Fang gar nicht erst an, mir die Sache zu erklären, denn ich will nichts darüber wissen. Und erhoff dir nicht zu viel von mir. Ich konnte meinen Geschäften nur deshalb so lange nachgehen, weil ich mich stets herausgehalten habe, wenn etwas nach adligem Verbrechen roch. Pietro würde das verstehen. Wo ist sein Leichnam?«

Er fragte es so nüchtern, dass ihr gruselte. Für ihn war »der Leichnam« bereits nicht mehr ihr Großvater, dessen Tod sie selbst noch nicht fassen konnte. Sie fühlte sich wie betäubt, wenn sie an ihn dachte. »Ich weiß es nicht. Es ist in unserem Haus geschehen, aber ich war seitdem nicht mehr dort. Vielleicht haben die Mörder …«

Mit einer Geste wehrte er jede weitere Erklärung ab. »So viel kann ich dir zusagen, dass ich mich darum kümmern werde, ihm ein anständiges Begräbnis zu verschaffen, wenn es noch möglich ist. Du solltest dann nicht mehr in Venedig sein. Hast du Bekannte auf dem Festland, zu denen du gehen kannst?«

Wenn es noch möglich ist? Schmerzhaft verengte sich Alessas

Kehle. Sie spürte, wie ihr die Tränen kamen, doch sie drängte sie zurück. Für Weinen und Wehklagen war keine Zeit. Sie sollte die Serenissima verlassen? In ihrem ganzen Leben hatte sie noch nicht einmal einen Fuß auf das Festland gesetzt, und sie kannte dort niemanden. Sie wusste beim besten Willen nicht, wohin sie gehen konnte. Ratlos zuckte sie mit den Schultern.

Mit sorgenvoller Miene rieb er sich die Stirn. »Hast du wenigstens Geld bei dir?«

Sie zögerte mit der Antwort. Bei aller Vertrautheit war Rebarino kein Mann, den man leichtfertig wissen ließ, wie viel Geld man bei sich trug. »Ich musste in aller Eile fliehen«, sagte sie daher nur.

»Aha. Also nicht. Oder zu wenig. Gewiss zu wenig. Nun, da können wir uns einigen. Ich strecke dir etwas vor, und dafür überschreibst du mir einen Anteil an dem, was dein Großvater hinterlassen hat. Da werde ich schon Mittel und Wege finden, zu meinem Recht zu kommen. Warte, ich setze gleich eine Urkunde auf. Vierzig Prozent? Ich denke, das ist gerecht, wenn man bedenkt, in welche Gefahr ich mich begebe.« Ohne ihre Entscheidung abzuwarten, schlurfte er in seinen Pantoffeln in das Nebenzimmer, in dem er seinen Schreibtisch stehen hatte. Doch bevor er den Federkiel zur Hand nahm, schloss er eine Truhe auf, nahm Münzen aus verschiedenen Gefäßen und zählte sie in einen Beutel, den er Alessa hinhielt. »Das sollte für eine Weile reichen. Bis sich die Wogen geglättet haben.«

Sie nahm den Beutel nicht. »Ihr glaubt, ich überschreibe Euch vierzig Prozent meiner Erbschaft, nur weil ich es etwas eilig habe? Signor Rebarino, ich brauche Hilfe, weil ich mich in Gefahr befinde – nicht, weil ich völlig verblödet bin. Was Ihr in diesen Beutel gesteckt habt, ist nur ein Bruchteil von dem, was Ihr Euch aneignen wollt.«

Rebarino verengte die Augen, was seinen Ärger verriet, obwohl seine Lippen lächelten. »Was hast du noch von deiner Erbschaft, wenn der Mörder dich erwischt, he? So werden Geschäfte nun mal gemacht, wenn das Risiko groß ist.«

»Ich werde dafür sorgen, dass er mich nicht erwischt. Ihr könnt den Beutel behalten. Wegen Geld bin ich nicht zu Euch gekommen«, sagte sie.

»Aber du brauchst Geld«, wandte er ein.

»Macht Euch darum keine Sorgen. Ich werde zurechtkommen. Um Eurer alten Freundschaft mit meinem Großvater willen möchte ich Euch um etwas anderes bitten. Ihr sollt Euch nicht dafür in Gefahr begeben. Aber Ihr kennt viele Menschen, und wenn Ihr die Ohren aufhaltet, werdet Ihr vielleicht einen Hinweis darauf finden, wer den Mörder auf Großvater und mich gehetzt hat. Ich werde Euch eines Tages schreiben. Und wenn Ihr mir dann einen Namen nennen könnt, werde ich Euch entlohnen, so gut es mir möglich ist.«

Mit einem Blick des Bedauerns legte er den Beutel zurück in die Truhe. »Das ist machbar. Obgleich ich natürlich nichts versprechen kann.«

Alessa hatte sich zwar mehr Unterstützung von ihm erhofft, doch im Grunde hatte er ihre Erwartungen erfüllt. Seine Habgier war stärker als jedes Pflichtgefühl einem toten Bekannten gegenüber. Vielleicht würde Rebarinos Habgier ihr aber immerhin Aufklärung über die Geschehnisse und die drohende Gefahr bringen – solange sie ihm keine Möglichkeit gab, sie zu verraten. Außerdem hatte er bestätigt, was sie sich bis dahin noch nicht hatte eingestehen wollen: Sie musste fort aus Venedig.

Dieses Mal stieg Alessa nicht durch das Fenster von Signor Bartoldos Schlafgemach in sein Haus ein, sondern klopfte frühmorgens an die Haustür. Sie hatte ihre Sachen aus dem Nest in Cannaregio geholt und sich bei der Gelegenheit in die Tracht einer Ordensschwester gekleidet, die ihr schon bei früheren Gelegenheiten nützlich gewesen war. In dieser Verkleidung war es ihr möglich, sich völlig unerkannt durch die Stadt zu bewegen.

Sie erinnerte sich noch an die warnenden Worte ihres Großvaters, was den schwächer werdenden Geist seines Freundes Bartoldo betraf. Doch nachdem der alte Nobile seine Bestürzung über die schlimme Nachricht von Pietros Tod überwunden hatte, fand sie ihn vernünftig und klarsichtig. Mit aller nötigen Vorsicht würde er die Verwaltung der Nachlässe ihrer Tante und ihres Großvaters in Auftrag geben, versicherte er.

Wenig später hatte sie sich ein weiteres Mal umgekleidet und ihr Haupt mit einem großen Umschlagtuch verhüllt. So schlüpfte sie mit dem Bündel ihrer Besitztümer unter dem Arm in einem einfachen Alltagsgewand durch die Hintertür ins Teatro San Samuele. Mit klopfendem Herzen hoffte sie, dass sie noch nicht zu spät kam.

In dem Gang hinter der Bühne, von dem die Garderoben abgingen, lungerte ein etwa elfjähriger Knabe herum. Er hatte die Hände in den Bund seiner Hose gesteckt, lehnte an der Wand und blickte nicht auf, als sie sich näherte.

»Buongiorno. Kann ich dich etwas fragen, Kleiner?«, sprach sie ihn an.

Auf einmal stand er stramm und sah ihr in die Augen. »Pronto, Signorina. Was möchtet Ihr wissen?«

»Weißt du, ob die Sartoris schon abgereist sind?«

Er runzelte die Stirn. »Das kommt darauf an.«

»Worauf denn?«

»Ob einer von ihnen Euch etwas schuldet.«

Sie konnte sich vorstellen, worauf die Auskunft hinauslief. »Wenn sie mir nichts schulden, sind sie noch da, nehme ich an?«

Der Knabe nickte. »Aber nur knapp. Sie warten schon am Anleger bei der Gondel, die sie auf die *Terraferma* bringen soll.«

»Danke.« Sie wollte ihm eine kleine Münze als Belohnung geben und zum Anleger eilen, als ihre Neugier doch noch siegte. »Worauf warten sie denn?«

»Auf Ottavio. Er ist da drin.« Er zeigte auf einen der beiden Garderobenräume.

Da Ottavio der Sohn von Vitale Sartori war, wie sie sehr wohl wusste, musste sie sich also nicht beeilen. Ohne ihn würde die Reise gewiss nicht beginnen.

»Was macht er denn noch da drin, wenn alle auf ihn warten?«, fragte sie.

»Er muss sich von der Signorina verabschieden, die ihn heiraten möchte. Sie will nicht, dass er weggeht.«

»Du weißt ja gut Bescheid.«

»Vitale hat gesagt, ich soll hier warten, bis die Glocke von San Samuele das nächste Mal läutet, und dann …« Die Glocke begann zu läuten. »Verzeihung, Signorina. Die Glocke!«

Der Kleine wandte sich der Garderobentür zu und hämmerte wild mit der Faust ans Holz. »Ottavio! Ottavio! Du musst kommen! Schnell! Deiner Mutter geht es schlecht!«

Die Tür wurde aufgerissen, und Ottavio Sartori stürzte heraus. Seiner tadellosen Kleidung nach war er nicht bei einer unziemlichen Tätigkeit unterbrochen worden. »Was ist mit Mamma? Ist etwas geschehen?«, fragte er, während er mit langen Schritten aus dem Theater stürmte. Alessa strengte sich an, um mit ihm und dem Botenjungen mitzuhalten.

»Das ist nur das, was ich sagen sollte, damit du herauskommst«, erklärte der Kleine, während sie über den Campo San Samuele liefen.

Ottavio verlangsamte seinen Schritt. »Soll euch doch der Teufel holen«, murmelte er, machte jedoch keine Anstalten umzukehren.

»Vitale sagt, du willst sie sowieso nicht heiraten«, sagte der Knabe.

»Weißt du, Flori, ich hätte ihr das gern in Ruhe erklärt. Man muss doch nicht immer lügen«, erwiderte Ottavio.

»Das ist eine ehrenwerte Haltung«, mischte Alessa sich ein und zog das Tuch etwas tiefer in ihr Gesicht. »Vielleicht war nur der Moment für die Erklärung nicht ganz passend gewählt?«

Erst jetzt schien der junge Schauspieler sie zu bemerken. »Wer …? Signorina Ferretti? Was machst du denn hier? Verzeihung! Was macht *Ihr* denn hier?«

Sie legte den Finger an ihre Lippen. »Tu mir den Gefallen und nenn mich für den Augenblick nur Alessa, ja? Oder Signorina … Signorina Rizzi. Ich bin in einer misslichen Lage und möchte deinen Vater bitten, mich mit aufs Festland zu nehmen. Ohne Aufsehen, wenn es möglich ist.«

Er sah sie mitleidig an. »Hat es etwas mit dem Tod deiner Tante zu tun? Musst du ihre Angelegenheiten regeln? Sag einfach, du musst noch etwas für Zenobia tun, dann wird Papa nicht weiter fragen und dich mitnehmen.«

Die Sartoris fuhren auf einer großen, von zwei Männern geruderten Gondel zum Festland, wurden jedoch von einem weiteren, breiten Lastenboot begleitet, das ihre zahlreichen Truhen, Körbe und Taschen beförderte. Immerhin waren sie keine bettelarmen Straßenkomödianten, sondern begehrte Künstler ihres Fachs, denen schon so manche hohe Herrschaft ihre Gunst erwiesen hatte. Ihr Anführer Vitale hatte es so eilig aufzubrechen, dass er Alessa in die Gondel steigen ließ, ohne vorher Erklärungen von ihr zu verlangen.

Während die beiden Gondolieri die Gondel auf den Canale della Giudecca hinauslenkten, war Alessa hin- und hergerissen zwischen dem Vorsatz, sich unter ihrem Umschlagtuch zu verstecken, und ihrem Bedürfnis, noch einmal den Anblick ihrer Heimatstadt in sich aufzusaugen. Der Dogenpalast war bereits außer Sicht. Sie konnte sich nicht verkneifen, sich nach Santa Maria della Salute umzudrehen. Würde das prachtvolle Kirchengebäude fertiggestellt sein, wenn sie es wiedersah? Oder würde sie etwa die Schönheit Venedigs nie wieder genießen dürfen? Nie wieder die Palazzi sehen, die Brücken und Türme, in deren Glanz sie aufgewachsen war?

Vitale, der eben noch neben seinem Sohn gesessen hatte, nahm nun bei ihr auf der Bank Platz. »Willst du mir erzählen, warum du so dringend aufs Festland musst, Signorina *Rizzi*? Zwar haben wir strikte Reisepläne, aber vielleicht kann ich dir dennoch bei der Erledigung deiner Angelegenheiten zu Diensten sein. Man sieht ja, wie ungern du die Serenissima verlässt. Gewiss möchtest du schnell wieder zurück zu deinem Großvater?«

Auch die Kirchenbaustelle hatten sie hinter sich gelassen, und so, wie die kräftigen Gondoliere ruderten, würde es nicht lange dauern, bis sie an Land gehen mussten. Alessa hatte sich genau überlegt, was sie Vitale Sartori sagen wollte, doch als er ihren Großvater erwähnte, blieben ihr die Worte im Hals stecken. Ausgerechnet jetzt holte ihre Trauer sie ein. Sie musste mit den Tränen kämpfen, was ihrem Gegenüber nicht entging.

»Ach du lieber Gott, hast du dich mit ihm zerstritten? Ich weiß, Pietro Ferretti ist kein sanfter Mann, aber er meint es sicher gut mit dir. Du solltest nicht davonlaufen, das bricht ihm das Herz.«

Alle wohlbedachten Worte kamen Alessa nun schal vor, und die üble Wahrheit brach aus ihr hervor. »Mein Großvater ist tot. Er wurde gestern ermordet. Ich ersuche Euch um Euren Schutz, Signor Sartori. Wenn ich in Venedig bleibe, ist mein Leben in Gefahr. Könnt Ihr mich mit nach Deutschland nehmen? Dort habe ich einen Verwandten, und Herzog Georg Wilhelm wird mir in Erinnerung an alte Zeiten vielleicht Zuflucht gewähren.«

Erschrocken blickte er über die Schulter zurück. »Porca miseria. Was für schreckliche Neuigkeiten, Signorina! Bist du sicher, dass dir niemand gefolgt ist, als du zu uns kamst?«

»Ich habe mir die größte Mühe gegeben, nicht entdeckt zu werden und geheimzuhalten, dass ich die Stadt verlassen will. Wenn ich mich Euch anschließen kann und mich ganz unauffällig verhalte, wird er … werden sie meine Spur nicht wiederfinden.«

Vitale warf ihr einen halb entsetzten, halb belustigten Blick zu. »Wie würdest du es anstellen, dich bei einem Trupp von Schauspielern unauffällig zu verhalten? Wir spielen alle unsere Rollen, das weißt du doch wohl? Als braves und anständiges junges Weib stichst du zwischen uns heraus wie ein Täubchen aus einem Schwarm Papageienvögel.«

»Wenn Ihr mir ein paar bunte Federn leiht, die ich mir ins Gefieder stecken kann, werde ich schon nicht auffallen. Bitte!«, flehte sie.

»Aber was, wenn sie dir doch auf die Schliche kommen? Ich trage die Verantwortung für meine Leute. Wir geraten alle in Gefahr, wenn …«

Alessa schüttelte den Kopf. »Meine Feinde können nicht wissen, dass ich Venedig verlassen habe. Und wenn wir alle so tun, als würde ich zu Euch gehören, dann werden sie meine Spur nicht finden. Außerdem … Ich kann mich sicher nützlich machen. Wollt Ihr unterwegs auftreten? Ein paar kleine Kunststücke werde ich schon hinbekommen. Tante Zenobia hat mich viel tanzen und turnen lassen.«

Vitale seufzte. »Bei der vielen Zeit, die du bei ihr und im Theater verbracht hast, sollte man meinen, dass du etwas von der Schauspielkunst verstehst. Aber …«

Sie fiel ihm wieder ins Wort. »Und ich beherrsche fließend die deutsche Sprache. So gut wie meine eigene. Außerdem spreche ich Französisch. Das könnte für Euch von großem Nutzen sein.«

Tatsächlich schien ihm dieser Umstand zu denken zu geben. Angespannt schaute er noch einmal über die Schulter zurück und ließ den Blick über die Fassaden der Häuser schweifen, die den

Canale della Giudecca säumten. »Gut, wir nehmen dich vorerst mit. Aber wenn ich eine Möglichkeit sehe, dich sicherer unterzubringen, dann musst du gehen. Mir käme es viel passender vor, wenn du dich in einem Kloster in den Bergen verstecken würdest. Dein Großvater hätte dich nicht bei uns sehen wollen. Auch Zenobia hätte es nicht gefallen.«

Alessa zuckte mit den Schultern. »Sie würden es verstehen. Ich danke Euch.«

Er klopfte ihr behutsam aufs Knie. »Du musst nicht förmlich mit mir sein. Wir sind eine Familie. Wenn du zu uns gehören willst, dann solltest du auch so mit uns sprechen.«

Sie nickte. »Und welche Rolle soll ich spielen?«

»Darüber beraten wir heute Abend in der Herberge. Wir werden uns mal ansehen, was du kannst. *Non omnia possumus omnes.* Wir können nicht alle alles, nicht wahr?«

3

Mezzanotte hatte seinen Ruf nicht als Schinder erworben. Seine Auftraggeber riefen ihn nicht, wenn sie einen Folterknecht brauchten, um ihren Opfern Geheimnisse zu entlocken. Für derartige Arbeit brauchte man die Gabe, gepeinigte Menschen am Leben und bei Bewusstsein zu erhalten, wenn sie sich selbst längst den Tod wünschten. Er hingegen hatte seine Fähigkeiten dahingehend geschult, Menschen so schnell wie möglich vom Leben zum Tode zu befördern. Deshalb galt er als einer der zuverlässigsten Auftragsmörder von Venedig und vielleicht als der am längsten in seinem Gewerbe tätige.

Es war ihm nie schwergefallen zu töten. Häufig hatte er es im Gegenteil schwierig gefunden, jemanden *nicht* zu töten. Denn zum einen war er kein Menschenfreund, zum anderen ließ sich seine Wut gelegentlich nicht zügeln. Deshalb war es auch in der Vergangenheit schon vorgekommen, dass er jemanden aus Versehen umgebracht hatte. Niemals hatte er es jedoch so bereut wie bei Pietro Ferretti.

Der alte Mann hatte ein Geheimnis gehütet, das ihm – *Innocenzo Martini*, genannt Mezzanotte – einen Lebensabend in Wohlstand hätte sichern können. Knapp zwanzig Jahre lang hatte er den Alten und seine Enkelin im Auge behalten, weil er immer geahnt hatte, dass eines Tages etwas wieder an die Oberfläche kommen würde, was Ferrettis Schwiegersohn Valentiano Sala vor seinem Tod versenkt hatte.

So viel Zeit hatte er geopfert, so viele Münzen aus seinem Beutel in die von Leuten wandern lassen, die ihm Auskunft über Ferretti, seine Enkelin und die Hure Zenobia geben konnten. Am Ende war es Zenobias Zofe gewesen, die ihm das Gewünschte geliefert hatte: den Hinweis auf ein Geheimnis, das mehr Gold wert war als alle Aufträge, die er in seiner Lebenszeit noch würde erledigen können.

Die untreue Zofe umzubringen war kein Versehen gewesen. An dem Aas nagten bereits die Fische. Wie auch an der Leiche von Pietro Ferretti. Von dem allerdings hätte er unbedingt noch mehr erfahren müssen. Und seine Enkelin … *Porca vacca!*

Voll Zorn trat er gegen einen aus toten Augen glotzenden Fischkopf, der ihm mitten auf der Fondamenta im Weg lag, und stieß ihn in den Kanal. Er hatte gewusst, dass Alessandra Sala eine Diebin war, und, Pietros Umsätzen beim Hehler nach zu urteilen, keine schlechte. Aber dass sie sich durch die Serenissima zu schlängeln vermochte wie eine wilde Katze, das hatte er nicht geglaubt. Vor ihr war ihm noch niemals eine Frau entkommen. Nur wenige hatten es überhaupt versucht. Dieses Miststück würde noch bereuen, dass er ihretwegen eine halbe Nacht lang durch die Stadt hatte hetzen müssen. Natürlich würde ihm nicht der gleiche Fehler wie bei ihrem Großvater unterlaufen. Sie würde ihm vor ihrem Tod alles sagen, was er wissen musste, und ihm das bedeutungsvolle blaue Schmuckstück auf einem Samtkissen überreichen, falls es sich in ihren Händen befand. Er musste sie nur erst einmal wiederfinden.

Überall, wo mit ihr zu rechnen gewesen wäre, hatte er Späher postiert – ein weiterer erheblicher Posten auf der Liste seiner Ausgaben in dieser Angelegenheit. Allein der Aufwand, den er bisher betrieben hatte, machte es ihm unmöglich aufzugeben. Doch bisher hatte er in den drei Tagen seit der wilden Jagd nur einen einzigen Hinweis darauf erhalten, dass die junge Diebin gesehen worden war. Noch in der Nacht ihrer Flucht hatte sie Pietros Hehler Rebarino aufgesucht und ihn darum gebeten, ihr Auskunft darüber zu verschaffen, wer sie verfolgte. Offenbar glaubte sie, dass er – Mezzanotte – in fremdem Auftrag handelte. Leider hatte sie keine Adresse hinterlassen, wo sie zu erreichen sein würde. Immerhin hatte er mit Rebarino eine Übereinkunft und würde es von ihm umgehend erfahren, wenn sie sich mit ihm in Verbindung setzte.

Er hatte sein Ziel erreicht und blieb stehen, um sich vorgeblich mit einem Schmutzfleck an seinen langen weißen Strümpfen zu beschäftigen und seine Samtjacke glatt zu ziehen. Aus dem Augenwinkel musterte er aber das Haus von Zenobia Buccolini. Offenbar hatte jemand die Bestattung der Schauspielerin in die Wege geleitet, obwohl ihre nächsten Angehörigen auf rätselhafte Weise verschwunden waren. Das Leichenbegängnis sollte an diesem Tag stattfinden. Mezzanotte war keinesfalls überzeugt davon, dass die Nichte sich einfinden würde, doch es bestand eine gewisse Wahrscheinlichkeit. Daher würde auch er sich dem Zug anschließen. Immerhin war er unter dem Namen Vasco Moretti ein unbescholtener Bürger Venedigs, dem man eine Liebe zum Theater abnehmen konnte.

In der Calle hatten sich bereits zwei Dutzend Trauergäste versammelt, die darauf warteten, dass der Sarg mit Zenobias sterblichen Überresten zu der Gondel getragen wurde, die ihn nach San Michele auf den Friedhof bringen würde. Stetig kamen weitere Trauernde hinzu. Die meisten waren an ihrer Kleidung und ihrer Art als Schauspieler, Sänger oder Tänzer zu erkennen, doch auch einfache Bewunderer der Künste waren dabei, sodass er sich ganz unauffällig unter die Anwesenden mischen konnte.

Das Verschwinden von Zenobias Vater und Nichte war der Gegenstand vieler Gespräche, doch es beunruhigte die Leute weniger, als er erwartet hatte. Sie vermuteten die unterschiedlichsten Gründe dafür. Der rührendste Erklärungsversuch war, dass die Trauer den alten Mann wohl so sehr geschwächt hätte, dass er sich hatte zurückziehen müssen und nun von seiner Enkelin gepflegt werde. Doch auch das Gegenteil wurde gemutmaßt, nämlich dass die beiden sich zu vornehm fühlten, um an der Trauerfeier teilzunehmen, und sich deshalb abgewandt hätten.

»Schließlich hat Zenobia immer gesagt, dass der alte Mann ihren Lebenswandel missbilligt«, sagte eine kostbar gekleidete Frau, die ihr Haar zu einer besonders hohen Fontange frisiert trug. Er dachte noch darüber nach, ob sie eine Kurtisane oder eine Sängerin war oder beides, da machte ein anderer Wortwechsel ihn hellhörig.

Ein Mann, der sein fortgeschrittenes Alter unter einer dicken Schicht Schminke und einer Perücke verbarg und eine schlichte schwarze Seidenmaske trug, sprach in tragischem Tonfall. »Wenn ihr mich fragt, dann ist es doch ein bemerkenswerter Zufall, dass sie beinah genau an dem Tag starb, als die Sartoris nach Germania aufbrachen. Natürlich wird unsere werte Freundin davon gehört haben, und gewiss werden die Erinnerungen an lang vergessene Schmach wieder aufgestiegen sein und ihr den letzten Lebenswillen genommen haben. Dass der Tedesco sich venezianische Komödianten an seinen Hof ruft, ohne sie dabei auch nur mit einem einzigen Wort zu erwähnen, zeugt doch wieder einmal von der Grobheit jener Nation.«

Seine Gesprächspartner waren dazu geteilter Ansicht, doch Mezzanotte folgte ihrem Austausch nicht weiter. Was er gehört hatte, kam ihm wie ein Fingerzeig des Bösen vor, dem er schon so viele Jahre diente. Er wandte sich an einen der Umstehenden. »Verzeiht, aber ist es wahr: Die Sartoris sind bereits nach Germania abgereist?«

»Gewiss. Schon vorgestern«, gab ihm ein Mann Auskunft, dessen faltiges, altes Gesicht nicht zu seiner kräftig braunfarbigen Perücke passte.

»An wessen Hof wurden sie gerufen?«, hakte er nach.

»Zu Herzog Georg Wilhelm. Er verbrachte in früheren Jahren viel Zeit in der Serenissima. Man weiß nicht, ob aus Leidenschaft für unsere Oper und das Theater oder für Zenobia. Jedenfalls beehrt er uns schon seit Langem nicht mehr mit seiner Anwesenheit, sondern hält in einer kleinen Stadt im Norden Germanias Hof. Vitale wurde nicht müde zu betonen, dass diese Stadt sich soeben zu einer bedeutungsvollen Residenz entwickeln würde, in der ihm eine glanzvolle Zukunft bevorstünde. Soviel wir aber wissen, ist es nur ein Dorf auf dem trockenen Land mit einer von diesen barbarischen kargen Burgen als Wohnsitz für einen Ritter, der andauernd Krieg führt. Wenn Ihr mich fragt, sehen wir die Sartoris bald wieder hier.«

Mezzanotte hatte Zenobia lange genug überwacht, um über ihre Verbindung mit dem deutschen Herzog und über den kleinen Bastard, der daraus entsprungen war, Bescheid zu wissen. Er hatte nach dem Bruch zwischen den beiden jedoch geglaubt, dass die Sache keine Bedeutung mehr habe, und dem Verbleib des Adligen keine Beachtung geschenkt. Ein Fehler, wie es nun schien. Das Verschwinden von Alessandra Sala-Ferretti und die Abreise der Sartoris passten perfekt zusammen. »Im Norden Germanias, sagt Ihr? Kennt Ihr vielleicht den Namen der Stadt?«, fragte er.

»Verzeiht, da muss ich passen. Ich habe ihn vergessen.«

Hilfsbereit wollte der Mann ihn an jemanden verweisen, der die Antwort möglicherweise wüsste, doch er winkte ab. Unauffällig wich er wieder in den Hintergrund der Gesellschaft zurück und machte sich schließlich davon, noch bevor der Sarg aus dem Haus getragen wurde. Es würde nicht allzu schwierig sein, den Hof eines deutschen Herzogs ausfindig zu machen. Dazu würde er noch reichlich Zeit haben, wenn er in Germania angekommen war.

4

Commedia dell'arte

Am hafen von mestre, wo sie mit der Gondel und dem Lastboot ankamen, verteilten die Sartoris sich und ihr Gepäck auf zwei Kaleschen, die der Herzog eigens für sie geschickt hatte. Alessa durfte zu Vitale und seiner Frau Zaira einsteigen, während ihr gemeinsamer achtzehnjähriger Sohn Ottavio, Zairas Cousine Pippa, die in Alessas Alter war, und deren Ehemann Leandro den zweiten Wagen besetzten. Der elfjährige Flori begleitete sie ebenfalls, mal in der einen, mal in der anderen Kutsche. Alessa hatte den Eindruck, dass er es nur sich selbst zu verdanken hatte, dass die Sartoris ihn nicht einfach bei einem Halt auf der Strecke vergaßen. Was nicht hieß, dass sie ihn übergingen, wenn es unangenehme Aufgaben zu erledigen gab. Schon am ersten Abend, den sie mit den Schauspielern in dem kleinen Ort Castelfranco verbrachte, bemerkte sie, wie sie den Waisenknaben auf Trab hielten. *Flori, putz die Schuhe, hol Wasser, bring diesen Kehricht hinaus, wasch mir den Fleck aus dem Umschlagtuch* – so ging es in einem fort.

Eigentlich hatte sie erwartet, dass die Sartoris umgehend versuchen würden, eine Aufgabe für sie zu finden, um sie in die Truppe einzugliedern. Doch nach der Ankunft in der Herberge waren alle hauptsächlich damit beschäftigt, die Leiden zu beklagen, denen das Reisen in der Kutsche sie aussetzte. Sie übertrafen sich gegenseitig darin, über die vom verkrampften Sitzen steifen und durch Stöße geprellten Gliedmaßen zu stöhnen, und versicherten sich gegenseitig, wegen der Übelkeit, die ihnen das Holpern und Schaukeln verursacht hatte, den ganzen Tag lang nicht den geringsten Appetit verspürt zu haben. Besonders Pippa und Leandro litten auch deshalb, weil sie ständig befürchteten, dass der Wagen umstürzen könnte.

Weitgehend ungestört konnte Alessa ihre neuen Gefährten bei alldem beobachten. Sich mit Vitale und Zaira zu befassen hatte sie während der gemeinsamen Fahrt bereits reichlich Gelegenheit gehabt. Außerdem hatten die beiden sie darüber aufgeklärt, wer von ihnen welche Rollen spielte, obwohl das kaum nötig gewesen war. Sie hatte schon in Venedig Aufführungen der Truppe gesehen und erraten, wer sich hinter welcher Maske verbarg. Vitale spielte den *Pantalone*, den habgierigen, stets über seine Gebrechen klagenden, aber dennoch lüsternen alten venezianischen Kaufmann. Dann und wann übernahm er auch die Rolle des *Dottore*. Er war gebildet genug, um dem aufgeblasenen Gelehrten haarsträubend komische Unsinnsreden in den Mund legen zu können, die mit hochtrabenden Floskeln nur so gespickt waren. Allerdings liebte Vitale die Figur des Dottore nicht und gab ihr in den Aufführungen der Sartoris weniger Raum.

Zaira spielte die *Colombina*, die bodenständige, schlaue und flinke Kammerzofe, die den heimlichen Liebenden des Stücks stets eine Verbündete war und durch ihre freche, üppige Weiblichkeit alle Männer einwickelte. Alessa hatte das Gefühl, dass Vitales Eheweib für diese Rolle geboren war. Sowohl ihre Art, kein Blatt vor den Mund zu nehmen, als auch ihr angeboren dunkler Teint passten zur Figur einer Bediensteten, der keine Zeit blieb, die milchweiße Blässe ihrer Haut zu pflegen.

Pippas Ehemann Leandro war der *Arlecchino* – die Figur, die Alessa am meisten liebte, weil von ihr die interessantesten akrobatischen Kunststücke zu erwarten waren. Seit sie laufen konnte, hatten ihr Großvater und ihre Tante sie dazu angehalten, ihre Beweglichkeit und ihren körperlichen Wagemut zu schulen. Jeden Tag hatte sie Stunden damit zugebracht, Klettern, Springen und all die Turnereien zu üben, die sie auf und hinter der Bühne beobachtete. Deshalb wusste sie es besonders zu schätzen, wenn ein Schauspieler während eines Stücks einen gelungenen Radschlag, Salto oder Sprung zeigte. Weniger schätzte sie Leandros zweite Rolle, die auch er selten, aber mit Begeisterung spielte, und damit viele Zuschauer zu Lachstürmen hinriss. Es war der *Capitano*, ein prahlerischer, grober Soldat, der mit seinen langatmigen Aufschneidereien manche amüsierte, Alessa jedoch langweilte.

Auch die zierliche Pippa war wie für ihre Rollen geschaffen. Ihr Gesicht hatte unter hell gebleichten blonden Löckchen niedliche, aber ausdrucksvolle Züge, und sie war eine begnadete Tänzerin. Entweder spielte sie die sehnsüchtig liebende, vornehme junge Frau, deren Not die Herzen der Zuschauer ergriff, oder sie hielt das Publikum während der Unterbrechungen des Stücks mit Tanzeinlagen bei Laune. Pippa und der hübsche Ottavio gaben auf der Bühne ein ergreifend schönes Liebespaar ab.

Als Liebender, der seine Rolle ohne Maske spielte, gefiel Ottavio Alessa gut. Seine zweite Rolle war der *Brighella*, ein gerissener, untreuer Diener, der ihm für Alessas Geschmack ein wenig zu finster geriet. Ihre Tante war der Ansicht gewesen, dass Ottavio die Lebenserfahrung für die Rolle fehlte.

Was alle Mitglieder der Sartoris gemeinsam hatten, waren ihre Musikalität und ihre schönen Gesangsstimmen. Für die große Oper mochten sie nicht gut genug sein, aber wenn sie kleine Lieder ins Spiel einflochten, war es für die Zuhörer ein Genuss.

Am Haupt des langen, rauen Holztisches, an dem sie in der Herberge zu Abend aßen, thronte Vitale. Der Platz zu seiner Rechten war Zaira vorbehalten, die sich aber noch nicht gesetzt hatte, sondern stehend mit der Wirtin verhandelte. Alessa konnte hören, dass sie mit beeindruckender Überzeugungskraft um den Preis für das Abendessen und die Übernachtung der Truppe feilschte. Die Wirtin hatte bereits rosige Wangen und wirkte, als würde sie jeden Augenblick nachgeben, da winkte Vitale Zaira ungeduldig zu sich.

»Komm doch, mein Vögelchen. Wir wollen es heute nicht so genau nehmen. Lass dem guten Weib den Gewinn. Sie hat uns doch ein anständiges Mahl aufgefahren, sieh es dir an.«

Zaira warf einen Blick über die Schulter auf den Tisch. »Ein ganz gewöhnliches Mahl, wenn du mich fragst. Nur weil wir auf dieser Reise einen großzügigen Gönner haben, sehe ich nicht ein, dass wir einen zu hohen Preis für die Unterkunft zahlen.«

Die Wirtin hatte durch Vitales Zwischenruf Aufwind bekommen und stemmte die Hände in die Seiten. »Niemand sonst beschwert sich über meine Preise. Unser Haus liegt an einer wichtigen Straße, und wir bewirten jeden Tag Heerscharen von Gästen. Unsere Vorräte bekommen wir nicht billig wie irgendeine Mühle oder eine Schmiede auf dem Land. Wir müssen alles teuer herbeischaffen lassen.«

Zaira wich keinen Fingerbreit zurück. »Und nun soll es mein Schaden sein, dass du die falschen Lieferanten wählst? Ich stamme aus der Serenissima, meine Liebe, der wunderbaren Stadt im Meer. Jedermann muss dort alles herbeischaffen lassen. Und dennoch zahle ich nicht jeden unsinnigen Preis dafür. Ich verlange nicht, dass du uns etwas schenkst. Aber wir sind eine große Gesellschaft, und du solltest einsehen, dass du mehr davon hast, wenn wir noch einmal wiederkommen und dein Haus weiterempfehlen.«

Sie warf sich beim Sprechen in die Brust, was ihre Unerschrockenheit ebenso betonte wie ihren beachtlichen Busen. Alessa musste an die Geheimnisse der Schauspielerei denken, die Zenobia ihr zugeflüstert hatte, wenn sie gemeinsam ein Stück ansahen. *Streck anderen deinen Nabel entgegen, wenn sie glauben sollen, dass du furchtlos bist.* Sie war sicher, dass Zaira gewinnen würde, und wandte ihre Aufmerksamkeit Pippa zu. Die Tänzerin saß rechts neben ihr und sprach mit Leandro und Ottavio, die sich gegenüber niedergelassen hatten. Der kleine Flori hockte müde auf einem Schemel, der so niedrig war, dass der Knabe kaum über die

Tischkante sehen konnte. Seine dunkelblonden, kurzen Locken sahen aus wie ein verfilztes Vogelnest.

Die Tonlage von Pippas Stimme war etwas zu hoch für Alessas Wohlbefinden, aber das mochte daran liegen, dass die Tänzerin eine Klagerede vortrug. »Ich weiß nicht, wie ich das überstehen soll, mehr als drei Wochen in diesem entsetzlichen Kutschwagen zu verbringen. Da lobe ich mir doch eine Gondel, und sei sie noch so schlicht. Warum haben die Leute bloß jemals angefangen, über Land zu reisen? Ich bin grün und blau. Mein Rücken schmerzt. Wie soll ich noch tanzen können, wenn wir schließlich ankommen? Ihr wisst genau, wie empfindlich ich bin. Es ist eine Zumutung! Eigentlich müsste ich jetzt noch meine Übungen machen, aber so zerschlagen, wie ich mich fühle …« Stöhnend streckte sie die Arme in die Höhe, um sich zu dehnen.

Ihr Ehemann, dessen ebenmäßiges, männlich schönes Gesicht Bildhauern zum Vorbild hätte dienen können, ließ seinen Blick anzüglich auf ihrer Brust ruhen. »Uns geht es allen nicht besser als dir, Herzchen. Aber da es leicht vier Wochen werden statt drei, gewöhnen wir uns wohl besser daran. Wir werden früh zu Bett gehen und uns gegenseitig mit der Tinktur einreiben, die ich erworben habe. Das wird helfen.«

Pippa stieß ein spitzes Lachen aus und sah ihn spöttisch an. »Ich weiß schon, wobei das helfen wird. Aber lass dir gleich gesagt sein, dass mir heute nicht danach zumute ist, dich einzureiben.«

Alessa hatte sich einen Becher von dem wässrigen Rotwein eingegossen, der in einem Krug auf dem Tisch stand, und trank ihn in kleinen Schlucken. Dabei lehnte sie sich zurück und tat, als wäre sie erschöpft und in Gedanken versunken, musterte die Männer gegenüber jedoch aufmerksam. Ottavio errötete und wandte bei Pippas letzten Worten seinen Blick ab. Offenbar war ihm unangenehm, sich vorzustellen, dass sie mit ihrem Mann Zärtlichkeiten teilte. Dabei war er mit seinen achtzehn Jahren gewiss nicht mehr unbedarft. Daran, wie lange ein Mann eine Frau betrachtete, ohne zu blinzeln, konnte man erkennen, ob er sie heimlich begehrte. Das war eine weitere Weisheit ihrer Tante, die besonders auf diesem Gebiet äußerst sachkundig gewesen war und ihr Wissen mit Vergnügen weitergegeben hatte.

Danach zu urteilen, hegte Ottavio ganz andere als verwandtschaftliche Gefühle für die junge Cousine seiner Mutter. Für die Jungfer, von der er sich in Venedig noch im letzten Augenblick verabschiedet hatte, standen die Aussichten also wirklich schlecht.

Zaira hatte sich endlich mit der Wirtin geeinigt und setzte sich neben Alessa. »Nun, Signorina Rizzi, wir heißen dich in unserem Kreis willkommen. Für heute bist du unser Gast, also lang zu und iss! Morgen brechen wir früh auf, und abends sehen wir dann, wie es mit dir und uns weitergeht«, sagte sie.

Leandro räusperte sich. »Ich bin der Letzte, der sich über einen so augenschmeichelnden Gast beschweren würde, gestehe aber, dass ich nicht frei von Neugierde bin. Welchem Umstand verdanken wir denn die Freude, sie als Mitreisende gewonnen zu haben?«

Vitale beugte sich über den Tisch, um nach einem Zinnteller mit Schinken zu greifen. Sein langer, grau melierter Spitzbart streifte dabei das Brot, das bereits auf seinem Essbrett lag, woraufhin Zaira mit einer Hand seinen Bart anhob und ihm mit der anderen zu dem gewünschten Schinken verhalf. Vitale quittierte die Geste mit einem Lächeln, ohne sein Eheweib anzusehen. »Signorina Rizzi ist unerwartet zur Waise geworden und möchte nun ihren letzten verbliebenen Verwandten besuchen, der zufällig dort weilt, wohin es auch uns zieht. Daher hat sie sich unter unseren Schutz gestellt. Gewisse feindselige Umstände zwangen sie, ihren Entschluss in aller Eile zu fassen, weshalb sie spärlich ausgestattet aufbrechen musste. Sie und ich kamen zu dem Schluss, dass ihr Wohlergehen am besten zu gewährleisten ist, wenn wir sie als langjähriges Mitglied unserer Gemeinschaft behandeln und nichts Gegenteiliges nach außen dringen lassen«, erklärte er.

Alessa fühlte die Blicke aller Anwesenden auf sich ruhen und gab sich Mühe, ihnen gelassen in die Augen zu sehen. »Ich bin zuversichtlich, dass ich mich nützlich machen kann, und hoffe daher, dass ihr meine Begleitung nicht als Last empfindet.«

Ottavio und Pippa sprachen ihre nächsten Sätze gleichzeitig.

»Wirst du verfolgt?«, wollte Ottavio wissen.

»Wie soll das gehen?«, fragte Pippa.

Leandro hingegen stöhnte laut und rekelte sich. »Meine Lieben, nun lasst sie doch in Ruhe. Sie hatte einen ebenso entsetzlichen Tag wie wir alle. Wir werden reichlich Gelegenheit haben, diese Dinge zu besprechen. Heute will ich nur noch essen, trinken und schlafen. Vielleicht noch eine einzige andere Sache, aber die werde ich offensichtlich nicht bekommen.«

Seinen schwülen Blick erwiderte Pippa mit einem verächtlichen Schnauben, und damit war Alessas Aufnahme in den Kreis der Sartoris vorerst abgesegnet.

Leandro hatte das Kostüm des Harlekins angelegt, als er Alessa nach der nächsten Tagesreise am Abend aus ihrer Kammer rief und in den Innenhof des Gasthauses führte. Es bestand aus einer Hose und einer eng anliegenden, langen Jacke, die in der gleichen Art aus roten, blauen und grünen Tuchdreiecken gefertigt waren, und der hässlichen Harlekinsmaske mit ihrer wulstigen Stirn und der dicken Nase. Früher hatte die Kleidung der Harlekine ausgesehen wie lumpiges Flickwerk, um als Symbol für ihre Armut zu stehen, doch diese Zeiten waren längst vorbei. Leandros farbenprächtiges Gewand zeugte von kunstvollem Schneiderhandwerk, das die Bewegungsfreiheit berücksichtigte, die er benötigte.

Außer Zaira waren die Sartoris alle bereits im Innenhof versammelt. Auch an neugierigem Publikum mangelte es nicht, obwohl hier keine Vorführung gegeben werden sollte, sondern nur die alltäglichen Übungen stattfanden. Ottavio war in das Weiß-Grün des Brighella gekleidet, doch nicht mit seiner Rolle, sondern mit Musizieren beschäftigt. Er spielte Fetzen von Melodien auf der Geige, um sich die Finger aufzuwärmen, und Pippa, die ihr Tanzkleid trug, dehnte und streckte sich im Einklang mit seiner Musik.

Leandro hielt nichts von derartig langsamer Vorbereitung, wie er anschaulich bewies, sobald er mit Alessa aus der Tür trat. Er ließ sie stehen und eroberte den Hof mit einer Reihe von Radschlägen und Salti, was ihm prompt Applaus einbrachte, dem Alessa sich voller Überzeugung anschloss.

Ihr Anführer Vitale verzichtete an diesem Abend auf sein Kostüm. Er stand mit einer Brille auf der Nase und in Falten gelegter Stirn neben dem Brunnen und las. In der linken Hand hielt er das aufgeschlagene Buch, während seine Rechte verträumt den Takt zu Ottavios Spiel schlug.

Pippa drehte mit anmutig erhobenen Armen eine Pirouette, verbeugte sich mit fließenden Bewegungen, die jeden Schwan hätten neidisch werden lassen, und warf Alessa anschließend mit hochgezogenen Brauen einen beredten Blick zu. Obgleich Alessa nichts ferner lag, als in einen Wettkampf mit Pippa eintreten zu wollen, ließ sie sich reizen. Wie konnte die Tänzerin so sicher sein, dass sie nichts Nennenswertes zu bieten hatte? Wie gern hätte sie ihr gezeigt, wozu sie fähig war! Doch gerade davor hatte ihr Großvater sie immer gewarnt. Eine junge Frau, die an Fassaden emporklettern konnte wie ein Gecko, war sofort verdächtig. Sie musste andere Wege finden, um der überheblichen Schönheit eins auszuwischen.

Unwillkürlich reckte sie die Arme empor, übertrieb dabei die Grazie von Pippas Bewegungen und drehte eine Pirouette, die makellos gelang und dennoch eine gewollt plumpe Nachahmung war. Dann äffte sie mit unschuldiger Miene die Dehnübungen nach, die sie zuvor beobachtet hatte, und hampelte im Rhythmus der Geige herum, als wäre sie eine Tänzerin, die an Marionettenfäden hing. Sie sah, wie Pippa die Kinnlade herunterfiel, beachtete sie aber nicht weiter, sondern blieb plötzlich vor Vitale stehen. Mit ihrer Linken hob sie ein unsichtbares Buch nah vor ihre kurzsichtigen Augen, schob es wieder von sich und setzte sich mit der freien Hand eine ebenfalls unsichtbare Brille auf den Nasenrücken, bevor sie angestrengt las und mit der Rechten wilde Bewegungen vollführte, als dirigierte sie ein Orchester. Sie hörte die Zuschauer lachen, blieb aber ganz bei ihrer kleinen Spielerei. Als Vitale den Blick hob, um den Grund für das Gelächter zu entdecken, tat sie, als würde sie rasch ihre Brille und das Buch wegwerfen, und setzte stattdessen eine Geige an, die sie, wenn auch geräuschlos, so dennoch mit weit mehr Leidenschaft fiedelte als Ottavio die seine. Zu ihrem Glück lächelte er darüber, wofür sie ihm mit einem Zwinkern dankte. Statt sein Spiel zu unterbrechen, setzte er es mit einer fröhlichen Melodie fort, die zu ihren Späßen passte.

Leandro hatte mittlerweile begriffen, dass sie um eine Rolle nachsuchte, und nahm ihre Herausforderung an. Er streckte den Bauch heraus, stemmte die Hände in den Rücken, watschelte auf sie zu und beäugte sie von oben bis unten, als wäre sie eine seltsame Holzpuppe.

Dann wandte er sich kopfschüttelnd ab. »Ich weiß nicht, was das für ein Ding ist. Aber essen kann man es nicht«, sagte er, ging in die andere Richtung und flocht dabei alle paar Schritte den für ihn üblichen hopsenden Tanzschritt ein.

Alessa folgte ihm und machte seine Hopser mit schlenkernden Gliedmaßen nach. Er tat, als würde er etwas köstliches Essbares auf dem Boden finden, folgte der Spur dessen, der es verloren hatte, in gebeugter Haltung, bis er schließlich auf den Händen lief, um nur ja die Spur nicht zu verlieren. Es war ein geschickter Zug von ihm, denn abgesehen davon, dass es nicht Alessas Stärke war, auf den Händen zu gehen, war sie dafür nicht richtig gekleidet. Ihre Röcke wären ihr um die Ohren zusammengeschlagen und ihre nackten Beine zu einem Schauspiel geworden, das sie nicht bieten wollte. Deshalb überholte sie ihn flink, als hätte sie längst gesehen, was am Ende der Spur wartete, und hob ein leeres Körbchen auf, das dort verwaist unter einer Bank lag. Sie stellte sich vor, dass es mit süßen Kirschen gefüllt wäre, aß sie genießerisch und spuckte die Kerne in Leandros Richtung. Diesen Scherz musste sie sich nicht selbst ausdenken; er gehörte zu den *Lazzi*, den feststehenden Albereien, die häufig in Komödienstücke eingeflochten wurden.

Der »Harlekin« stellte sich wieder auf die Füße, kam zu ihr und versuchte, ihr das Körbchen wegzunehmen, woraus sie einen kleinen Tanz aus akrobatischen Drehungen und Wendungen machten, bis sie sich in Position gebracht hatte, um mit dem Körbchen in der Hand einen Rückwärtssalto springen zu können, dann scheinbar die letzte Kirsche zu essen und dem Harlekin anschließend das Körbchen zu überlassen. Während er eine Klagerede über sein hartes Leben als stets hungriger Diener anstimmte, schlug sie zwei Räder zum Brunnen und füllte sich den Holzbecher mit Wasser, der dort stand. Damit tänzelte sie zum Harlekin, bot ihm den Becher zum Schein an, nur um ihn wieder wegzuziehen und selbst am Wasser zu nippen, als er zugreifen wollte.

Dann entspann sie kurz ein ähnliches Gefecht wie zuvor mit dem Körbchen, mit der erhöhten Schwierigkeit, dass kein Wasser vergossen werden durfte. Der Höhepunkt dieses Lazzo, den man den »Lazzo des unvergossenen Weins« nannte, wäre nun ein weiterer Rückwärtssalto gewesen, den sie mit dem Becher in der Hand machte. Sie spürte die gespannte Erwartung der Zuschauer, die wussten, dass wahre Könner auch das schafften, ohne einen Tropfen zu vergießen. Doch ihr war das Kunststück noch nie gelungen, obwohl sie es oft probiert hatte. In ihrem Alltagskleid hatte sie noch weniger Aussichten, damit zu glänzen. Kurzentschlossen tat sie, als würde sie zum Salto ansetzen, sich dann aber daran erinnern, dass sie etwas vergessen hatte, und innehalten.

Hastig drückte sie dem Harlekin den Becher in die Hand, machte einen Handstandüberschlag rückwärts und kehrte mit einer fließenden Bewegung zu Leandro zurück, um ihm den Becher wieder wegzunehmen und vor seiner Nase zum Trinken anzusetzen.

Er verstand den Wink, schnappte sich den Becher, führte den Salto meisterhaft vor, um dann mit einem triumphierenden Grinsen auf den Lippen scheinbar ungeschickt zu stolpern und den gesamten Inhalt des Bechers mit Schwung in Richtung der lachenden Zuschauer auszuschütten.

Anschließend verbeugten sich beide, und ihr Publikum, einschließlich aller Sartoris, applaudierte.

»*Brava Arlecchina!*«, rief Ottavio.

Ihre Tante wäre stolz auf sie gewesen, vermutete Alessa. Oder vielmehr wäre sie stolz auf sich selbst gewesen, weil sie ihr so viel über die Schauspielerei beigebracht hatte, ohne je in den Verdacht zu geraten, sie zur Schauspielerin machen zu wollen.

Vitale hatte seine Brille abgenommen und hielt sie und sein Buch in den auf dem Rücken verschränkten Händen. So wandelte er über den Hof wie ein sinnierender Gelehrter, bis er vor ihr stehen blieb.

»Eine Harlekina soll es also sein, ja? Mehr Anmut, wenn ich bitten darf. Und mehr Überzeugung in den Dingen, die du aus der Luft greifst.« Er forderte sie wortlos auf, sein Buch in die Hände zu nehmen. »Fühlst du das Gewicht? Dein Buch wog überhaupt nichts. Und deine Kirschen hätten auch Datteln oder Fisch mit

Gräten sein können. Wenn du mit uns auftreten willst, dann hast du noch einiges zu lernen. *Age, quod agis.* Was du tust, das tu auch richtig! Was meinst du, Leandro? Kannst du etwas mit ihr anfangen?«

Leandro zuckte mit den Schultern. »Ich bezweifle, dass sie so gut wird, dass ich mit ihr vor dem Herzog auftreten möchte. Aber bis dahin wird es die Reise kurzweiliger machen, mit ihr zu spielen. Immerhin kennt sie ein paar Grundlagen, sie ist flink, und sie hat ein gutes Gefühl für den richtigen Takt.«

Vitale nickte und blickte sich nach seiner Frau um, die sich inzwischen im Kleid der Colombina auf dem Hof eingefunden hatte. »Mein Liebes, hast du einen Einfall, was das Kostüm von Arlecchina Rizzi angeht?«

Geziert legte sich Zaira die Hand an die Stirn. »Ein Fall für einen Einfall! Immer soll die arme Colombina Einfälle haben, die nicht durchfallen dürfen. Was fällt dir ein? Aber falls … Falls es drängt …«

Vitale winkte ab und nickte Alessa zu. »Sie wird sich darum kümmern. Bis dahin probier mit Leandro und Ottavio ein paar Lazzi und *Burle*.«

Die Aussicht machte ihr mehr Freude, als sie erwartet hatte. Sie wandte sich Leandro zu, um ihm zu danken, doch der wartete nicht auf ihre Worte. Stattdessen griff er sie um die Taille und hob sie in die Höhe. »Wir haben eine Harlekina! Das ist das Zweitbeste nach einem leckeren Dorsch!«, rief er und drehte sich so schnell mit ihr im Kreis, dass Alessa Pippas Gesicht und ihre säuerliche Miene nur flüchtig vorbeihuschen sah.

Ihre neue Rolle in der Truppe der Sartoris war bestens geeignet, um Alessa von ihrer Trauer um ihren Großvater und ihre Tante abzulenken und die Angst vor ihren möglichen Verfolgern in Grenzen zu halten. Schon am ersten Abend nach ihrem Probestück als Harlekina warf Vitale sie ins kalte Wasser und wies ihr einen kleinen Auftritt in einer Aufführung für den Bekannten des Herzogs zu, der ihnen in Trient Unterkunft gewährte. Das Kostüm und die schlichte Halbmaske halfen ihr, nicht zu viel Scheu zu empfinden, doch sie spürte deutlich ihre Laienhaftigkeit und nahm sich vor, es bald besser zu können. Von da an probte sie an jedem Abend der Reise bis in die Dunkelheit mit den anderen.

Sie alle gewöhnten sich daran, die Tage in den unbequemen, holpernden Kutschen größtenteils zu verschlafen. Wenn sie nicht schliefen, ließ Alessa sich von Vitale und Zaira über die *Scenari* aufklären, aus denen sich ihre Aufführungen üblicherweise zusammensetzten. Festgeschrieben waren in diesen Szenenanweisungen nur die grobe Rahmenhandlung und das Zubehör. Alles andere wurde im passenden Moment erfunden oder aus dem eingeübten Repertoire eingefügt, je nachdem, wie das Publikum sich verhielt.

Sie einigten sich darauf, dass sie es in der Kürze ihrer gemeinsamen Zeit nicht so weit bringen konnte, längere Passagen zu sprechen, und deshalb lieber stumm bleiben sollte. Vor allem Leandro versicherte ihr, dass die Wirkung ihres Spiels umso eindrucksvoller sein würde.

Überhaupt tat Leandro viel, um ihr Mut zu machen. Als sie am achten Tag ihrer Reise Innsbruck erreichten, wo der Herzog sie erneut bei einem seiner Bekannten untergebracht hatte, für den sie ein Gastspiel geben sollten, kaufte er ihr bei einem Krämer einen Hasenschwanz.

»Näh ihn dir auf dein Käppchen, so wie ich auch einen auf meiner Mütze trage. Einem Harlekin bringt der Schwanz so viel Glück wie anderen Leuten die Hasenpfote.«

Die Aufführung vor den geladenen Innsbrucker Adligen wurde ein strahlender Erfolg, für den Zaira einen zusätzlichen Beutel Münzen in der Kasse der Truppe verbuchen durfte. Doch ausgerechnet nach dieser ersten Erfahrung mit dem Triumphgefühl gefeierter Schauspieler überwältigte Alessa auf einmal der Kummer, und sie kam sich unter den fremden Menschen im fremden Land verloren vor. Den Tränen nahe, floh sie aus dem prächtigen Saal hinaus in die Dunkelheit der milden Frühlingsnacht.

Alles an ihrer Umgebung kam ihr nun falsch vor. Die Luft war zu dünn und roch beißend nach Pferden, Vieh und Hundedreck statt nach dem Meer. Die Berge, die sie vor dem nächtlichen Himmel mehr ahnen als sehen konnte, schienen ihr mit ihren wilden Wäldern und rohen Felsen bedrohlich aufzuragen und sie einzuengen.

Hastig wischte sie sich die nassen Spuren aus dem geschminkten Gesicht, als sie Schritte näher kommen hörte.

»Ist ganz üblich, dass jemand sich nach einem Erfolg aufgewühlt fühlt. Wir trinken dann zusammen und feiern – das hilft. Du wirst dich daran gewöhnen. Nebenbei hast du dich heute tapfer geschlagen. Ich hätte beinah selbst über dich lachen müssen«, sagte Leandro.

Allein der warme Klang seiner Stimme genügte, um sie ein wenig zu trösten. Mit einem gequälten Lächeln wandte sie sich ihm zu. »Freundlich, dass du das sagst. Aber trinken und feiern mag ich jetzt nicht. Mein Großvater und meine Tante gehen mir heute nicht aus dem Sinn.«

»Da ist es doch noch wichtiger, dass du dir Zerstreuung gönnst. Die Keller des Nobile hier beherbergen hervorragenden Wein, den ich schon kosten durfte. Und später werde ich ganz gewiss ein Spielchen an seinen Tischen wagen. Wir haben der Gesellschaft gefallen, deshalb werden sie mich zulassen. Das wäre vielleicht auch etwas für dich. Ein kleiner Gewinn hier und da – was könnte größeres Vergnügen bereiten? Oder bist du so abgebrannt, dass du gar nichts einsetzen kannst? Dem würde sich abhelfen lassen, wenn du es möchtest. Von der Belohnung, die wir bekommen haben, stünde dir auch ein kleiner Anteil zu, wenn du mich fragst. Ich könnte mit Zaira sprechen.«

Sein Angebot rührte sie, auch wenn sie nicht das geringste Interesse am Glücksspiel hatte. »Das ist freundlich von dir, aber mein Anteil steht wohl eher euch anderen zu. So viel, wie ihr mich gelehrt habt, sehe ich es als Lehrgeld an. Es ist in Ordnung, ich werde auch so zurechtkommen.«

Beschwichtigend hob er die Hände, als glaubte er, sie würde sich beleidigt fühlen. »Ich will dir nicht zu nahe treten. Mein Eindruck war, dass du mittellos bist. Dein Bündel war klein. Du besitzt nur zwei Kleider, trägst keinen Schmuck und immer dieselben Schuhe. Bei einem schönen jungen Weib, das offensichtlich nicht im Kloster lebt, kann das doch nur eines bedeuten. Da dachte ich, dass dir jede Gelegenheit willkommen sein müsste, deine paar Münzen zu vervielfachen. Wenn du dich mit dem Spielen nicht auskennst, helfe ich dir. Es täte mir zu leid, wenn du bald nicht mehr für dich aufkommen könntest und zu erniedrigenden Mitteln greifen müsstest, um dich zu erhalten.«

Er ließ es klingen, als wäre nichts einfacher, als sein Geld beim Glücksspiel zu vermehren. Alessa hatte eine andere Vorstellung davon. Auch ihr Großvater hatte manchmal zum Vergnügen gespielt und oft genug über sein Pech geflucht. Hatte Leandro tatsächlich eine besonders glückliche Hand?

»Ich weiß deine Besorgnis und dein Angebot zu schätzen. Aber so mittellos, wie es den Anschein hat, bin ich nicht. Du musst dir um mich keine Gedanken machen. Zum Zusehen würde ich dich allerdings gern an den Spieltisch begleiten, wenn dir das recht wäre.«

Dieser Vorschlag gefiel ihm sichtlich. Zufrieden lächelnd verschränkte er die Hände und dehnte sie, wie man es tut, wenn man sich auf eine Aufgabe vorbereitet, die Fingerfertigkeit erfordert. »Es wäre mir eine Freude. Zuvor solltest du dich jedoch umkleiden. Es unterhält die vornehmen Herrschaften, wenn ich mich als Harlekin zu ihnen geselle. Für dich wäre es vorteilhafter, dein bestes Kleid anzulegen und etwas Schmuck, solltest du doch welchen besitzen. Die adligen Herren genießen es, wenn ihnen beim Spielen ein kleiner Blickfang geboten wird. Schon allein das könnte meinen *Credito* erhöhen.«

»Was ist mit Pippa? Warum begleitet sie dich nicht?«

Leandro zuckte mit den Schultern. »Pippa langweilt das Spielen, und mich langweilt es, mir später die Aufzählung ihrer Eroberungen anhören zu müssen. Glaub mir, wir haben heute beide eine vergnüglichere Nacht, wenn wir bis zur Schlafenszeit getrennte Wege gehen. Nun lauf, zieh dich um!« Zur Bekräftigung seiner Aufforderung schlug er ein Rad und rannte dann auf der Stelle, bis sie tatsächlich mit eiligen Schritten zum gemeinsamen Quartier der Truppe ging.

Zu Beginn der Reise hatte sie sich eine aus Weidenruten geflochtene kleine Reisetruhe gekauft, die sie mit einem Vorhangschloss sichern konnte. Darin lagen ihre paar Habseligkeiten: ein zweites Kleid, ihr Umhang, ein Umschlagtuch, ihr schwarzes Kletterkostüm und der Beutel mit ihrem Schmuck. Da sie während der Übungen und Aufführungen nichts bei sich tragen konnte, hatte sie sich angewöhnt, auch ihr Geld für deren Dauer darin aufzubewahren und nur den Schlüssel in eine eingenähte kleine Tasche ihres Kostüms zu stecken. Wenn sie ihre Kleidung wechselte, nahm sie die Geldkatze wieder an sich.

Um Leandro einen Gefallen zu tun, ließ sie sich von einer geschickten Magd dabei helfen, ihr von den Schäden ihrer Flucht ausgebessertes Kleid mit den Schleifchen anzuziehen, ihr Haar eiligst zu einer nicht den höchsten Ansprüchen genügenden, aber akzeptablen Hochfrisur aufzutürmen und ihr Gesicht zu pudern. Dazu legte sie eine Halskette an, Ohrschmuck, Fingerringe und ein Armband. Das blaue Medaillon bewahrte sie nicht mit dem anderen Geschmeide im Beutel auf, sondern in einen alten Lappen eingewickelt ganz am Boden der Korbtruhe. Sie wollte es auf keinen Fall tragen, solange sie noch befürchtete, verfolgt zu werden.

»Keiner der Herren wird in Euch schöner Dame die Harlekina erkennen«, sagte die Magd in einem Deutsch, das Alessa nur mühsam verstehen konnte.

»Du meinst also, die Harlekina sei nicht schön?«, neckte Alessa sie.

Die junge Frau lächelte. »Luschtig ist sie. Was die anderen im Stückl geredet haben, das hab ich ja nicht verstanden. Aber über den Harlekin und seine Harlekina habe ich trotzdem lachen können. Das hat mir Freud' g'macht.«

Dieses ehrliche Lob berührte Alessa mehr als der Applaus der Herrschaften, der ihr geschmeichelt, sie aber auch verstört hatte. »Das ist schön. Danke. Und danke für die Hilfe bei …«

Die Magd winkte ab. »Das ist ja meine Aufgabe. Nun geht mal und verdreht den armen hohen Herren die Köpfe. Sie werden staunen, wenn sie erfahren, wer Ihr seid.«

Leandro wartete an der Tür zum Saal auf sie und führte sie nach allerlei Komplimenten zu den Spieltischen, wo sie von den Spielern begeistert aufgenommen wurden. Der Rest der Nacht verschwamm in Alessas Erinnerungen später zu einem glitzernden, farbenprächtigen Traum. Musik drang zu ihnen, kleine Köstlichkeiten wurden auf silbernen Tabletts gereicht, und sie trank mehr weißen Wein aus Gläsern, als sie je zuvor in ihrem Leben überhaupt aus einem Glas getrunken hatte.

Am Ende war sie betrunken und hatte aus ihr unerklärlichen Gründen etwas Geld gewonnen. Als sie sich kaum noch aufrecht halten konnte und sich daher zurückziehen musste, hatte Leandro sie in beidem bereits übertroffen.

5

Fünf bis sechs Tagesreisen von Celle entfernt übernachteten sie in einer Stadt namens Eisenach. Sie lag zu Füßen eines Bergs, der von der Wartburg beherrscht wurde, einer so gewaltigen Festung, wie Alessa sich die deutschen Ritterburgen immer vorgestellt hatte. Dieses Mal hatten sie keine Vorführung für den Abend geplant. Dennoch zogen sie ein Publikum an, als Vitale und Leandro in der Gaststube ihrer Herberge einen Dialog in deutscher Sprache probten, den Alessa für sie übersetzt hatte. Die beiden verstanden den Wortlaut nicht, sondern hatten ihn bloß auswendig gelernt, was allein schon für eine komische Wirkung sorgte. Immer wieder musste Alessa lachend einspringen und das Gesagte richtigstellen.

Im Laufe ihrer Reise durch die deutschen Lande hatten ihre Sprachkenntnisse sich tatsächlich als hilfreich für die Truppe herausgestellt. In höfischen Kreisen gab es keine Schwierigkeiten, da viele Adlige auch Italienisch, Französisch oder Latein sprachen und so immer eine Verständigung möglich war. Den einfachen Leuten mussten die Sartoris ihre Anliegen jedoch meist mit Händen und Füßen verdeutlichen. Zaira und Ottavio hatten Alessa schließlich darum gebeten, ihnen zumindest die wichtigsten alltäglichen Wendungen beizubringen. Und Vitale war darauf gekommen, dass es Herzog Georg Wilhelm und seinem Hofstaat gefallen könnte, wenn sie ein wenig Deutsch in ihr Spiel einflochten.

Unter den Gästen, die dem launigen Spiel mit Worten und Sprache applaudierten, befand sich ein vornehmer junger Herr, der Alessa durch seine kostspielige Aufmachung auffiel. Er trug ein gerüschtes und aufwendig besticktes Hemd aus schneeweißem Leinen, das er stolz zeigte, indem er die Manschetten und unteren Knöpfe seiner Samtjacke offen ließ. Die Absätze seiner mit Rosetten geschmückten Schuhe waren so hoch, wie nur Adlige es sich erlaubten, die Strümpfe aus Seide, und die Kniehosen mit seitlichen Schleifen verziert. Sein breitkrempiger, mit Federn geschmückter Hut lag neben ihm auf dem Tisch, wo er mehr oder weniger die ganze Fläche für sich beanspruchte. Unweigerlich lenkte der Prunkhut die Aufmerksamkeit des Betrachters auf das Haupt seines Besitzers, das von einer langen blonden Lockenpracht geziert wurde. Zu gern hätte Alessa herausgefunden, ob es sich dabei um echtes Haar oder um eine Perücke handelte.

Schon kurz darauf bereute sie, dass sie ihm und seinem Haar Beachtung geschenkt hatte, denn er hatte es offenbar bemerkt und falsch gedeutet. Nun versuchte er angestrengt, ihren Blick aufzufangen, was sie noch angestrengter vermied, indem sie nicht mehr zu ihm hinsah. Dennoch schickte er schließlich seinen Diener an ihren Tisch, der Vitale ersuchte, ihn in die Runde der Sartoris einzuladen. Eine Ablehnung wäre einer Beleidigung gleichgekommen, deshalb kam er siegesgewiss schon mit würdevollen Bewegungen zu ihnen geschritten, bevor sein Diener ihm die Antwort überbringen konnte. Er grüßte mit einem knappen Kopfnicken statt einer Verbeugung. So drückte er ihnen zwar sein Wohlwollen aus, teilte aber gleichzeitig unmissverständlich mit, wie hoch er im Rang über ihnen stand.

Die Einführung übernahm sein Diener, der zuerst neben ihm stand, sich dann aber zurückzog. »Seine Hochwohlgeboren Baron Alwin von Kempf gibt sich die Ehre.«

Bevor Alessa etwas hätte einwenden können, saß der Baron bereits neben ihr und presste sein Knie gegen ihr von Röcken verhülltes Bein, ohne dass sie hätte ausweichen können. Ihn zurechtzuweisen, wagte sie nicht, weil die Sartoris sich über seine Gesellschaft erfreut zeigten, nachdem er rasch mit einigen italienischen Sätzen das Eis gebrochen hatte. Daher beschloss sie, die Zähne zusammenzubeißen und vorerst so zu tun, als bemerkte sie seine Unverschämtheit nicht.

Dank Baron Alwin von Kempfs Großzügigkeit tafelten sie wesentlich fürstlicher als üblich. Und da er auch mit Schmeicheleien nicht sparte, versetzte er die Sartoris geradezu in Begeisterung, als er ankündigte, dasselbe Ziel zu haben wie sie. Von da an war es eine Selbstverständlichkeit, dass sie für den Rest der Reise ihre Abende gemeinsam verbrachten.

Während Vitale, Leandro und Ottavio in der Ehre der freiherrlichen Begleitung schwelgten, verlor sich Zairas und Pippas Begeisterung rasch. Es zeigte sich, dass Baron von Kempf sich mit seinen unerwünschten Annäherungsversuchen nicht auf Alessa beschränkte. Keine von ihnen dreien konnte noch einen Schritt allein tun, ohne von ihm belästigt zu werden, und sein Drängen nahm mit jedem Tag zu. Dabei ließ der eitle Adlige in Gesellschaft häufig die niedrige Meinung durchblicken, die er von Frauen im Allgemeinen hatte. Er wurde es nicht müde, immer wieder auf Italienisch die so genannten ABC-Verse zu rezitieren, die ihm in einer *Commedia*-Aufführung als Rede eines Dottore einmal so gefallen hätten. Darin wurden Frauen gefräßig, höllisch, untreu, geschwätzig, heuchlerisch und verlogen genannt. Offensichtlich hatte er nicht begriffen, dass die Verse in Verbindung mit der Lächerlichkeit des Dottore wie schierer Unsinn wirken sollten.

Am vorletzten Abend ihrer Reise hatte Pippa wieder einmal vor Wut Tränen in den Augen, als sie in Begleitung des Barons zurück an den Tisch kam. Unabhängig davon, dass Alessa wenig für Pippa übrighatte, brachte das erhitzte Grinsen des Manns ihren Zorn zum Kochen. Sie war kurz davor, ihn endlich zurechtzuweisen, da legte Zaira die Hand auf ihren Arm und hielt sie zurück.

»Solche Männer zu ertragen gehört zum Handwerk. Du schadest uns allen, wenn du dich nicht beherrschst. Pippa kann damit umgehen«, flüsterte sie.

»Für mich sieht es nicht so aus, als ob sie das könnte«, erwiderte Alessa.

Als Antwort darauf hatte Zaira nur ein Schulterzucken zu bieten. Trotzdem hielt Alessa sich folgsam zurück. Auf keinen Fall wollte sie Vitale und seiner Truppe ihre Unterstützung damit vergelten, dass sie ihnen so kurz vor dem Ziel noch Unannehmlichkeiten bereitete.

6

In der ersten Maiwoche erreichten sie nach einer besonders langen Tagesfahrt durch die für Alessa verblüffend weite, ebene Landschaft des deutschen Nordens das kleine Adelheidsdorf. Von der Herberge aus, in der sie die letzte Nacht ihrer Reise verbringen würden, war es nur noch eine kurze, rund zweistündige Fahrt bis zu ihrem Bestimmungsort Celle. Der Aufenthalt so kurz vor dem Ziel sollte ihnen die Gelegenheit geben, sich in aller Ruhe auf ihre Ankunft am Hof vorzubereiten. Kleidung und Kostüme mussten ausgebürstet, gegebenenfalls geflickt und geglättet werden, Schmuck angelegt, Häupter frisiert und geschminkt werden. Auf keinen Fall sollte die höfische Gesellschaft ihnen ansehen, dass sie unbehagliche siebenundzwanzig Tage auf holprigen Straßen hinter sich hatten.

Auch Baron von Kempf blieb mit ihnen in der Dorfgaststätte, obwohl er gewiss Möglichkeiten gehabt hätte, so nah an seinem Reiseziel eine angemessenere Unterkunft zu finden. Alessa war überzeugt davon, dass seine Anhänglichkeit damit zu tun hatte, wie Pippa mit seinen »Aufmerksamkeiten« umging. Sie selbst war von dem Freiherrn weniger hartnäckig belästigt worden, nachdem sie ihm einige Male äußerst kalt in die Augen geblickt hatte.

Da die Nacht mild war, zogen alle den freien Himmel der stickigen Wirtsstube vor. Der Wirt hatte Tische unter die Linde vor seinem Haus stellen lassen, wo einige Tage zuvor noch die Dorfgemeinschaft in den Mai getanzt war. Zur Feier ihres letzten gemeinsamen Abends hielt Baron von Kempf die Sartoris wieder einmal frei und lud auch alle anderen Gäste der Herberge zu Runde um Runde deutschen Biers ein. Bald wurde mit einer Ausgelassenheit musiziert, getanzt und gelärmt, die dem Baron wohl gerade deshalb Freude machte, weil sie für seine Kreise unüblich war. Alessa hingegen erlitt in dem wilden Trubel erneut einen Anfall von Trauer und Sorge und konnte es in der Gesellschaft der Feiernden nicht länger aushalten. Sie schlich sich davon und schlenderte in den Garten des Gasthauses, um sich dort im Mondlicht zwischen blühende Kirschbäume zu setzen, die milde Luft zu atmen und in den Sternenhimmel zu blicken.

So kurz vor dem vorläufigen Ende ihrer Reise wurde ihr schmerzhaft bewusst, dass sie in Wahrheit kein Ziel hatte. Einzig eine Laune des Schicksals bestimmte den Weg ihrer Flucht. Und obwohl sie versucht hatte, einen Plan für ihre nähere Zukunft zu schmieden, hatten die vielen Ungewissheiten sie immer wieder davon abgebracht. Sie glaubte zwar, dass sie früher oder später wenigstens Zugriff auf das von ihrem Großvater und ihrer Tante ererbte Vermögen erlangen würde, wenn schon nicht auf das ihrer Eltern. Doch bis dahin musste sie andere Möglichkeiten finden, für sich zu sorgen. Um weiterhin mit den Sartoris aufzutreten, war sie eine zu unvollkommene Schauspielerin, daran hatten Leandro und Vitale von Anfang an keinen Zweifel gelassen. Blieb nur die Hoffnung, dass der Herzog oder ihr Cousin ihr helfen konnten, sich einzurichten.

»Das war eine Einladung, nicht wahr, *bella Arlecchina*?« Der Baron riss sie aus ihren Gedanken. »Ich habe es all die Tage schon gespürt, dass du deine eisige Maske wenigstens am letzten Abend noch fallen lassen würdest. Mich dünkt, du warst eifersüchtig auf deine hübsche Genossin. Doch da hätte ich dich längst beruhigen können: Ich genüge für zwei.«

Alessa erhob sich eilig und nahm dabei einen kurzen Ast vom Boden mit, den sie in den Händen drehte, als würde sie damit spielen. »Da habt Ihr mich gänzlich missverstanden, mein Herr.

Ich glaube keineswegs, dass Ihr zu wenig für mich oder irgendeine andere von uns Frauen seid. Im Gegenteil.«

Er trat vor, und sie wich in gleichem Maß zurück. »Im Gegenteil? Du deutest wohl auf meine Herkunft hin, die der deinen zu weit überlegen ist? Willst du etwa behaupten, du würdest deine Gunst nur Männern deines eigenen Standes schenken? Da wärest du wohl das erste Weib, das nicht nach Höherem strebt. Mir jedenfalls ist noch keine untergekommen.«

Obwohl sie darauf gefasst war, dass er sie bedrängen würde, gelang es ihm zu ihrem Ärger nun doch, sie zu überrumpeln. Auf einmal bewegte er sich viel schneller als erwartet, legte einen Arm um ihre Taille, ergriff die Hand, in der sie den Stock hielt, und zwang sie, ihn fallen zu lassen. Er drückte ihre Hand schmerzhaft fest und war auch sonst stärker, als sie ihn eingeschätzt hatte. Gegen ihren Willen seine Berührungen spüren und seine Ausdünstungen riechen zu müssen machte sie für einen Augenblick starr vor Zorn. Seinen erregten Atem zu hören schnürte ihr vor Ekel die Kehle zu.

»Ist es Euch nicht in den Sinn gekommen, darüber nachzudenken, warum der Herzog gerade uns zu sich rief?«, fragte sie so kühl, wie es ihr bei ihrem Ärger noch möglich war.

»Der Herzog liebt heitere Gesellschaft«, sagte er und zog ihre Hand gewaltsam an sich, bis sie seine Brust berühren musste. Ihren anderen Arm hielt er nun ebenfalls fest.

»Denkt noch einmal nach«, sagte sie und wandte ihr Gesicht von seinem suchenden Mund ab.

»Georg Wilhelm hat nur noch Augen für sein hugenottisches Weib. Die Neigung zu venezianischen Huren hat er hinter sich gelassen. Du kannst mir nichts einreden.« Er legte seinen Mund in ihre Halsbeuge und saugte sich zu ihrem Entsetzen fest.

Angewidert stieß sie mit dem Knie nach ihm. Sie traf ihn nicht, doch immerhin wich er zurück und löste sich von ihrem Hals.

»Huren? Ihr solltet vorsichtiger sein, wenn Euch an Eurem Wohl gelegen ist«, zischte sie.

Sein Stöhnen und die Art, wie er sie gierig an sich zog, ließ ihr keine Hoffnung darauf, dass er sich durch neblige Andeutungen einschüchtern lassen würde. Sie würde sich mit Krallen und Zähnen gegen ihn wehren müssen. Mit aller Kraft trat sie nach seinen Schienbeinen.

»Wehr dich ruhig, du kleine Katze«, flüsterte er und hielt sie noch fester.

Gerade wollte sie ihrer Wut freien Lauf lassen, da drang Vitales Stimme zu ihnen. »Signorina Rizzi, wo bist du? Wir brauchen dich! Hier sind Deutsche, die uns nicht verstehen!«

Der Baron ließ sie los und seufzte. »Dann ein anderes Mal«, hauchte er, als sie mit heißen Wangen in Vitales Richtung davonstürzte. Als ihr die Tränen in die Augen schossen, sah sie Pippa, die den Widerling jeden Abend hatte ertragen müssen, auf einmal in einem anderen Licht. Wie hielt sie das aus? Heimzahlen musste man es diesem Ekel!

Als die Sartoris am nächsten Morgen das Gasthaus mit den Vorbereitungen für ihre Ankunft bei Hof in Aufruhr versetzten, war Alwin von Kempf zu Alessas Erleichterung schon abgereist.

Wie die anderen gab auch sie sich Mühe, ihr gutes Kleid in seinen bestmöglichen Zustand zu bringen. Klaglos ließ sie ihren frisch gewaschenen Leib von Zaira ins enge Mieder zwängen. Auch ihrer Frisur nahm sich dieses Mal Zaira an, da keine der Wirtshausmägde in dieser Hinsicht ihren Ansprüchen genügte. Im Gegenzug musste Alessa ihr und Pippa dabei helfen, ihre Haare kunstvoll über die notwendigen Hilfsgestelle in die Höhe zu türmen. Gerade so hoch und vornehm sollten die Frisuren sein, dass sie bei Hof nicht gewöhnlich oder gar ärmlich wirkten. Mit den noch viel aufwendigeren Frisuren der adligen Damen durften sie dabei allerdings nicht in Wettstreit treten.

Nachdem sie endlich alle Frisuren befestigt, alle Schleifchen an ihren mit farbenfrohen Blüten bestickten Kleidern gebunden, alle unerwünschten Stäubchen und Flecken entfernt hatten, kam Flori zu ihnen, um auszurichten, dass Vitale und Leandro bereits zum Aufbruch riefen.

Zaira ließ sich nicht drängen. »Wir kommen, wenn wir fertig sind, nicht vorher. Schließlich ist das kein Anlass, wie wir ihn jeden Tag erleben. Der Eindruck, den wir heute hinterlassen, kann über unser Schicksal entscheiden. Aber meinetwegen kannst du die Männer beruhigen. Uns fehlt nur noch der Schmuck. Hier, trag schon mal diese Körbe hinaus, und dann schick die Hausknechte für unsere Reisetruhen.«

Flori streifte Alessa mit einem eigenartigen Blick, der ihr sowohl abwägend als auch mitleidig vorkam. Doch er erklärte sich nicht, sondern ergriff nur die Körbe. Zusammen besaßen die beiden Gepäckstücke die gleiche Masse wie er selbst.

»Es genügt, wenn du den einen nimmst. Ich bringe dann den anderen mit hinunter«, sagte sie.

Er lächelte bloß matt und zerrte seine Last aus der Kammer.

Schulterzuckend wandte sie sich ihrer Truhe zu, um den Schmuck herauszuholen, den sie anlegen wollte.

Schon auf den ersten Blick erschien ihr das Futteral, in dem sie ihn aufbewahrte, zu mager. Als sie den Beutel öffnete, musste sie feststellen, dass nur noch ein kleiner Teil ihres Geschmeides darin war.

Wie zum Hohn waren es die zusammenpassenden Stücke, die sie gerade hatte anlegen wollen.

Sie richtete sich auf und sah Zaira und Pippa an. »Jemand war an meiner Truhe.«

Zaira kniff ungläubig die Brauen zusammen. »Wie kommst du darauf? Du verschließt sie doch immer.«

Alessa beobachtete sie und Pippa genau. Keine von beiden verhielt sich verdächtig. »Es ist nicht unmöglich, so ein Schloss ohne Schlüssel zu öffnen. Vielleicht hatte mir aber auch jemand den Schlüssel gestohlen, ohne dass ich es bemerkt habe. Jedenfalls fehlt mir ein Teil meines Schmucks.«

Pippa stieß einen ungeduldigen, belustigten Laut aus und befingerte zum wiederholten Male eine ihrer zum Korkenzieher gedrehten, langen Stirnlocken. »Sei nicht albern. Wahrscheinlich warst du betrunken und hast dein Glitzerzeug einfach in die Truhe geworfen. Oder wer weiß wo abgelegt. Ein Dieb, der an deiner Truhe war, hätte dir wohl kaum etwas Wertvolles darin übrig gelassen.«

Zum ersten Mal in ihrem Leben war Alessa zum Opfer eines Diebstahls geworden. Wie hatte sie so dumm sein können, sich berauben zu lassen? Wie hatte der Dieb es angestellt, ihre Truhe zu öffnen, ohne dass sie es bemerkt hatte? Oder war es doch eine der Frauen gewesen? Pippas großer Schmuckkasten war tatsächlich vorwiegend mit billigem »Glitzerkram« gefüllt, worüber sie nicht glücklich war. Auch wenn sie Alessas verschwundene Stücke nun abfällig ebenso nannte, hatten die neidischen Blicke, mit denen sie sie früher bedacht hatte, längst verraten, dass sie ihren wahren Wert kannte.

Bevor Alessa weiter über den möglichen Täter nachdenken konnte, stieg eine üble Ahnung in ihr auf, und sie beugte sich erneut über ihre Truhe. Sorgsam drehte und schüttelte sie jedes Teil darin, bis kein Irrtum mehr möglich war: Auch ihr Medaillon fehlte.

Eine Männerfaust hämmerte gegen die Tür ihrer Kammer. »Seid ihr Weiber endlich so weit? Die Kutscher fluchen über uns, so lange warten sie schon mit den eingespannten Pferden. Wir wollen am frühen Abend ankommen, nicht erst in der Nacht. Wenn ihr jetzt nicht kommt, dann schleppen wir euch hinaus wie eure Truhen!«

Ohne auf eine Antwort zu warten, riss Vitale die Tür auf und ließ die Hausknechte eintreten, die sich das Gepäck aufluden. Er klatschte in die Hände, als er Alessa vor ihrer noch geöffneten Truhe stehen sah.

»Nun mach schon, Mädchen! Deckel zu und los, *andiamo*!«

Einen Wimpernschlag lang dachte sie über die Wahrscheinlichkeit nach, dass der Dieb ein Fremder und im Wirtshaus oder Dorf zu finden war. Beinah hätte sie sich gewünscht, dass es so wäre, weil sie dann niemanden von denen verdächtigen musste, in deren Gesellschaft sie einen ganzen Monat verlebt hatte. Doch auch ohne Pippas Hinweis lag die Frage auf der Hand: Welcher Fremde hätte einen Teil des Schmucks verschmäht? Und zwar auf eine Art verschmäht, die eindeutig darauf abzielte, dass sie die verbleibenden Stücke an diesem Tag tragen konnte?

Kurzentschlossen schlug sie den Deckel ihrer Truhe zu und drehte ihrer ohnmächtigen Wut zum Trotz den Schlüssel im Schloss um.

»Also gut. Klären wir das eben später«, sagte sie. Und der Klang ihrer Stimme war dabei so kalt, dass Zaira und Pippa einen beunruhigten Blick wechselten.

7

Am herzoglichen Hof

Von der Stadt aus betrachtet, ragte nur das oberste Stockwerk des Celler Schlosses über die hohen Wälle der Befestigungsanlage. Erst nachdem die Kutsche der Sartoris die Brücke über den Wassergraben überquert und das Brückenhaus passiert hatte, konnten sie es in der vollen Höhe seiner vier Geschosse bewundern. Der vierflügelige Bau lag in der Mitte eines kleinen Parks wie ein schlichtes Schmuckstück auf seinem Samtkissen. Statt eines großen Hauptportals gab es an jeder Seite kleinere Eingänge. Wie diese Tore wirkte das gesamte weiß gekalkte Gebäude bescheidener, als Alessa es sich vorgestellt hatte. Mit venezianischer Pracht konnte sich dieses deutsche Schlösschen nicht messen. Was nicht hieß, dass es ihr gar nicht gefiel. Immerhin handelte es sich bei der herzoglichen Residenz nicht um eine graue, hässliche und kriegerische Burg, wie sie sie so oft auf ihrer Reise aus der Ferne gesehen hatten.

Der Herzog hatte die Sartoris in einem Gasthaus nah an der Vorburg untergebracht, das beinah so groß war, als wäre es ein eigenes Dorf. Sein armlanges Aushängeschild hatte, dem Namen des Hauses entsprechend, die Form eines goldenen Ebers mit mächtigen Eckzähnen. Das hölzerne Schwein schwang vor der Fachwerkfassade aus dunkler Eiche und weiß gekalktem Putz würdevoll im Wind. Die Kettenglieder, an denen es hing, quietschten dabei leise.

Sie hätten von ihrer Unterkunft aus zu Fuß zum Schloss gehen können, doch Vitale entschied, auch für die lächerlich kurze Entfernung eine Kalesche in Anspruch zu nehmen. Seiner Ansicht nach galt es, alles zu vermeiden, was Zweifel über ihren hohen Rang als Künstler zugelassen hätte. Sie waren kein bettelndes, fahrendes Volk, das zu Fuß ans Tor hinkte und um Einlass bat, sondern geladene Gäste, denen ihre Berühmtheit und ihr Ansehen zur Gunst des Herzogs verholfen hatten.

Auf der bogenförmig vor den östlichen Toren des Schlosses verlaufenden Auffahrt war ihre Kalesche die vierte in einer Reihe von eindrucksvollen, wartenden Wagen. Einer nach dem anderen fuhren die Kutscher vor das rechte Tor, wo die aussteigenden Herrschaften von livrierten Dienern des Herzogs in Empfang genommen wurden. Das Aussteigen nahm bei jedem Wagen etwas Zeit in Anspruch, denn manche Damen in weit ausladenden Röcken, langen Schleppen und hohen Frisuren und manche Herren mit breiten Hutkrempen und engen Hosen konnten beim Herausklettern aus den engen Kutschentüren ihre Erhabenheit nur wahren, indem sie sich bedächtig bewegten.

»Da lobe ich mir jede noch so einfache Gondel«, sagte Pippa zum wohl hundertsten Mal seit dem Beginn ihrer Reise.

Alessa, die sich selten in ihrem Leben so angespannt gefühlt hatte, blickte schweigend aus dem Wagenfenster. Man sah der Umgebung des Schlosses seine Vergangenheit als Festung deutlich an, auch wenn an diesem Tag sämtliche Tore und Brücken für jedermann geöffnet zu sein schienen. An jeder Ecke der viereckigen Wallanlage gab es eine runde Bastion. Allerdings waren Wälle und Gräben mit Bäumen und Büschen bewachsen, was die wehrhaften Burgherren in alten Zeiten gewiss nicht zugelassen hätten.

Über einen der Wälle quoll soeben gemächlich eine kleine Herde von Kühen. Einige grasten auf der Befestigungsanlage, andere trödelten zu einem Teich, soffen daraus und ließen ihre Fladen fallen. Zu Alessas Belustigung schien das Vieh die Cellesche Dienerschaft in Entrüstung zu versetzen. Sichtlich im Zwiespalt zwischen ihren Pflichten den ankommenden Gästen gegenüber und der Versuchung, den frevelnden Kühen zu Leibe zu rücken, wussten sie sich schließlich nicht anders zu helfen, als Unterstützung aus dem Schloss anzufordern.

Gerade als die Kutsche der Sartoris vor dem Tor hielt, traf die herbeigerufene Hilfe ein. Ein schlanker junger Mann in einem gut sitzenden dunkelgrünen Justaucorps führte einige Knechte an, die Jagdkleidung trugen und mit Mistgabeln und langen Stöcken bewaffnet waren. Er machte eine ernste Miene zu seinem Auftrag, schien aber nicht sonderlich aufgebracht zu sein. Eher hatte es den Anschein, als wären die Kühe für ihn alte Bekannte. Seine lockere aufrechte Haltung gefiel Alessa ebenso wie sein gepflegtes, doch uneitles Äußeres. Sein dunkelblondes Haar hatte er im Nacken mit einer schlichten Schleife zum Zopf zusammengefasst, und sein Knebelbart war zurückhaltend in Form gebracht. Alles an ihm strahlte aus, dass er wusste, was er wollte, aber kein Interesse daran hatte, besonders aufzufallen.

Während die Sartoris die Kutsche verließen, konnte Alessa von ihrem Platz aus beobachten, wie der junge Kommandant seine Truppe in den Kampf gegen die Rindviecher führte und zugleich den Hirten ausfindig machte, um ihn mit Worten zu maßregeln. Als sie als Letzte an der Reihe war auszusteigen, war die Schlacht bereits siegreich geschlagen, und der Held schritt seinen tapferen Soldaten voraus zurück zum Tor. Warum er sich noch einmal umsah, wusste sie nicht. Doch er tat es, und sein Blick traf den ihren, woraufhin sie ihm entgegen ihrer sonstigen Gewohnheiten zulächelte. Er beantwortete ihr Lächeln mit einem verwirrten, höflichen Nicken, bevor er sich eilig wieder abwandte und durchs Tor verschwand. Vermutlich würde er sich fragen, ob sie sich vorher schon einmal begegnet waren und ob er sie hätte erkennen müssen.

Ottavio, der auf sie gewartet hatte, um ihr den Arm zu reichen und sie hineinzuführen, schmunzelte. »Celle scheint dir zu gefallen. Was ist denn eigentlich dran an der Geschichte, dass du hier einen Verwandten hast?«

»Sie ist wahr. Es handelt sich um meinen Cousin. Allerdings habe ich seit vielen Jahren nichts von ihm gehört. Ich werde ihn erst einmal ausfindig machen müssen.«

»Was glaubst du, wie er gestellt ist? Wird er für dich sorgen können? Ich habe in den vergangenen Tagen viel darüber nachgedacht, wie es wohl für dich weitergehen wird. Du kannst als unverheiratete junge Frau schlecht allein hierbleiben.«

Noch am Vortag hätte sie seine Besorgnis als Zeichen von Freundschaft gedeutet. Doch nun färbte ihr Misstrauen jede Äußerung eines Sartori düster ein. Hatte Ottavio sie bestohlen? Wollte er mit seinen liebenswürdigen Worten nur den Verdacht zerstreuen, den sie möglicherweise gegen ihn hegte?

»Da ihr den Celler Hof für eine hoffentlich längere Zeit erfreuen werdet, bin ich vorerst ja nicht allein. Ich weiß, dass ich von nun an nicht mehr mit euch auftreten kann, aber eure Gesellschaft werde ich wohl dann und wann noch genießen dürfen, oder nicht?«

»Ob du nicht mehr mit uns auftreten kannst, weiß ich nicht. Vater und Leandro haben darüber gestritten. Vater war der Ansicht, dass du eine Bereicherung für unsere Stücke bist und deine Kenntnis der deutschen Sprache viele Möglichkeiten bietet. Leandro … Na, lassen wir das. Er ist eben bei seiner alten Meinung geblieben.«

Dass er nicht näher darauf eingehen wollte, war auch dem Umstand zuzuschreiben, dass sie zu den anderen beiden Paaren aufgeschlossen hatten. Flori, der auf dem Kutschbock mitgefahren war und an diesem Tag zum ersten Mal den feinen Pagenanzug trug, den Zaira ihm noch in Venedig hatte schneidern lassen, ging in einigem Abstand hinter ihnen her. Er würde nicht mit vor den Herzog treten, sondern bei den Bediensteten warten. Alessa hoffte, dass wenigstens ein paar Leckereien für ihn herausspringen würden, wenn er schon nicht die ganze feierliche Pracht miterleben durfte.

Was sie selbst anging, hätte sie auf Pracht und Feierlichkeit in diesem Moment gern verzichtet. Wesentlich lieber wäre sie dem Herzog im kleinen Kreis begegnet, in dem sie es hätte wagen dürfen, ihn an seine Tage in Venedig und ihre alte Bekanntschaft zu erinnern. Vor aller Welt wollte sie das auf keinen Fall tun. Soviel sie gehört hatte, lebte er seit zwei Jahren mit einer französischen Landadligen zusammen, die eine strenge sittliche Einstellung vertrat. Die Madame hatte sich zuerst nicht auf ihn einlassen wollen, weil er aus erbrechtlichen Gründen zur Ehelosigkeit verpflichtet war und sie nicht heiraten konnte. Damit sie ihn dennoch erhörte, hatte er eine Gewissensehe mit ihr geschlossen, die er den Gerüchten nach bisher tatsächlich ernst nahm. Das war ein guter Grund, ihn nicht öffentlich auf eine seiner ehemaligen Geliebten anzusprechen, gerade weil er auch jener Frau vor vielen Jahren große Versprechungen gemacht hatte.

In einem großen Vorzimmer notierte sich ein Hofmarschall ihre Namen und ihr Anliegen, bevor sie den Audienzsaal betreten durften. Im Saal drängten sich bereits die wartenden Gäste, obwohl der Fürst noch nicht anwesend war.

Erleichtert nahm Alessa zur Kenntnis, dass sie mit ihrem vergleichsweise bescheidenen Kleid nicht allein dastand. Da es sich nicht um einen festlichen Anlass, sondern um einen alltäglichen Empfang handelte, durften offenbar auch einige herzogliche Untertanen nicht adligen Standes mit ihren Anliegen bei Hof erscheinen.

Dennoch wirkte der Saal auf sie wie ein berauschendes Gemenge aus schimmerndem Samt und glänzender Seide, Rüschen, Spitzen, Schleifchen, Gold, Juwelen und Perlen im Überfluss. Sie hätte nur ihre Hand ausstrecken müssen, um völlig unauffällig so viel Beute zu machen, dass sie gutes Essen für einige Monate damit hätte bezahlen können. Und sie hatte den Verdacht, dass viele der Besitzer den Verlust einer Perle oder eines kleinen Edelsteins nicht einmal bemerkt hätten. Das beunruhigende Gefühl, in der vornehmen Gesellschaft fehl am Platze zu sein, verursachte ihr Herzklopfen.

Dennoch entschied sie, dass es vernünftig wäre, sich einen regelmäßigen Zugang zu diesem Hof zu verschaffen. Wenn sie eines Tages wegen ihres mageren Geldbeutels in Bedrängnis geraten sollte, ließe sich hier jederzeit leicht Abhilfe schaffen. Taschendiebstahl war zwar nicht ihre hauptsächliche Tätigkeit gewesen, aber ihr Großvater hatte Wert darauf gelegt, ihr schon früh die dafür nötige Fingerfertigkeit zu vermitteln.

Sie lächelte einer besonders reich geschmückten, üppigen alten Dame schüchtern zu, um zu verschleiern, dass sie eben noch abschätzend auf ihr Collier aus unregelmäßigen Perlen gestarrt hatte. Unerwartet sprach die Frau sie auf Deutsch an, während sie sich mit ihrem großen Fächer Luft zuwedelte.

»Na, na, kein Grund, so scheu zu sein. Zum ersten Mal bei Hof, meine Kleine? Ein hübsches Kleid hast du an. Ganz im italienischen Stil, wenn ich mich nicht irre?«

Alessa knickste mit gebeugtem Haupt. »Venezianisch, Eure Hochwohlgeboren. Ich stamme aus Venedig, so wie auch meine Bekannten, mit denen ich die Freude hatte zu reisen. Wir sind erst heute hier eingetroffen.«

Die alte Dame lachte glucksend und sprach dann mit gesenkter Stimme weiter, die sie wohl selbst für leise hielt, die aber noch immer laut genug war, um im gesamten näheren Umkreis gehört zu werden. »›Hochwohlgeboren‹ ist nicht nötig, Kindchen. ›Gnädige Frau von Bentheim‹ dürfte genügen für mich alte Gräfin. Was hier nicht für jede Dame von Adel gilt, lass dich da nicht beirren. Einen entzückenden Akzent hast du. Wie ist dein Name? Ich werde dich mit Vergnügen einigen Freunden vorstellen. Unser Herzog hat vor Jahren so eine Leidenschaft für eure ›Serenissima‹ versprüht, dass sie auf viele von uns übersprang. Mancher wird glücklich sein, wenn er seine paar Brocken Italienisch an dir erproben darf. Was ist mit deinen Bekannten? Alles Italiener, nehme ich an?«

Die Neugier blähte ihre Nüstern, als sie die Sartoris musterte. Alessa deutete wieder einen Knicks an und wies nacheinander auf die fünf Schauspieler. »Wenn Ihr mir erlaubt, Euch bekannt zu machen, gnädige Frau von Bentheim: die Familie Sartori. Auf die großmütige Einladung Herzog Georg Wilhelms sind sie hier, um einige Proben ihres Könnens zu geben, von denen sie hoffen, dass sie den Hof erfreuen werden.«

Frau von Bentheim hob fasziniert die künstlich auf ihr weißes, faltiges Gesicht aufgemalten Augenbrauen. »Musiker? Georg Wilhelm liebt ja die italienische Oper über alles.«

Alessa schüttelte den Kopf. »Schauspieler der italienischen Commedia. Allerdings sind sie auch im Musizieren begabt.«

»Und verstehen sie unsere Sprache? Sie wirken nicht so, mit Verlaub gesagt, denn sie starren uns an, als wären wir himbeerfarbene Kühe.« Die Gräfin krönte auch diese Bemerkung mit einem Glucksen, weshalb Alessa sich keine Sorgen machte, dass sie sich durch die Blicke der Sartoris beleidigt fühlte.

»Sie sind bestrebt, die deutsche Sprache zu lernen, und lauschen uns deshalb aufmerksam. Bis dahin dolmetsche ich gern für sie.«

Zufrieden schlug Frau von Bentheim die pummligen Hände zusammen. »Dann sag ihnen doch, dass ich mich freuen würde, wenn ihr alle euch später zu meinem Kreis gesellt. Vielleicht stößt sogar der Herzog mit seiner Madame d'Harbourg zu uns, wenn die Gesellschaft so illuster ist. Die gute Eleonore hat weiß Gott jede Aufheiterung nötig, die wir ihr bieten können. Sie sieht immer noch schrecklich aus, seit ihrer … ihrer Niederkunft.«

Alessa spürte, dass die alte Dame keine Nachfrage wünschte, was den Zustand von »Madame Eleonore d'Harbourg« betraf. »Das werde ich sehr gern tun. Verzeiht, aber wisst Ihr denn, wann mit seiner Durchlaucht zu rechnen ist?«

Frau von Bentheim schwang ihren zusammengeklappten Fächer wegwerfend, als wäre die Frage unsinnig. »Der Herzog war heute zur Jagd, und wenn er zur Jagd reitet, dann fragt man besser nicht, wann er zurückzukehren gedenkt. Immerhin wissen wir aber, dass er schon seit einer Weile wieder in seinen Gemächern weilt und sich umkleiden lässt. Gewiss wird er uns in absehbarer Zeit mit seiner Anwesenheit beehren. Auf später, mein liebes Kind. Ich freue mich schon.«

Mit gefalteten Händen und verzücktem Gesichtsausdruck schob sich die massige Dame durch die Menge wie ein Prunkboot auf dem Canal Grande, dem die kleinen Gondeln auswichen, bis sie bei einer Gruppe von vornehmen Menschen vor Anker ging, die sie willkommen hießen und ihre Neuigkeiten mit großen Augen aufsogen.

Alessa wandte sich den Sartoris zu, die ihre Neuigkeiten nicht weniger gierig erwarteten und sich über das ihnen entgegengebrachte Interesse freuten.

Es dauerte noch eine Weile, bis endlich das zweite Paar Flügeltüren des Saals geöffnet und der Herzog angekündigt wurde. Gemeinsam mit dem Ausrufer trat der junge Milchviehbändiger ein, den Alessa schon draußen bewundert hatte. Ohne Aufmerksamkeit auf sich zu ziehen, stellte er sich an den Rand der Menge, an einen der Pfosten des roten Baldachins, der den herzoglichen Prunksessel überspannte, und ließ seinen Blick über die Gesellschaft schweifen. Alessa hatte den Eindruck, dass er jeden Anwesenden musterte und eine Einschätzung vornahm, und ihr wurde klar, woran er sie erinnerte. Er verhielt sich wie ein Mann der Stadtwache, der das Treiben auf dem Marktplatz im Auge behält, um Dieben das Leben schwer zu machen. Dass er kurz vor dem Herzog eingetreten war, hieß vielleicht, dass er die Stellung eines Leibwächters innehatte. Sie würde sich besonders davor hüten, sein Misstrauen zu erregen.

Herzog Georg Wilhelm führte eine kostbar ausgestattete Frau am Arm herein, die Alessa an ihrem kränklichen Aussehen als Madame Eleonore d'Harbourg erkannte. Die Schminke konnte ihre Hagerkeit und die dunklen Ringe unter den Augen nicht verdecken, und sie hielt sich leicht gebeugt, obwohl sie sich sichtlich Mühe gab, aufrecht und fröhlich zu wirken. Zügig geleitete ihr »Gewissensgemahl« sie zu einem ungepolsterten Stuhl, damit sie sich setzen konnte. Selbst nahm er anschließend in seinem breiten, weichen Armlehnstuhl Platz. Alessa wusste genug über das hart umkämpfte Zeremoniell, mit dem besonders in der höfischen Gesellschaft die Leute ihren Rang gegenüber anderen Anwesenden zum Ausdruck brachten. Die Wahl der Sitzgelegenheit hatte auf jeden Fall eine Bedeutung, wenn sie auch noch nicht durchschaute, warum der Herzog nicht befahl, für die offensichtlich hochgeschätzte und kranke Eleonore eine Ausnahme davon zu machen.

Da die Sartoris bei Weitem nicht als Erste auf der Liste des Hofmarschalls standen, setzte sich das Warten fort. Nacheinander wurden die Anwesenden vor den Herzog gebeten. Bei einigen beschränkte sich der Empfang auf eine kurze, mehr oder weniger herzliche Begrüßung, nach der die Gäste sich weiter im Saal verlustierten oder ihn verließen. Andere brauchten mehr Zeit, um Anliegen vorzutragen, Briefe zu überreichen oder dem Herzog Geschenke zu präsentieren.

Auch Vitale hatte ihrem Gastgeber etwas mitgebracht. Ein befreundeter venezianischer Künstler hatte ihm eine Mappe mit einem Dutzend farbenprächtig kolorierter Zeichnungen von Schauspielszenen zusammengestellt. Die Mappe war gewiss nicht das wertvollste Geschenk, das der Landesfürst an diesem Tag erhalten würde, doch Alessa war sicher, dass sie ihm Freude machen würde.

Gerade als es so aussah, als würden sie nun bald an der Reihe sein, wurde der Empfang durch das Eintreffen neuer Gäste unterbrochen, deren Bedeutung offenbar die aller bereits Anwesenden in den Schatten stellte. Schnurstracks eilte der zweite Hofmarschall durch den Saal zum Herzog und gab ihm ein Zeichen, woraufhin der Herr sich erhob und den neuen Gästen einige Schritte entgegenging, während der Hofmarschall den Versammelten verkündete:

»Seine Durchlaucht Herzog Ernst August von Braunschweig und Lüneburg, Fürstbischof von Osnabrück, und seine Gemahlin, Prinzessin Sophie von der Pfalz.«

Die Angekündigten betraten den Saal, und wer zuvor gesessen hatte, erhob sich. Dass sogar der Herzog aufgestanden war, hielt Alessa zuerst nur für eine freundschaftliche Geste seinem jüngeren Bruder Ernst August und dessen Gemahlin gegenüber. Doch besonders die Haltung der Prinzessin belehrte sie eines Besseren. Alles an ihr strahlte aus, dass ihr die Anerkennung ihres Standes äußerst wichtig war. Demnach musste sie die ranghöchste Person im Saal sein. Formvollendet nahm sie die Huldigung ihres Schwagers entgegen und schien es dann auszukosten, dass dessen nicht standesgemäße Gefährtin ungeachtet ihres geschwächten Zustands vor ihr in einen tiefen Hofknicks sank. Nun begriff Alessa, warum Eleonore sich mit dem harten Holzstuhl begnügen musste. Sophie von der Pfalz wirkte nicht, als würde sie es verzeihen, wenn sich jemand, der unter ihr stand, über seinen Rang erhob und einen Stuhl besetzte, der so weich war wie ihr eigener.

Zu Alessas Überraschung fand sich Frau von Bentheim wieder an ihrer Seite ein, während der Bruder des Herzogs und seine Gemahlin zu ihren hoheitsvollen Sitzgelegenheiten geführt wurden.

»Mir kam in den Sinn, dass ich dir gleich ein wenig den Hof

erklären könnte, mein Kind. Das wird es dir und deinen Bekannten erleichtern, sich hier zurechtzufinden. Wie war doch gleich dein Name?«

Alessa hatte lange darüber nachgedacht, ob sie nach ihrer Ankunft weiterhin an ihrem falschen Namen festhalten wollte. Sie hielt es für unwahrscheinlich, dass ihre Feinde ihre Spur aufnehmen und sie bis nach Celle verfolgen würden. Andererseits war es nicht unmöglich, und schließlich hatte ihre Tante ihr ganzes Leben unter einem Künstlernamen verbracht. Darin lag keine Schande. Wer wusste, wozu ihre Maskerade noch gut sein würde?

»Alessandra Rizzi ist mein Name, gnädige Frau. Und für einige Erklärungen wäre ich in der Tat dankbar. Ich weiß, dass Herzog Ernst August der Bruder von Herzog Georg Wilhelm ist. Aber seine Gemahlin kenne ich nicht. Liegt ihre Vermählung schon lange zurück?«

Damit hatte sie der Gräfin einen weiteren Grund gegeben, glucksend zu lachen. »Das ist eine der wunderbaren Geschichten, die hier in unserem Land für viel Geschwätz gesorgt haben. In eurer fernen Heimat hat man davon natürlich nicht gehört, nicht wahr?« Sie schlug ihren großen Fächer auf und hielt ihn als Sichtschutz vor ihre Gesichter, während sie – dieses Mal wirklich mit leiser Stimme – weitersprach. »Prinzessin Sophie ist eine Tochter Friedrichs von der Pfalz, des traurigen Winterkönigs von Böhmen, der ins Exil fliehen musste. In ihrer Hörweite nennt man ihn besser nicht ›Winterkönig‹, wenn man es sich nicht mit ihr verscherzen will. Ihre Mutter ist Elisabeth Stuart, die Tochter von König Jakob von England und Schottland. Gewissermaßen haben ihr also Vater und Mutter königliches Blut vererbt.«

Wieder gluckste sie und fächerte für einen Moment so stürmisch, dass Alessa unwillkürlich den Kopf zurückzog. »Ihre Vermählung mit Herzog Ernst August liegt nun gute sieben Jahre zurück, und es ist eindeutig nur ihrem kühlen Kopf zu verdanken, dass es dabei nicht zu einem großen Eklat kam. Eigentlich hatte ihr nämlich Georg Wilhelm die Ehe versprochen. Die beiden waren verlobt. Ja, wiiirklich!« Sie zog das »Wirklich« in die Länge, als hätte Alessa Zweifel geäußert, und fuhr dann fort: »Dann aber hat er es sich anders überlegt und wollte sie plötzlich nicht mehr heiraten. Man munkelt, dass eine seiner Mätressen ihn davon abgebracht hätte. Er hat dann Ernst August überredet, sein Verlöbnis zu übernehmen. Als kleine Gefälligkeit zwischen Brüdern sozusagen. Sein Bruder hat sich darauf eingelassen, aber es hatte seinen Preis. Georg Wilhelm musste ihm geloben, selbst nicht zu heiraten und ihn oder – im Falle seines vorzeitigen Ablebens – seine Kinder als Erben einzusetzen. Du kannst dir vielleicht denken, wie begeistert Herzog Ernst August und seine Gemahlin waren, als Georg Wilhelm seine Tändelei mit Eleonore zu einer so großen Sache erklärt hat. Ganz unter uns: Die beiden sind nach wie vor entzückend verliebt. Die Prinzessin von der Pfalz hingegen lässt immer wieder durchblicken, dass sie des Herzogs Madame für niedrig geborenen Abschaum hält. Vor allem seit unser kleines Sophiechen auf der Welt ist, sieht sie die Angelegenheit ganz und gar nicht mehr entspannt. Ein Goldschatz, das süße Kindlein, und der Augenstern ihres Vaters. Acht Monate ist sie nun alt.«

Alessa hätte ihr gern noch weiter zugehört, doch nun rief der Hofmarschall die Sartoris nach vorn, und Vitale ergriff energisch ihren Arm, damit sie mitkam.

Schon während sie auf den Herzog zuschritten, begann der mit freudestrahlender Miene in die Hände zu klatschen, als würde er ihnen im Voraus Applaus spenden.

»Endlich hat das Warten ein Ende!«, sagte er auf Deutsch und fuhr dann auf Italienisch fort: »Vitale, alter Freund, wie ist eure Reise verlaufen? Ich hoffe, alles war zu eurer Zufriedenheit arrangiert. Was hat sich getan in den schönen Theatern der Serenissima? Gibt es neue große Talente? Du musst mir später berichten. Für den Moment sag mir: Werdet ihr uns schon heute Abend mit einem Stückchen erfreuen können? Ich habe hochgeschätzte Gäste und würde ihnen gern etwas Besonderes bieten.«

Vitale hatte sich so tief verbeugt, dass seine Nasenspitze beinah den Boden berührte. »Euer Wunsch ist uns ein kostbares Juwel, Euer Durchlaucht. Ihr ehrt uns über alle Maßen. Wenn Ihr gestattet, werde ich sogleich nach unseren Kostümen schicken, und wenn Ihr uns ein Gemach zum Umkleiden zuweist …«

Der Herzog klatschte wieder, doch dieses Mal nur kurz, bevor er auf Deutsch weitersprach. »*Eccellente!* Hofmarschall! Die Sartoris müssen jede Bequemlichkeit erhalten, die sie begehren. Sie werden uns noch heute ein Schauspiel darbieten.«

Ihm war deutlich anzusehen, dass er damit ihre Begrüßung als abgeschlossen betrachtete und nur noch auf ihre abschließende Ehrenbezeugung wartete. Alessa hatte gespannt auf die Begegnung mit ihm gewartet und angenommen, dass Vitale sie in irgendeiner Weise von seiner Truppe ausnehmen würde, damit sie sich selbst vorstellen konnte. Da er es nicht getan hatte, erschien es ihr plötzlich wie der falsche Moment dafür. Daher knickste sie nur gemeinsam mit Zaira und Pippa – liebreizend, lächelnd und schweigend.

Erst als ein herzoglicher Diener sie in ein unbewohntes Gemach geführt und dessen Tür hinter ihnen geschlossen hatte, brachte sie ihre Verwunderung zum Ausdruck. »Was soll das, Vitale? Nun glaubt der Herzog, dass ich zu euch gehöre. Es wird mir peinlich sein, wenn ich noch einmal vor ihn trete, um das richtigzustellen.«

Vitale war schon dabei, seinen edel glänzenden goldgelben Justaucorps aufzuknöpfen. »Ach, *Bella*, es wird noch genug Gelegenheiten geben, ihm Dinge zu erklären. Heute Abend wollen wir Eindruck machen, nicht Konversation betreiben! Wir spielen das Stück, das wir uns für Trient ausgedacht haben, nur dieses Mal besser. Signorina Rizzi, es wäre gut, wenn du zwischendurch ein wenig Text ins Deutsche bringen könntest. Vorhin, als du mit dieser *donna anziana* sprachst, fiel es mir wie Schuppen von den Augen: Wir brauchen dich. Diese Menschen hier sind von der Art, die sich besonders gern für gebildet und weltgewandt halten möchte. Ich bezweifle jedoch, dass viele von ihnen es wahrhaftig sind. Sie werden schlechte Laune bekommen, wenn sie so tun müssen, als verstünden sie unsere Reden. Deshalb musst du vor allem die Scherze übersetzen. Auf eine Weise, bei der jeder das Gefühl hat, dass du es für die anderen tust, aber nicht für ihn. *Capito?*«

Ungewöhnlich mürrisch ging Leandro mit hochgezogenen Schultern durch den Raum zu einem Stuhl, an dem er seine Aufwärmübungen begann. »Wann wirst du endlich anfangen, auf mich zu hören, Vitale? Ich habe dir gesagt, dass sie nicht gut genug ist. Nun lässt du sie auch noch sprechen! Du setzt unseren Erfolg aufs Spiel, wenn du weiter so tust, als würde sie zu uns gehören.«

Obwohl Alessa seine Meinung kannte, verletzten sie seine harten Worte. Sie hatte sich eingebildet, dass er mit ihren gemeinsamen Auftritten ganz einverstanden gewesen war. Wo war der Mann geblieben, der sie unterstützt und ihr einen Hasenschwanz für ihre Kappe geschenkt hatte? »Wenn es Leandro so zuwider ist, dann spiele ich eben nicht die Harlekina. Ich kann ja trotzdem übersetzen«, schlug sie vor.

Vitale knurrte abfällig. »Lass dich doch nicht von seinem Gemaule einschüchtern. Hast du denn nicht verstanden, wie ich es meinte? Hättest du es verstanden, dann würdest du nicht denken, dass es meinen Plan ersetzen könnte, wenn du einfach dastündest und Übersetzungen daherbetetest! Gerade unsere niedliche Harlekina wird den richtigen Ton treffen. Flink musst du sein, damit du uns nicht aufhältst, und das kannst du. Lass es uns rasch versuchen! Colombina, meine Süße! Sag, liebst du mich?«

Zaira fing den Ball, den er ihr zuwarf, so wie sie es gewohnt war.

»Gewiss, Pantalone. Ich liebe dich wie ein Eiswürfel den hellen Strahl der Sonne. Ich liebe dich wie eine Taube den Adler. Wie das Bündel Stroh im Stall den Stier liebt.«

Der eben noch hingerissene, aber notorisch geizige Vitale alias Pantalone wurde ärgerlich. »Ha! Ein ganzes Bündel für einen einzigen Stier? Das ist Vergeudung. So viel braucht kein Rindvieh. Ein halbes muss genügen!«

Alessa eilte zu Zaira und spielte eine verzückte Liebende. »Sie liebt ihren Pantalone, wie Eis die Sonne liebt, wie das Täubchen den Adler, wie das Bündel Stroh den Stier!« Dann tänzelte sie schnell zu Vitale und ahmte seine zornige Haltung nach. »Ein ganzes Bündel Stroh ist zu viel für einen Stier, sagt er.«

Vitale grinste und klopfte ihr auf die Schulter. »Genauso meine ich es!«

Wie so oft war es Flori, der besonders unter der Eile und der Aufregung zu leiden hatte, in die die Aufforderung des Herzogs die Sartoris versetzte. Er musste die Kostüme und Masken aus ihrer Reisetruhe auspacken und bereitlegen, Knöpfe öffnen und schließen, Schleifen binden, Handtücher herbeiholen, Schminke anreichen, im Schloss eine Feile für Pippas abgebrochenen Fingernagel auftreiben, Wein einschenken und das feine Gebäck mundgerecht schneiden, damit es die geschminkten Lippen nicht verwischte. Zaira ohrfeigte ihn, weil er Leandros Kostüm schief geknöpft hatte, Leandro gab ihm einen Stoß, weil er nicht schnell genug loslief, um ihm ein Glas Wein zu bringen, Vitale schimpfte ihn eine lahme Schildkröte, Pippa drückte ihn überschwänglich an sich, als er mit der Feile für sie zurückkam, nur um kurz darauf mit den Augen zu rollen, weil er Schwierigkeiten damit hatte, die Schleifen auf ihren Schuhen hübsch zu binden.

Auch Alessa musste ihn um Hilfe bitten, weil alle anderen völlig mit sich selbst beschäftigt waren. Das bunt karierte Kleid, das sie als Harlekina trug, war im Vergleich zu ihren Alltagskleidern kurz und einfach anzulegen. Es reichte nur bis zur Mitte der Waden, dennoch hatte es viele Häkchen im Rücken, die sie allein nicht schließen konnte. Hätten sie sich nicht so überhastet vorbereiten müssen, wären sicher ein paar Zofen oder Mägde zu finden gewesen, die ihnen beim Ankleiden hätten helfen können. Andererseits war es für Flori nicht das erste Mal, dass er bei diesen Handreichungen einspringen musste, und sie zumindest fand, dass er seine Sache gut machte. Sie lächelte ihn an und flüsterte: »Du bist eine große Hilfe, Flori. Die ungeduldigen Menschen hier würden ohne dich gar nicht zurechtkommen.«

Doch es gelang ihr nicht, ihn aufzuheitern. Er blickte nur kurz leidvoll auf und zuckte mit den Schultern, bevor er davonsprang, um den nächsten Befehl auszuführen.

Als eine Weile darauf ein Hofbediensteter bei ihnen nach dem Rechten sah, waren sie bereit für ihren Auftritt. Der Mann teilte Alessa mit, dass ihr Spiel das Mahl begleiten sollte, zu dem sich die hohen Herrschaften und ihre vornehmeren Gäste soeben in der Tafelstube niederließen, und sie erklärte das den Sartoris. Ottavio stöhnte darüber, weil er schon seit ihrem Eintreffen quälenden Hunger hatte und es nun mit ein paar kleinen Happen Gebäck im Magen aushalten musste, dass andere sich mit Köstlichkeiten vollschlugen.

Wie stets vergaßen alle Sartoris ihre Beschwerden, sobald ihr Auftritt begann. Da sie ihr Stück ausnahmsweise fast genauso wiederholten, wie sie es schon einmal gespielt hatten, fiel es Alessa nicht allzu schwer, an den passenden Stellen ihre vereinfachten, schnellen Übersetzungen einzuflechten. Das befreite Gelächter ihrer Zuschauer legte nahe, dass Vitales Herangehensweise richtig war. Alessa sah sogar die kränkelnde und angeblich so sittenstrenge Eleonore über viele ihrer Scherze laut lachen. Was wiederum ihren Gastgeber sichtlich zufrieden stimmte.

Ihren letzten Verbeugungen spendete das Publikum starken Beifall, woraufhin der Herzog einen bereits gedeckten Tisch hereintragen und ans Ende der Tafel stellen ließ, an dem sie Platz nehmen und essen durften. Als Alessa ihre Maske ablegte, hörte sie einen entzückten weiblichen Ausruf, der ihr galt.

»Das Fräulein Rizzi! Habe ich es mir doch gedacht! Eleonore, diese junge Frau ist ein Goldschatz. Sie spricht erstaunlich gut unsere Sprache, mit einem so bezaubernden Akzent! Ich hatte schon das Vergnügen, sie kennenzulernen, und habe sie und ihre Begleiter gleich eingeladen, sich später zu uns zu gesellen. Ich kann dir nur ans Herz legen, ein wenig mit ihr zu plaudern.«

Alessa deutete eine Verneigung in Frau von Bentheims Richtung an, auf die die Gräfin mit einem fröhlichen Winken antwortete.

Eleonores Lächeln blieb dünn. »Gewiss, liebe Dora«, sagte sie leise.

Trotz ihrer offensichtlichen Erschöpfung schloss die Französin sich nach dem Essen am Arm ihres Herzogs tatsächlich für kurze Zeit dem Kreis um die von Bentheims an, wo Alessa und die Sartoris mit Komplimenten, Scherzen und Fragen überhäuft wurden. Da der Herzog selbst ausgezeichnet Italienisch sprach und ein angeregtes Gespräch mit den Schauspielern begann, wurden Alessas Dienste weniger gebraucht, sodass sie für einen Augenblick nur Beobachterin war.

Ein Septett von französischen Musikern untermalte schon seit dem Ende ihres Schauspiels das Geschehen mit heiteren Melodien, die alle Gespräche zu beflügeln schienen. Dennoch wunderte sie sich darüber, dass Leandro sich mit einem der Gäste an den Rand des Geschehens zurückgezogen hatte. Sein Gegenüber, ein schwammiger Mann mit Doppelkinn, dunklen Augen, einer langen hellbraunen Lockenperücke und auffallend dürren Beinen sprach ihre Sprache ebenfalls fließend, so viel konnte sie sehen. Worüber die beiden sich unterhielten, war nicht zu verstehen, doch es schien um eine ernste Sache zu gehen.

»Und, Mademoiselle Rizzi, ist es in Venedig so schön, wie mein Gemahl immer behauptet?« Die sanfte Stimme von Eleonore d'Harbourg holte Alessa zurück in ein Gespräch. Sie knickste und nickte. »Gewiss, Eure Wohlgeboren. Die Serenissima war immer eine reiche Stadt, und sie hat sich mit ihrem Reichtum geschmückt, wie eine schöne Frau es tut. Paläste und Kirchen sind ihre Juwelen, Schiffe ihre Perlen und die Kanäle die silbern glänzenden Ketten dazu. Unser Karneval ist an Farbenpracht nicht zu überbieten, und die kostbaren Waren, die durch unsere Häfen gesandt werden, bezaubern auch uns Venezianer immer aufs Neue. Allerdings … Allerdings gestehe ich, dass Venedig auch in manch unschöner Hinsicht kaum zu übertreffen ist. Jede Stadt ist mit einem gewissen Gestank gestraft, doch keine stinkt wie die Serenissima an manchen Tagen der Sommerhitze. Es sind der Schlamm der Lagune und die Fische, gnädige Frau. Der Geruch eines vergessenen Eimers voll toter Krebse hat schon manch einem die Besinnung und den Appetit geraubt.«

Eleonore lächelte und fächelte sich matt Erfrischung zu. Die zwei sorgsam arrangierten dunklen Locken rechts und links von ihrem Gesicht hingen so lang und schwer herab, dass sie sich durch den Lufthauch nicht bewegten. »Dennoch klingt es liebevoll, wie du über deine Heimatstadt sprichst. *Très tendrement.* Und Gräfin von Bentheim hat recht: Du sprichst die deutsche Sprache erstaunlich gut. Wo hast du das gelernt?«

Alessa war sich der Gefahr bewusst, in der sie schwebte. Sie wollte die inoffizielle Herzogin ebenso wenig belügen wie den Herzog. Doch sie wollte Eleonore auf keinen Fall darauf bringen, dass sie ihr ausgezeichnetes Deutsch bei der ehemaligen Mätresse ihres Gemahls gelernt hatte.

»Viele Deutsche besuchen auf ihren Reisen Venedig. Mein Großvater und meine Tante hatten deutsche Freunde.«

»Ganz bemerkenswert, Mademoiselle. Und ich muss auch sagen, dass ich eure Aufführung genossen habe. Wie beweglich ihr alle seid! *Quelle grâce!* Gerade bin ich ein wenig neidisch darauf. Noch vor drei Jahren habe ich mich viel lebhafter gefühlt und gern Federball gespielt. Kennt ihr das Spiel? Der Herzog hat in Hannover, wo er damals noch residierte, einen Ballhof bauen lassen, wo er das *Jeu de Paume* spielte, das die Deutschen Katzenspiel und die Engländer Tennis nennen. Auch beim Federball konnte man sich dort herrlich vergnügen. Inzwischen hat er das Gebäude Monsieur Capellini geschenkt, den wir auch ›Stechinelli‹ nennen. Er stammt aus Rom und unterhält sich dahinten gerade mit einem deiner Gefährten. Wenn ich es richtig gehört habe, wird der Ballhof nur noch selten zum Ballspielen genutzt. Es ist im Gespräch, dort Opern aufführen zu lassen.«

Das Funkeln in den Augen der müden Frau verriet Alessa, wie lebensfroh sie ohne ihre Krankheit gewesen wäre, und sie stellte fest, dass Eleonore ihr bisher von allen Mitgliedern des Celler Hofs am besten gefiel. »Eure Kraft wird gewiss zurückkehren, wenn Ihr Euch genug ausruht und gut esst. Jedenfalls hätte mein Großvater das gesagt«, versuchte sie, die Dame aufzumuntern.

»War dein Großvater auch Schauspieler?«, fragte Eleonore.

Alessa schüttelte unbedacht den Kopf und spürte, wie sie errötete. Noch heißer wurde ihr, als sie bemerkte, dass auf einmal auch der durchdringende Blick des Herzogs auf ihr ruhte, der einige Schritte entfernt stand. »Mein Großvater hat ein bescheidenes Vermögen durch den Handel mit Glas erworben. Sein Anteil an dem Geschäft hat uns bis zu seinem Tod ernährt. Meine Liebe zum Theater stammt aus anderen Quellen.«

Wenn der Herzog ihr zugehört hatte, dann hätte er nun wissen können, wen er in ihr vor sich hatte, denn Pietro war bei ihren seltenen Zusammentreffen in der Tat als Glashändler aufgetreten. Allerdings hielt sie es für möglich, dass er sich überhaupt nicht an ihren Großvater oder sie erinnerte. Bei ihrer letzten Begegnung war sie ein dünnes, schweigsames Mädchen von zwölf Jahren gewesen, und der Streit mit Zenobia hatte seine ganze Aufmerksamkeit beansprucht. Sie gab sich Mühe, nicht zu ihm hinzusehen, obwohl ihre Haut vor Spannung kribbelte. Es musste unbedingt ihm allein überlassen bleiben, ob er die Bekanntschaft mit ihr öffentlich ansprach. Der Moment verstrich, und sie spürte, wie Enttäuschung die Spannung ersetzte. Sie hatte nicht viel erwartet, dennoch wäre alles so viel einfacher gewesen, wenn er sie erkannt und willkommen geheißen hätte.

Eleonore nickte und unterdrückte ein Gähnen. »Ich verstehe nicht so viel vom Theater, wie ich gern davon verstünde. Mein Herr Gemahl bedauert ein wenig, dass ich mit seiner Begeisterung nicht Schritt halte. Er wünscht sich eine eigene Schauspieltruppe, gar einen eigenen Theatersaal. Ich habe das Gefühl, dass ich mein Wissen erweitern muss, um ihn darin beraten zu können. Und ich glaube, dass es mir Freude machen würde, wenn du mir während eures Aufenthalts ein wenig deiner Zeit schenken und mich über die Besonderheiten der italienischen Commedia aufklären würdest. Für heute allerdings muss ich mich entschuldigen. Ich würde gern noch nach unserem Töchterchen sehen, bevor ich mich zurückziehe. Euer Liebden?«

Sie wandte sich von Alessa ab und Herzog Georg Wilhelm zu, der sie ohne weitere Erklärung verstand, nähertrat und ihr seinen Arm reichte. »Gewiss, mein Herz. Ich begleite dich nach oben.«

Kaum hatte er es ausgesprochen, sanken alle, die eben noch plaudernd in ihrem Kreis beisammengestanden hatten, in Verbeugungen und Hofknickse. Herzog Ernst August und seine Gemahlin Sophie schienen auf diesen Moment gewartet zu haben und erhoben sich, um dem Gastgeber voraus die Tafelstube zu verlassen. Den beiden Paaren schlossen sich noch einige besonders vornehme Gäste an, darunter auch Francesco Capellini, genannt Stechinelli. Den übrigen wurde zwar nicht mitgeteilt, dass der Abend für sie beendet war, doch die nun deutlich verstärkten Aufräumarbeiten ließen daran keinen Zweifel. Es blieb noch genug Zeit, sich würdevoll und in der richtigen Rangfolge voneinander zu verabschieden oder eine Fortsetzung der Geselligkeit in den eigenen Gemächern zu beschließen, doch mit einer Rückkehr des Gastgebers war nicht zu rechnen.

Als es an Alessa war, sich von Gräfin von Bentheim zu verabschieden, nahm sie all ihren Mut zusammen und stellte doch noch ihre wichtigste Frage. »Verzeiht, wenn ich Euch damit belästige, gnädige Frau, aber habt Ihr zufällig von einem jungen Mann namens Lucas Buccolini gehört? Er soll hier in Celle oder in der Umgebung leben.«

Die Gräfin riss in gespieltem Entsetzen die Augen auf und hielt sich den Finger an die Lippen, um dann hinter ihrem aufgeklappten Fächer zu flüstern: »*Mon dieu!* Sei froh, kleine Signorina Rizzi, dass du das nicht gefragt hast, während der Herzog dich noch hören konnte. Du weißt doch wohl um seine Verbindung zu Lucas von Bucco? Unser liebenswürdiger Gastgeber möchte auf keinen Fall, dass seine Gemahlin von Erwähnungen dieser *Verbindung* belästigt wird. Du musst dir einprägen, dass der zweifelhafte Rang ihrer kleinen Tochter Eleonores größter Kummer ist. Gewiss verstehst du, wie schmerzlich es für sie wäre, wenn sie gerade jetzt erführe, dass ihr Gemahl einst den Aufwand betrieben hat, einen seiner Bastarde aus Italien hierherzubringen. Ich gehöre zu den wenigen Eingeweihten, die davon wissen.«

Alessa war sicher, dass kein Geheimnis, in das die Gräfin von Bentheim eingeweiht war, allzu geheim war. Trotzdem war sie dankbar für den Hinweis darauf, dass sie mit ihrer Vorsicht dem

Herzog gegenüber richtiggelegen hatte. Offenbar versuchte er, seine Eleonore vor jedem möglichen Ärger zu schützen.

»Ich danke Euch vielmals für Eure Warnung. Ihr könnt gewiss sein, dass ich sie beherzige. Dennoch … Könnt Ihr mir etwas über Lucas von Buccos Aufenthaltsort sagen?«

Frau von Bentheim zuckte mit den Schultern. »Nur so viel, dass er mit dem Herzog von Hannover nach Celle umgesiedelt ist. Er ist Soldat und lebt irgendwo in der Stadt. Dort wird man dir weiterhelfen können, wenn du ihn unbedingt finden musst. Wenn du die Gunst des Herzogs erwerben willst, solltest du allerdings Abstand davon nehmen.«

8

Vitale war in Hochstimmung, nachdem ihnen ein Hofbediensteter auch für den kurzen Rückweg zum Gasthaus ganz selbstverständlich eine Kutsche bereitgestellt hatte. »Da seht ihr, wie man uns hier zu schätzen weiß. Dieser Hof verspricht in der Tat als heller Stern am Firmament der fürstlichen Residenzen aufzugehen. Welch ein Verständnis für die Kunst! Welch eine Leidenschaft für das Schöne und Exzellente! Der Herzog will das ganze Schloss im venezianischen Stil umbauen und vergrößern lassen, habt ihr das auch gehört? Man kann nur hoffen, dass er seine Zuneigung zur guten italienischen Art nicht hinter die Schwärmerei für das Französische zurückfallen lässt, so wie es jetzt allerorten geschieht. Leandro, was hältst du von diesem Stechinelli, mit dem du so lange gesprochen hast? Ihr seid sogar zusammen hinausgegangen. Hat dir der schwabblige Kerl den Hof gemacht?« Er lachte über seine Stichelei, während alle anderen nur müde seufzten.

Leandro lehnte sich mit verschränkten Armen im Sitz der Kutsche zurück. »Francesco Capellini ist ein wichtiger Mann an diesem Hof. Und er lässt sich so wenig durch Sticheleien reizen wie ich, bester Vitale, obwohl man ihn reichlich damit bedenkt. Dem Herzog ist das Gespött ebenfalls gleichgültig. Er hält hohe Stücke auf seinen *Stechinelli*, weil er für die hohen Herrschaften besorgt, was auch immer ihnen in den Sinn kommen mag. Von Seide und Kümmel bis zu Weinreben und Elfenbein. Wir haben uns sehr angeregt unterhalten.«

Am »Goldenen Eber« angekommen verließ Alessa wieder als Letzte den Wagen. Dieses Mal wartete Ottavio nicht auf sie, was ihr ganz recht war. Seit sie das Schloss verlassen hatten, dachte sie nur noch darüber nach, wie sie es anstellen sollte, heimlich die Sachen der Sartoris nach ihrem Schmuck zu durchsuchen. Sie musste es noch in dieser Nacht schaffen, um dem Dieb keine Gelegenheit zu geben, die Stücke zum Hehler zu tragen. Dazu war es nötig, dass sie sich mit dem Weg vertraut machte, der sie in der Dunkelheit von dem Zimmer, das sie mit Zaira und Pippa bewohnte, zu dem der Männer führen würde.

Unwillkürlich war sie stehengeblieben, um an der vorderen Wand des Gebäudes emporzublicken, da zupfte Flori sie am Ärmel.

»Es war Leandro«, hauchte er.

»Wie bitte? Was war Leandro?«, fragte sie leise.

»Er hat dir während der Probe den Schlüssel weggenommen. Du hast es nicht gemerkt«, erklärte der Junge und zerbiss sich dabei schier die Lippen.

»Leandro war an meiner Truhe? Hat er meinen Schmuck genommen?«

Flori verzog das Gesicht zu einer ängstlichen Grimasse. Sie sah ihm deutlich an, wie er mit sich gerungen haben musste, bevor er Leandro verraten hatte. Er nickte mit zugekniffenen Augen, als würde er sich schon für die Ohrfeigen wappnen, die er erwartete.

»Niemand erfährt von mir, dass du es mir gesagt hast. Behalt es für dich. Am besten, du gehst jetzt nicht gleich nach oben, sondern drückst dich noch eine Weile unten herum, bis du dich beruhigt hast.«

Als sie in die Gaststube kam, waren die Sartoris bereits auf dem Weg nach oben. Zwischen den gedrechselten Stäben des Treppengeländers hindurch sah sie noch den Schoß von Leandros sonnengelber Samtjacke. Ihre Wut wallte auf, als sie den Klang seiner ach so von sich selbst überzeugten Stimme hörte. Nun fragte sie sich nicht länger, warum er sie gern losgeworden wäre.

Zaira und Pippa entkleideten sich beim Licht einer Öllampe, sobald sie die Tür ihrer Kammer hinter sich geschlossen hatten. Alessa tat es ihnen gleich, als hätte sie nicht ganz anderes im Sinn als ihre Nachtruhe. Auch bei ihr machten sich die Anstrengungen des vergangenen Tages bemerkbar, doch ihr Zorn hielt sie wach.

Während sie darauf wartete, dass die beiden anderen Frauen einschliefen und im Gasthaus Stille einkehrte, schmiedete sie ihren Plan. Einige Seile hingen in der Vorkammer zur Küche, eine Reitpeitsche stand vergessen in der Wirtsstube neben der Tür. Die Fensterriegel: keine Schwierigkeit.

Die Stimmen im Haus und das letzte Knarren der Treppe verklangen, ein Käuzchen rief im Garten, Zaira und Pippa atmeten gleichmäßig und tief. Es war so weit. Alessa schlüpfte geschmeidig aus dem Bett, das sie sich mit Zaira teilte, und zog sich ihr schlichtes Kleid wieder an. Ohne sich lange mit Häkchen, Schnürungen oder Schuhen aufzuhalten, machte sie sich auf den Weg durchs Haus, um sich stillschweigend auszuleihen, was sie benötigte. Fertig ausgerüstet schlich sie sich anschließend nach draußen.

An der Seite des Wirtshauses, zu der die Fenster der Sartoris lagen, hatte die Wirtin einen schmalen Gemüsegarten anlegen lassen. Die jungen Kräuter, Kohl- und Rübenpflänzchen gediehen hier zwischen Beerensträuchern und ein paar Apfelbäumen zwar nur kärglich, würden später aber doch einen kleinen Beitrag zum Küchenbedarf leisten. Gesäumt wurde das zum Wirtshaus gehörige Land von einem Hühnerstall und mehreren Schuppen in unterschiedlichem Zustand. Alessa versicherte sich gründlich, dass kein Schlafloser sie beobachtete, dann kletterte sie an der Außenwand des Hauses empor und stieg durchs Fenster in die Kammer ein, wo Vitale und Ottavio zusammen in dem einen Bett ruhten, Leandro und Flori im anderen.

Die Männer schliefen fest, betäubt durch den guten Wein, den sie an der Tafel des Herzogs genossen hatten. Trotzdem benötigte Alessa all ihre Geschicklichkeit, um geräuschlos und unbemerkt zuerst Leandros Fuß an den unteren, dann seine Hand an den oberen Bettpfosten zu fesseln. Vitale und Ottavio band sie mit je einem Fuß zusammen, und das Seil befestigte sie ebenfalls an einem Pfosten. Zuletzt legte sie Leandro eine Seilschlinge um den Hals. Flori ließ sie ungefesselt, flüsterte ihm aber seinen Namen ins Ohr und mahnte ihn, sich nicht zu bewegen.

Mit einem Knall ließ sie die Reitpeitsche dicht neben Leandros Kopf aufs Kissen auftreffen. Er fuhr hoch, zog dabei aber die Schlinge um seinen Hals enger und fiel deshalb gleich wieder zurück.

Sie musste sich nicht bemühen, eiskalt zu klingen. Ihre Stimme drückte ihre Abscheu ganz von allein aus. »Bist du wach, *Arlecchino*? Das ist gut. Ich habe dir etwas zu sagen. Es ist ein großer Fehler, Alessandra Ferretti zu bestehlen. Aber noch schlimmer ist es, den Diebstahl zu leugnen. Also antworte mir wohlüberlegt: Hast du mich bestohlen?«

Hastig fummelte er an der Schlinge, bis es ihm gelang, sie ein wenig zu weiten. Bevor er sie abstreifen konnte, ließ Alessa die Peitsche erneut herabschnellen, dieses Mal auf die Bettdecke, gerade kräftig genug, dass er es spüren musste.

»*Porco dio!* Alessa, was soll das? Ich habe dich nicht …«

Sie schlug kräftiger auf seine Decke, und er schrie auf, wenn auch mehr aus Schreck als aus Schmerz.

»Wo ist mein Schmuck?«, fragte sie.

Nun regte sich auch Ottavio. »Was ist los? Feuer?«, murmelte er.

»Sie ist verrückt geworden! Hilf mir!«, schrie Leandro.

»Versuch nicht, ihm zu helfen. Mit dieser Sache hast du hoffentlich nichts zu tun«, zischte Alessa und trat einen Schritt näher zu Leandros Haupt. »Überleg dieses Mal gründlicher. Und denk auch daran, dass deine Schande größer wird, je mehr Lärm du schlägst. Wenn du jetzt gestehst, musst du nur mit mir zurechtkommen. Bleibst du verstockt, dann sorge ich dafür, dass du bald vor dem Scharfrichter deine Hand auf den Richtblock legst.«

Sie konnte in dem spärlichen Mondlicht, das durchs Fenster schien, seine Züge nicht genau erkennen, doch seine Stimme verriet, wie hasserfüllt er in diesem Moment war. »Du warst mir etwas schuldig«, fauchte er.

Für einen unsinnigen Augenblick überlegte Alessa tatsächlich, was er damit meinte, dann besann sie sich. »Ich war dir niemals etwas schuldig. Zudem begleicht man auf solche Art keine Schuld. Wo ist mein Schmuck?«

Auf einmal meldete sich auch Vitale zu Wort. »Was ist das hier an meinem Fuß? Hör doch auf zu zappeln, Ottavio! Seid ihr denn alle von Sinnen? Was will sie von dir, Leandro? Gib es ihr, damit ich weiterschlafen kann!«

Leandro hielt die Schlinge um seinen Hals mit beiden Händen fest. »Lehrgeld hättest du zahlen sollen, du hast es selbst gesagt! Dann habe ich in meiner Gutmütigkeit noch dafür gesorgt, dass du beim Spielen Geld gewonnen hast. Und wie hast du es mir gedankt? Du wusstest, dass ich in jener Nacht verloren hatte! Aber bist du darauf gekommen, mir meinen Verlust zu ersetzen? Nichts dergleichen. Undankbares Weib!«

Ottavio versuchte, das Seil zu lösen, das ihn an seinen Vater band. »Halt still, Papa, ich habe es gleich. Wenn Leandro Alessa wirklich bestohlen hat, dann finde ich … Nun halt doch still! Ich finde, das wäre eine Sauerei. Wie konntest du nur, Leandro? Und wo sind die Sachen?«

Leandro wandte sich trotz seiner Fesseln von Alessa ab und drehte sich auf die Seite, als wäre die Angelegenheit für ihn erledigt. »Verkauft sind sie, ganz einfach. Und ein großer Schatz war es wahrhaftig nicht.«

Ottavio stand auf, und Alessa wich ein Stück zurück, für den

Fall, dass er sich gegen sie wenden würde. Doch auch in der Dunkelheit sah sie, wie er beschwichtigend die Hände hob und offenbar zu Leandros abgelegter Kleidung ging. Er schüttelte alles aus und ging schließlich mit einem Beutel zum Fenster, um dort den Inhalt zu untersuchen.

»Alles hast du nicht verkauft. Hier sind noch ein paar Stücke, Alessa. Und Geld, das vielleicht aus dem Erlös stammt. Gestern hat er es nämlich noch nicht gehabt. Da hat er sich etwas von mir geliehen und gleich ausgegeben.«

Sie trat neben ihn und warf einen Blick auf die Schmuckstücke, die in seiner Hand lagen. Über jedes war sie froh, doch das eine, für das sie alle anderen hergegeben hätte, war nicht dabei. Sie wandte sich wieder Leandro zu. »An wen hast du die fehlenden Teile verkauft?«

»Sei doch nicht lächerlich und hör auf, wegen dieses Plunders herumzuzetern«, schnaufte er. »Nimm das Geld und gib dich damit zufrieden.«

Mit kaum gebremster Kraft zog sie ihm die Gerte über seine durch die Decke nur noch mäßig geschützte rückwärtige Seite.

Er jaulte auf. »Schon gut, schon gut! An Stechinelli habe ich den Kram verkauft. Er sagte, er hätte gerade Abnehmer für alte venezianische Stücke. Er wird mir ganz sicher nichts zurückgeben, falls du das glaubst.«

»Du Mistkerl!«, sagte sie, nahm Ottavio den Beutel mit dem Geld und den Schmuck aus der Hand, schloss die Tür von innen auf und marschierte hinaus. Zu groß wäre sonst die Versuchung gewesen, Leandro noch den einen oder anderen Hieb mehr zu versetzen.

9

Obwohl Alessa weniger geschlafen hatte als die Sartoris, war sie am Morgen nach ihrer nächtlichen Auseinandersetzung mit Leandro als Erste auf den Beinen. Weil sie sich nicht sicher war, ob sie weiterhin bei ihren Reisegenossen bleiben wollte, packte sie ihre Sachen und gab die Truhe bei der Wirtin in Verwahrung.

»Dein Gepäck ist bei mir in guten Händen. Aber was soll ich deinen Bekannten sagen, wenn sie nach dir fragen?«, erkundigte sich die kräftige Frau, während sie mit dem Putzlumpen über einen Tisch fuhr.

»Sag ihnen meinetwegen, dass ich Sehnsucht nach unserer Lagune hatte und deshalb am Fluss spazierengehe. Vielleicht werde ich das wirklich tun, aber vorher muss ich noch jemanden sprechen. Kannst du mir sagen, wo ich den Herrn Francesco Capellini finde, den sie auch Stechinelli nennen? Er wohnt doch gewiss in der Stadt?«

Die Wirtin hörte auf zu wischen und rieb sich mit dem Handrücken eine ihrer roten, rauen Wangen. »Stechinelli besitzt in Celle mehr Häuser als sonst einer. Bis vor einer Weile hat er hier in der Nähe am Markt gewohnt, aber da wird gerade alles umgebaut. Ich habe gehört, dass er deshalb vorübergehend Räume in seinem Haus auf der anderen Seite des Schlossparks bezogen hat. Wenn du ihn sprechen willst, dann solltest du dich in der Tat beeilen. Ab der Mittagszeit ist er jeden Tag im Schloss, und da wirst du nicht so leicht zu ihm vordringen.«

Alessa bedankte sich mit einem gezierten Hofknicks bei ihr und erntete dafür ein Lachen der gutmütigen Frau.

Wenig später ging sie mit langen Schritten durch das morgendliche Celle und betrachtete die kleine Stadt dabei zum ersten Mal mit wachem Blick.

Der Schlosspark lag nicht in unmittelbarer Nähe des Schlosses, sondern erstreckte sich entlang des südlichen Stadtgrabens. Hecken mit frühlingsgrünen Blättern und sauber geharkte Sandwege zerschnitten das Gelände in einzelne, verschieden gestaltete Bereiche. Alessa kam an zwei Obstgärten vorbei, in denen Bäume und Sträucher ordentlich in Reihen dastanden, an zwei Gemüsegärten, wo Vogelscheuchen darüber wachten, dass die Saat in Ruhe aufgehen konnte, und an symmetrisch zu Füßen klassischer Statuen angelegten Beeten mit voll erblühten Tulpen in ungewöhnlichen Farben.

Das Haus, zu dem man ihr den Weg wies, als sie sich noch einmal erkundigte, war groß und offenbar nicht nur von Stechinelli allein bewohnt. Als Alessa an die Tür klopfte, öffnete sie sich, und vier junge Soldaten traten heraus. Die Männer beäugten sie neugierig, grüßten aber anständig und gingen weiter, ohne innezuhalten. Sie nach Stechinelli zu fragen kam ihr zu spät in den Sinn, und zurückrufen wollte sie sie nicht. Da auf ihr Klopfen sonst niemand antwortete, trat sie einfach ein und fand sich in einem großen dunklen Flur wieder, von dem viele Türen abgingen und eine Treppe auf eine Galerie hinaufführte.

Ein weiterer, älterer Soldat kam die Treppe herab und blieb kurz stehen, als er sie sah. Er ging auf Strümpfen, trug seine Stiefel in den Händen und hatte eine kalte Tabakspfeife zwischen den Lippen. »Kann ich helfen?«, fragte er, ohne die Zähne auseinanderzunehmen.

»Ich suche Signor … Ich suche Herrn Stechinelli. Oder Capellini«, sagte sie und ärgerte sich über ihr Gestammel.

Der Mann klemmte einen Stiefel unter den Arm und nahm die Pfeife aus dem Mund. »Eine Signorina also. Herr Stechinelli ist noch nicht angekleidet. War eine unruhige Nacht. Aber geht ruhig hoch.« Er wandte sich auf der Treppe um und rief nach oben: »Bucco! Hier ist eine Signorina für Stechinelli. Zeig ihr mal die richtige Tür!«

Alessa nickte ihm zu und beeilte sich, an ihm vorbeizugehen, ohne ihre Aufregung zu zeigen. Bucco? War es möglich, dass sie ihren Cousin gefunden hatte, ohne ihn zu suchen? Doch als sie auf der Galerie ankam, wartete dort kein junger Mann auf sie. Stattdessen begegnete sie einer Dienstmagd, die vor den geschlossenen Türen hin und her ging und dabei einen leise nörgelnden Säugling in ihren Armen wiegte.

»*Bonjour*. Wenn Ihr Monsieur Stechinelli sprechen wollt, müsst Ihr warten. Er lässt sich gerade barbieren, und dabei wird er nicht gern gestört. Musste den *petit* Schreihals hier auch schon hinausbringen.«

Alessa stellte sich dicht an das Geländer, um der Magd nicht im Weg zu sein. »Dann warte ich. Du bist aber gewiss nicht dieser Bucco, nach dem der andere Herr eben rief, oder doch?«

Das junge Weib prustete belustigt. »Nein, *je suis* Marie, und ich arbeite für Madame Stechinelli. Bucco wohnt dort.« Mit dem Kinn wies sie auf die letzte Tür am Ende der Galerie.

Bevor Alessa sich überlegen konnte, dort anzuklopfen, wurde die Tür geöffnet, vor der sie standen, und eine Dame im Hauskleid steckte den Kopf heraus. »Marie, Ihr könnt wieder hereinkommen. Monsieur hat sich beruhigt.«

»Oui, Madame. Dieses Fräulein möchte zu Monsieur.«

Madame seufzte, winkte Alessa aber herein. »Geh durch. Aber wenn du wegen der französischen Spitzen aus Alençon kommst, mach dir keine Hoffnungen. Die neue Lieferung ist noch nicht eingetroffen, und die Reste sind alle verkauft.«

»Bonjour, Madame Stechinelli. Es geht mir nicht um Spitzen. Ich habe ein anderes Anliegen.«

»Bist du Italienerin? Du klingst so. Italiener müssen nur zwei französische Worte sprechen, und ich weiß Bescheid. Wenn es so ist, wird mein Gemahl vielleicht doch noch ein Stückchen Spitze für dich finden, ich kenne ihn.«

Alessa ersparte es sich zu wiederholen, dass sie sich an diesem Tag nicht für Kleidungszier interessierte, und trat in das prachtvolle Vorzimmer der Stechinellis ein.

Schon dieser unbedeutende Raum war in einer Art ausgestattet, die zeigte, dass der Eigentümer den Vergleich mit den höheren Adligen bei Hof nicht scheuen musste. Das nach Wachs duftende Parkett war mit einem orientalischen Teppich bedeckt, biblische Gemälde zierten die mit Damast bespannten Wände, zwei Wandtische präsentierten frische Tulpensträuße und Schalen mit exotischen Früchten. Zudem boten sich mehrere gepolsterte Stühle mit hohen Lehnen den vornehmen Besuchern an, die trotz ihres Ranges hier warten mussten.

»Francesco, eine Signorina für dich!«, rief Madame Stechinelli und winkte Alessa zur nächsten Tür, während sie selbst mit Magd und Kind durch eine andere verschwand.

Francesco Capellini war nicht gänzlich angekleidet, als sie in sein Empfangszimmer eintrat. Er stand hemdsärmelig in einer Weste vor ihr, die über seinem kugeligen Bauch spannte, und rieb sich die Hände mit einer Salbe ein, die nach Talg und Rosmarin roch. Sein kurzes Haar war dunkler als die lange Lockenperücke, die er am Vortag bei Hof getragen hatte, und auch seine Augen waren dunkel. Außerdem wirkten sie klein, was seinem speckigen Gesicht zu verdanken war. Alessa musste an die schwarzen, glänzenden Augen einer Maus denken, als sie ihn betrachtete. Ihrem Funkeln nach zu urteilen handelte es sich bei Stechinelli um eine besonders schlaue Maus.

»Mein Frräulein«, sagte er und rollte das R auf übertrieben italienische Weise, »was kann ich für Euch tun? Verzeiht, wenn ich

Euer Inkognito verletze, aber seid Ihr nicht die bezaubernde *Arlecchina* der Sartoris?«

Alessa wechselte zum Italienischen. »Da habt Ihr recht, Signore. Aber inkognito zu kommen war nicht meine Absicht. Ich möchte mit Euch sprechen, weil ich hoffe, die Folgen eines Missverständnisses zu beheben. Ihr kauftet gestern etwas von meinem Bekannten Leandro Rossetti, was eigentlich mir gehörte. Signor Rossetti hat es gewissermaßen versehentlich veräußert, und ich wünsche, es zurückzukaufen. Ihr würdet mir einen großen Dienst erweisen, wenn Ihr mich den Kaufpreis erstatten ließet und mir meine Schmuckstücke wieder aushändigt, Euer Wohlgeboren.«

Stechinelli kratzte sich die frisch rasierte Wange, an der noch eine Spur Schaum klebte, und sprach nun auch Italienisch. »Gern würde ich Euch behilflich sein. Doch leider habe ich die Stücke schon weiterverkauft und kann sie unmöglich zurückverlangen. Bedaure. Wenn Ihr wieder ähnlichen Schmuck erwerben möchtet, werde ich meine Möglichkeiten nutzen und Ausschau nach etwas Passendem halten. Mehr kann ich nicht für Euch tun.«

Kaum in der Lage, ihre Enttäuschung zu verbergen, schnippte Alessa ein Stäubchen von ihrem Ärmel und ging dann zum Fenster, um einen Blick hinaus auf den Schlossgarten zu werfen und die Riegel des Fensters zu mustern.

»Ihr versteht vielleicht nicht die Dringlichkeit meiner Bitte. Der Schmuck hätte nicht verkauft werden dürfen. Es handelt sich um Erbstücke, die für mich unersetzlich sind. Wenn sie sich nicht mehr in Eurem Besitz befinden, teilt mir bitte mit, an wen Ihr sie verkauft habt. Ich werde bei demjenigen vorsprechen.«

Er schnaubte empört. »Ihr seid es, die nicht versteht, Signorina. Ich habe einen Ruf zu verlieren. Wer sich mit einem Wunsch an mich wendet, erwartet Diskretion und Zuverlässigkeit. Die bedeutendsten Herrschaften gehören zu meinen Käufern. Doch selbst, wenn dem nicht so wäre … Was jemand von mir erworben hat, ist unwiderruflich sein Eigentum. Was wäre es für eine Peinlichkeit für ihn und für mich, wenn daran Zweifel geweckt würden! Auf keinen Fall werde ich Euch Namen nennen. Und ich rate Euch nachdrücklichst, die Angelegenheit auf sich beruhen zu lassen. Alles andere würde Euch ganz sicher zum Nachteil gereichen.«

»Also habt Ihr meinen Schmuck an jemanden bei Hof verkauft?«

»Nein. Ihr werdet nichts von mir erfahren. Und Ihr befindet Euch im Irrtum. Wenn es nach mir geht, ist es nicht Euer Schmuck. Ich habe ihn von Signor Rossetti angekauft und bei ihm bezahlt. Klärt Eure angeblichen Ansprüche mit ihm.«

Sein juckendes Gesicht brachte ihn darauf, den Resten von Rasierseife darin mit einem nassen Lappen zu Leibe zu rücken. Dabei lauschte er mit gerunzelter Stirn in Richtung der benachbarten Räume, von wo man den Säugling schreien und noch mehr kleine Kinder lachen hörte. Der Lärm schien ihn zwar ein wenig zu reizen, doch allgemein zeigte er die Miene eines zufriedenen Mannes, und Alessa zog ihre Schlüsse über ihn. Er hatte eine rasch wachsende Familie, und sein Ehrgeiz entsprach diesem Umstand. Er war jedermann in Celle bekannt, ihm wurde ein großes Vermögen nachgesagt, und er war bei Hof hochangesehen. Seine Macht musste bereits beträchtliche Ausmaße haben. Ihn zu verärgern und sein Misstrauen zu erregen, konnte sich bei ihren weiteren Vorhaben als hinderlich und gefährlich erweisen.

»Ich verstehe, Signore. Nehmt mir meine Hartnäckigkeit nicht übel. Ich hegte eben große Hoffnung, dass sich dieses Missgeschick ausmerzen lässt. Aber natürlich seid Ihr im Recht. Ich sehe ein, dass es peinlich wäre, von den hohen Herrschaften ein verkauftes Stück zurückzuverlangen. Und am Ende: Was sind schon weltliche Güter, nicht wahr? Besser reich in Gott als reich in Gold. Oder, wie man auch zu sagen pflegt: ›Wenn der Schmuck gestohlen ist, sieht man, dass er zu entbehren war.‹ Ich werde darauf hoffen, dass es so ist. Entschuldigt, dass ich Eure Zeit beansprucht habe.«

Er sah sie mit zusammengekniffenen Augen an. »Gestohlen? Das meint Ihr gewiss nur im Sinne der weisen Redewendung. Denn von Diebstahl wollen wir in diesem Zusammenhang überhaupt nicht sprechen. Signorina, ich hoffe meinerseits, dass Ihr es mir nicht übelnehmt, dass ich Euch in dieser Sache nicht weiterhelfen kann. Ich bin jederzeit Euer ergebener Diener, wenn Ihr Euch einen anderen Wunsch erfüllen möchtet. Ganz unabhängig davon hoffe ich, Euch heute noch einmal bei Hof in Eurer Rolle als Arlecchina zu sehen, die den Herrschaften so große Freude gemacht hat. Wie bedauerlich, dass Ihr die Truppe der Sartoris verlasst. Eure hervorragenden Übersetzungen hätten gewiss dazu beigetragen, die venezianische und italienische Kultur hier noch beliebter zu machen. Doch muss man Verständnis für die Künstler haben, denen kaum zugemutet werden kann, weiter für Euch zu sorgen, wenn doch ein Verwandter von Euch hier in der Stadt weilt, dem diese Pflicht viel eher obliegt. Ich hoffe, Ihr findet ihn bald.«

Alessa fühlte erneut die Wut auf Leandro aufwallen und umklammerte fest ihre eigenen Hände, um ihre Gefühle in der Gewalt zu behalten. »Ich sehe, Ihr habt Euch lange genug mit Signor Rossetti unterhalten, um von seiner treuen Fürsorge für mich Kenntnis zu erhalten. In der Tat bin ich dankbar für den Beistand, den die Sartoris mir gewährt haben, und werde ihre Hilfsbereitschaft nicht über Gebühr weiter in Anspruch nehmen. Allerdings gefiel es der hochwohlgeborenen Frau von Harburg, mich einzuladen, ihr in den nächsten Tagen hin und wieder Gesellschaft zu leisten. Es wäre zweifellos ungehörig, wenn ich diese Ehre zurückweisen würde. Seid daher nicht überrascht, wenn Ihr mich bei Hof wiederseht.«

Er lächelte sie auf eine Art an, bei der seine Augen kühl blieben.

»Ihr könnt gewiss sein, dass mich das ganz und gar nicht überraschen wird. Im Gegenteil wird es mich freuen, wenn Ihr unsere heimliche *Herzogin* Eleonore ein wenig zerstreut. Wegen ihres geschwächten Zustands bemühen wir uns derzeit besonders, Ärger von ihr fernzuhalten. Jede kurzweilige Abwechslung für sie ist ihren Freunden hingegen willkommen. Und sei sie noch so flüchtig.« Den Titel »Herzogin« betonte er scharf, als wollte er Alessa dafür rügen, dass sie Frau von Harburg niedriger tituliert hatte.

Sie nickte ihm zu, deutete eine Verbeugung an und ging zur Tür, da sprach er sie noch einmal an.

»Ihr stammt aus Venedig, sagte Signor Rossetti. Und verzeiht, aber wie war gleich noch Euer Name?«

Mit Herzklopfen drehte sie sich zu ihm um. »Alessandra Rizzi. Warum fragt Ihr? Habt Ihr Bekannte in Venedig?«

Er zuckte mit den Schultern. »So einige, Signora. Allerdings keine mit Namen Rizzi.«

Sie lächelte süß. »Vielen Dank für Eure Zeit. Und auf Wiedersehen.«

Ohne ihm eine weitere Gelegenheit zu geben, das Gespräch fortzuführen, verließ sie seine Wohnung. Auf einmal hatte sie es so eilig, das Haus zu verlassen, dass sie sogar darauf verzichtet hätte, nach dem geheimnisvollen »Bucco« zu forschen. Doch auf der Galerie traf sie die Magd von vorher wieder, die statt des Säuglings nun einen Besen hielt, allerdings nicht fegte, sondern mit zwei weiteren Soldaten schwatzte, die auf der Treppe saßen.

»Mademoiselle, Euer Bucco steht draußen vor der Haustür und bürstet seinen Justaucorps aus. Hat ein silbernes Kreuz umhängen. Daran erkennt Ihr ihn«, sagte sie, als Alessa sich auf der Treppe an ihr und den sitzenden Männern vorbeischob.

Alessa bedankte sich und rannte nun förmlich aus dem Gebäude.

Tatsächlich stand ein junger Soldat draußen und versuchte,

seine Kleidung zu reinigen. Seine halblangen dunkelbraunen Haare hatte er zum Zopf gebunden, doch die Hälfte war aus dem Band gerutscht und hing ihm ins Gesicht. Ihre Tante hatte immer darauf beharrt, dass ihr Sohn seinem herzoglichen Vater ähnlich sah, doch Alessa hatte diese Ähnlichkeit früher nie gefunden. Außer ihrer schwachen Erinnerung an sein Kindergesicht konnte ihr deshalb nichts dabei helfen, ihn zu erkennen. Unwillkürlich sprach sie den jungen Mann auf Italienisch an.

»Buongiorno. Darf ich dich etwas fragen? Ich suche einen Lucas von Bucco. Kennst du ihn vielleicht?«

Er hob den Kopf, sah sie aus mädchenhaft schönen blauen Augen an und antwortete ihr auf Italienisch. »Buongiorno, Signorina. Was wollt Ihr von ihm?«

Viel klarer, als sie es je erwartet hätte, fand sie nun in seinen Zügen den achtjährigen Knaben wieder, von dem sie sich vor langer Zeit in Venedig verabschiedet hatte. Siebzehn Jahre war er jetzt alt. »Ich bin mit ihm verwandt und möchte ihn begrüßen«, sagte sie lächelnd.

Schweigend musterte er sie und musste sich erst räuspern, bevor er seine nächste Frage stellte. »Seid Ihr aus Venedig?«

Sie nickte und machte sich bereit, ihm um den Hals zu fallen. Doch er erstarrte sichtlich und legte sich mit gemessenen Bewegungen seinen ausgebürsteten Justaucorps über den Arm.

»Ich bitte um Verzeihung, aber ich kenne meine venezianischen Verwandten nicht. Ich bin in Hannover aufgewachsen, im Haus meines deutschen Pflegevaters. Bisher bin ich davon ausgegangen, dass meine Familie nicht mehr lebt. Wer seid Ihr?«

Oben wurde ein Fenster geöffnet, und der eben noch stille Säugling begann wieder zu schreien. Alessa warf einen Blick an der Fassade empor und hielt ihrem Cousin ihre Hand hin, so wie sie es als Kind gemacht hätte. »Gehen wir ein Stück zusammen, dann können wir uns unterhalten, Lucas Buccolini.«

Zweifel zeigte sich in seiner Miene, während er ebenfalls zu den Fenstern emporblickte, die zu Stechinellis Wohnung gehörten. »Ich habe Weisung, meine Unterkunft nicht ohne Begleitung zu verlassen. Wir können auch hier reden.«

»Ist es üblich, dass junge Soldaten nicht allein ausgehen dürfen?«, fragte sie.

Er verneinte mit einem langsamen Kopfschütteln. »Sagt mir Euren Namen und was Ihr von mir wollt.«

Hin- und hergerissen zwischen der Freude, ihn gefunden zu haben, und der Enttäuschung über sein Misstrauen, konnte sie einen tiefen Seufzer nicht unterdrücken. »Ich bin Alessa. Deine Cousine. Ich bin bei unserem Großvater Pietro aufgewachsen und habe viel Zeit mit dir verbracht, als du noch ein Kind warst. Kannst du dich nicht an mich erinnern?«

Wieder schwieg er eine Weile und starrte ihr ins Gesicht. »Nehmen wir an, du wärst meine Cousine. Lebt unser Großvater noch? Warum bist du hier?«

»Großvater ist tot. Du bist der letzte Verwandte, den ich noch habe. Deshalb wollte ich dich sehen.«

»Seltsam für ein junges Weib, so eine weite Reise allein zu machen.«

Sie lachte. »Eine seltsame Reise war es gewiss. Allein der Weg über die Bergpässe war ein aufregendes Abenteuer. Die Wagen haben wegen der engen Pfade schrecklich schmale Radstände und sind damit so wacklig, dass sie bei jeder Gelegenheit umkippen. Und das uns, die wir sonst nie mit dem Wagen fahren, sondern nur mit dem Boot!«

»Daran erinnere ich mich. An die Gondeln. Ich hatte immer Angst, ins Wasser zu fallen, nicht wahr?«

Alessa stutzte und fragte sich, ob sie sich vielleicht doch in der Person geirrt hatte. »Du hattest nie Angst, ins Wasser zu fallen. Im Gegenteil, ich musste immer aufpassen, dass du nicht zu nah am

Wasser getobt hast, wenn wir auf den Fondamentas gespielt haben. Du wolltest unbedingt Gondoliere werden und hast dauernd versucht, jeden zu überreden, dass er dich eine Gondel rudern lässt. Weißt du das wirklich nicht mehr?«

Auf einmal lächelte er, wich aber ihrem Blick aus. »Weißt du noch etwas über mich, was sonst niemand wissen kann?«

»Soll das eine Prüfung sein? Ich weiß viel über dich, was damals sonst niemand wusste. Aber woher soll ich wissen, ob du es seitdem nicht jemandem erzählt hast? Warte … Als du sechs Jahre alt warst, haben wir beide an einem späten Abend ein Boot gestohlen und wollten damit zum Lido rudern, um im Mondlicht Krebse zu sammeln. Wir kannten aber nicht einmal die richtige Richtung und konnten von Glück sagen, dass uns ein Fischer im Canale della Giudecca aufgelesen und zurück nach San Marco geschleppt hat. Ich habe ihn angeschwindelt, als er fragte, wohin wir gehören, und wir sind ihm davongerannt, als er anlegte. Erzählt haben wir niemandem davon.«

Nun sah er ihr endlich offen und fröhlich in die Augen. »Das weiß ich alles noch genau. Du bist manchmal ein wilderer Junge gewesen als ich, Cousine Alessa. Verzeih mein Misstrauen. Aber man hat mir beigebracht, besonders vorsichtig zu sein, wenn jemand mich auf meine Herkunft anspricht. Dem Herzog liegt zwar nicht viel an mir, dennoch sähe er es ungern, wenn mich jemand als Geisel nähme oder auf andere Art versuchte, mich zu benutzen, um ihm Ärger zu machen. Das ist auch der Grund, warum ich kaum einen Schritt allein gehen darf. Er traut mir nicht zu, dass ich genug Verstand habe, selbst auf mich aufzupassen und ihn dabei nicht zu blamieren.«

Obwohl er es in heiterem Tonfall sagte, spürte Alessa seine Bitterkeit. Außerdem erkannte sie, dass seine derzeitige Stellung ihm nicht ermöglichen würde, sie maßgeblich zu unterstützen, wenn sie in Celle bliebe. »Du hast also kein gutes Verhältnis zum Herzog? Das tut mir leid. Er schien immer stolz auf dich zu sein, als du noch klein warst. Ich hatte gehofft, dass er dir ein guter Vater sein würde, auch wenn du nur … wenn du nicht ehelich geboren bist.«

»Am Anfang war er das. Doch inzwischen kommt es mir vor, als würde er mich gern nachträglich verleugnen. Es ist nicht so, dass ich große Vergünstigungen erwarte oder ein geschenktes Vermögen. Aber ich darf nicht einmal mehr bei Hof erscheinen. Und hier werde ich behandelt wie jeder andere Soldat von ärmlichem, kleinem Adel. Nur dass ich noch dazu eine Art Gefangener bin. Er selbst spricht seit Monaten nicht mehr mit mir. Als hätte ich mir etwas zuschulden kommen lassen. Alle Welt schwatzt darüber, was wohl geschehen wird, wenn Madame Eleonore ihm einen Sohn schenkt. Kannst du dir vorstellen, wie sich das anfühlt? Ihre Kinder werden doch in Wahrheit nicht legitimer sein, als ich es bin. Aber genug von mir. Wirst du mir etwas über dich erzählen? Und darüber, wie meine Mutter … Warum hast du mir nie geschrieben? Ich glaubte, du wärst …«

Der Soldat mit der Tabakspfeife erschien in der Haustür und nickte Alessa brüsk zu, bevor er sich an ihren Cousin wandte. »Hinein mit dir, Bucco! Fertig packen und dann ab! Unsere Pferde stehen schon bereit. Wir exerzieren heute draußen vor der Stadt. Und du weißt doch: ›Wer nicht kommt, darf nicht gehen.‹ Sag Adieu zu dem Frollein.« Mit deutlichen Zeichen von Ungeduld blieb er stehen und behielt Lucas und sie im Auge.

Ihr Cousin zuckte entschuldigend mit den Schultern. »Ich muss gehen. Aber wir sehen uns wieder, oder nicht? Wo wohnst du?«

»Im Gasthaus ›Zum Goldenen Eber‹. Aber ich weiß nicht, wie lange noch. Ich werde wieder herkommen, dann können wir etwas verabreden.«

Unerwartet umarmte er sie kurz und drückte ihr einen flinken Kuss auf die Wange. »Ich freue mich darauf.«

Einen Augenblick später war er mit dem älteren Mann im Haus verschwunden, und Alessa nahm sich die Zeit, noch einmal hinauf zu Stechinellis Fenstern zu sehen. Wie vermutet entdeckte sie an einem davon den Hausherrn selbst, der keinen Hehl daraus machte, dass er sie und Lucas beobachtet hatte. Er bedachte sie noch mit einem scharfen Blick, bevor er sich ins Innere der Wohnung zurückzog.

Ihre Freude über die Begegnung mit Lucas war nur ein schwaches Gegengewicht gegen die Sorgen, die sie bedrückten, während sie auf Umwegen zurück zum Gasthaus wanderte. Innerlich bereitete sie sich darauf vor, sich eine eigene Unterkunft zu suchen, und sah sich mit dem entsprechenden Blick in der Stadt um. Weiterhin die Räumlichkeiten mit den Sartoris zu teilen erschien ihr ausgeschlossen. Überhaupt wollte sie zumindest Leandro am liebsten nie wiedersehen müssen. Andererseits würde ihr kleines Vermögen schnell dahinschwinden, wenn sie ihre Behausung selbst bezahlen musste. Und ihre Zukunft war völlig ungewiss. Sie würde herausfinden müssen, wer ihren Schmuck von Stechinelli gekauft hatte. Doch noch wusste sie nicht, wo sie mit ihren Nachforschungen anfangen sollte.

Unabhängig davon, wie sie vorgehen würde, wollte sie aber an diesem Tag auf keinen Fall versäumen, bei Hof zu erscheinen. Sie musste den Wunsch von Herzogin Eleonore erfüllen und ihre Gesellschaft suchen, wenn sie sich regelmäßigen Zugang zum Hof verschaffen wollte. Wenigstens für einen weiteren Auftritt würde sie sich also noch mit den Sartoris einig werden müssen.

Die Wirtin des »Goldenen Eber« summte eine Melodie und trocknete Bierkrüge ab, als Alessa um die Mittagszeit die schummrige Schankstube betrat. »Da bist du ja. Deine Bekannten sind schon in Sorge. Ich musste ihnen versprechen, dass ich dich nicht wieder gehen lasse, ohne sie zu rufen. Sie wollten mich überreden, dass ich deine Truhe wieder aufs Zimmer zurückbringe. Aber da kannst du dich auf mich verlassen. ›Wohin diese Truhe geschleppt wird, das entscheidet nur das Fräulein Rizzi‹, habe ich zu ihnen gesagt. Willst du selber hinaufgehen, oder soll ich nach ihnen schicken?«

Alessa setzte sich an einen Tisch, streckte erschöpft die Beine aus und unterdrückte ein Gähnen. Ihre müden Füße bestätigten, dass sie Celle nun schon recht gut kannte. »Ich wünsche mir einen Krug von deinem guten Bier und einen Teller Eintopf, wenn du welchen hast. Den Sartoris laufe ich nicht weg, keine Sorge.«

»Recht so, Mädel. Einen doppelten Schlag Eintopf brauchst du auf den Teller. Ein bisschen Speck auf die Rippen zu bekommen wird dir guttun und dich noch ein bisschen hübscher machen. Ich lasse oben Bescheid sagen.«

Ihr Teller stand noch nicht auf dem Tisch, als zu ihrer Überraschung alle fünf Sartoris die Treppe herab- und mit demutsvoll gesenkten Häuptern an ihren Tisch schlichen. Nur Flori, der wie üblich hinter den anderen herging, schien nicht bedrückt zu sein.

Vitale packte Leandro am Arm und trat mit ihm vor sie. »Signora Rizzi, wir alle haben dir etwas zu sagen. Aber Leandros Worte werden wohl das schwerste Gewicht für dich haben. Erweise uns die Güte, ihn anzuhören.«

Leandro fiel vor ihr auf ein Knie, als wollte er in einem ihrer Theaterstücke ein Liebesgeständnis spielen. Und tatsächlich brachte er auch seine Sätze so flüssig und ausgefeilt betont vor, als hätte er sie mehrfach geprobt. Seine Stimme brach an den richtigen Stellen vor Schmerz über sein Vergehen, und die warme Stimme, mit der er sie um Verzeihung bat, hätte sie ganz sicher eingelullt, wenn sie ihn nicht gekannt hätte. Zaira, Pippa und Vitale standen Tränen in den Augen, als würden Leandros Geständnis und seine angeblichen Gewissensqualen sie zutiefst rühren. Ottavio hingegen verzog ein wenig das Gesicht, was Alessa dazu brachte, Leandros Rede zu unterbrechen.

»Spar dir deine lange Rede, Harlekin. Ich glaube dir ohnehin kein Wort. Was wollt ihr von mir? Ich habe seinen Diebstahl nicht angezeigt, aber verzeihen werde ich ihm gewiss nicht.«

Vitale setzte sich seufzend neben sie. »Was er dir sagen sollte … Wenn du ihn zu Ende angehört hättest … Er bereut seine Tat. Darüber hinaus bereut er jedoch, dass er dich nicht gewürdigt hat, wie du es verdienst. Aus Neid und Kalkül hat er dein Können herabgesetzt. Das war nicht recht. Wir möchten dir sagen …«

Nun unterbrach Ottavio ihn. »Vater, hör doch auf damit. Sie ist klug! Wann versteht ihr das endlich? Alessa, der Herzog hat uns für heute Abend um eine längere und aufwendigere Aufführung bitten lassen. Und er hat besonders betont, dass deine Rolle ihm besonders gefallen hat. Du musst weiter mit uns spielen. Das heißt: Wenn du es schaffst, deine Abscheu zu überwinden und Leandro so nahe zu kommen, wie du es dazu müsstest. Ich könnte es dir nicht verdenken, wenn du es uns ausschlägst.«

Seine Worte empörten nun wiederum seine Mutter. »Ottavio! Was ist das für eine vorlaute Frechheit? Du lässt es klingen, als würden wir nur wegen des Herzogs wollen, dass sie bleibt. Und überhaupt wirst du dich unterstehen, in diesem Ton …«

Von einem Augenblick zum anderen fielen alle Sartoris in das Gespräch ein, zankten, schimpften, flehten und beschwichtigten in einer Lautstärke, die durch die geschlossene Tür des Gasthauses bis auf die Straße dringen musste. Alessa lehnte sich zurück, trank ihr Bier und dachte ein wenig darüber nach, ob der herbe Geschmack ihr inzwischen möglicherweise sogar besser gefiel als der von Wein. Denn jeder Versuch, streitende Venezianer vor dem Ablauf einer gewissen Zeit zum Schweigen zu bringen, war sinnlos. Das wusste sie aus Erfahrung.

Erst als die Wirtin ihren Eintopf vor ihr auf den Tisch stellte, pfiff sie ein Mal schrill und laut auf den Fingern, und die Truppe verstummte lange genug, um sie anzuhören.

»Was spielen wir denn heute?«, fragte sie und musste lachen, als die Sartoris sich einer nach dem anderen aufatmend zu ihr setzten.

Wohl keiner von ihnen ahnte, dass Alessa über ihre Versöhnung nicht weniger erleichtert war als die anderen. Immerhin waren die Sartoris für sie vorerst der einfachste Weg, sich unter die höfische Gesellschaft zu mischen und Ausschau nach ihrem Medaillon zu halten. Sie hoffte inständig, dass die neue Besitzerin es bald tragen würde.

10

Der aufrechte Arthur

ZU DEN FREUDEN in Arthurs Leben gehörte der morgendliche Ausritt auf einem der drei edlen Pferde, die der Herzog ihm im Laufe der vergangenen sechs Jahre geschenkt hatte. Theseus, Achill und Penelope hatte er sie genannt – in Gedenken an seinen Hauslehrer, der ihm zur Belohnung für fleißige Arbeit oft Heldensagen erzählt hatte. An den meisten Tagen war der Ausritt am Morgen die einzige Stunde seiner Zeit, die er allein verbringen konnte.

Wenn er später das Schloss wieder betrat, stürzte üblicherweise ein Hofbeamter auf ihn zu, um ihn davon zu unterrichten, in welcher Hinsicht der Herzog oder die Herzogin ihre Pläne für den Tag geändert hatten, oder welche kleinen Vorfälle sich in der Nacht ereignet hatten und einer Untersuchung bedurften. Anschließend kam er im Trubel des Hofalltags oft nicht einmal lange genug zur Ruhe, um eine Mahlzeit einzunehmen. Nicht dass er es sich jemals hätte anmerken lassen, dass ihn etwas aus der Ruhe brachte. Gerade weil er ein Meister der Selbstbeherrschung war und einen Ruf als beneidenswert kühler Kopf zu wahren hatte, wusste er das entspannte Gefühl von Freiheit zu schätzen, das er morgens auf dem Pferderücken genoss.

Frisch war ihm der Wind an diesem Maimorgen um die Nase geweht und hatte seinen Zopf aufgelöst. Ihn wieder zusammenzubinden war seine erste Tat, nachdem er im Hof der herzoglichen Stallungen abgestiegen war. Seinen Hengst nahm ihm ein aufmerksamer Stallbursche ab, wofür er sich aus alter Gewohnheit bedankte, obwohl sein hoher Rang es längst zu einer Selbstverständlichkeit gemacht hatte, dass er bedient wurde.

An dem langen, dafür vorgesehenen Balken hatten die fleißigen Pferdeknechte zwanzig gesattelte Rösser aufgereiht, die offenbar auf die Horde junger Soldaten warteten, die soeben heranmarschiert kamen. Die Truppe wirkte, als bestünde sie aus zufällig zusammengewürfelten Kavalleristen von eher niedrigem Adel, doch er wusste, dass das Gegenteil der Fall war. Diese jungen Männer waren ohne ihr Wissen sorgfältig ausgewählt worden, und er hatte daran teilgehabt. Es waren überwiegend dritte, vierte oder fünfte Söhne aus guten, aber in bescheidenen Umständen lebenden Adelsfamilien, einige illegitime Söhne hoher Herren, aber auch ein paar Bürgersöhne aus Celle, Lüneburg und Hannover. So unterschiedlich ihre Herkunft war, verbanden sie jedoch zwei Dinge: Sie stammten aus Familien, die Herzog Georg Wilhelm seit jeher besondere Treue bewiesen hatten, und sie zeichneten sich durch herausragende kriegerische und geistige Fähigkeiten aus. Ziel war es gewesen, für Lucas von Bucco unauffällig eine Umgebung zu schaffen, in der er sich entfalten konnte, die gleichzeitig jedoch als eine Art Schutzwall für ihn fungierte.

Arthur zog seine Reitjacke glatt und trat den Ankömmlingen in den Weg, um ein paar Grußworte mit ihrem Anführer und vielleicht auch mit dem manchmal etwas mürrischen Bucco zu wechseln, der höflich gemeinsam mit dem Hauptmann bei ihm stehen blieb.

Otto von Brühl nahm mit der Linken die Tabakspfeife aus dem Mund und hielt ihm die Rechte zum Handschlag hin. »Morgen, Arthur. Wie hat er sich heute gemacht, dein schwarzer Satan? Gestern hat er die Stallwand halb zertrümmert, weil er draußen eine rossige Stute gerochen hat. Ein Mordskerl!«

Auch Hauptmann von Brühl war aus guten Gründen auf seinen Posten berufen worden. Er war ein alter Freund von Arthurs Vater und wusste für Lucas' Schutz zu sorgen. Lächelnd schüttelte Arthur ihm die Hand.

»Bei mir muckt er nicht auf, Otto. Er weiß, dass es für alles eine Zeit gibt. Für die Arbeit und für die Stuten.«

»Tja, da kann sich manch einer eine Scheibe abschneiden. Frag mal unseren Bucco, der wäre heute beinah ohne Stiefel losgelaufen, weil ihm ein hübsches Schürzchen schöne Augen gemacht hat«, sagte von Brühl.

Lucas vergaß seine gute Erziehung und wartete nicht darauf, direkt angesprochen zu werden. »Sie ist meine Cousine«, platzte es aus ihm heraus. »Sie hat mir keine schönen Augen gemacht. Ich habe das doch schon erklärt!«

Sein Hauptmann knurrte abfällig. »Das glaubst du doch selbst nicht. Schon viele Weiber haben sich als Cousinchen angeschlichen, um sich nach einer Weile zu Gemahlinnen zu mausern.«

Lucas wurde rot und schlug sich die geballte Faust auf den Oberschenkel, wie es auch der Herzog tat, wenn er Mühe hatte, sich zu beherrschen. »Sie ist wahrhaftig meine Cousine. Wir haben als Kinder zusammen gespielt. Mich wiedersehen möchte sie, das ist alles.«

Arthur ließ, meist ohne das Wissen des Herzogssohns, jeden Menschen überprüfen, der sich diesem in auffälliger Weise näherte. Als Lucas von Buccos Cousine aufzutreten war so bemerkenswert, dass er der Sache auf jeden Fall nachgehen würde, gleichgültig, was sein Schützling über die Frau dachte. »Wann bist du ihr zum ersten Mal begegnet?«, erkundigte er sich.

»Heute Morgen. Sie ist zu unserer Unterkunft gekommen.«

»Sie ist also erst seit Kurzem in Celle?«, fragte Arthur weiter.

Nun mischte sich Otto von Brühl wieder ein. »Sie ist eine von den venezianischen Schauspielerinnen, die gestern angekommen sind. Stechinelli hat es mir gesagt. Alessandra Rizzi heißt sie.«

Sofort hatte Arthur ein ausgesprochen reizvolles Gesicht vor Augen. Er erinnerte sich noch an den fröhlichen Blick, den sie ihm bei ihrer Ankunft zugeworfen hatte. Den ganzen Tag hatte er anschließend darüber nachgedacht, ob er ihr schon früher einmal begegnet war und sie hätte wiedererkennen müssen. »Wenn es die ist, von der ich es glaube, dann hast du eine entzückende Cousine, Herr von Bucco. Aber du wirst zugeben, dass die Angelegenheit ein wenig seltsam anmutet. Ich werde mich wohl besser nach ihr erkundigen.«

Für einen Moment sah es aus, als würde Lucas wütend werden, dann sah man, wie er sich besann. Schließlich lachte er auf. »Hauptmann Kühne, macht, was Ihr nicht lassen könnt. Ich wünsche Euch viel Glück dabei.« Womit er sich nach einer formellen Verbeugung abwandte und zu seinen Gefährten ging.

Otto von Brühl blieb noch zurück. »Sprich mit Stechinelli über das Weib«, murmelte er, bevor er sich seine Pfeife wieder zwischen die Zähne klemmte und ebenfalls eine Abschiedsverbeugung andeutete.

Nachdem der zweite Hofmarschall Arthur persönlich darüber aufgeklärt hatte, welche Änderungen des Tagesablaufs ihm der noch zu Bett liegende Herzog diktiert hatte und wie sie sich auf das Hofzeremoniell auswirken würden, blieb ihm in seinen Gemächern gerade noch genug Zeit, um mit Hilfe seines Kammerdieners Kurt Hose und Jacke zu wechseln, bevor seine Leutnants zur täglichen Besprechung eintrafen.

Obgleich er der herzoglichen Leibgarde nun schon seit drei Jahren vorstand und sein Vater den Posten vor ihm innegehabt hatte, war es noch ungewohnt für ihn, wie ein adliger Höfling zu hausen und einem Zeremoniell zu folgen, das für die Nutzung seiner Räumlichkeiten komplizierte Regeln aufstellte. In Hannover hatte man weniger Wert darauf gelegt, dass auch er repräsentative Aufgaben übernahm, und ihn außerhalb des Schlosses bei seiner Mutter wohnen lassen. Erst nach dem Einzug in das Celler Schloss hatte der Herzog sich überlegt, dass eine Zimmerfolge von Vorzimmer, Kabinett und Schlafgemach für ihn angemessen war, damit er im Rahmen seines Amtes auch Adlige empfangen konnte, ohne sie in ihrer Würde zu kränken.

Er war nicht der einzige Angehörige des Hofs, für den Herzog Georg Wilhelm solche Änderungen vorgesehen hatte. Das ganze Schloss sollte umgebaut und vergrößert werden, um den neuen Ansprüchen zu genügen.

Praktisch bedeutete das für Arthur, dass er mit Vorzimmer und Kabinett zwei Räume besaß, die er nur zum gelegentlichen Gespräch mit vornehmen Besuchern benutzte. Wobei immerhin Kurt sich abends im Vorzimmer ein bequemes Nachtlager herrichten konnte, welches er früh am Morgen wieder verschwinden ließ, damit die prachtvolle Ausstattung des Raums sich allen Besuchern makellos aufgeräumt präsentierte. Arthurs fünf Oberleutnants wäre es allerdings gleichgültig gewesen, wenn Bettzeug auf dem Fußboden herumgelegen hätte. Sie versammelten sich in der Regel ohnehin in seinem Schlafgemach, wo sie sich auf sein Bett, die Holzstühle und den Fußboden flegelten.

Eine knappe Stunde brauchten sie jeden Morgen, um genau festzulegen, welche Maßnahmen sie treffen wollten, um die Sicherheit des Herzogs, seiner Familie und seiner Gäste an jedem Moment des Tages bestmöglich zu gewährleisten. Anschließend verteilten sich seine Männer auf ihre Posten, um wiederum ihren Untergebenen die nötigen Anweisungen zu erteilen.

Kaum waren sie aus dem Raum, pfiff Arthurs Kammerdiener eine Stubenmagd herein und sorgte dafür, dass auch das Schlafgemach präsentabel gemacht und alle Stiefelspuren vom Parkett getilgt wurden. Dass Arthur sich bisher standhaft dagegen gesträubt hatte, jemanden außer seinen engsten Vertrauten neben seinem Bett zu empfangen, machte für Kurt keinen Unterschied. Glücklicherweise nahm er es aber ebenso wichtig, ihm einen Imbiss bereitzustellen, den er um diese Zeit dringend nötig hatte.

Er biss eben in ein Stück Weißbrot mit Wurst, als, jedes Zeremoniell missachtend, Stechinelli hereinschlenderte.

»Buongiorno, Hauptmann Kühne. Ich bitte, mein Eindringen zu verzeihen, doch es drängt mich, euch etwas mitzuteilen, bevor man meine Aufmerksamkeit wieder anderweitig beansprucht. Ihr wisst, ich bin ein vielbeschäftigter Mann.«

Arthur schluckte sein Brot und verkniff sich zu seufzen. Er hatte nie verstanden, warum der Herzog an Stechinelli so einen Narren gefressen hatte. Zwar gestand er dem Italiener zu, dass er etwas davon verstand, Geld zu vermehren, und ein Händchen für den richtigen Umgang mit der vornehmen Gesellschaft hatte. Doch ihm haftete etwas an, was Arthur misstrauisch bleiben ließ – ganz gleich, wie viele begeisterte Gunstbezeugungen des Herzogs und seines hochgeborenen Umfelds Stechinelli auch einheimsen mochte.

»Guten Morgen, Herr Stechinelli. Wie kann ich Euch behilflich sein?«

Stechinelli schob sein dickes Kinn vor, stülpte die Lippen nach außen und schmatzte ein Mal, als würde er etwas Schlechtes schmecken. »Diese venezianischen Schauspieler … Seid Ihr eigentlich sicher, dass sie sind, wer sie zu sein vorgeben? Habt Ihr das überprüft? Ich hatte heute Morgen Besuch von dem jungen Weib, das sich als *Arlecchina* hervortut. Und ich muss sagen, dass sie sich verdächtig verhält. Es ging da um Schmuckstücke, die sie für sich beanspruchte, obwohl ich sie zu einem guten Preis redlich von einem ihrer Gefährten angekauft habe. Später beobachtete ich, wie sie sich an unseren jungen Herrn von Bucco herangemacht hat. Wenn Ihr mich fragt, Hauptmann Kühne, dann ist da etwas faul.«

Arthur fand wieder einmal bestätigt, dass er den Mann nicht leiden konnte, ohne sich erklären zu können, warum er ihn so unangenehm fand. Ohne seine Abneigung durchschimmern zu lassen, nickte er. »Ich danke Euch für Euren wichtigen Hinweis. Es sollte Euch beruhigen, dass ich mir bereits vorgenommen habe, die Sartoris zu befragen.«

»*Benissimo*. Recht so. Euch brauche ich ja nicht zu erklären, wie es den Herzog betrüben würde, wenn seine Entscheidung, diese Venezianer herzurufen, sich als Ärgernis für Madame d'Harbourg und ihn erweisen würde.«

Manchmal schwirrte Arthur der Kopf von dem Sprachgewirr des Hofes. Es kam vor, dass jemand wie Stechinelli Herzogin Eleonore in einem einzigen Gespräch als Signora di Harburg, Madame d'Harbourg und Frau von Harburg titulierte und in sein Kauderwelsch aus Italienisch, Französisch und Deutsch auch noch ein paar Worte Latein einstreute. Arthur schätzte sich glücklich dafür, dass sein Vater frühzeitig begriffen hatte, wie das Französische für das Leben bei Hof an Bedeutung gewinnen würde, und ihm schon als Kind hatte Unterricht erteilen lassen. Italienisch hatte er erst später gelernt, und es war bruchstückhaft geblieben. Um die Schauspieler zu befragen, würde er sich mit dem gleichen Mischmasch behelfen, der sich als Sprache an diesem Hof einzubürgern schien.

»Seid Euch gewiss, dass ich mir völlig bewusst bin, wie diskret diese Angelegenheit behandelt werden muss«, sagte er und wünschte sich, die Geheimnistuerei wäre nicht notwendig. Er konnte nachvollziehen, dass Herzog Georg Wilhelm seine geliebte Frau vor jeder Aufregung schützen wollte, um ihre Genesung von der Geburt ihrer Tochter und der rasch darauf folgenden nächsten Schwangerschaft und Fehlgeburt nicht zu gefährden. Doch jede Erwähnung seines Sohnes vor ihr zu verbieten war seiner Ansicht nach ein unglücklicher Auswuchs dieses Wunsches.

Stechinelli klatschte zufrieden in die Hände. »Dann werde ich Euch nun nicht weiter aufhalten. Und vor allem mich nicht, denn ich werde bereits erwartet. Seine Wohlgeboren, Baron Alwin von Kempf, wünscht mich zu sprechen. Er traf gestern zu später Stunde in Celle ein und wird seiner Durchlaucht heute seine Aufwartung machen. Ich vermute, er braucht Beratung, was das passende Geschenk betrifft. Gehabt Euch wohl und auf später. *Arrivederci! Au revoir!*«

Arthur verbeugte sich genau so weit, wie Stechinellis Rang es erforderte. »Auf Wiedersehen, Herr Stechinelli.« Angewidert fragte er sich, ob es bei diesem Besuch tatsächlich darum gegangen war, ihn auf eine mögliche Gefahr hinzuweisen, oder ob der Hofagent nur seine eigene Bedeutsamkeit hervorheben wollte. Die Selbstgefälligkeit, mit der er sich darin aalte, dass auch ein hochgestellter Mann wie Baron von Kempf erst einmal zu ihm kam, bevor er zum Herzog ging, war kaum zu ertragen.

Nach gründlicher Überlegung hatte Arthur sich nicht am selben Tag zu den Sartoris begeben, sondern entschieden, sie zuvor noch einmal bei ihrem abendlichen Auftritt zu beobachten. Die junge Harlekina ließ er nicht aus den Augen, vor allem, als sie nach dem Schauspiel zu Füßen von Herzogin Eleonore auf einem niedrigen Schemel Platz nahm und mit ihr ins Gespräch versank. Er postierte sich mit einem seiner Leutnants, dem dieses Verfahren geläufig war, in Hörweite der beiden und lauschte, während sein Gefährte ihm vorgeblich Tierzeichnungen aus einer dicken Mappe zeigte. So wirkten sie beschäftigt, ohne viel reden zu müssen. Wenn *Signora Rizzi* Anstalten gemacht hätte, die Herzogin mit Dingen zu belästigen, die den Wünschen des Herzogs widersprachen, dann hätte er eiligst einen Grund gefunden, sie zu unterbrechen. Doch die beiden sprachen nur über die Eigenheiten der italienischen Commedia, die Scenarii und Lazzi, die offenbar wie ein Schatz gehütet und mitunter vom Vater zum Sohn weitergegeben wurden, wie ein Schuster seinem Sohn die Leisten vermachte. Arthur lernte so einiges aus dem Gespräch, doch einen Grund für Verdächtigungen fand er nicht. Was nicht bedeutete, dass ihn nicht ein haarsträubendes Gefühl von Misstrauen beherrschte, was die reizende Schauspielerin anging. Er wusste, dass die meisten Menschen sich gerade bei Hof verstellten, und oft genug war es seine Aufgabe, die Wahrheit hinter den Maskeraden aufzuspüren. Das machte es ihm zuwider, die Verstellung zur hohen Kunst zu erheben, wie Schauspieler es taten. Obgleich er sich eingestand, dass auch er selbst gelegentlich nicht auf Lügen verzichten konnte, um seine Ziele zu erreichen.

Bei der Harlekina kam zu seinem grundsätzlichen Misstrauen hinzu, dass ihr Auftreten eine beunruhigende Faszination auf ihn ausübte. Sie war keine zarte, anmutige Tänzerin wie die Ballerina der Truppe und viele andere Tänzerinnen, die er schon gesehen hatte. Sondern jede ihrer Bewegungen strahlte eine anziehende Lebensfreude aus, gepaart mit einer geradezu unheimlichen Kraft und Beweglichkeit, wie sie sich für ein Weib eigentlich nicht geziemten. Kurz gesagt, wirkte sie auf ihn nicht wie ein Geschöpf des Theaters, sondern wie eines der Wildnis. Und – so viel musste er sich zu seiner Schande eingestehen – ihr Anblick erregte ihn.

Am nächsten Tag machte er sich gleich nach der Morgenbesprechung auf den Weg zum »Goldenen Eber«. Wenn die Sartoris sich noch nicht von ihren Ruhelagern erhoben hatten, war es umso besser. Er würde sie damit überrumpeln, dass er sie zu sprechen wünschte. Und es schadete auch nicht, wenn er sich vorher eine Weile mit der Wirtin unterhielt, die in gutem Einvernehmen mit dem herzoglichen Haushalt stand.

Die Gaststube war noch beinah leer, als er sie betrat, sodass er die Harlekina auf den ersten Blick sah. Sie war allein und saß der Tür zugewandt an einem Tisch. Ihren Kopf hatte sie aufgestützt, die Stirn gerunzelt. So starrte sie auf die Tischplatte und malte mit dem Finger der freien Hand gedankenverloren unsichtbare Linien aufs Holz. An diesem Vormittag trug sie ein gewöhnliches rostbraunes, wenn auch seidig glänzendes Kleid und eine dazu passende Haube, die ihre dunklen Locken verbarg. Sorgenvoll wirkte sie, und sie hatte so gar nichts gemein mit der überschwänglich fröhlichen Rolle, die sie in den Komödienstücken spielte.

Zu seinem Ärger spürte er, wie sein Puls sich beschleunigte, als wäre er ein Knabe, der sich zum ersten Mal einer hübschen Unbekannten näherte. Mit einem kleinen Ruck zog er die Aufschläge seiner Jackenärmel über die Handgelenke herab. Auf keinen Fall würde er sich von seinem Vorhaben ablenken lassen, nur weil die Weiblichkeit dieser Person ihn anzog. Entschlossen trat er zu ihr an den Tisch.

»Guten Morgen, Signorina Rizzi. Verzeiht meine Aufdringlichkeit, aber ich stehe in Diensten des Herzogs und bin beauftragt, einige Fragen mit Euch zu klären. Wenn Ihr gestattet, dass ich mich vorstelle: Arthur Kühne, Hauptmann der herzoglichen Leibgarde. Darf ich um einen Augenblick Eurer Zeit bitten?«

Sie verblüffte ihn damit, dass sie ihm in die Augen sah, als hätte sie schon den ganzen Morgen auf ihn gewartet und würde sich nun über seine Ankunft freuen. »Setzt Euch doch, Hauptmann Kühne. Die Wirtin wird mir gleich ein spätes Frühstück bringen. Vielleicht möchtet Ihr Euch an meiner Mahlzeit beteiligen?«

Entgegen all seinen guten Vorsätzen schlug ihm das Herz bis zum Hals. Ihre Haut erinnerte ihn an einen makellosen hellen Pfirsich. Dabei schien sie weder Schminke noch Puder aufgetragen zu haben. Was für ein wunderbares Gefühl es sein musste, solche Haut zu berühren! Er räusperte sich und ließ sich ihr gegenüber auf der Bank nieder, die am Tisch stand. »Danke, ich habe schon gefrühstückt. Ich komme besser gleich zum Grund meiner Anwesenheit. Signorina Rizzi, Ihr stammt aus Venedig?

Darf ich fragen, ob ›Rizzi‹ Euer richtiger Name ist? Oder ist es eine Art Künstlername?«

Nun schlich sich etwas Scherzendes in ihren Blick. »Künstlername? Ja, so könnte man es nennen. Mein Taufname ist allerdings wahrhaftig Alessandra. Ihr dürft mich so ansprechen, wenn Ihr es wünscht. Ich bin nicht von nennenswertem Adel.«

Er zuckte mit den Schultern. »Es käme mir nicht in den Sinn, einen geschätzten Gast des herzoglichen Paars derart herabsetzend vertraulich anzusprechen. Solange Ihr bei Hof verkehrt, gebührt Euch die entsprechende Würdigung.«

»Was für ein beflissener Hüter des höfischen Zeremoniells Ihr seid, Hauptmann. Ich bin beeindruckt. Aber, was wollt Ihr nun von mir wissen? Für gewöhnlich geben wir Schauspieler unsere wahren Namen ungern preis. Ist das Ziel eines klangvollen Titels doch, uns darunter bekannt zu machen. Dem wäre es nicht förderlich, wenn die vielleicht unvorteilhaften Namen sich herumsprächen, die wir in früheren Leben geführt haben.«

Ihr spöttisches Lächeln erzeugte ein Grübchen auf ihrer Wange, von dem er kaum seinen Blick losreißen konnte. »Ich werde es kurz machen: Ihr habt gestern bei Herrn Stechinelli vorgesprochen und Euch anschließend Herrn von Bucco genähert. Bestätigt Ihr das?«

Sie nickte, und ihr Grübchen blieb die ganze Zeit sichtbar. »Was ist das größere Verbrechen? Mit Herrn Stechinelli zu sprechen oder mit Herrn von Bucco?«

Er hatte schon vor ihr schnippische Frauenzimmer verhört und würde sich nicht reizen lassen, doch sie hatte, auch aus der Nähe betrachtet, etwas an sich, was es ihm schwermachte, ruhig zu bleiben. »Ihr habt angegeben, Lucas von Buccos Cousine zu sein. Habt Ihr die Güte, mir zu erklären, in genau welchem Verwandtschaftsverhältnis Ihr zu ihm steht?«

»Ich weiß nicht, wie man es bei Euch nennt. Bei uns bedeutet es, dass ich die Tochter seines Onkels oder seiner Tante bin. Tanten und Onkel wiederum sind die Geschwister der Eltern. Als Eltern bezeichnet man …«

Die Wirtin kam mit einem Tablett an den Tisch, auf dem eine Schale mit Hafergrütze dampfte und ein kleiner Krug Wein sowie ein Brett mit verschiedenen herzhaften Leckereien lockten. Arthurs Magen knurrte, und ihm wurde bewusst, dass er entgegen seiner früheren Behauptung zu wenig gefrühstückt hatte.

»So, Frollein Alessa, ein ordentliches Frühstück habe ich für dich gemacht. Guten Morgen, Herr Hauptmann. Darf ich Euch auch etwas bringen?«

Arthur wollte gerade ablehnen, da kam ihm die Harlekina zuvor.

»Er will nicht, Britt. Falls er es sich anders überlegt, dann teile ich mit ihm. Es ist für mich allein ja viel zu viel. Und es wäre schade darum, so gut, wie alles duftet.«

Mit einem zufriedenen Brummen wandte sich die Wirtin an ihn. »Nun drangsaliert aber die junge Dame nicht bei ihrem Frühstück mit tausend Fragen. Die hat es schon schwer genug mit ihren Gökelers. Da muss sie mal ein bisschen Ruhe haben beim Essen, sonst kriegt sie nüscht auf die Rippen.«

Er nahm ihr die Einmischung nicht übel, sie kannten sich lange genug. Sie hatte sicher schon begriffen, dass er später mit seinen Fragen auch noch zu ihr kommen würde und sie ihm dann ihre Ansichten über die »Gökelers«, die Gaukler, mitteilen konnte. »Wir plaudern ja nur«, sagte er und wartete, bis das gutherzige Weib gegangen war, bevor er wieder das Wort an sein Gegenüber richtete. »Lasst es Euch schmecken.«

Das Grübchen verschwand. »Es ist mein Ernst, dass ich mit Euch teilen möchte. Greift zu, wenn Ihr mögt. Mir genügt schon die Grütze.«

»Und was wird aus Euren Rippen?«

Sie lachte, was ihn unvernünftigerweise freute. »Ganz gleich, wie viel ich esse, die Wirtin wird nie mit meinen Rippen zufrieden sein. Aber zu Euch könnte sie das Gleiche sagen. Ihr müsst auch mehr essen, sonst bringt Ihr es nie zu Stechinellis Stattlichkeit.«

»Um derartige Stattlichkeit zu erzielen, muss man sich Mühe geben, allzu viele schnelle Bewegungen zu vermeiden. Das liegt uns wohl beiden nicht. Euch jedenfalls gewiss nicht. Wenn man Eurer Tanzerei bei Euren Auftritten zusieht, läuft man Gefahr, schwindlig zu werden. Gewiss gehört lange Übung dazu, solche Geschicklichkeit zu erlangen?«

»Gewiss. Aber von Euch hätte ich keine Liebe zu schnellen Bewegungen erwartet. Ihr wirkt stets gemessen und wie die Ruhe selbst. Sogar, wenn Ihr Kühe jagt.«

Er erinnerte sich an die Geschichte mit den Kühen am Tag ihrer Ankunft. Obgleich es untersagt war, trieben immer wieder Bauern Vieh über die unbewachten Brücken auf das Schlossgelände, um den Weg abzukürzen und den Tieren dabei etwas von dem üppigen Gras der Wälle zugutekommen zu lassen. Es war eine alte Gewohnheit aus der Zeit, als das Schloss noch nicht als Schmuckstück seines Herrn betrachtet worden war, sondern nur als zweckdienliche Anlage. Über kurz oder lang würde der Herzog sich wohl entscheiden, alle Brücken zu jeder Zeit bewachen zu lassen, um das gewöhnliche Volk auszuschließen.

»Nun, die Kühe kennen mich inzwischen und wissen, was sie zu tun haben, wenn sie mich sehen. Sie lassen sich einfach willig von den jungen Jägerburschen treiben, die noch ihr Vergnügen daran haben. Aber zurück zum Ursprung unseres Gesprächs. Werdet Ihr mir noch ernsthaft antworten? Anderenfalls müsste ich meine Frage weniger freundlich wiederholen, und das täte mir leid.«

Ihr Lächeln hatte sich verändert. Das Grübchen war wieder da, doch der Spott fehlte. »Hauptmann Kühne. ›Kühn‹ heißt so viel wie ›mutig‹, nicht wahr? Gehe ich recht in der Annahme, dass

Ihr mich in dieser Sache befragt, weil der Herzog sich Sorgen um seinen Sohn macht?«

Er schüttelte sanft den Kopf. »Nicht ganz, Signorina. Meine Aufgabe ist es, solchen Sorgen vorzubeugen. In der Regel bin ich schnell genug, um zu verhindern, dass der Herzog überhaupt beginnt, sich zu sorgen. Wenn Ihr mir nun also bitte behilflich sein würdet, dann könnte ich meine Arbeit tun und Ihr Eure Mahlzeit genießen.«

»Ich werde Eure Bitte erfüllen, wenn Ihr mit mir esst. Denn so wie Euer Magen knurrt, kann ich meine eigenen Worte kaum hören.« Sie hielt ihm das Brett mit Wurst und Käse hin, und er überraschte sich selbst damit, dass er zugriff und sich von ihr sogar noch ein Stück Brot dazugeben ließ. Nur den Wein verweigerte er.

Völlig ernsthaft fuhr sie fort: »Meine Mutter war die Halbschwester von Zenobia Buccolini. Da Ihr in die Angelegenheiten des Herzogs eingeweiht zu sein scheint, wisst Ihr über Lucas' Herkunft sicher Bescheid. Da meine Mutter früh starb, verbrachte ich als Kind viel Zeit bei meiner Tante und war mit Lucas vertraut. Auch der Herzog würde sich vielleicht an mich erinnern, wenn er den Zusammenhang erführe. Ich habe mich dafür entschieden, ihn nicht öffentlich damit zu konfrontieren, um ihn nicht in eine peinliche Lage zu bringen. Wenn Ihr es jedoch für geboten haltet, könnt Ihr ihn nach mir fragen. Ich wuchs unter dem Namen meines Großvaters als Alessandra Ferretti auf. Gewiss habt Ihr Verständnis dafür, wenn ich Euch bitte, diesen Namen nicht öffentlich bekannt zu machen.«

Für Arthur klang der Name Ferretti nicht weniger schwungvoll als Rizzi, doch wer wusste, was die Venezianer vielleicht mit ihm verbanden? Er würde sich ihre Geschichte später von ihren Reisegenossen bestätigen lassen. Für den Moment wollte er sich nur mit ihrem Verhältnis zu Lucas beschäftigen.

»Wisst Ihr, dass sich der Herzog mit Eurer Tante Zenobia darauf geeinigt hat, dass sie ausschließlich über seine Person Auskünfte über den Knaben einholt und keine direkte Verbindung zu ihm aufnimmt? Ich weiß nicht, warum es zu dieser Vereinbarung kam. Doch möglicherweise verstoßt Ihr dagegen, wenn Ihr Herrn von Bucco ohne vorherige Absprache mit dem Herzog aufsucht und Nachrichten von Signora Buccolini übermittelt. Bei der Beurteilung der Angelegenheit würde es mir helfen, wenn Ihr mir den Grund Eures Aufenthalts hier erklärtet. Erhofft Ihr Euch Vorteile, wenn Ihr an Eure angebliche frühere Bekanntschaft mit dem Herzog und Eurem Cousin anknüpft?«

Auf ihren Wangen blühten rote Rosen auf, und sie senkte den Blick. War sie verlegen, weil er sie durchschaut hatte?

»Die Vereinbarungen dürften hinfällig sein, Herr Hauptmann. Meine Tante ist kurz vor meiner Abreise aus Venedig gestorben. Ebenso wie mein Großvater. Was Lucas zu meinem einzigen lebenden Verwandten macht. Ist das in Euren Augen kein ausreichender Grund, um ihn zu besuchen? Was genau befürchtet Ihr? Dass ich ihm Geld aus der Tasche ziehe? Mir erschien es nicht so, als würde seine Stellung es ihm ermöglichen, über Reichtümer zu verfügen. Wenn Ihr mich davor warnen wollt, eine Indiskretion zu begehen, dann seid beruhigt. Ich habe schon verstanden, dass der Herzog es derzeit nicht wünscht, seinen Sohn bei Hof zu präsentieren.«

Er hatte sich geirrt. Sie war nicht vor Verlegenheit errötet, sondern vor Wut. Und es war rührend, wie sie das Kinn nach oben reckte und gleichzeitig nach unten auf die Tischplatte blickte, um ihn nicht ansehen zu müssen. Sie hätte wegen des Verlusts ihrer nächsten Verwandten an sein Mitgefühl appellieren und sich als schutzlose Waise darstellen können. Doch ihre Haltung zeigte deutlich, dass sie sein Mitleid nicht wollte. Gerade deshalb bedauerte er ihre traurige Lage. Auf der anderen Seite vereinfachte der Tod von Zenobia Buccolini für ihn einiges.

»Mein Beileid zu Euren Verlusten, Fräulein Ferretti. Ich verstehe nun Euren Wunsch, Herrn von Bucco wiederzusehen. Ich nehme an, dass Ihr Euch den Sartoris angeschlossen habt, um die weite Reise nicht allein unternehmen zu müssen? Wie ich hörte, seid Ihr noch nicht lange in ihrem Metier tätig.«

Sie nickte und sah ihm nun wieder angriffslustig in die Augen. »So ist es. Ich ergriff die gute Gelegenheit. Und ich würde auch weitere gute Gelegenheiten ergreifen, wenn sie sich bieten sollten. Allerdings käme es mir nicht in den Sinn, meinem Cousin zu schaden.«

Arthur nickte und brach sich noch ein Stück von seinem Brot ab. »Natürlich nicht. Wenn Ihr mir nun noch versprechen würdet, dass Ihr weiterhin Rücksicht auf die delikate Lage nehmen werdet, in der sich der Herzog in Bezug auf seinen illegitimen Sohn befindet, müsste ich Euch in dieser Sache nicht weiter belästigen.«

»Werdet Ihr ihm mitteilen, wer ich bin?«

»Gewiss.«

Sie war noch immer erbost und saß nun hoheitsvoll aufrecht. »Dann richtet ihm meine Grüße aus und versichert ihm, dass er nichts von mir zu befürchten hat. Frau von Harburg hat mir bereits große Freundlichkeit erwiesen, die ich zu schätzen weiß. Sie zu verärgern oder zu verstören liegt mir völlig fern. Vielleicht wollt Ihr ihm auch sagen, dass ich mich freuen würde, wenn wir unsere Bekanntschaft auf dieser Grundlage erneuern könnten. Ich habe ihn als angenehmen Menschen in Erinnerung und hege keinen Groll gegen ihn.«

Eigentlich hatte er vorgehabt, als Nächstes ihren Besuch bei Stechinelli anzusprechen. Doch er hatte das Gefühl, dass sie sich dann gegen ihn verschließen würde. »Das werde ich ihm bei der nächsten Gelegenheit mitteilen. Es tut mir sehr leid, Fräulein … Alessandra, dass ich mir mit meinen Fragen Eure Abneigung zugezogen habe. Leider gehört es zu meinen Pflichten, hin und wieder unbequem zu sein.«

Sie stieß einen kleinen Zischlaut aus. »Ihr erfüllt Eure Pflichten hervorragend. Vielleicht widmet Ihr Euch jetzt dem Essen und erlaubt im Gegenzug mir, ein paar Fragen zu stellen? Da wäre gleich meine erste: Weiß der Herzog, dass Lucas unzufrieden mit seinem Leben ist? Und ist Euch klar, dass dieser Umstand gefährlicher für seinen Sohn und für die herzogliche Ungestörtheit werden kann, als ich es je sein könnte? Ich musste nur einige Worte mit meinem Cousin wechseln, um zu wissen, dass er sich zurückgesetzt fühlt.«

Dieser unterschwellige Vorwurf kränkte nun wiederum ihn. Immerhin war der Aufwand, der zum Wohl ihres Cousins getrieben wurde, immens. Doch die Einzelheiten durfte er ihr nicht erklären. »Es ist mir neu, dass Herr von Bucco sich über seine Lage beschwert. Und es erscheint mir kaum gerechtfertigt. Der Herzog trägt Sorge dafür, dass alles zu seinem Besten geschieht. Möglicherweise habt Ihr ihn missverstanden.«

Zu seiner Überraschung kehrte das spöttische Grübchen zurück auf ihre Wange. »Vielleicht fragt Ihr ihn einmal selbst? Oder würde er Euch nicht die Wahrheit sagen?«

Gerade wollte er erwidern, dass auch er daran beteiligt gewesen war, ihren Cousin zur Aufrichtigkeit zu erziehen. Doch auf der Treppe erschien der Rest der Sartoris und unterbrach ihr Gespräch. Er erhob sich, um die Truppe stehend zu empfangen, deren Mitglieder er ebenfalls befragen würde. Doch zuvor beugte er sich noch einmal zu der jungen Frau hinab, die ihn zunehmend in ihren Bann zog.

»Glaubt mir, ich bemerke es, wenn mir jemand nicht die Wahrheit sagt«, flüsterte er.

Sie stieß ein leises Lachen aus und flüsterte ihre Antwort ebenfalls. »Ich glaube Euch, dass Ihr Euch das wünscht.«

II

Herzog Ernst August, Bischof von Osnabrück, sah seine Gemahlin verliebt an und reichte ihr das Leinentüchlein, das sie sich erbeten hatte. Dass er sie derzeit körperlich gar nicht anziehend fand, tat seiner Hochstimmung keinen Abbruch. Er war trotzdem mit seiner Ehe hochzufrieden. Dabei half ihm, dass er eine andere, jüngere Frau in Reichweite sah, von der er hoffte, sie willig stimmen zu können. Mehr brauchte es nicht, um auch eine etwas verquollene, müde Schwangere anzustrahlen, die mit morgendlicher Übelkeit kämpfte. Schließlich tat sie das alles für ihn. Mit einem Kind nach dem anderen besiegelte sie die Vereinigung ihrer prachtvollen Erblinien und beglückte ihn noch dazu mit ihrer Klugheit. Niemals nämlich wäre sie so dumm, sich seinen Vorlieben in den Weg zu stellen, solange sie ihrem und seinem guten Namen nicht schadeten.

»Ich bin sicher, man wird hier alles tun, um es dir während unserer Abwesenheit angenehm zu machen. Georg wird es leidtun, dass du nicht dabei bist, aber er weiß ja, dass die Reiherbeize nicht dein liebster Zeitvertreib ist. Und er rechnet es dir hoch an, wenn du Eleonore Gesellschaft leistest. Das ist ein Gunstbeweis deinerseits, der ihrem Ansehen förderlich sein wird«, sagte er und rieb sich die Hände.

Ermattet lehnte sie sich in ihrem Polsterstuhl zurück und tupfte mit dem Tüchlein über ihre Lippen. »Wenn es nach meiner Laune ginge, würde ich lieber den ganzen Tag hier im Zimmer sitzen und lesen, als Madames Gesellschaft zu erdulden. Aber sorge dich nicht, ich werde gute Miene dazu machen, wie stets. Wobei es mir schwerfällt, seit sie auch noch dieses Kind haben und es aufputzen und verhätscheln, als wäre es eine zukünftige Thronfolgerin. Und immer wieder höre ich, wie jemand sie ›Herzogin‹ nennt, obgleich wir fest vereinbart hatten, dass das nicht geschehen darf. Du solltest mit deinem Bruder darüber sprechen. Es muss Möglichkeiten geben, diese Unart wirkungsvoll zu untersagen.«

Er hockte sich vor ihr hin, tätschelte ihre Hand und nickte. »Ich werde ihn darauf hinweisen, dass er in dieser Sache etwas unternehmen muss. Aber du musst zugeben, dass Frau von Harburg selbst sich dir gegenüber tadellos verhält. Ich denke, sie kennt ihren Platz.«

Sophie von der Pfalz hob spöttisch ihre Prinzessinnenbrauen. »Und ich denke, da täuschst du dich. Sie ist durchtrieben und eine ausgezeichnete Schauspielerin. Kein Wunder, dass es sie so zu diesen italienischen Komödianten zieht. Wahrscheinlich nimmt sie bei ihnen Unterricht. Du darfst dich nicht in Sicherheit wiegen. Sie wird jede Gelegenheit nutzen, um deinen Vertrag mit Georg zu untergraben. Und sobald sie ihm einen Sohn auf die Welt bringt …«

»Darüber haben wir schon so oft gesprochen, meine Liebe«, unterbrach er sie. »Ich vertraue meinem Bruder. Tu du es auch. Und nun vergib mir, aber es wird höchste Zeit, dass ich mich umkleide. Mein Kammerdiener wartet bereits. Die Jagdgesellschaft soll nicht meinetwegen aufgehalten werden.«

Sie nickte und gestattete ihm, zum Abschied ihre Hand zu küssen. Ein weiterer Grund, warum er sie schätzte. Sie wusste, wann genug gesagt war.

Auf dem Weg in sein Gemach jauchzte sein Herz. Es passte ihm wunderbar, dass seine Gemahlin an diesem Tag in Celle zurückblieb. Denn die schöne Frida-Katharina von Dügel tat es nicht. Weshalb sich höchstwahrscheinlich eine Gelegenheit ergeben würde, ihr unauffällig die kleine Aufmerksamkeit zukommen zu lassen, die er über den famosen Stechinelli für sie besorgt hatte.

Da Herzog Georg Wilhelm das gesamte Leben des Celler Hofstaats seiner Begeisterung für die Jagd unterordnete, war der Jagdkalender all seinen Angehörigen geläufig. Sie wussten, wann und auf welche Art Hirsche, Hasen, Enten oder Wildschweine gejagt wurden und wohin das herzogliche Gefolge sich zu diesem Zweck begab. Die Kunst der Reiherbeize, deren Zeit jetzt im späten Frühjahr gekommen war, entwickelte sich in Adelskreisen allmählich zur angesehensten Form der Jägerei. In diesen Monaten an einem Jagdausflug des Herzogs teilnehmen zu dürfen war eine besondere Ehre.

Herzog Ernst August beneidete seinen Bruder Georg ein wenig um die guten Reiherbestände auf seinem Herrschaftsgebiet. Was die Qualität der Falken und Falkoniere anging, standen sie einander hingegen in nichts nach. Sie teilten sich die Kosten für ein eigenes Falkenhaus im niederländischen Valkenswaard, das schon seit Langem als bester Ort für den Erwerb hochklassiger Vögel und als beste Schule für den Umgang mit ihnen galt. Von dort aus wurden sie beide und ihr Bruder Johann Friedrich mit Beizvögeln und erstklassig ausgebildeten Bediensteten versorgt.

An diesem Tag allerdings war es Ernst August recht, dass er nur zu Gast war und keine eigenen Beizvögel mitgebracht hatte. So konnte er sich ganz seiner bezaubernden Gräfin Frida-Katharina widmen, die über ihre Einladung zur Jagd entzückt war. Glücklicherweise machte sie auch im Sattel eine gute Figur und konnte mithalten, was man nicht als selbstverständlich voraussetzen durfte.

Fridas Gemahl Graf von Dügel war ein vergreister Diplomat aus Kassel, der die Gesellschaft seines jungen Weibes nur selten suchte und zurzeit in weiter Ferne weilte. Das ganze Arrangement war ein wahrer Glücksfall für Ernst August.

Als sie zu Pferd die Stelle erreichten, wo die Jäger, Jagdknechte, Falkoniere und Piköre mit den Falken und Reiherhunden schon auf sie warteten, war der berittene Teil der Hofgesellschaft bereits angenehm erhitzt, und aus den Frisuren der Damen hatten sich die ersten Strähnen gelöst. Dieses beginnende *Dérangement* bei Frida-Katharina zu sehen sorgte bei Ernst August für eine wohlige Erregung.

Der Treffpunkt war sorgfältig ausgewählt worden, wie Ernst August seinen Bruder und dessen Jäger kannte. Sie würden genau beobachtet haben, auf welcher Route die Reiher von ihren Futterplätzen zum Brutgebiet flogen. Er hatte den Gedanken kaum zu Ende gedacht, als der erste der großen Stelzvögel in Sicht kam. Er flog langsam, den Kropf schwer gefüllt mit der Fischausbeute des Morgens. Bei einem Angriff durch die Beizvögel würde er den Ballast auswürgen, um flinker fliegen zu können. Ein Moment, der von den Zuschauern am Boden stets mit großer Belustigung erwartet und von zahlreichen rohen Scherzen begleitet wurde.

Doch dieser Vogel hatte noch das Glück, seinen Weg unbelästigt fortsetzen zu dürfen. Bevor das erste Falkenpaar auf einen Reiher geworfen wurde, würde die Jagdgesellschaft einen Imbiss zu sich nehmen, einer kurzen Ansprache des Herzogs und den Jagdhornbläsern lauschen, noch einmal die Sattelgurte festzurren lassen und sich dann in der richtigen Reihenfolge gruppieren. Im Laufe eines wilden Ritts mochte die Rangordnung zwar durcheinandergeraten, doch zumindest zu Beginn galt es, sie einzuhalten.

Für Ernst August erforderte das an diesem Tag besonderes Feingefühl. Denn während er mit seinem Bruder an die Spitze der Jagdgesellschaft gehörte, hätte die Schönheit, an deren Seite er den Tag verbringen wollte, ohne sein Eingreifen ihren Platz viel weiter hinten einnehmen müssen. Um sie nicht zu auffallend über ihren Rang zu erhöhen und damit bei anderen Missfallen zu erregen, mussten sie sich in der Mitte treffen. Die genaue Stelle wollte bedachtsam ausgewählt und dann mit größter Selbstverständlichkeit eingenommen werden.

An sich war das für Ernst August keine allzu große Herausforderung. Erschwerend hinzu kam in diesem Fall jedoch, dass er seine Auserwählte zuvor noch davon überzeugen musste, seine Gesellschaft ebenso unwiderstehlich zu finden wie er die ihre. Zu diesem Zweck hatte er in dem Körbchen mit Leckereien, das ihr aufs Pferd gereicht wurde, etwas verstecken lassen, von dem er hoffte, dass es ihrem Imbiss besondere Würze verleihen würde. Gespannt beobachtete er sie aus diskreter Entfernung, als sie sein Geschenk fand und die beiliegende Nachricht las. Der Blick, den sie ihm gleich darauf zuwarf, verriet ihm, dass er so gut wie gesiegt hatte. Nur noch ein wenig Schmeichelei, und ihre Kammertür würde ihm nachts offen stehen.

Was sie als Nächstes tat, bestätigte ihn darin. Lächelnd hängte sie das Körbchen an den Sattelknauf, um die Hände freizubekommen, und legte sich das Band mit dem blau funkelnden venezianischen Rosenmedaillon um den grazilen Hals. Wie ihre Reitgerte dabei an ihrem Handgelenk baumelte, brachte sein Blut in Wallung. Bei aller Liebe zur Reiherbeize wünschte er, der Tag wäre schon vorüber, und er stünde nachts vor ihrem Bett.

Wenig später jagten sie Seite an Seite auf ihren Pferden einem Reiher nach, der in der Luft halb vor zwei scharf angreifenden Falken floh und sich halb gegen sie zur Wehr setzte. Wenn er zu Boden ging, würde es einer der anwesenden Damen zufallen, ihm die schönen Kopffedern auszureißen und ihn zu beringen, bevor er wieder freigelassen wurde. Und Ernst August hatte längst mit seinem Bruder ausgemacht, welcher Dame diese Ehre zuteilwerden würde.

12

Alessa musste nicht nachforschen, um von den Sartoris zu erfahren, worüber Hauptmann Kühne sie befragt hatte. Für den Rest des Tages drehte sich das Gespräch immer wieder um seinen Besuch. Jeder von ihnen hatte ihm erzählen müssen, was ihrer Einladung nach Celle vorausgegangen war, in welchem Verhältnis sie zu der verstorbenen Zenobia Buccolini standen und was sie über Alessandra Ferretti wussten. Zu Alessas Erleichterung verschwiegen alle die überhasteten Umstände ihrer Abreise und hielten sich an die Geschichte, die sie ihnen vorgeschwindelt hatte.

Eine Vorstellung gaben sie an diesem Tag nicht, da der Herzog sein Gefolge zur Reiherbeize mit anschließendem Abendessen und Musikkonzert unter freiem Himmel eingeladen hatte. Vitale nutzte den freien Tag, um mit seiner Truppe neue Scherze und Reden einzustudieren, die Bezug auf die Celler Hofgesellschaft nahmen. Auch Alessa leistete ihren Beitrag, obwohl es ihr nicht leichtfiel, sich zu sammeln und bei der Sache zu bleiben. Wenn sie gerade nicht stumm das Gespräch mit Arthur Kühne wiederholte und sich darüber ärgerte, dass sie ihn nicht aus ihren Gedanken verbannen konnte, dann grübelte sie, was sie alles tun konnte, um ihr Medaillon aufzuspüren, falls sie es nicht zufällig am Hals einer Adligen entdeckte.

Nützlich wäre es gewesen, wenn sie die Sartoris um Hilfe bei der Suche hätte bitten können. Doch sie ins Vertrauen zu ziehen, wagte sie nicht. Zu viel Aufmerksamkeit auf ein Schmuckstück zu lenken, das sie aller Voraussicht nach würde zurückstehlen müssen, würde sie nach der Tat rasch als Diebin in Verdacht bringen.

Am Ende des Tages beschloss sie, zuerst einmal nachzuforschen, ob Stechinelli Buch über seine Kunden führte.

Die Vorstellung am folgenden Abend wurde dank der sorgfältigen Vorbereitung ein großer Erfolg für die Sartoris. Soweit Alessa es überblicken konnte, brachten sie auch die mürrischsten Anwesenden wenigstens flüchtig zum Schmunzeln, als sie die übertrieben dargestellten Ereignisse einer Reiherbeize in ihr Spiel einflochten. Als Leandro flügelschlagend über die improvisierte Bühne rannte und tat, als würde er sich dabei erbrechen, lachten die hohen Herrschaften fröhlich um die Wette und konnten kaum wieder aufhören.

Im Anschluss folgte Alessa wie schon zuvor Madame Eleonores Einladung, ihr die italienische Commedia auch anhand der hübschen Zeichnungen, die Vitale dem Herzog geschenkt hatte, näher zu erläutern. Und wie zuvor hielt sich Hauptmann Arthur Kühne stets in Hörweite auf, bis Alessa die Geduld verlor. Gerade hatte sie der inoffiziellen Herzogin und dem kleinen Kreis ihrer Hofdamen und interessierten Günstlinge erzählt, was sie über die Figur des Pantalone wusste, und wollte als Nächstes den Capitano beschreiben, da konnte sie sich nicht länger beherrschen. Sie neigte sich zum Ohr der sitzenden Dame des Hauses hinab und flüsterte: »Eure Wohlgeboren, verzeiht, wenn ich damit gegen das Zeremoniell verstoße, aber Euer Hauptmann Kühne scheint ebenfalls sehr an den Eigenheiten der italienischen Commedia interessiert zu sein. Es bringt mich ganz durcheinander, wie er dahinten steht und die Ohren spitzt. Wäre es völlig unerhört, ihn zu uns zu bitten, damit er an unserem Gespräch teilnehmen kann?«

Überrascht blickte Madame Eleonore von der Zeichnung des Capitano auf und über die Schulter zu Arthur Kühne, der sich sogleich ehrerbietig verbeugte. Mit einem Schulterzucken wandte sie sich wieder Alessa zu. »Hauptmann Kühne sollte dich nicht irritieren. Arthur ist so etwas wie unser guter Geist. Stets anwesend und aufmerksam, wofür wir dankbar sind. Doch seine Aufgabe ist es nicht, an unserer Konversation teilzunehmen. Ich bezweifle, dass er sich ernstlich für das Theater interessiert.«

Alessa nickte und brachte es doch nicht fertig nachzugeben. »Gewiss habt Ihr recht, und ich täusche mich. Euer Urteil ist über das meine erhaben. Doch es bedrückt mich, einen Zuhörer auszuschließen, der gern teilhätte.«

Madame Eleonore stieß einen kleinen Seufzer aus, der ein halbes Lachen war. »Du siehst es ganz richtig, dass es gegen jedes Zeremoniell verstößt, unsere Leibgarde öffentlich in unser Gespräch einzubeziehen. Doch da wir in den Augen gewisser bedeutender Anwesender in dieser Hinsicht ohnehin nichts richtig machen können, wird eine Ausnahme kaum Schaden anrichten.« Sie winkte dem Hauptmann mit dem schwarz-grünen Fächer, den sie in ihrer elegant grün behandschuhten Hand hielt, und er trat ohne Zögern zu ihnen.

»Eure Wohlgeboren? Womit kann ich Euch dienen?«, fragte er.

»Mademoiselle Rizzi vermutet, dass du Interesse an ihren Ausführungen zur Commedia hast. Erweise uns die Freundlichkeit, dich uns anzuschließen, wenn dem so ist.«

Alessa glaubte keineswegs, dass Arthur Kühne sich sonderlich für die Commedia oder sonstige Künste begeisterte. Gerade deshalb war sie neugierig, wie er reagieren würde. Würde er das Interesse leugnen, sich zurückziehen und von da an weniger auffällig lauschen? Oder würde er vorgeben, interessiert zu sein, den Verstoß gegen die Anstandsregeln ignorieren und bleiben? Herzog Georg Wilhelm hatte jedenfalls bereits bemerkt, dass seine Gemahlin etwas Ungewöhnliches unternommen hatte, und flüchtig die Stirn gerunzelt. Alessa hoffte, dass sie die Bedeutung des Hofzeremoniells nicht zu stark unterschätzt hatte.

Arthur Kühne schien die Sache überhaupt nicht aus der Ruhe

zu bringen. Er lächelte charmant, wenn auch ohne Herzlichkeit, und verbeugte sich gegen sie. »Ich gestehe, dass mich die Figuren der venezianischen Commedia faszinieren. Es mag an den Masken liegen, die den wahren Menschen verbergen und mich gerade deshalb dazu einladen, jede Geste und jedes Wort besonders aufmerksam zu verfolgen.«

Alessa sah ihm so lange in die Augen, wie sie es wagen durfte, ohne Aufsehen zu erregen. »Signor Sartori ist der Auffassung, dass ein Schauspieler erst durch die Maske die höchste Kunst der Darstellung erlernt. Sie erinnert uns daran, dass wir jede Gefühlsregung mit dem gesamten Leib zeigen müssen und nicht nur mit unseren Gesichtszügen. Nehmen wir den Capitano, zu dem ich soeben kommen wollte. Er ist ein Soldat, der vorgibt, ein Held zu sein, im Herzen jedoch feige und rücksichtslos ist. Es ist eine große Herausforderung, den Zuschauern immer wieder den Feigling hinter dem prahlenden Kerl zu zeigen. Die langen Reden, in denen der Capitano von seinen großen Taten berichtet, wären weniger lustig, wenn man nicht wüsste, dass er in Wahrheit vor jeder Maus davonläuft.«

Madame Eleonore nippte an ihrem Wein und tauschte über den halben Saal hinweg einen Blick mit ihrem Gemahl. Wortlos schienen sich die beiden darauf zu verständigen, dass es seine Richtigkeit mit dem hatte, was vor sich ging. Beneidenswert liebevoll wirkte dieser stumme Austausch.

Eine von Eleonores Hofdamen stieß einen Laut des Bedauerns aus. »Gerade von der Rede dieses Capitano, die er vorgestern vortrug, habe ich kein Wort verstanden. Ich wünschte wirklich, die italienische Commedia würde Französisch sprechen!«

Madames kleines Gefolge quittierte den Scherz mit perlendem Gelächter, in das auch Alessa einstimmte.

»Wenn es Euer Wunsch ist, halte ich Euch die Rede gern noch einmal in französischer Sprache«, schlug sie vor.

Tatsächlich wurde sie darum gebeten, und sie kam der Bitte nach. Sie trug eine der aufschneiderischen Reden vor, die Leandro dem Capitano in den Mund zu legen pflegte, und mimte die Rolle dabei ein wenig.

Als sie den Capitano erzählen ließ, wie er mit seinem Degen drei Gegner gleichzeitig durchbohrt hätte, fiel ihr Blick auf eine Dame, die sich soeben zum Kreis des Herzogs und seines Bruders gesellte und die ihr bis dahin nicht aufgefallen war. Es war nur der Übung zu verdanken, die Alessa auf ihrer Reise mit den Sartoris gewonnen hatte, dass sie mit ihrem Vortrag nicht ins Stocken kam, obwohl ihr Herz sich überschlug. Im tiefen Ausschnitt der adligen Schönheit glitzerte an einem dunklen Samtband ein blaues Schmuckstück. Ihr Medaillon!

Es dort zu sehen ließ eine Welle von Empörung, aber auch Erleichterung durch Alessas Adern schießen. Am liebsten hätte sie der Frau das Band vom Hals gerissen und einen Freudentanz aufgeführt. Sie musste sich abwenden, um ihre Rede beenden zu können.

Eleonores Gefolge applaudierte ihr freundlich und begann, über die Vorzüge der französischen Sprache und der Sitten am französischen Hof zu sprechen, was Alessa ermöglichte, sich ein wenig aus der Runde zurückzuziehen. Benommen trank sie ihren Wein in zu langen Zügen aus und bemühte sich, nicht noch einmal zu der herzoglichen Runde zu blicken. Sie erstarrte ein wenig, als Arthur Kühne sich ihr näherte.

»Verzeih, wenn ich das so offen sage, aber für die Rolle des Capitano hast du kein Talent. Du hast selbst erklärt, wie man den Feigling hinter den großen Reden erkennen sollte. Doch dir musste man jedes Wort abnehmen. Besonders, als du deine Gegner durchbohrtest. Daraus klangen echter Zorn und Kampfeslust.«

Alessa schnaubte erbost. »Wohin ist auf einmal deine Förmlichkeit geraten, Hauptmann? Hältst du sie nicht mehr für nötig?«

Er brummte belustigt. »Wenn ich dir in einem Wirtshaus begegne, stelle ich klar, dass dein gegenwärtiger Rang höher ist als der einer Bäckermagd. Wenn ich dir jedoch hier begegne, dann hängt es ganz davon ab, wer uns zuhört. Und gerade jetzt hört uns niemand zu. Du wolltest mich in Verlegenheit bringen, als du Madame darum gebeten hast, mich zu euch zu rufen, nicht wahr?«

Alessa setzte dazu an, die Anschuldigung abzustreiten, besann sich jedoch. »Nicht ganz. Ich wollte sehen, ob du dich in Verlegenheit bringen lässt. Abgesehen davon wollte ich dir einen Gefallen tun. Es ist doch einfacher, mich zu überwachen, wenn du zum Lauschen näher herankommen darfst. Bist du schon dazu gekommen, mich beim Herzog zu erwähnen?«

Ohne sie zu fragen, nahm er eine Karaffe Wein an sich, die von einem Bediensteten vorübergetragen wurde, und füllte ihr Glas auf. »Es ergab sich noch nicht. Doch ich werde es nachholen, sei dir dessen gewiss. Hattest du das im Sinn, als du deine Aufmerksamkeit vorhin so plötzlich auf den Herzog und seine Gesellschaft gerichtet hast?«

Bevor sie sich auf eine Antwort besinnen konnte, drängte sich eine fremde Männerhand zwischen sie und Hauptmann Kühne, die ein leeres Weinglas hielt. Für Alessas Geschmack kam sie ihr viel zu nah, und die schmierige Stimme ihres Eigentümers widerte sie an. »Auch meines auffüllen, wenn ich bitten darf. Die Bediensteten bewegen sich heute hier wie die Schnecken. Vielleicht sollte unser verehrter Herzog auch den Rest seiner Leibgarde zum Einschenken abkommandieren. Nicht wahr, Signorina Rizzi, da haben wir auf unserer Reise manche Schankmagd schneller laufen sehen?«

Eine Begegnung mit Alwin von Kempf hatte Alessa an diesem Abend noch zu ihrem Glück gefehlt. Sie hatte ihn an den Vortagen nicht bei Hof gesehen, aber das mochte daran liegen, dass nicht jeder Besucher auch zu den abendlichen Gesellschaften gebeten wurde. Mit einem falschen Lächeln auf den Lippen wandte sie sich ihm zu.

»Baron von Kempf, es wundert mich nicht, dass Ihr häufig Gelegenheit hattet, Schankmägde laufen zu sehen. Ich hoffe für sie, dass sie alle schnell genug waren.«

Zu begriffsstutzig oder bereits zu betrunken, um auf ihre Spitze reagieren zu können, lachte von Kempf laut. Arthur Kühne nahm ihm mit vollendeter äußerlicher Gelassenheit das Glas aus der schwankenden Hand, füllte es und reichte es ihm mit einer angedeuteten Verbeugung zurück.

»Wohl bekomm's, Baron von Kempf. Wenn Ihr mich entschuldigt, Fräulein Rizzi. Ich muss mich nun wieder meiner eigentlichen Aufgabe widmen.«

Alessa versuchte, ihn mit einem flehenden Blick darum zu bitten, sie nicht mit von Kempf allein zu lassen, doch er zuckte nur kaum sichtbar mit den Schultern und ging. Kurzentschlossen tat sie, als wäre der Baron Luft, und machte sich auf den Weg, um sich der Gruppe um die Sartoris anzuschließen, zu der auch die hilfsbereite alte Gräfin Dora gehörte.

Wie sie es befürchtet hatte, blieb von Kempf ihr auf den Fersen und sprach sie mit gedämpfter Stimme an. »Nicht so eilig, Signorina. Du erinnerst dich doch sicher, dass zwischen uns noch etwas unerledigt ist? Wie wäre es, wenn wir das noch heute Nacht zu Ende brächten? Ich bewohne ein angenehmes Gemach mit einem breiten Bett.«

Alessa war sich der Blicke bewusst, die sie auf sich zogen, weil sie so unhöflich vor dem Baron weglief und er ihr so hartnäckig folgte. Es war schwer zu beurteilen, wer von ihnen beiden sich mit seinem Verhalten eher den Unmut der Anwesenden zuziehen würde. Da sie als nur ausnahmsweise in dieser Gesellschaft geduldete Frau von zweifelhafter Herkunft und Betätigung allerdings ohnehin verdächtig war, wollte sie es nicht auf eine öffentliche Szene ankommen lassen. Sie drehte sich zu ihm um und lächelte unverfänglich, als hätte sie erst jetzt bemerkt, dass er ihr folgte.

»Oh, Herr Baron! Ich fürchte, Ihr verwechselt mich. Etwas Unerledigtes zwischen uns hätte ich auf keinen Fall auch nur für einen Augenblick vergessen. Verzeiht, wenn ich unser Gespräch nun beenden muss. Ich werde erwartet.«

Was nicht gelogen war, denn sowohl Zaira und Pippa als auch Gräfin Dora blickten ihr entgegen. Die ersten beiden mit verkniffenen Lippen. Ohne eine Antwort abzuwarten, ließ sie von Kempf stehen und eilte zu ihnen. Gräfin Dora lächelte mild, doch ihre ersten Worte bewiesen, dass auch sie sich auf die Kunst der Verstellung verstand.

»Der Teufel soll ihn holen. Erklär deinen reizenden Bekannten in ihrer Sprache, dass ihr euch vor Alwin von Kempf in Acht nehmen müsst. Er ist viel reicher, als er sich gibt, und hat deshalb an höchsten Stellen Einfluss. Und gelegentlich kommt seine Bösartigkeit zum Vorschein. Der Herzog hat ihn ungern hier bei Hof, kann ihn aber nicht loswerden.«

Alessa spürte, wie sie ein wenig weiche Knie bekam, als sie sich in den dunklen Wirtshausgarten zurückversetzt fühlte, wo von Kempf sie belästigt hatte. »Danke für den guten Rat, Eure Hochwohlgeboren. Wir haben unsere ersten Erfahrungen mit ihm bereits gemacht und werden uns bemühen, alle weiteren zu vermeiden. Ich hatte gehofft, dass er entgegen seiner Ankündigung doch nicht hier erscheinen würde, weil ich ihn bisher nicht bemerkt hatte. Aber da gibt es heute noch weitere hohe Herrschaften, die zum ersten Mal hier zu sein scheinen. Zum Beispiel die Dame im nachtblauen Kleid, die sich gerade mit Herzog Ernst August unterhalten hat.«

Gräfin Dora warf einen Blick auf die Trägerin von Alessas Medaillon. »Frida? Die ist schon seit Tagen hier. Vielleicht war sie etwas unscheinbarer gekleidet als heute. Gräfin Frida-Katharina von Dügel. Sie langweilt sich zu Hause in Kassel zu Tode und nimmt jede Gelegenheit wahr, in hohen Häusern zu Gast zu weilen. Ihr Ehegemahl ist …«

Alessa nickte und lauschte lächelnd. Die Gästegemächer lagen im Nordflügel. Gräfin Frida-Katharinas Gemach würde nicht schwer zu finden sein.

Herzog Georg Wilhelm musste einen Vorwand erfinden, um mit seinem eigenen Bruder kurzfristig ein Gespräch unter vier Augen führen zu können. Auf anderem Wege war es schier unmöglich, sich mit ihm aus dem Festsaal abzusondern, ohne Aufsehen zu erregen. Daher lud er Ernst August ein, mit ihm die Rüstkammer zu besuchen und eine nicht wirklich existierende Büchse zu begutachten, deren neue Machart angeblich noch geheim gehalten werden sollte. Nur einige Männer der Leibgarde begleiteten sie auf diesem Gang, eingeschlossen Hauptmann Kühne, dem er bedingungslos vertraute.

»Arthur, wir wünschen, nicht gestört zu werden. Verteidige die Tür gegen alle Eindringlinge, und sei es auch mein Eheweib. Ich verlasse mich darauf, dass du persönlich Wache stehst!«

Der Hauptmann öffnete die schwere Tür der Rüstkammer für ihn und Ernst August und verneigte sich. »Sehr wohl, Euer Durchlaucht. Falls Feuer ausbricht, klopfe ich.«

Nachdem Hauptmann Kühne die Tür hinter ihnen wieder geschlossen hatte, nahm Ernst August verspielt ein Rehgehörn in die Hand, das zu den herzoglichen Jagdtrophäen gehörte. Sie wurden in der Rüstkammer ausgestellt, seit Georg Wilhelm beschlossen hatte, auch diesen Raum als Teil seiner standesgemäßen Repräsentation zu betrachten. Gerade die jagd- und waffenbegeisterten hohen Herren ließen sich nur allzu gern seine Sammlung vorführen und zollten ihrer Qualität die angemessene Anerkennung.

Ernst August hielt sich das Rehgehörn vor die Stirn, wo es albern aus den Locken seiner Perücke herausragte, und grinste, wie er es auch als Knabe getan hätte. »Was pressiert denn so, dass du mich aus dem Saal entführen musst, Bruderherz? Sollte mich schwer wundern, wenn du den Erwerb eines neuen Gewehrs so lange hättest für dich behalten können.«

»Du hast Frida von Dügel ein Schmuckstück geschenkt. Ist es das blaue Medaillon, welches sie gerade trägt?«

»Genau das. Ist damit etwas nicht in Ordnung? Es hebt die Farbe ihrer Augen hervor. Ich muss sagen, dass ich mich ein wenig geschmeichelt fühle, weil es scheint, als hätte sie ihr Kleid passend zum Schmuck ausgesucht. Ich habe noch einige Teile aus derselben Quelle, die ich für einen späteren Zeitpunkt aufbewahre«, sagte Ernst August und zuckte vielsagend mit den Augenbrauen.

Noch wenige Jahre zuvor hatte auch Georg Wilhelm mit Begeisterung dergleichen Spiele gespielt. Auf diskrete Art schöne Frauen zu erobern war ihm einmal ein ebenso reizvoller Zeitvertreib gewesen wie dieser Tage die Jagd. Doch seit er Eleonore begegnet war, hatte sich das geändert. Nun genügte es ihm, diese eine, besondere Frau immer wieder zu erobern. Vor allem aber war er von dem Drang getrieben, sie vor allem Ungemach zu beschützen. Bei ihrem derzeitigen geschwächten Zustand war das keine leichte Aufgabe. »Woher hast du die Stücke?«, fragte er.

Sein Bruder hängte das Gehörn wieder an seinen Platz. »Na, woher wohl? Als wüsstest du nicht, wen man fragt, wenn man einen speziellen Wunsch hat. Frida liebt alles Venezianische, daraus hat sie kein Geheimnis gemacht. Also bin ich zu Stechinelli gegangen und habe gesagt: ›Stechinelli, wer könnte mir in dieser Sache besser helfen als du? Ich brauche ein venezianisches Schmuckstück. Oder besser gleich mehrere.‹ Das ist eine Woche her. Er zeigte mir gleich ein paar Dinge, die nicht nach meinem Geschmack waren. Aber als wir wieder herkamen, an dem Tag, als deine Commedia-Truppe eintraf, da brachte er mir das Medaillon und so weiter. Ich vermute, diese Leute haben die Sachen mitgebracht. Waren vielleicht ein wenig in der Klemme, was ihr Geldsäckel angeht. Oder was glaubst du?«

Georg Wilhelm seufzte, weil er eine Vermutung bestätigt fand, die unangenehme neue Fragen aufwarf. Wohl wissend, dass er seinen Bruder für sein nächstes Anliegen milde stimmen musste, griff er auf dessen kindlichen Kosenamen zurück. »Gustl, ich muss dich um etwas bitten, was du nicht gern tun wirst. Und es eilt auch noch damit. Fordere das Medaillon von der Dügelschen zurück. Ich kenne dieses Schmuckstück, und es lässt mir den kalten Schweiß ausbrechen, es an ihr zu sehen. Es hat Zenobia gehört. Sie hat es niemals abgelegt. Nicht einmal, wenn sie sonst völlig entblößt war. Ich weiß noch nicht, warum es jetzt plötzlich an meinem Hof auftaucht. Aber für einen Zufall halte ich das nicht.«

Ernst August schwieg für einen Moment. »Herrje! Du irrst dich sicher. Ein blaues Schmuckstück mit einer Rose – wie viele gibt es davon? Es ist hübsch, aber doch nicht so besonders, dass keine Verwechslung möglich wäre.«

»Glaub mir, ich habe es oft genug aus nächster Nähe gesehen. Sogar die Kratzer sind dieselben. Ich weiß, wie unangenehm dir meine Bitte sein muss. Aber versteh, dass ich dieses Ding nicht in der Öffentlichkeit sehen will, solange ich Eleonore für zu geschwächt halte, betreffende offene Gespräche mit ihr zu führen. Darüber hinaus werde ich Nachforschungen anstellen lassen, ob hinter diesem seltsamen Zusammentreffen erpresserische Absichten stecken könnten. Tu mir den Gefallen, ich bitte dich!«

Sein Bruder verzog das Gesicht, als hätte er in eine Zitrone gebissen. »Kannst du dir vorstellen, dass damit mein Ansehen bei ihr einen starken Schaden erleidet? Sie wird mir die Augen auskratzen. Diese Peinlichkeit! Und das, wo ich gerade so gute Aussichten bei ihr habe.«

»Denk dir eben eine Geschichte aus. Schenk ihr stattdessen etwas anderes, etwas von höherem Wert. Ich bezahle es dir. Vielleicht bringt dich das sogar noch schneller ans Ziel.«

»Schneller als heute Nacht? Wohl kaum. Warum höre ich dir bloß immer wieder zu?«

Herzog Georg Wilhelm schlug seinem jüngsten Bruder freundschaftlich auf die Schulter. »Weil du bisher nicht schlecht damit gefahren bist. Ich weiß, dass ich für die vielen Gefälligkeiten, die du mir getan hast, in deiner Schuld stehe, mein Bester. Aber du musst zugeben, dass sich so manche dieser Mühen am Ende zu deinem Vorteil entwickelt haben.«

13

Alessa hatte erfahren, wo Gräfin Frida-Katharina untergebracht war, und noch am selben Abend bei einem unauffälligen Spaziergang durchs Schloss die Gegebenheiten ausgekundschaftet – wenn auch nicht weiter als bis vor die verschlossene Tür von Fridas Gemach. Zu ihrem Bedauern konnte sie vorerst nicht mehr unternehmen, denn bei ihrer Rückkehr in den Festsaal lud Madame Eleonore sie und Leandro ein, eine Weile mit ihr und ihrer kleinen Tochter zu verbringen und das schlaflose Kind zu belustigen. In bester Harlekinmanier scherzten sie mit der entzückenden Kleinen, bis die Amme meinte, dass ihr Schützling nun müde genug wäre, und Madame Eleonore sie verabschiedete. Anschließend musste Alessa feststellen, dass Gräfin Frida-Katharina sich in der Zwischenzeit zurückgezogen hatte. Jeder weitere Versuch, ihre Räumlichkeiten genauer zu untersuchen, wäre ein zu großes Wagnis gewesen.

Schon zu Beginn ihrer Vorstellung des nächsten Abends bemerkte sie, dass die junge Gräfin das Medaillon nicht mehr trug, sondern sich mit einem Edelsteincollier geschmückt hatte. Der Gedanke, dass ihr kostbares Erbstück nun unbeaufsichtigt in Frida-Katharinas Zimmer liegen musste, machte Alessa förmlich atemlos vor Ungeduld. Sofort nachdem der Beifall für ihren letzten Auftritt verebbt war, stahl sie sich aus dem Saal und schlich in den nördlichen Schlossflügel, der die meisten Gäste des Herzogs beherbergte.

Es kam ihr entgegen, dass das Celler Schloss eher einer großen Baustelle glich als einer wohlgeordneten Residenz. Der Herzog ließ alle vorhandenen Gebäudeteile umbauen und Vorbereitungen für den Abriss und Neubau des gesamten Westflügels treffen. Deshalb gab es viele verwinkelte Stellen und schlecht beleuchtete Gänge, die mit Baumaterial, ausquartierten Möbeln und Werkzeug vollgestellt waren und Alessa genug Möglichkeiten boten, sich nötigenfalls unsichtbar zu machen. Beinah unbemerkt legte sie den Weg zu Frida-Katharinas Unterkunft zurück und klopfte an die Tür. Erst als niemand antwortete, zog sie den Diebeshaken aus der in ihr Kleid eingenähten Tasche, öffnete mit seiner Hilfe das einfache Türschloss und trat in den halbdunklen Raum.

Es handelte sich um ein Gemach mit einer angrenzenden kleinen Kleiderkammer, jedoch ohne Vorzimmer, was den vergleichsweise niedrigen Rang der jungen Gräfin widerspiegelte. Dennoch war es mit Möbeln reichlich ausgestattet, sodass nur wenig Platz blieb, sich darin zu bewegen: ein Himmelbett, das allein ein Viertel des Zimmers beanspruchte, ein Tisch voller Schreib- und Zeichenutensilien, Polsterstühle ohne Armlehnen, ein Polsterstuhl mit Armlehnen, Fußbänke, eine Waschkommode, eine Reisetruhe, ein großer Reisekorb, ein kleinerer Korb und mehrere Taschen aus im Gobelinstil bestickten Stoffen, die Alessa gern einmal bei hellem Licht betrachtet hätte.

Üblicherweise verfügten die Mitglieder der adligen Gesellschaft über genügend Bedienstete, die in ihren Wohnräumen für Ordnung sorgten. Gräfin Frida-Katharina mangelte es entweder an Kammermägden, oder die Ärmsten konnten mit ihrem Hang zur Unordnung nicht Schritt halten. Kleider, Schuhe, Bänder, Strümpfe, aber auch Teller mit Resten von Gebäck, Tassen, Becher und Haarteile lagen über das Bett, den Boden, die Truhe und die Stühle verstreut.

Alessa warf einen Blick in die Kleiderkammer, um sicherzugehen, dass sich niemand darin aufhielt. Der kleine Raum war aufgeräumter als das eigentliche Gemach und deshalb trotz der darin herrschenden Dunkelheit gut genug zu überblicken. Sie wollte sich beruhigt abwenden, als ein leises Geräusch sie zurückhielt. Mitleiderregend klang es, wie der matte Klagelaut eines sterbenden, fremdartigen Vogels. Bei genauerem Hinsehen entdeckte sie auf einem Wandregal einen mit einem Tuch bedeckten Käfig und konnte ihrer Neugier nicht widerstehen. Sie lupfte das Tuch an, um darunterzuspähen, und wurde von einem erschrockenen Aufkreischen begrüßt. Es war kein Vogel, der in dem engen, verdunkelten Behältnis hockte und sie mit glänzenden Augen ansah, sondern ein kleiner Affe. Als er seinen Schrecken überwunden hatte, streckte er seine winzige Hand durch die Gitterstäbe und begann, sacht zu schnattern. In ihren Ohren klang es, als würde er sie bitten zu bleiben. Seufzend deckte sie das Tuch wieder über ihn. Für derlei Spielereien blieb ihr keine Zeit.

Sie suchte auf den Wandregalen der Kammer, dem Tisch, der Waschkommode, in der Reisetruhe und dem Reisekorb. Nichts! Auch im Durcheinander auf dem Fußboden keine Spur von Frida-Katharinas Schmuckschatulle. Wo beschäftigten sich adlige Damen mit der Wahl ihres Schmucks? Eilig durchwühlte sie die Kissen des ungemachten Betts. Tatsächlich, da war sie, und unverschlossen noch dazu. Ein Blick hinein genügte, um ihre Freude zu dämpfen. Ihr Medaillon befand sich nicht in dem Kästchen.

Böses ahnend setzte sie ihre Suche fort, bis sie erfolglos jeden Winkel des Gemachs und der Kammer abgetastet hatte. An drei verschiedenen Stellen stieß sie auf achtlos abgelegte Geldbeutel mit einer Gesamtsumme von Münzen darin, von der sie monatelang mit allen Annehmlichkeiten hätte leben können: Einen fand sie unverschlossen auf einem Stuhl unter schmutziger Wäsche. Die Hälfte seines Inhalts lag zwischen Wäschestücken auf dem Fußboden verteilt. Ein weiterer war offenbar durch die Ritze zwischen Bett und Wand hindurch auf den Boden gefallen, und der dritte hing an einem Band an einem Wandhaken in der Kleiderkammer unter einem dort aufbewahrten Hausmantel. Sie nahm aus jedem der Beutel einige der wertvolleren Münzen und steckte sie ein.

Anschließend ging sie noch einmal in die Kleiderkammer und nahm das Tuch vom Käfig des kleinen Affen. Wieder schnatterte er zaghaft, blieb aber müde hocken. Mitleidig bot sie ihm ein paar Rosinen an, die sie bei ihrer Suche vom Fußboden aufgesammelt hatte, und er nahm sie ihr so hastig ab, dass sie seinen Hunger erkannte. In der Annahme, dass er selbst am besten wissen würde, was ihm schmeckte, legte sie behutsam den Käfig auf den Boden, als sei er vom Wandbrett gefallen, und öffnete sein Gittertürchen.

Als sie gleich darauf vorsichtig das Gemach verließ, sah sie noch, wie das Tier an der Waschkommode hinaufkletterte und gierig aus dem Wasserkrug trank, der darauf abgestellt war. Einen Augenblick später hörte sie vom Gang aus ein dumpfes Krachen, als seien Krug oder Schüssel von der Kommode gestürzt, und sie beschleunigte ihre Schritte.

Lange genug war sie durch die harte Schule ihres Großvaters gegangen, um sich von dem Ärger über ihren Misserfolg nicht zur Unachtsamkeit verleiten zu lassen. Zweimal duckte sie sich in schattige Nischen, um vorübergehenden Schlossbewohnern auszuweichen, bevor sie ohne weitere Begegnungen, die sie in Verdacht hätten bringen können, den Festsaal wieder erreichte und sich äußerlich gelassen zu der Gruppe um die Sartoris gesellte.

Gräfin Frida-Katharina gehörte an diesem Abend nicht zum engeren Kreis der Herzöge, sondern stand mit einigen jüngeren Herrschaften zusammen. Unauffällig überzeugte sich Alessa im Vorübergehen noch einmal davon, dass die Gräfin das Medaillon tatsächlich nicht trug.

Als Nächstes lächelte sie Hauptmann Arthur Kühne zu, der auf seinem üblichen Posten in der Nähe des Herzogs stand und sie mit undurchdringlicher Miene beobachtete. Sie hatte das beunruhigende Gefühl, dass er ihr ansah, was sie getan hatte.

14

Mezzanotte musste nur wenige Stunden in Germania verbringen, um es zu hassen.

Der Klang der holprigen Sprache quälte seine Ohren wie das Surren von Mücken in einer schlaflosen Nacht. Und der Zustand der Straßen! Er war nicht überrascht, als die Kutsche, in der er eine Mitfahrt erkauft hatte, bei ihrem Weg aus dem Gebirge hinab in die niedriger gelegenen deutschen Gefilde einen Radbruch erlitt. Ausgerechnet auf einem Wegstück fernab aller Siedlungen musste es geschehen, sodass ihnen nichts anderes übrigblieb, als den Kutscher auf einem der Wagenpferde davonreiten und Hilfe holen zu lassen. Jedenfalls nahm Mezzanotte an, dass er Hilfe holte, ohne es sicher zu wissen, denn weder mit dem Kutscher und dessen Knecht noch mit einem einzigen seiner vier Mitreisenden, die seiner Vermutung nach alle einer Familie angehörten, konnte er sich verständigen. Er wusste nicht, ob sie wahrhaftig alle kein Italienisch sprachen oder sich nur dumm stellten. Wenn es so war, taten sie es meisterhaft. Auch die wenigen Brocken Französisch, die er beherrschte und die ihm an anderen Orten gelegentlich weitergeholfen hatten, führten ihnen gegenüber stets nur zu noch größerer Verwirrung, als demütigendes Gestikulieren es tat. Daher war er dazu übergegangen, diese Leute zu ignorieren und sich seinen eigenen Reim auf alle Vorkommnisse der Reise zu machen. Zu seiner Verärgerung sorgte das allerdings dafür, dass sich die Zeit mitunter entsetzlich dehnte.

Mit wachsender Ungeduld ging er auf der Straße neben der schadhaften Kutsche auf und ab, während die vier anderen Fahrgäste im Gras saßen und sich offenbar gegenseitig für die blauen Flecke und Schrammen bedauerten, die sie sich zugezogen hatten, als das Rad brach. Dabei konnten sie froh sein, dass der Wagen nicht umgekippt war. Der Knecht des Kutschers hatte die drei restlichen Pferde ausgespannt und etwas abseits des Weges auf ein brachliegendes Feld geführt, wo sie das karge Gras auszupften. Wenigstens hatte das dafür gesorgt, dass sich auch der größte Teil der lästigen Fliegen und Bremsen entfernt hatte, die zuvor noch um die Kutsche geschwärmt waren.

Mezzanotte erschlug eine der Pferdebremsen, die so blöd gewesen waren, es nicht zu tun, auf seinem dunklen Justaucorps. Ihm war heiß darin bei der grellen Maisonne, doch sich auszuziehen wäre ihm nicht in den Sinn gekommen. Er verbarg seine Messer und eine Taschenpistole unter der Jacke, ohne die er auf dieser Reise keinen Schritt gehen würde. Oft genug hatte er sagen hören, dass es entlang der deutschen Straßen von Räubern wimmelte.

Als endlich der Kutscher mit zwei fremden Männern auf einem klapprigen, von Ochsen gezogenen Erntewagen zurückkehrte, war Mezzanotte schon fast bereit, für einen Krug Wein und einen Imbiss zu töten. Seine Laune verbesserte sich nicht, als der Kutscher mit den Männern das Gepäck der Fahrgäste auf den Erntewagen umlud und die Reste des zerbrochenen Rades dazuwarf. Es war nicht schwer zu erraten, dass die Kutsche vorerst zurückgelassen werden sollte. Trotz seines Unmuts blieb ihm nichts anderes übrig, als mit auf den einfachen, groben Wagen zu klettern und sich gut festzuhalten, als man ihn mit Gesten dazu aufforderte.

»Auffe, da Herr Moretti!«, stieß der grinsende Kutscher hervor und klang dabei wie ein grunzendes Schwein.

Er hätte dem plumpen Kerl gern die Kehle zugedrückt, damit ihm jeder Spott verging.

Mit dem Ochsenwagen kamen sie langsamer voran als zu Fuß, doch da Mezzanotte den Weg zur nächsten Herberge nicht kannte und sein Gepäck nicht aus den Augen lassen wollte, verharrte er auf dem Karren. Als sie schließlich vor einem hinfällig wirkenden Wirtshaus hielten, kam es ihm vor, als seien Stunden vergangen und als hätten seine Mitreisenden nicht einen einzigen Atemzug lang mit ihrem aufgeregten, krächzenden, hackenden Geschwätz pausiert.

So armselig ihr Ziel auch wirkte, kam es ihm daher doch vor wie ein verheißungsvoller Hafen. Und die rasch aufgetischte einfache Mahlzeit aus Brot, Speck, Eiern und Bier tat das ihre dazu, ihn ein wenig zu beschwichtigen.

Nach einer Nacht auf einem verwanzten Strohsack kehrte seine Gereiztheit jedoch mit Wucht zurück. Glühender Hass beutelte ihn, wenn er an den Grund für seine elendige Reise dachte: Alessandra Sala. In seiner Vorstellung brachte er sie nicht bloß um. Zum ersten Mal in seinem Leben stellte er sich genüsslich vor, wie er einen Menschen erniedrigte, bevor er ihn tötete.

Von den Männern, die sie hergebracht hatten, war am Morgen nichts mehr zu sehen. Auch der Erntewagen war fort. Der Knecht des Kutschers war in der Ferne mit den Pferden zu sehen, die er offenbar auf eine abgelegene Weide führte. Die mitreisende Familie hatte sich noch nicht von ihrem Lager erhoben, und andere Gäste gab es in der Herberge nicht. Auf dem Hof stand der Kutscher mit einem Mann zusammen, den Mezzanotte für den Wirt hielt. Die beiden starrten auf die Überreste des Kutschenrads, die vor ihnen auf dem Boden lagen, kratzten sich am Kopf und brummten Worte in ihrer hässlichen Sprache. Sie blickten ihn kurz an, als er zu ihnen trat, und nickten, bevor sie wieder zu Boden starrten und sich an anderen Körperteilen als dem Kopf weiterkratzten.

»Quando andiamo?«, fragte er, obgleich er wusste, dass sie nichts verstehen würden.

Mezzanotte hatte nicht die leiseste Ahnung, was es bedeutete, als der Wirt sagte: »Kommt Zeit, kommt Rad.« Doch das schenkelklopfende Gegröle der beiden konnte nur bedeuten, dass er ausgelacht wurde, und das brachte das Fass zum Überlaufen. Bevor er selbst wusste, was er tat, packte er den Mann mit einer Hand beim Kragen und schlug ihm die Faust in den Magen. Ein einziger Schlag genügte bei Weitem nicht, um seinen Ärger abzukühlen, sondern machte ihn noch wütender. Deshalb schlug er wieder und wieder zu, bis der Kutscher sich auf ihn stürzte, um ihn festzuhalten. Die Berührung durch diesen lächerlich nutzlosen *Tedesco* raubte ihm den letzten Rest Selbstbeherrschung.

Als er wieder zur Besinnung kam, kniete er auf der Brust des reglosen Kutschers und blickte in dessen blau anlaufendes Gesicht, während er ihn mit beiden Händen würgte. Der Wirt lag ohnmächtig oder vielleicht tot neben ihnen. Was ihn aus seiner Raserei gerissen hatte, war ein Schwall von kaltem Wasser. Das männliche Oberhaupt der reisenden Familie hatte es offensichtlich über ihn gegossen, war aber mit dem Eimer in den Händen sogleich wieder zurückgewichen und starrte nun ängstlich zu ihm herüber.

Langsam löste Mezzanotte seine Hände von der Kehle des Kutschers. Leicht fiel es ihm nicht, er musste es seinen Händen befehlen. Mit einiger Sicherheit war der Mann tot, er röchelte nicht. Ein Seitenblick auf den Wirt ließ ihn von dem das Gleiche vermuten.

Seine Mitreisenden und das Gesinde des jämmerlichen Gasthofs standen in sicherer Entfernung und glotzten mit entsetzten Mienen. Ihn überlief es eiskalt, als ihm bewusst wurde, dass er noch niemals in seiner ganzen Laufbahn auf so dumme Weise die Beherrschung verloren hatte. Seine Lage war mehr als ungünstig. Er konnte schwerlich alle Zeugen seines Wutanfalls auslöschen. Wie sollte er dann seine Reise fortsetzen? Pferde und Wagen waren nicht sein Gewerbe. Ihm blieb nichts anderes übrig, als sich die Angst der Leute zunutze zu machen, bis für seine Weiterreise gesorgt war. Die Frage war nur, ob es eines weiteren Toten bedurfte, um den Leuten zu verdeutlichen, dass er nicht nur gefährlich war, wenn der Zorn ihn lenkte. Sorgfältig abwägend ließ er seinen Blick über die wie erstarrt Dastehenden schweifen. Und wählte sein nächstes Opfer aus.

15

»Ich brauche dir nicht zu sagen, wie wichtig es ist, dass wir diesem Weib das Gefühl geben, seine Beschwerde ernst zu nehmen.« Herzog Georg Wilhelm lehnte sich in seinem Polsterstuhl zurück und rieb sich die gerunzelte Stirn. Gleich nach dem sonntäglichen Gottesdienst hatte er Arthur zu sich zitiert.

Arthur stand ihm gegenüber, wie es sich geziemte. Sich zu setzen, wenn er mit dem Herzog in einem Raum war, wäre ihm niemals eingefallen. Dennoch führte er mit seinem Dienstherrn häufiger vertrauliche Gespräche als viele andere Höflinge, die im Rang weit über ihm standen. Dieses war eines davon.

»Der Schmuck befindet sich jetzt in Eurem Besitz, Euer Durchlaucht? Und Ihr habt Euch vergewissert, dass es sich bei dem besagten Stück wirklich um das Medaillon handelt, an das Ihr Euch erinnert?«, fragte er.

»Da ist kein Zweifel möglich. Du musst umgehend herausfinden, von wem Francesco es gekauft hat. Der Verdacht liegt nahe, dass es einer von den Sartoris war. Dann stell Nachforschungen an, welche Absicht dahintersteckt. Ich will auf keinen Fall, dass jemand die Gelegenheit erhält, hier am Hof eine hässliche Geschichte zu inszenieren, die Eleonore aufregen würde.« Der Herzog legte die Fingerkuppen beider Hände aneinander, wie er es häufig tat, wenn er Scharfsinn demonstrieren wollte.

»Möglicherweise kann ich Euch bereits eine Auskunft geben, die uns der Aufklärung näherbringt. Ich hätte heute ohnehin das Gespräch mit Euch gesucht, auch wenn Ihr mich nicht wegen dieser Sache mit Gräfin von Dügel hättet rufen lassen. Fräulein Rizzi, die bezaubernde Harlekina von den Sartoris, behauptete mir gegenüber, sie sei die Nichte der kürzlich verstorbenen Zenobia Buccolini. Ihr bürgerlicher Name, den sie nicht öffentlich preiszugeben wünscht, sei Alessandra Ferretti, und sie hätte als Kind Eure Bekanntschaft gemacht. Haltet Ihr das für möglich?«

Arthur hatte jahrelang geübt, Menschen scharf zu beobachten, ohne dass sie es wahrnahmen. Daher erkannte er an den flüchtigen Regungen im Gesicht des Herzogs, wie er für kurze Zeit in der Vergangenheit versank und dort die kleine Alessandra entdeckte. Es schien eine angenehme Erinnerung zu sein, doch das leise Schmunzeln verschwand, als er in die Gegenwart zurückkehrte.

»Sie könnte es sein. Ich müsste sie genauer befragen, um sicherzugehen. Was will sie hier?«

Wie schön der Herzog seine Zeit in Venedig auch gefunden haben mochte, war sie für ihn doch unwiderruflich beendet. Er hing genug an der venezianischen Lebensart, um sich ein Stück davon an den eigenen Hof zu holen. Alte Bekanntschaften wieder aufleben zu lassen, die mehr über die intimen Einzelheiten seines venezianischen Lebensabschnitts wussten, als ihm lieb war, gehörte jedoch nicht dazu. Arthur hielt es für möglich, dass sich das mit den Jahren wieder ändern würde, aber gegenwärtig ging Georg Wilhelm die Seelenruhe seiner Eleonore über alles.

»Euer Durchlaucht mögen mir verzeihen, dass ich mit meinen Nachforschungen vorausgeeilt bin. Das Fräulein versicherte mir, dass sie ohne Hintergedanken hierher nach Celle gereist ist, und bat mich, Euch das auszurichten. Sie hat kürzlich all ihre noch in Venedig lebenden Angehörigen verloren und verspürte deshalb den Wunsch, ihren Cousin zu besuchen, der ihren Worten nach ihr letzter lebender Verwandter ist. Der junge Herr von Bucco bestätigte mir, dass er in Fräulein Rizzi oder Ferretti seine Cousine erkannt hat. Selbstverständlich halte ich es für möglich, dass es sich bei der jungen Dame um eine besonders geschickte Betrügerin handelt, doch ihre Aussage erschien mir glaubhaft.«

Der Herzog hatte ihm aufmerksam zugehört, schweifte nun allerdings in Gedanken sichtlich ab. Nach einer Weile lachte er leise auf. »Alessa. Der kleine Teufelsbraten. Mein lieber Arthur, ich sage dir eines: Auch wenn unsere Harlekina wirklich ist, wer sie zu sein behauptet, heißt es, auf der Hut zu bleiben. Schon damals habe ich das Kind angesehen und gedacht, das wird mal eine, die einem Mann das letzte Hemd ausziehen könnte, wenn sie wollte. Nein, ich bin nun sogar sicher, dass sie es ist. Diese Haltung … Es hätte mir schon früher einfallen können, dass ich sie kenne.«

Arthur hätte die Warnung nicht benötigt. Bei jedem Blick, den er auf Alessandra Ferretti warf, stellten sich seine Nackenhaare auf. In ihrer Nähe begann sein Herz zu rasen. Der Gefahr einer wütenden Wildsau wäre er mit ruhigerem Puls begegnet. Doch allein, an Alessa zu denken, vernebelte seinen Verstand. Er musste sich zwingen, bei der Sache zu bleiben.

»Wenn Ihr erlaubt, möchte ich auf die Beschwerde der Gräfin zurückkommen. Sie hat seiner Durchlaucht Herzog Ernst August das Schmuckstück noch gestern Abend ausgehändigt?«

Herzog Georg Wilhelm nickte. »Mein Bruder kann sehr bestimmt auftreten. Und immerhin hat sie etwas anderes dafür bekommen, was sie teurer verkaufen könnte. Ja, sie hat es ihm gegeben, und er hat es kurz darauf an mich weitergereicht. Was hat das mit dem Affentheater in ihrem Gemach zu tun?«

»Vielleicht nichts. Aber Ihr kennt mich. Ich mache mir gern ein vollständiges Bild. Sie sagt, es wäre nichts gestohlen worden? Und ihre Versicherung, dass die Tür verschlossen war, ist glaubhaft?«, fragte er.

»Die Tür war verschlossen, als sie unserem Kammerherrn den Schlüssel zur Aufbewahrung übergeben hat. Er überprüft es stets, schließlich hängt sein guter Ruf davon ab«, bestätigte der Herzog.

Arthur verneigte sich. »Dann verabschiede ich mich, um der Angelegenheit nachzugehen.« Auf eine zustimmende Geste des Herzogs hin wandte er sich der Tür zu, drehte sich aber noch einmal um. »Wie geht es dem Affen?«

Herzog Georg Wilhelm, der ein Glas Wein zur Hand genommen hatte und daran schnupperte, stieß ein belustigtes Schnauben aus. »Ein lustiges Kerlchen. Sie hat ihn verschenkt. Gut für ihn, wenn du mich fragst«, sagte er und hob Arthur zum Abschied sein Glas entgegen.

Am Sonntagmorgen nach dem erfolglosen Einbruch in Gräfin Frida-Katharinas Gemach war Alessa für ihre täglichen Bewegungsübungen auf eine nahe beim »Goldenen Eber« gelegene blühende Obstwiese spaziert und hatte sich anschließend dort auf den untersten Ast eines alten Apfelbaums gesetzt. Kirchenglocken verkündeten das Ende eines weiteren Gottesdienstes, den sie ohne Bedauern versäumt hatte. Wie eine entspannte Katze ließ sie sich mit geschlossenen Augen von den Maisonnenstrahlen wärmen, die durch das Geäst schienen, und sog den Duft ihrer Umgebung ein. Auch wenn ihr Venedig oft fehlte, genoss sie ihren langen Aufenthalt auf der *Terraferma*, dem festen Land. Die fruchtbare Erde und die nutzbringenden Pflanzen, die hier im Frühjahr überall so mühelos zu wachsen schienen, strömten einen kraftvollen Geruch aus, der in ihr eine sonderbare Sehnsucht nach dem Leben weckte. Die Nähe zu junger Baumrinde, zartgrünen Maiblättern, Obstblüten und Veilchen war für einen Bewohner der Serenissima keine Selbstverständlichkeit. Dass sie sich in Gedanken mit einigen Unannehmlichkeiten herumplagen musste, hinderte Alessa nicht daran, sich dem Zauber hinzugeben. Sie konnte sehr wohl gleichzeitig darüber nachdenken, wohin ihr Medaillon nun wieder geraten sein mochte, und dem Konzert der Singvögel lauschen, die das Aroma des Frühlings offenbar ebenso schätzten wie sie.

Sie hörte, dass sich jemand ihrem Apfelbaum näherte, doch es widerstrebte ihr, die Augen zu öffnen. Wer konnte es sein? Seine Schritte waren nicht schwer, dennoch aber die eines erwachsenen Mannes. Wenn es niemand war, der zufällig im Obstgarten zu tun hatte, konnte es nur jemand sein, dem die Sartoris Auskunft über ihren Aufenthalt gegeben hatten. Jemand, dessen Besuch sie bereits erwartete.

»Guten Tag, Hauptmann Kühne«, sagte sie und schlug die Augen auf.

Er blieb stehen, als hätte sie ihn überrascht, doch seine Miene zeigte keine Verwunderung darüber, sie oben in einem Baum sitzend vorzufinden. Höflich nahm er seinen Hut ab. »Guten Tag, Fräulein Ferretti. Ich hoffe, Ihr hattet eine angenehme Nachtruhe?«

»Es klingt zu putzig, wie Ihr das sagt: Frrrräulein Ferrrretti. Als steckte Euch etwas im Hals. Aus welchem Grund sind wir heute wieder so förmlich? Macht Ihr den Bienen klar, dass ich im Rang über ihnen stehe?«

»Ich möchte Euch damit zu verstehen geben, dass ich mich bemühe, Euch respektvoll zu behandeln, obwohl Ihr in einem Baum hockt wie eine Elster und ich unter Euren Rock sehen kann, wenn ich noch zwei Schritte nähertrete.«

»Das Kostüm der Harrrrlekina ist wie eine Rüstung gegen Blicke, die unter den Rock zielen. Ich bin sicher, das habt Ihr längst herausgefunden. Aber wenn Euch dabei wohler ist, werde ich zu Euch herabsteigen.«

Arthur Kühne verschränkte die Arme. »Ich würde Euch die Hand reichen, vermute jedoch, dass Euch das beleidigen könnte.«

Alessa lachte, sprang schwungvoll ab und kam federnd und mit einer anmutigen Armbewegung vor ihrem Besucher zum Stehen.

Mit Genugtuung sah sie, dass er trotz seiner Ankündigung besorgt seine Hand ausgestreckt hatte, um sie nötigenfalls zu stützen. »Hauptmann, mir scheint, Ihr Höflinge verbringt einen großen Teil eures Lebens damit, darüber nachzudenken, wie Ihr Euch verhalten müsst, um niemanden zu beleidigen. Es gibt so viele Finessen dabei. Das höfische Zeremoniell zu verstehen ist schwieriger, als eine fremde Sprache zu erlernen.«

»Wenn man von Kindesbeinen an daran gewöhnt ist, erklärt sich vieles von selbst. Es ist eine Besonderheit des Celler Hofs, dass eine gewisse Unsicherheit herrscht, was Rangfragen betrifft. Dafür sorgt die schwierige Lage von Frau von Harburg. Manche übelwollenden Stimmen nennen sie Mätresse. Für andere hingegen ist sie die Herzogin. Genannt werden darf sie mit diesem Titel jedoch nicht, weil es gegen die Abmachung des Herzogs mit seinem Bruder verstößt. Eine Abmachung, die hauptsächlich auf Betreiben von dessen Gemahlin zustandekam, falls es Euch interessiert. Denn jede Würdigung, die der Ehe von Herzog Georg Wilhelm widerfährt, vergrößert die Gefahr, dass die Nachkommen aus dieser Ehe sich eines Tages als rechtmäßige Erben des Herzogtums betrachten und den Söhnen von Herzog Ernst August in die Quere kommen. Was Euch betrifft, ist die Rangfrage ebenfalls schwierig zu beantworten. Ihr seid nicht von Adel, doch seid Ihr die Cousine eines illegitimen Sohns des Herzogs. Ihr seid Schauspielerin und damit von niedrigem Stand, doch Eure Truppe hat einen ausgezeichneten Ruf, und Ihr seid ein zur Zeit noch gern gesehener Gast des Herzogs. Es könnte dem Ansehen des Herzogs schaden, wenn man Euch öffentlich geringschätzig behandelte.«

Alessa betrachtete ihn eingehend, während er sprach. Er machte an diesem Tag einen übernächtigten Eindruck auf sie, doch gefiel er ihr so sogar noch besser. Sein Bart war nicht ganz so akkurat in Form wie sonst, seine Hose hatte ein paar Schmutzflecken, und er roch nach Leder und Pferd. Sie musste sich in Acht nehmen, damit sie nicht vergaß, wie gefährlich er ihr werden konnte.

»Ihr glaubt mir also nun, dass ich Lucas' Cousine bin? Habt Ihr mit dem Herzog über mich gesprochen?«

Er brachte ihr Herz zum Hämmern, indem er sie auf einmal ansah, als wolle er in ihrer Seele lesen. »In der Tat. Er … Mein Gott.«

Wortlos standen sie einander gegenüber und sahen sich in die Augen. Die Luft zwischen ihnen summte vor Spannung, und Alessa spürte ihren Atem flach werden. Ihre Handflächen kribbelten von dem Verlangen, Arthur Kühne zu berühren. Doch in ihr Begehren mischte sich das Gefühl von Gefahr und hielt sie zurück. Warum war sie ihm nicht zu einer anderen Zeit und an einem anderen Ort begegnet?

»Machst du das häufig?«, fragte er mit heiserer Stimme.

Sie musste sich streng zur Ordnung rufen, um überhaupt ein Wort herauszubringen. »Was?«

»Einen Mann so ansehen.«

Eilig wandte sie sich ab und hob die kleine Tasche auf, die sie am Fuß des Baums abgelegt hatte. »Ich weiß nicht, was du meinst.«

Er räusperte sich und seufzte. »Also gut. Weshalb ich hier bin … Deine Tante Zenobia besaß ein bestimmtes Schmuckstück, welches der Herzog gestern am Hals einer anderen Dame entdeckt hat. Nun fragt er sich, wie dieses Geschmeide den Weg nach Celle fand. Und ich frage dich.«

Wie bei einer Fieberkrankheit löste ein kalter Schauder die Hitze ab, die sich in Alessa ausgebreitet hatte. Die Hoffnung, dass ihre Verbindung zu dem Medaillon niemandem auffallen würde, bis sie es wieder in ihren Besitz gebracht hatte, zerplatzte. Wie viel wusste der Herzog über ihr Erbstück? In welchen Teil davon hatte er Arthur Kühne eingeweiht? Würde sie ihre Aussichten vergrößern, es zurückzuerhalten, wenn sie sich als eigentliche Eigentümerin zu erkennen gab? Oder würde sie damit jede Aussicht darauf zerstören? Vielleicht gefährdete sie sogar ihr Leben, wenn sie preisgab, wie viel ihr daran lag. Wem durfte sie in dieser Sache vertrauen? *Niemandem,* hätte ihr Großvater ihr geraten. Und in diesem Fall gab sie ihm recht.

»Das muss ein ganz außergewöhnlich auffälliges Schmuckstück sein, wenn seine Durchlaucht nach den vielen Jahren glaubt, es wiederzuerkennen. Dennoch vermute ich, dass er sich täuscht. Vielleicht hat mein Erscheinen hier in Celle ein wenig verzerrte Erinnerungen bei ihm geweckt?«

Arthur Kühne schüttelte den Kopf. »Das Schmuckstück fiel ihm auf, bevor ich ihm von deiner Herkunft erzählte. Und er ist sich seiner Sache sicher. Weshalb auch ich mir der meinen recht sicher bin. Fräulein Ferretti, wie sollte das Lieblingsschmuckstück deiner Tante, die du als letztes Mitglied der Familie beerbt haben musst, gleichzeitig mit dir hier eintreffen, ohne dass du etwas damit zu tun hast?«

Alessa richtete sich zu ihrer vollen Größe auf und trat etwas näher vor ihn hin, als man es gewöhnlich tat. Beinah berührte der bauschige Rock ihres bunten Harlekinakleids seine Hand, die er auf den Griff seines Degens gelegt hatte. »Herrrrr Kühne, wie soll ich das wissen? Vielleicht könntest du mir das Juwel erst einmal zeigen?«

Er wich keine Spanne zurück, weshalb sie sich der Wärme bewusst wurde, die er ausstrahlte. »Lass die Spielchen«, sagte er leise.

Sie hielt seinem Blick mit heftig schlagendem Herzen stand. »Ich habe das noch nie gemacht, wenn du es wissen willst«, sagte sie.

Ihm war anzusehen, dass nun sie es war, die ihn verwirrte. »Was?«

»Ich habe noch nie einen Mann so angesehen.«

Noch immer hielt er ihrer Nähe stand und gab sich den Anschein von Ruhe. Doch kleine Dinge verrieten, dass er ebenso aufgewühlt war wie sie. Seine Stimme klang tiefer, er lehnte sich ein wenig vor, beinah wie gegen seinen eigenen Willen. Und sein Adamsapfel zeigte, dass er häufiger schlucken musste als ein gelassener Mann. »Du willst von meiner Frage ablenken. Glaubst du, du wärst das erste Weib, das mir schöne Augen macht, um mich von Nachforschungen abzuhalten? Warum scheust du die Wahrheit?«

Enttäuscht wollte sie einen Schritt Abstand von ihm nehmen, doch er griff nach ihrem Arm und hielt sie zurück. Heiß drang die Berührung seiner Hand durch den dünnen Leinenstoff ihres Ärmels. Sie war es nicht gewohnt, festgehalten zu werden, daher errang ihre Wut rasch die Oberhand über die Erregung. Mit einem Ruck befreite sie sich aus seinem Griff.

»Seit dem Tag meiner Ankunft verdächtigst du mich böser Absichten. Ich habe nichts weiter getan, als eine Reise in ein Land fern meiner Heimat zu unternehmen, weil ich die Hoffnung hatte, hier einen Verwandten zu finden und freundlich aufgenommen zu werden. Mein Cousin ist kaum mehr als ein unzufriedener Knabe, der ein paar Kindheitserinnerungen mit mir teilt. Ich erwarte nicht von ihm, dass er mich unterstützt. Doch nehmen wir an, dass er es tun wollte: Was ginge das dich und den Herzog an, solange Lucas seine eigenen Mittel dazu verwendet? Unterstellst du mir, dass ich den Herzog erpressen will? Womit sollte ich ihn erpressen? Glaubst du, ich hätte in Venedig davon gehört, dass er zurzeit unbedingt seine zarte Gemahlin schonen möchte und daher Nachrichten über seine Vergangenheit von ihr fernhält? Soweit ich weiß, hat er in Venedig keine Verbrechen begangen, die nicht ans Licht kommen dürften. Er hat sich von Tante Zenobia getrennt und mit ihr vereinbart, Lucas mitzunehmen. Ein illegitimer Sohn, wie die hohen Herren sie zu Tausenden vorweisen können. Das ist alles. Ich halte es für möglich, dass Frau von Harburg darüber nicht halb so beunruhigt wäre, wie ihr annehmt.«

Seine Hand öffnete und schloss sich, als müsste er sich gewaltsam zwingen, nicht wieder nach ihr zu greifen. »Vielleicht nicht unter gewöhnlichen Umständen. Doch was, wenn eine gerissene und entschlossene Person es darauf anlegen würde, die beiden zu entzweien? Der Herzog vertraut seinem Bruder Ernst August blind. Meine Aufgabe ist es jedoch, jedem zu misstrauen, der einen Grund haben könnte, ihm zu schaden. Auch seinem Bruder und dessen Gemahlin. Den beiden käme es gelegen, wenn Frau von Harburg sich von ihrem Gatten abwenden würde und damit die Gefahr weiterer Nachkommen gebannt wäre.«

Obgleich es vernünftig gewesen wäre, entfernte sie sich nicht von ihm. »Und du meinst ernsthaft, das Medaillon meiner Tante hätte etwas damit zu tun?«

»Das Medaillon? Warum nimmst du an, dass es sich um ein Medaillon handelt?«

Alessa hätte sich ohrfeigen können, bewahrte jedoch die Fassung. »Glaubst du, ich kenne das Lieblingsschmuckstück meiner Tante nicht? Sie hat es stets getragen. Aber unverwechselbar war der Schmuck keinesfalls. Eher im Gegenteil. Ich sage noch immer, dass der Herzog sich geirrt hat.«

Wieder neigte er sich zu ihr herüber, bis zwischen seinen Lippen und ihrem Ohr nur noch wenig Raum war. »Dann beantworte mir ehrlich diese eine einzige Frage: Wo ist das Medaillon jetzt? Ein solches Andenken wirst du doch nicht zum nächsten Trödler gebracht haben?«

Es schien ein Pfad von ihrem Ohr zu ihrem Herz zu führen, denn seine Stimme löste ein Flattern in ihrer Brust aus, und für einen Augenblick stockte ihr der Atem. »Was ist das – ein *Trödler*?«

Er kam ihrem Ohr noch näher, als würde er angezogen wie ein Span Eisen von einem Magnet. »Weißt du, wie der Herzog dich nannte? Nein, ich sage es dir nicht. Aber ich fürchte, er hatte recht.«

Alessa schloss die Augen und spürte die federzarte Berührung seiner Lippen unter ihrem Ohrläppchen. Er machte keine Anstalten, sie erneut anzufassen, doch musste er sie ohnehin nicht mehr festhalten, um ihr ein Entkommen unmöglich zu machen. Um keinen Preis hätte sie sich in diesem Moment von ihm fortbewegt. Sie liebte seinen Geruch, konnte von seiner Stimme nicht genug bekommen und wünschte, er würde niemals aufhören, sie zu berühren. Unwillkürlich legte sie eine Hand gegen seine Brust und umschloss mit der anderen einen Zipfel seines Justaucorps'.

»Alessandra«, flüsterte er, und nur einen Wimpernschlag später küssten sie sich, als wäre es in ihrem Gespräch nie um etwas anderes gegangen, als den richtigen Zeitpunkt für einen Kuss zu finden.

Alessa hatte schon einmal einen jungen Mann geküsst, der ihr in Venedig eine Weile hartnäckig den Hof gemacht und ihr mit seinen Schmeicheleien den Kopf verdreht hatte, bis sein Schiff wieder in See stach. Sie hatte eine Weile nach ihm geschmachtet und getrauert, doch nach einigen Monaten, in denen sie nichts von ihm gehört hatte, war die Trauer verklungen, und sie hatte bemerkt, wie wenig er ihr in Wahrheit fehlte. Niemals hatte sie die gleiche Hitze für ihn empfunden wie jetzt für Hauptmann Arthur Kühne. Sie musste achtgeben, dass ihre Knie nicht nachgaben.

Als hätte Arthur ihre Not bemerkt, lehnte er sich mit ihr an einen Baumstamm und unterbrach ihren Kuss, damit sie beide zu Atem kommen konnten.

»Das habe ich nicht gewollt.«

Alessa schnaubte belustigt. »Das macht es nicht besser und nicht schlechter. Wenn es dich tröstet, ich habe es auch nicht gewollt. Trotzdem gefällt es mir.«

Sie küssten sich erneut und sanken am Fuß des Baumes zu Boden. Gierig suchten ihre Hände den Weg unter die Kleidung des anderen. Bald hätte keiner von ihnen mehr sagen können, wie viel Zeit verstrichen war. Erst das mehrfache laute Wiehern eines Pferdes brachte Arthur zur Besinnung.

Schwer atmend und mit zerzaustem Haar richtete er sich auf. »Theseus. Herrgott, ich hatte ihn vergessen. Er ist vor dem Gasthaus angebunden, weil ich glaubte, es würde nicht lange dauern.«

Alessa fühlte sich so benommen, als sei sie betrunken. »Du besitzt ein Pferd, das Theseus heißt? Das muss ein heldenhaftes Pferd sein. Ich glaube, du musst dir um ihn keine Sorgen machen. Britt wird dem Stalljungen aufgetragen haben, auf ihn achtzugeben. Sie macht das immer, wenn jemand sein Pferd vor dem Haus anbindet. Niemand wird ihm etwas antun.«

Er stand auf, zupfte seine Kleidung zurecht und klopfte sie ab. Dann streckte er ihr die Hand hin, um ihr aufzuhelfen. »Ich befürchte gar nicht, dass jemand ihm etwas antut. Eher, dass er jemandem etwas antut. Er ist nicht ganz so schwierig wie mein Achill, aber kein Lamm. Komm, ich helfe dir, dein Kleid in Ordnung zu bringen.«

Sie schüttelte den Kopf. »Lass nur. Ich mache das schon selbst. Geh zu deinem Pferd.«

Seine Miene wurde ernst, und er ließ seine Hände sinken. »Du hast jetzt allen Grund, mir zu grollen. Ich möchte dich um Verzeihung bitten. Das hätte nicht geschehen dürfen.«

Mit gespielter Unbeschwertheit klopfte sie Moosteilchen, kleine Zweige und weiße Blütenblätter aus ihrem Rock. »Du hast mich zu nichts gezwungen. Es war meine Entscheidung, dich zu küssen, Arthur Kühne. Und noch bereue ich es nicht. Ich glaube nur, dass dein Theseus dich womöglich vermisst und deshalb vielleicht den Stalljungen beißt, was der nicht verdient hätte, denn er ist äußerst freundlich zu den Tieren.«

Als sie aufblickte, bemerkte sie, dass er sie anstarrte, als sei sie einer von den Paradiesvögeln, die venezianischen Seeleute gelegentlich aus der Ferne mitbrachten. »Was ist?«

»Du bist … Du hast grüne Flecken im Rock«, sagte er.

Sie zuckte mit den Schultern und begann, ihr Haar zu richten. »Es ist ein bunter Rock. Ein paar grüne Flecke zu verstecken wird nicht schwierig sein.«

»Alessa …«

»Ja?«

»Du hast offenbar ein Herz für Pferde. Was hältst du von Affen?«

Unwillkürlich hielt Alessa inne. »Affen? Nun, einige von ihnen sind possierliche kleine Gesellen. Ich hörte, dass sie viel Freude machen können, wenn man sie gut behandelt.«

Mit einem Räuspern nahm er seinen Hut an sich, der aus unerklärlichen Gründen in einigen Schritten Entfernung von ihnen auf dem Boden lag, und setzte ihn auf. »Stell dir vor, das Äffchen von Gräfin von Dügel hat in der vergangenen Nacht ihr Gemach verwüstet. Sie behauptet, jemand wäre eingebrochen und hätte das Tier aus seinem Käfig befreit.«

Sie hatte gehofft, dass Arthur wenigstens für den Rest dieses Tages vergessen würde, was ihn zu ihr geführt hatte. Doch offenbar hatte er nicht halb so sehr den Verstand verloren wie sie, was ihrer süßen Begegnung eine leise Note von Bitterkeit verlieh. »Das muss ein recht großer Affe sein, dem es gelingt, ein ganzes Gemach zu verwüsten. Ist sie sicher, dass es nicht der Einbrecher war?«

»Der Ansicht ihrer Zofe nach ist es erstaunlich, dass sie überhaupt bemerkt hat, was der kleine Affe zu der Verwüstung in ihrem Gemach beigetragen hat. Offensichtlich hält sie wenig von Ordnung und kann es überdies nicht leiden, wenn sich jemand in ihrer Abwesenheit an ihren Sachen zu schaffen macht. Die Bediensteten dürfen das Gemach nicht allein betreten. In ihrem Beisein jedoch sind sie damit ausgelastet, sie an- und auszukleiden und ihre Wünsche zu erfüllen«, sagte er.

»Vielleicht war das Äffchen der Unordnung überdrüssig«, erwiderte sie.

Er blickte zum Himmel und streckte sich. »Vielleicht war das Tier der Gräfin überdrüssig. Dann hätte es sein Ziel erreicht. Sie hat den Affen verschenkt.«

Sie lächelte. »Ein kluges Tier.«

Woraufhin er ihr noch einmal tief in die Augen sah, nickte und ging.

Sobald Arthur außer Sicht war, lehnte Alessa sich gegen den Baum, unter dem sie gelegen hatten, und begann zu zittern. Es war nie die größte Sorge ihres Großvaters gewesen, ob sie stets den Anstand wahrte. Dennoch hatte er ihr angekündigt, dass er sie sofort verstoßen würde, wenn sie in Verruf geriet oder gar ein Kind in die Welt setzte, ohne einen Ehegemahl vorweisen zu können. Von ihrer Tante hatte sie alles gelernt, was ein Weib über den Akt zwischen Frau und Mann wissen musste. Doch niemand hatte sie davor gewarnt, dass das Verlangen die Vernunft dermaßen überstimmen konnte. Wäre ihre Umgebung passender gewesen, hätte sie sich dem Hauptmann gänzlich hingegeben, ohne zu zögern. Sie durfte von Glück sagen, dass der Obstgarten bei Tageslicht für derartige Dinge zu öffentlich war und dieses Empfinden ihnen Grenzen gesetzt hatte. Wie konnte sie sich ausgerechnet in den Mann verlieben, dessen Aufgabe allem zuwiderlief, womit sie den größten Teil ihres Lebens verbracht hatte?

Immerhin war sie in ihrer Verwirrtheit wenigstens noch klug genug gewesen, seinen Fragen auszuweichen, wenn sie schon keine listigen Antworten geben konnte. So gut es ihr möglich war, ging sie das Gespräch noch einmal durch, das sie geführt hatten. Sie hatte nichts gesagt, was ihm die Gewissheit hätte geben können, dass sie in Gräfin von Dügels Gemach eingebrochen war. Auch wenn er die richtigen Schlüsse zog, konnte er ihr noch nichts beweisen. Bedauerlich war, dass ihr plumpes Ausweichen es ihr verunmöglicht hatte, ihn unauffällig nach dem Verbleib ihres Medaillons auszuforschen. Andererseits hatte er ihr etwas verraten, was ihr äußerst gelegen kam. Sie lächelte und ging in Gedanken schon durch die Gassen von Celle, um einen schönen Teil des Geldes auszugeben, das die Gräfin offenbar nicht vermisste.

In der stets nach Bier, Wein, gebratenem Speck und Rauch riechenden, dämmrigen Gaststube saßen die Sartoris um einen Tisch, auf dem die Reste eines späten Frühstücks standen, und blickten ihr erwartungsvoll entgegen. Das hieß, Vitale stand mit dem kleinen Flori neben dem Tisch und unterbrach die Schimpfrede, die er auf den Knaben niederprasseln ließ, nur widerstrebend.

»… Opferbereitschaft! Das verlangt unser Metier! Und du? Ein Faulpelz! *Dormiglione!* Du …«

Ottavio, der seine Geige auf dem Schoß hatte, um eine neue Saite aufzuziehen, nahm den Beutel mit Werkzeug von dem Sitzplatz an seiner Seite, um für Alessa Raum zu schaffen. »Alessa! Was hat der steife Hauptmann von dir gewollt?«

Nun stieg ihr der Geruch von frischem Brot, Butter und Brathering in die Nase. An anderen Tagen hätte sie um diese Zeit genug Appetit auf eine zweite Mahlzeit gehabt, doch die Aufregung schnürte ihr den Magen zu. Ihr Herz hämmerte noch immer wild, wenn sie daran dachte, wie nah sie Arthur für kurze Zeit gewesen war.

»Er macht ihr den Hof«, sagte Zaira, bevor Alessa antworten konnte.

Leandro schnaubte spöttisch. »Als ob!«

Sogar mit dieser winzigen höhnischen Bemerkung reizte er ihren Zorn. Als wäre es undenkbar, dass der Hauptmann ihr den Hof machte! Was fiel Leandro ein? Ihm war es zu verdanken, dass sie ihrem Medaillon überhaupt nachjagen musste. Er hatte sie in die schwierige Lage gebracht, in der sie gezwungen war, Arthur Kühne zu belügen. Doch auch ihm und dem Rest der Sartoris gegenüber musste sie darüber schweigen, wie wichtig ihr dieses Schmuckstück war.

Sie streifte Leandro mit einem kühlen Blick, lächelte Ottavio jedoch zu. »Der Hauptmann ist nicht ganz so steif, wenn man ihn näher kennt. Genau genommen ist er ein angenehmer Mensch.«

Pippa lachte ihr gicksendes Mädchenlachen. »Mir scheint, der gute Mann macht sich die Mühe nicht vergeblich.«

Leandro wischte sich mit dem Handrücken über seine vom Essen fettigen Lippen. »Er wird nur Hahn und Hühnchen mit ihr spielen wollen. So ein höfischer *Ufficiale* kann niemals ehrenhafte Absichten mit einer venezianischen Harlekina haben. Er würde ja auch sein blaues Wunder erleben mit ihr.«

Alessa stützte eine Hand auf den Tisch und sah ihn an. »Wie meinst du das? Glaubst du, ich behandle Männer schlecht, nur weil sie demselben Geschlecht angehören wie gewisse betrügerische Halunken, denen ich in meinem Leben schon begegnet bin?«

Vitale klatschte in die Hände. »Nicht streiten, *Compagnia*! Alten Streit soll man nicht wieder aufrühren. ›*Il ne faut pas troubler l'eau qui dort*‹, wie der Franzose sagt. Und dir, liebe Alessa, rate ich nur, vorsichtig zu sein. Versprich uns das, ja?«

Sie richtete sich wieder auf. »Aber gewiss. Und nun entschuldigt mich. Ich habe einige Besorgungen zu machen. Flori wird mich heute dabei begleiten. Komm, Kleiner, wir kleiden uns an.«

Kurz darauf spazierte sie mit dem ausnahmsweise beinah unbeschwert wirkenden Knaben an ihrer Seite über den Marktplatz. Sogar einen kleinen Wechselschritt hopste er und pfiff ein paar unbeholfene Töne.

»Sagst du mir, wohin wir gehen?«, fragte er.

»Wir kaufen mir ein neues Kleid und dir eine Mütze, einen

Kreisel und Zuckerwerk. Oder hättest du lieber einen Ball?«, sagte sie.

»Ich glaube, du machst Scherze mit mir.«

Sie schüttelte ernst den Kopf. »Oh nein. Ich habe nicht vergessen, dass ich dir noch etwas schuldig bin.«

Seine Miene verfinsterte sich. »Meinst du die Sache mit Leandro? Aber dein Schmuck ist fort, oder nicht?«

»Darüber wollen wir heute nicht sprechen. Das hat ja nichts damit zu tun, dass du mir geholfen hast.«

»Aber bedankt hast du dich schon.«

»Du möchtest also kein Zuckerwerk?«

Er grinste. »Das will ich auf keinen Fall sagen.«

Sie begannen ihre Schwelgerei mit Konfekt aus *Marzapane,* der süßen Mandelmasse, die hier offenbar nicht weniger beliebt war als in Venedig. Als Nächstes kosteten sie Haselnusskrokant und gebrannte Mandeln, weiß kandierte Anispastillen, Quittengelee und Maronen in Honig mit getrockneten Rosenblättern. Anschließend mussten sie den Marktbrunnen aufsuchen, um ihre klebrigen Finger und Münder abzuspülen.

Obgleich Alessa vor allem Flori mit Leckereien und Spielzeug hatte erfreuen wollen, konnte sie nicht widerstehen, sich auch selbst damit zu verwöhnen. So teilte sie mit dem Knaben den Genuss, was sie zu Verbündeten zusammenschweißte. Gemeinsam schafften sie schließlich bei einem Pfandleiher ein Federballspiel an, nachdem Flori gemeint hatte, dass er für Kreisel und Murmeln schon zu alt sei und keine Mütze brauche. Der alte Pfandleiher, der bei ihrem Eintreten sauertöpfisch gewirkt hatte, blühte sichtlich auf, als sie sich als Käufer entpuppten, und ging so weit, sie auf seinem Hof das Spiel ausprobieren zu lassen. Nach einer Weile stand er mit leuchtenden Augen im Rahmen seiner Hoftür und feuerte sie an, während sie sich Mühe gaben, ihm ein sehenswertes Spiel darzubieten.

Ein wenig erschöpft machten sie sich anschließend auf den Weg, um Alessas letztes und zumindest für Flori langweiligstes Vorhaben umzusetzen: die Auswahl eines neuen Kleides. Der Pfandleiher wies ihnen den Weg zu einem Schneider, der sich bei ihm günstig mit nicht ausgelösten Stoffen und gebrauchten Gewändern einzudecken pflegte und wegen dieses Kostenvorteils bereit war, manche kleine Zusatzleistung zu erbringen, wenn man ihn auf die richtige Weise fragte.

Flori hatte nichts dagegen zu warten, bis der Schneider Alessas Maße genommen hatte. Nur war es ihm zu kühl in dem dunklen kleinen Fachwerkhaus, weshalb er sich auf die Stufen vor der Tür in die Sonne hockte. Glückselig hielt er dabei das Federballspiel auf dem Schoß.

Wie versprochen erhöhte sich die Hilfsbereitschaft des Schneiders noch etwas, als Alessa ihm sagte, wer sie zu ihm geschickt hatte. Verbunden war sein zuvorkommendes Verhalten mit der Bitte, nicht herumzuerzählen, wo er seine Materialien bezog, weil diese Art des Handels mit den Regeln seiner Zunft offenbar nicht völlig konform ging. Alessa ihrerseits erklärte ihm, dass es niemanden etwas angehe, wenn sie sich neue Kleider kaufte, und man sich wunderbar darauf einigen könne, das Geschäft ohne jedes Aufsehen abzuschließen.

Obwohl sie zuerst geglaubt hatte, dass sie die neuen Kleider nur der Zweckmäßigkeit halber besitzen wollte, ertappte sie sich dabei, ihre Hände genießerisch und sehnsuchtsvoll über die hübschen Stoffe gleiten zu lassen, die der Schneider in einem Hinterzimmer verwahrte. Wehmütig erinnerte sie sich daran, wie viele schöne Dinge sie in Venedig hatte zurücklassen müssen. Die Kästen mit Bändern, Spitzen, Knöpfen und Garnen, die sie hier besichtigen durfte, waren eine Augenweide und weckten ihre Eitelkeit. So kam es, dass sie länger im Haus des Schneiders verweilte, als sie angenommen hatte, und statt nur eines Kleides zwei neue bestellte. Eines davon schlicht und zweckmäßig in dunklem Grünblau, das andere jedoch in cremigem Gelb mit goldgelben Stickereien, Spitzenrüschen und einem weißen Unterkleid, das von Goldfäden durchzogen war.

Mit einem Hauch von schlechtem Gewissen, aber dennoch glücklich trat sie schließlich wieder ins Sonnenlicht, bereit, sich bei Flori für die lange Wartezeit zu entschuldigen.

Doch der Knabe saß nicht mehr auf den Stufen. Sie sah die Gasse entlang, durch die sie gekommen waren, ohne ihn zu entdecken. Suchend wandte sie sich in die andere Richtung, wo ihr Blick auf einen Mann in einem grauen Mantel fiel, der einen steifen runden Hut aus Biberfilz trug und die Auslage eines Taschners betrachtete. Ihr Herz reagierte schneller als ihr Verstand und ließ sie hastig in das Haus des Schneiders zurückweichen, bis sie von dem Mann nicht mehr ohne Weiteres zu sehen war. Die Größe, die Haltung, die Kleidung: Mezzanotte. Ihr Puls raste, und ihre Hände zitterten. Konnte das sein? Konnte er ihr bis nach Celle gefolgt sein? Wusste er, dass sie hier im Haus des Schneiders war? Wartete er auf sie? Wo war Flori?

Vorsichtig spähte sie um den Türrahmen in die Gasse. Der Mann stand noch immer da, als würde er nur Zeit totschlagen. Aus der Nähe hätte sie sein Gesicht wiedererkennen können, doch aus der Ferne und im Profil war das ausgeschlossen. Um keinen Preis aber würde sie sich ihm so weit nähern, dass sie ihm in die Augen sehen konnte. Mit gespielter Ruhe ging sie in die Nähstube zurück und wandte sich an den Schneider.

»Meister, dein Haus hat wohl nicht zufällig eine Hintertür, durch die man fortgehen könnte?«

Er grinste spöttisch. »Jemand auf der Straße, den du nicht magst? Kannst schon dort hinaus. Dabei musst du aber durch den Schweinekoben von meinem Nachbarn.«

Verlockend fand Alessa diese Aussicht nicht, aber der Begegnung mit einem Mörder bei Weitem vorzuziehen. Sie hatte den mit Gerümpel vollgestellten Innenhof schon überquert und stand vor dem Bretterzaun eines Geheges, in dem zwei Schweine grunzten, als Flori ihr nachgelaufen kam.

»Alessa! Was ist denn? Warum willst du nicht vorn auf die Gasse hinaus?«, rief er.

Eilig legte sie den Finger auf ihre Lippen, um ihn zur Heimlichkeit aufzufordern, und er nickte besorgt. Von einer Welle der Erleichterung durchströmt, umarmte sie ihn. »Wo warst du denn? Ich hatte Angst, dass dir etwas zugestoßen ist.«

Er sah sie mit großen Augen an. »Aber ich kann doch auf mich aufpassen. Ich gebe immer Acht, ob Fuhrwerke oder Reiter kommen, und gehe rechtzeitig aus dem Weg. Und ich lasse mich von niemandem beschwatzen, mit ihm zu gehen. Was sollte mir denn da noch zustoßen? Wovor fürchtest du dich so?«

Alessa ließ ihn los, ließ aber eine Hand auf seiner Schulter liegen. »Ich habe auf der Straße einen Mann gesehen, von dem ich glaube, dass ich ihn von früher kenne. Wenn er es ist, dann ist er sehr gefährlich, und ich möchte ihm nicht begegnen.«

Floris Gesicht verzog sich und verriet, dass sie ihm erfolgreich Angst gemacht hatte. Den ganzen Tag über hatte sie sich an seiner Seite selbst wie ein Kind gefühlt und es genossen. Nun wurde ihr deutlich, dass sie sich als die tapfere Erwachsene erweisen musste, damit er nicht das Vertrauen in sie verlor. »Wenn der Mann uns beobachtet hat und weiß, dass ich hier bin, wird er nach einer Weile den Schneider nach mir fragen. Der wird sagen, dass ich durch den Schweinekoben fortgegangen bin. Wie gut kannst du klettern, Flori?«

»Ich bin schon mal auf einem großen Segelschiff bis in den Mastkorb geklettert. Die Matrosen haben gesagt, ich hätte es gut gemacht.«

Statt an den Schweinen vorbei die Flucht zu ergreifen, versteckten sie das Federballspiel zwischen dem Gerümpel, stiegen zuerst auf einen kleinen Schuppen, der sich an die Wand des Schneiderhauses lehnte, und kletterten von dort aus aufs Dach. Alessa befahl ihrem Schützling, sich am Schornstein festzuhalten und dort auf sie zu warten, während sie behutsam über das Dach schlich, bis sie eine Stelle gefunden hatte, wo sie sich bis zur Traufe vorwagen und hinuntersehen konnte.

Der Mann schloss soeben einen Handel mit dem Taschner ab. Auch von hier oben konnte sie sein Gesicht nicht sehen, weil die Krempe seines Huts es verdeckte. Er nahm den eben erworbenen Beutel an sich und verließ die Gasse, ohne zum Haus des Schneiders zu blicken. Einen Moment wartete Alessa noch, dann trat sie den Rückweg an, holte Flori ab, begab sich mit ihm zurück in den Hinterhof und barg das Federballspiel. Der Schneider und sein Lehrling musterten sie verdutzt, verabschiedeten sich aber ein weiteres Mal höflich von ihnen, als sie durchs Haus auf die Gasse gingen.

Obwohl es schien, als hätte sie sich geirrt, konnte Alessa sich nicht entspannen. Sie ging mit Flori entgegengesetzt zu der Richtung, die der Mann eingeschlagen hatte, und dennoch erwartete sie, Mezzanotte jeden Augenblick auftauchen zu sehen. So überraschte es sie nicht, als er tatsächlich vor ihnen aus einem schmalen Durchgang trat und ihnen entgegenkam. Dennoch zuckte sie zusammen und nahm Floris Hand.

»Das ist er«, flüsterte sie ihm zu. »Ich bin noch nicht sicher. Aber wenn er uns anspricht oder bei uns stehenbleibt, läufst du sofort weg und zurück zum Gasthaus! Sieh dich nicht um, und schlag ein paar Haken.«

Sie fühlte, wie ihre Handflächen feucht wurden und Wellen von Übelkeit ihren Magen durchliefen. Mit zusammengebissenen Zähnen schlenderte sie auf die andere Seite der Gasse, um einen möglichst großen Abstand zu dem Mann zu halten. Endlich ging er vorüber und blickte dabei nicht einmal zu ihnen. Sie schalt sich eine törichte Närrin, als sie ihre zitternden Hände an ihrem Rock trocken wischte.

Es war nicht Mezzanotte.

Und doch war sie auf einmal überzeugt davon, dass der Mörder sich nicht mehr in Venedig aufhielt, sondern ganz in der Nähe war.

16

Arthur überliess es Theseus, den Weg zum Stall zu finden. Er selbst versank, auf dem Rücken seines Pferdes sitzend, so tief in Gedanken, dass er nicht einmal den Herzog samt Gefolge bemerkt hätte, wenn er die Straße herabgekommen wäre. Sein Spürsinn sagte ihm eindeutig, dass Alessa Ferretti die Person war, die in Gräfin von Dügels Gemach eingebrochen war. Gerade die Tatsache, dass die Gräfin keinen Diebstahl gemeldet hatte, wies darauf hin, dass der Täter oder vielmehr die Täterin erfolglos einen bestimmten Gegenstand gesucht hatte. Die Wahrscheinlichkeit war hoch, dass es um das Medaillon ging, das nur für kurze Zeit in Frida von Dügels Besitz gewesen war. Zudem wusste er längst von Stechinelli, dass Leandro Rossetti Schmuck an ihn verkauft und Alessa ihn später deshalb aufgesucht hatte. Alles passte zusammen und machte sie zur Hauptverdächtigen.

Wenn er aber annahm, dass Alessa die Täterin war, schlossen sich einige unangenehme Fragen an. Welches unbescholtene junge Weib vermochte so geschickt Türschlösser ohne Schlüssel zu öffnen, dass keine Spur davon zurückblieb? Alessas vom wilden Toben beim Schauspiel gerötetes Gesicht erschien vor seinem inneren Auge. Er würde sich nicht in sie verlieben. Nur weil er sie begehrte und sie sich geküsst hatten, musste er sich ihr noch lange nicht verpflichtet fühlen. Auf keinen Fall würde er sich in eine Diebin und Betrügerin verlieben.

Ihm wurde heiß bei der Erinnerung an ihre Küsse. Er konnte Alessa noch schmecken, hatte ihren Duft noch in der Nase. Noch nie hatte er ein so starkes Verlangen nach einem Weib verspürt wie nach ihr. Warum musste sie so bockig sein und seinen Fragen ausweichen? Wenn sie offen mit ihm umginge, hätte er ihr vielleicht sogar helfen und ihr das Medaillon wiederbeschaffen können. Die ganze Angelegenheit mochte sich als harmlos entpuppen, wenn er von ihr erführe, auf welche Weise ihr das Schmuckstück ihrer Tante abhandengekommen war.

Arthurs misstrauisches Gemüt beharrte darauf, dass die Geschichte über den Grund ihrer Reise ebenfalls unwahr klang. Die Angelegenheit mit dem Schmuck verstärkte diesen Eindruck. Trotzdem hielt er seine betörende Harlekina nicht für einen schlechten Menschen. In Momenten, in denen sie ihre Maske fallen ließ, schimmerte ihre natürliche Warmherzigkeit durch. Der Witz und die Unbefangenheit, mit denen sie sich gelegentlich über das höfische Zeremoniell und gewisse Verhaltensregeln hinwegsetzte, faszinierten ihn mehr, als dass sie ihn abschreckten.

Seine Gedanken kreisten so rege weiter um sie, ihr Medaillon und ihren warmen, weichen Leib, dass er sich beim Durchschreiten des Schlosstors fragte, wer ihm am Stall eigentlich sein Pferd abgenommen hatte. Er musste sich eingestehen, dass ihm in seinem derzeitigen Zustand jemand das ganze Schloss unter den Füßen hätte wegstehlen können, ohne dass es ihm sonderlich aufgefallen wäre. Am liebsten hätte er sich in seine Räume zurückgezogen, sich krank gestellt und auf sein Bett gelegt, bis seine Verwirrung nachließ. Doch das war undenkbar für ihn. Es hätte ihm so unähnlich gesehen, dass binnen kurzer Zeit seine ganze Kompanie vor seinem Bett gestanden hätte, um sich nach seinem Befinden zu erkundigen.

Andererseits begann er tatsächlich, unter einem gewissen körperlichen Unwohlsein zu leiden. Fiebrig fühlte er sich.

Offenbar sah man ihm seinen Zustand an, denn sein Kammerdiener Kurt ließ vor Schreck beinah die Bürste fallen, mit der er gerade eine von Arthurs Hosen bearbeitete.

»Seid Ihr vom Pferd gestürzt, Herr Hauptmann?«, fragte er mit weit aufgerissenen Augen.

»Nein. Wie kommst du darauf?«

»Ihr habt … Dinge im Haar und Moos an der Jacke.«

Nur Arthurs lang geübte Herrschaft über sein Mienenspiel rettete ihn davor zu erröten. »Oh, das. Ich hatte meinen Hut verloren. Zwischen Bäumen und Büschen. Kein Grund zur Sorge. Wenn du nur bitte die Jacke ausbürsten könntest? Hast du bereitgelegt, was ich anziehen muss, um zum Herzog zu gehen?«

Kurt mimte spielerisch ein militärisches Strammstehen, was Arthur stets zum Schmunzeln brachte, weil sein kleiner Kammerdiener eine Figur hatte wie eine Kugel und in seiner nur selten zugeknöpften Diener-Livree überhaupt nichts Soldatisches ausstrahlte. »Liegt alles auf dem Bett, Herr Hauptmann. Übrigens lässt Gräfin von Dügel Euch ihren Dank dafür ausrichten, dass Ihr einen Wachtposten neben ihrer Tür aufgestellt habt. Sie würde sich nun wieder ganz sicher fühlen, sagte ihre Zofe. Was gewiss auch daran liegt, dass sie nun keinen bösen Affen mehr in ihrem Gemach hält, wenn Ihr meine Meinung hören wollt.«

Arthur lächelte. »Böser Affe? Das Kerlchen ist kaum größer als meine Handspanne, Kurt.«

»Doch Ihr müsst zugeben, dass diese Tiere immer etwas Teuflisches an sich haben. Man kann ihnen nicht vertrauen, wie man einem Hund oder einem guten Pferd vertrauen kann. Allein diese unheimliche Kletterei! Die schnellen Bewegungen, die unnatürliche Geschicklichkeit, das Grimassenschneiden … Ich bleibe dabei, es sind hässliche Biester.« Noch während Kurt sprach, kehrte er energisch zu seiner Arbeit mit der Bürste zurück.

»Ich sehe schon, es ist gut, dass ich mich nicht selbst des Affen angenommen habe. Für ihn zu sorgen hätte dir wohl keine Freude gemacht«, beschwichtigte Arthur ihn, während er seine Reitkleidung ablegte.

Kurt zuckte mit den Schultern. »Na, wenn jemand so einen Affen zur Raison bringen könnte, dann sicherlich Ihr, Herr Hauptmann.«

Kurz darauf wurde Arthur vom Hofmarschall in das Kabinett des Herzogs geführt, wo dieser sich soeben auf ein mittägliches Treffen mit seinem Rat vorbereitete. Um in das Kabinett zu gelangen, mussten sie zwei Vorzimmer, das Audienzzimmer und das Schlafgemach durchqueren, die alle soeben von Bediensteten den letzten Schliff von Ordnung und Sauberkeit erhielten.

Im Kabinett ließ der Herzog sich gerade von seinem Sekretär ein Schriftstück vorlegen, als Arthur eintrat, schob es jedoch beiseite, um ihn zu begrüßen.

»Arthur! Du kommst mir gerade recht. Ich habe es heute wieder mit dem Gezänk zwischen dem Rat und der Bürgerschaft zu tun. Die Bürger beschweren sich, dass der Rat sich nicht um ihre alltäglichen Belange kümmert, und wollen mitbestimmen. Die Männer des Rats sagen, dass die Bürger zu dumm und zu ungebildet sind, um über die wichtigen Angelegenheiten der Stadt mitbestimmen zu können. Und nun behelligen beide Seiten mich damit. Was meinst du, ist das einfache Volk so dumm, wie wir alle glauben, oder irren wir uns? Könnte es jemals fähig sein, kluge Entscheidungen zu treffen, die dem Wohl aller dienen sollen?«

»Nun, ich bezweifle, dass es dem Rat um das Wohl aller geht, wenn er die Bürger nicht in seine Reihen aufnehmen will. Aber das wisst Ihr wohl so gut wie ich. Die Stimmen der einfachen Leute waren den Patriziern seit jeher unbequem. Was die Dummheit und den Mangel an Bildung betrifft, hat die Bürgerschaft gewiss keinen alleinigen Anspruch darauf. Jede Klasse bringt besonders dumme und besonders kluge Menschen hervor, das ist wohl längst erwiesen«, gab Arthur zurück.

»Ganz meine Meinung, mein Bester. Ich werde darauf dringen,

einen Kompromiss zu finden. Einen Aufstand der Bürger wird es in meinem kleinen Celle nicht geben. Aber nun zu unseren Nachforschungen.« Mit einem Winken schickte der Herzog den Sekretär aus dem Kabinett.

»Euer Durchlaucht werden enttäuscht sein. Fräulein Ferretti vermutet einen Irrtum. Sie glaubt nicht, dass es sich um das Schmuckstück ihrer Tante handelt. Selbstverständlich leugnet sie jede Kenntnis von einer Verschwörung oder anderen betrügerischen Vorhaben. Möglicherweise würde sie sich zugänglicher verhalten, wenn ich sie mit dem Medaillon konfrontierte. Ich wollte Euer Durchlaucht bitten …«

Jemand klopfte leise an die Tür und trat ein, ohne auf eine Aufforderung zu warten. Nur Frau von Harburg wagte das. Und auch sie durfte es nur, wenn sie sicher wusste, dass der Herzog gerade jemanden bei sich hatte, der ihr die Störung nicht verübeln würde. Sie wirkte an diesem Tag erneut besonders schwach und bleich. Ihre leicht gekrümmte Haltung verriet, dass sie unter Schmerzen litt, und sie atmete verspannt. Obwohl sie sonst dem Herzog gegenüber immer ein Lächeln wahrte, war ihre Miene nun sorgenvoll. Sie nickte Arthur zu, bevor sie sich an ihren Gemahl wandte.

»Euer Liebden, ich möchte Euch etwas fragen. Die Mägde haben oben in der Garderobenkammer aufgeräumt und Dinge für die Wäsche vorbereitet. Aus dem Justaucorps, den Ihr gestern Abend getragen habt, fiel dabei etwas heraus. Ich bin nicht sicher, ob es damit eine besondere Bewandtnis hat, und wollte es Euch daher gern selbst vorlegen.«

Sie streckte die Hand aus, in der das blaue Medaillon lag, das der Herzog sich von seinem Bruder noch in der Nacht hatte aushändigen lassen. Arthur beobachtete, wie sich eine kleine Welle von Ärger in seinem Dienstherrn ausbreitete, doch gleich wieder versickerte. Weich ruhte der Blick des Herzogs auf seiner Frau.

»Was müsst ihr ausgerechnet heute in der Wäsche wühlen? Ich

habe dieses Ding bei Stechinelli gesehen und gestehe, dass ich es im ersten Moment hübsch fand und dir schenken wollte. Doch es ist von minderem Wert, und auf den zweiten Blick kam es mir weniger anziehend vor. Deshalb habe ich es mir anders überlegt. Dir gebührt etwas Feineres, mein Liebling.«

Zaghaft kehrte das Lächeln auf ihr Gesicht zurück. »Ihr seid zu großzügig. Und ich finde, Euer erster Eindruck war nicht falsch. Ich mag dieses Medaillon ebenfalls. Seht nur, wie der Achat mit den Saphiren harmoniert. Da Ihr es nun einmal erworben habt, möchte ich Euch bitten, es mir zu schenken. Legt es mir doch gleich um.«

Arthur vermutete, dass nur er bemerkte, wie der Herzog innerlich zusammenschrak. Der Fürst hob abwehrend beide Hände und erhob sich, um auf Eleonore zuzugehen. »Nein, wirklich, mein Schatz, das ist deiner nicht würdig. Ich werde dir etwas Schöneres besorgen.«

Eleonore schüttelte auf die zarte Art den Kopf, die ihre Müdigkeit deutlich zeigte. »Ich bestehe darauf. Bitte, legt es mir um. Wenn Ihr mir etwas anderes schenken möchtet, dann werde ich dieses tragen, bis Ihr es gefunden habt. Seht Ihr, es rührt mich besonders, dass Ihr so großzügig seid und doch zweifelt, ob es mir genügt. Ihr solltet doch wissen, wie zufrieden ich mit allem bin, was Ihr mir gebt.«

Sie hatte gewonnen, das erkannte Arthur sofort. Herzog Georg Wilhelm schluckte, legte ihr das Band mit dem Medaillon um und küsste sie zärtlich, aber doch förmlich auf beide Wangen. Die Förmlichkeit war seiner Anwesenheit geschuldet, wusste Arthur. Wären die beiden unter sich gewesen, wären sowohl Eleonores Wahl der Anrede als auch der Kuss des Herzogs anders ausgefallen.

Kurz überlegte er, ob er sich rasch verabschieden sollte, um dem Herzog die Möglichkeit zu geben, die Sache schnellstens wieder geradezubiegen. Doch da war Eleonore schon an der Tür und ging mit einem süßen Lächeln hinaus.

Die Tür fiel ins Schloss, und der Herzog stieß fassungslos die Luft aus. »Herr im Himmel. Ist das die Möglichkeit? Warum lasse ich das Ding denn in meiner Tasche stecken? Nun haben wir die Misere.«

»Wenn Euer Durchlaucht erlauben, dass ich einen Rat gebe?«, erkundigte Arthur sich vorsichtig.

Sein Dienstherr winkte ungeduldig ab. »Ich weiß, du wirst mir jetzt damit kommen, dass ich ihr einfach alles erklären soll und so weiter. Aber hast du ihren wunden Blick gesehen, als sie hereinkam? Sie hatte Angst, dass das Medaillon mit einem anderen Weib zu tun hat. Ich bin sicher, dass sie sich nicht mehr auf den Füßen halten könnte, wenn ich sie mit dieser alten Geschichte belaste. Sie ist so schwach ... Es zerreißt mir das Herz, Hauptmann.«

»Ich verstehe Eure Sorge. Aber die Ärzte versichern doch, sie würde sich wieder erholen?«

»Gewiss. Sie sagen mir das, was ich hören will, um meine Nerven zu beruhigen. Aber sie erwachen nicht nachts neben ihr und müssen das Ohr an ihr Gesicht legen, um herauszufinden, ob sie noch atmet. Weißt du, dass die Sartoris mit ihrer Commedia und unserer verdächtigen Harlekina in den vergangenen Wochen neben unserer Tochter das Einzige waren, was sie zum Lachen bringen konnte? Es wäre eine doppelte Misslichkeit, wenn sich herausstellte, dass Alessandra Ferretti Übles im Schilde führt. Sie schien Eleonore so gut zu unterhalten.« Der Herzog setzte sich wieder auf seinen Platz hinter den Schreibtisch und nahm das Dokument zur Hand, welches er bei Arthurs Eintreffen beiseitegeschoben hatte. Ein sicheres Zeichen dafür, dass Arthur für den Moment entlassen war.

»Davon gehe ich nicht aus. Sie mag in etwas Zwielichtiges verwickelt sein. Doch meinem Gefühl nach will sie Euch tatsächlich nicht schaden.« Er verneigte sich und wollte gehen, doch da ließ der Herzog das Schriftstück noch einmal sinken.

»Von wem hat Stechinelli das Medaillon denn gekauft?«

»Von einem der männlichen Sartoris. Leandro Rossetti. Er behauptete, der Schmuck, den er veräußert hat, stammt aus seiner Familie«, erklärte Arthur.

Missmutig runzelte der Herzog die Stirn. »Verfluchtes Missgeschick. Gerade wäre ich froh, wenn jemand diesen Schmuck rechtzeitig gestohlen hätte und damit auf Nimmerwiedersehen verschwunden wäre.«

17

Die hohe Kunst des Schleichens

Auf Eleonore von Harburgs Wunsch hin spielten die Sartoris an diesem Tag einige ausgewählte Szenen, an denen Alessa nicht beteiligt war. Sie sollte stattdessen bei ihrer Gastgeberin sitzen und die Vorstellung mit ihren Kommentaren und Übersetzungen begleiten. Da Alessa noch immer unter der Verwirrung litt, in die ihre vormittägliche Begegnung mit Arthur sie versetzt hatte, war ihr das an diesem Tag sehr recht. Es kostete sie weit weniger Aufmerksamkeit, plaudernd zu Füßen der vornehmen Damen zu hocken, als Teil der Vorstellung zu sein.

Dieses Mal war das Abendessen der Vorstellung vorausgegangen, und ein Teil der Gesellschaft siedelte zum Genuss der Letzteren in den Rittersaal um, während andere im Speisesaal verweilten, wo Spieltische aufgestellt werden sollten.

Die Sartoris hatten ihr Essen in dem Gemach serviert bekommen, in dem sie sich für ihren Auftritt umkleideten. Alessa verließ es als Erste, um der Herrin des Hauses von Anfang an zur Verfügung zu stehen. Als sie eintraf, waren die Herrschaften dabei, nach den komplizierten Regeln des Zeremoniells ihre Sitzplätze im Rittersaal einzunehmen, und Alessa wartete an der Tür auf den richtigen Moment, um sich zu Eleonore zu gesellen. Wie stets setzte sich zuerst Herzogin Sophie in ihren kostbar gepolsterten Armlehnstuhl. Ihr Gemahl, Herzog Ernst August, war ebenso wenig anwesend wie Herzog Georg Wilhelm. Die Herren hatten sich an diesem Abend für die Spieltische entschieden. Arthur allerdings war offenbar mit der Aufsicht über das Geschehen im Rittersaal betraut worden. Er kam kurz nach Eleonore herein und musterte die Anwesenden, während sie zu ihrem Platz auf einer ungepolsterten Bank schritt.

Obwohl Arthurs Gegenwart Alessa ablenkte, entdeckte sie das Medaillon an Eleonores Hals sofort. Und beim besten Willen schaffte sie es nicht, ihre Überraschung zu verbergen. Das kaum sichtbare Lächeln der Genugtuung, das daraufhin Arthurs Lippen umspielte, verriet ihr, dass er genau aus diesem Grund zusammen mit Eleonore den Rittersaal betreten hatte. Er hatte sehen wollen, wie sie reagierte, wenn sie das Medaillon sah. Bevor sie sich brüsk abwenden und Eleonore an ihren Platz folgen konnte, trat er an ihre Seite und neigte sich ihrem Ohr zu.

»Es stehen Wachen vor den herzoglichen Gemächern, Fräulein Rizzi«, flüsterte er.

Sie setzte ein falsches Lächeln auf und widmete ihm einen kühlen Blick. »Das sollte eine Selbstverständlichkeit sein.«

Sowohl wegen des Medaillons, das sie die ganze Vorstellung über und auch im Anschluss noch so nah vor Augen hatte, als auch wegen ihrer Enttäuschung über Arthurs Verhalten hatte Alessa Mühe, sich fröhlich zu stellen. Sie übersetzte die Reden der Sartoris nicht schlechter als sonst und sprach über die anstrengende langjährige Einübung akrobatischer Kunststücke, als Leandro seine Salti zeigte, oder über die beeindruckende Buchgelehrtheit, die Vitale besaß, während er Spruchweisheiten von Aischylos und dem Deutschen Agrippa von Nettesheim zitierte. Doch ein Teil ihres Verstandes war längst damit beschäftigt, einen Weg in die herzoglichen Gemächer zu finden.

Als die Sartoris sich zum Abschluss verbeugten, hatte Alessa ihren Plan geschmiedet. Um ihn in die Tat umsetzen zu können, musste sie allerdings noch eine Weile ausharren.

Die Herrschaften erhoben sich, streckten unauffällig ihre Gliedmaßen, berieten über eine Fortsetzung des abendlichen Vergnügens durch die höfischen Musiker und den aufregenden Plan, in den kommenden Tagen bei Hof eine durch das Theaterspiel der Sartoris inspirierte »Wirtschaft« zu inszenieren. Dabei handelte es sich um einen beim deutschen Adel beliebten Zeitvertreib, der es allen ermöglichte, in ungewohnte Rollen zu schlüpfen. Im Gegensatz zu einem gewöhnlichen Maskenball stand die »Wirtschaft« im Zeichen der einfachen Leute. Nachgeahmt wurden eine dörfliche Gastwirtschaft, ihr Personal und ihre nicht adligen Gäste. Die Rollen wurden dabei von einem vom Gastgeber ausgewählten Komitee zugeteilt oder verlost, was für amüsante Überraschungen und so manche Herausforderung sorgen konnte. Die Idee belebte Eleonore auffallend. Sie hatte sich vorher nie von so übersprudelnd heiterer Seite gezeigt. Alessa stellte mit Bedauern fest, wie lieb sie die freundliche Französin gewonnen hatte. Sie bestehlen zu müssen, hätte sie gern vermieden. Doch sie konnte ihr das Medaillon nicht überlassen.

Das Gespräch über die »Wirtschaft« hatte sich der Zusammensetzung des Komitees zugewandt. Eleonores Hofdamen bestanden darauf, dass sie umgehend mit dessen Ernennung begann. Lächelnd nannte sie einige Namen, und ihre Damen schwirrten davon, um die Auserwählten aufzuklären.

Als es deshalb für einen Moment ruhiger um Eleonore geworden war, nutzte die ehrfurchteinflößende Herzogin Sophie die Gelegenheit, um sich ihr zu nähern. Alessa wollte sich zurückziehen, doch Eleonore berührte sacht ihren Arm, als wollte sie darum bitten, dass sie blieb und ihr durch ihre Anwesenheit den Rücken stärkte.

Die Haltung der Herzogin drückte schiere Hoheit aus. Keine Geste zu viel, kein Zwinkern zu viel, keine Rüsche an ihrem Kleid, die nicht aussah wie die Rüsche eines Prinzessinnengewands. Und das alles, obwohl sie schon weit in ihrer Schwangerschaft fortgeschritten war, was vielen anderen Frauen einen würdevollen Auftritt schwergemacht hätte. Eleonore neigte das Haupt vor ihr und knickste. Alessa folgte ihrem Beispiel, nur knickste sie tiefer, ließ den Nacken demütig gebeugt und beobachtete die Prinzessin und Eleonore unter halb gesenkten Lidern hervor.

Sophie von der Pfalz nahm die Ehrenbezeugung ungerührt entgegen. »Eleonore, meine Liebe. Ein reizender Einfall, eine Wirtschaft zu veranstalten. Das wird endlich einmal die Langeweile vertreiben, nicht wahr? Sagt, was hat es mit dem Schmuck auf sich, den Ihr da tragt? Ich würde beschwören, dass ich ihn gestern Abend am Hals von Gräfin von Dügel gesehen habe. Er war mir aufgefallen, weil sie ihn mit etwas dümmlichem Stolz zur Schau zu stellen schien. Aber das mag auch nur ihr gewöhnlicher Gesichtsausdruck gewesen sein. Hatte sie das Stück von Euch geliehen? Oder irre ich mich, und es ist umgekehrt?«

Eleonores Wangen röteten sich, und Alessa war gespannt, ob sie nun die Erklärung dafür hören würde, wie das Medaillon von der Gräfin zu ihr gewandert war. Doch ihre Gastgeberin machte keine Anstalten, auf die Frage einzugehen. »Nicht wahr, eine Wirtschaft bereitet uns allen Vergnügen? Was würdet Ihr gern darstellen? Viele Rollen kommen ja zurzeit nicht für Euch infrage. Aber eine schöne Abwechslung sollte sie schon bieten. Eine fromme Pilgerin vielleicht? Mich wird mein Herr Gemahl als Schäferin sehen wollen. Das ist seine liebste Rolle für mich.«

Ein verächtliches Lächeln hielt im Gesicht der Herzogin Einzug. »Eine liebreizende kleine Schäferin – ja, das passt zu Euch. Ich bin sicher, Ihr habt dort auf dem französischen Lande, wo Ihr herstammt, Eure Erfahrungen mit dem Hüten von Tieren gemacht. Vertreiben sich nicht alle Kinder Eurer Kreise damit die Zeit?«

Eleonore hatte schon vorher mit geradem Rücken dagestanden, doch nun richtete sie sich noch etwas mehr auf und verschränkte betont entspannt die Hände ineinander. »Dort, wo ich herstamme, vertrieben wir Kinder uns die Zeit mit Lektüre. Wir lernten, zu beten und kunstvolle Handarbeiten anzufertigen, aber auch zu singen, zu musizieren und Verse zu rezitieren. Reiten, Jagen, Ballspiele, Tanz, *les Jeux des cartes* und das *Jeu d'échecs* gehörten ebenfalls zu unseren Lieblingsbeschäftigungen.«

»Ja, Kartenspiele spielt man wohl in jeder Gesellschaft. Schach allerdings … Erstaunlich. Nun, zurück zu meiner Frage, die Ihr zu beantworten vergessen habt. Dieses Medaillon. Es wirkt so reizend bescheiden. Entstammt es vielleicht einer Massenanfertigung, wie sie mancherorts nun üblich werden? Hat die Gräfin zufällig das gleiche Stück erworben? Dann solltet Ihr Euch mit ihr absprechen, damit sie und Ihr es nicht gleichzeitig tragt. Schwierigkeiten gibt es damit sicher nicht. Die Gräfin ist schließlich eine einsichtige und lenkbare Person. Ich hoffe allerdings, dass Ihr dieses Ding nicht zu teuer bezahlt habt.«

Durch ein kurzes Nicken teilte sie mit, dass sie das Gespräch damit beendete, und Eleonore knickste erneut. Alessa wartete den Moment ab, in dem die Herzogin weit genug weg war, um sich nicht mehr angesprochen zu fühlen, aber noch nicht außer Hörweite. Im Bühnenflüsterton, der heimlich klingen, aber doch vom Publikum verstanden werden soll, sprach sie Eleonore an. »Ihre Durchlaucht weiß wohl nicht, wie beliebt diese blauen Medaillons in Venedig sind. Sie gelten als starke Glücksbringer. Natürlich ähneln die Stücke sich, das weiß bei uns jeder. Es ist, als würde man sich eine echte Blüte anstecken, von denen auch die eine der anderen gleicht.«

Die Französin sah sie an, und Alessa stellte bestürzt fest, dass in ihren Augen Tränen glänzten. »Ja. Nun, man kann nicht alles wissen, nicht wahr? Aber ist es nicht bewundernswert, wie aufmerksam ihre Durchlaucht ist? Wer sonst hätte so einen scharfen Blick für solche Kleinigkeiten? Und das in ihrem Zustand.«

Alessa lächelte ihr ermutigend zu. »Man muss sich darüber

freuen, dass sie sich so wohl befindet. Euer Befinden scheint auch recht gut zu sein, wenn Ihr mir die Bemerkung erlaubt. Eure Wohlgeboren sind heute Abend besonders schön anzusehen.« Das entsprach durchaus der Wahrheit, auch wenn Alessa es in diesem Moment vor allem aussprach, um die Dame aufzuheitern. Eleonores zartblaues Kleid war eines der schönsten im Saal, seine weißen Spitzenbesätze wirkten fein wie Meeresschaum. Ihre Schuhe, Strümpfe und Handschuhe waren Wunderwerke des Stickereihandwerks, und in ihrer kunstvoll aufgetürmten und mit einem Spitzenkrönchen versehenen dunklen Fontangefrisur schimmerten kleine Saphire, die sowohl zum Kleid als auch zum Medaillon passten.

Eleonore berührte mit dem Zeigefinger ihrer behandschuhten Hand ihr Gesicht, als würde sie ein kleines Jucken verscheuchen, und tupfte dabei eine Träne auf. Mit demselben Finger tippte sie anschließend gedankenverloren auf das Medaillon. »*C'est vrai.* Seit einigen Tagen spüre ich eine Verbesserung. Es mag daran liegen, dass es euch Italienern mit eurer Commedia gelungen ist, mein Interesse zu wecken. Mich hat lange nichts so gefesselt und vergnügt. Eine Wirtschaft zu veranstalten wird mir guttun. Ich hoffe, dass du und die Sartoris daran teilhaben und mich mit guten Einfällen unterstützen werdet.«

Alessa knickste zum Zeichen ihres Einverständnisses und musste erneut ihr ungutes Gefühl verbergen. Wenn ihr Plan nicht gelang, würde sie möglicherweise rasch untertauchen müssen und Eleonore vermutlich niemals wiedersehen. Nicht dass die dann noch Wert darauf legen würde.

Die Hofdamen waren zurückgekehrt und tummelten sich wieder um die Gastgeberin, deshalb bot sich Alessa die Möglichkeit, sich nach Arthur umzusehen. Er schien den Raum verlassen zu haben, sie konnte ihn nicht entdecken. Stattdessen fiel ihr Alwin von Kempf auf, der so nah bei Pippa stand, dass sie jeden seiner

Atemzüge auf der bloßen Haut ihres Ausschnitts spüren musste. Ihre angespannte Haltung und der starre Gesichtsausdruck sprachen eine deutliche Sprache. Pippa hatte Alessa noch immer keinen Grund gegeben, sie zu mögen. Sie so unter dem widerlichen Baron leiden zu sehen machte Alessa dennoch wütend. Sie fragte sich, warum Leandro und Vitale es nicht ein einziges Mal fertigbrachten, Pippa und Zaira auf diplomatische Weise vor den unerwünschten Aufmerksamkeiten dieses Ekels zu bewahren. Vermutlich unterschätzten sie, wie unangenehm er den Frauen war. Kurz beobachtete sie das Geschehen noch, dann wandte sie sich wieder Eleonore zu.

»Wir werden morgen Nachmittag eine *Conférence* abhalten und mit der Planung beginnen«, gab die gerade bekannt, und ihre Zuhörerinnen applaudierten begeistert wie Kinder. Alessa musste unwillkürlich lächeln.

Eleonore berührte mit dem Fächer spielerisch ihren Arm. »Ich rechne auch mit deiner Anwesenheit, meine teure Harlekina.«

18

Eleonore, Frau von Harburg, ehemalige Eleonore Desmiers d'Olbreuse, schlug ihrem Gemahl den Fächer so heftig vor die Brust, dass er zusammenzuckte. Dann knallte sie das Accessoire auf die Kommode in ihrem Gemach, die neben der Zwischentür zum Schlafzimmer ihrer kleinen Tochter stand.

»Wie konntest du das tun? *Quelle infamie!* Es ist schlimm genug, wenn du mich belügst, solange es unter uns bleibt. Mich in eine so peinliche Lage zu bringen ist eine Gemeinheit, die ich nicht von dir erwartet hätte! *C'est abominable!* Scheußlich!«

Tränen schossen ihr aus den Augen, und Herzog Georg Wilhelm gaben beinah die Knie nach, so trafen ihn die Gefühle der Reue und des Versagens. Er hatte mit seinem Ungeschick eben das erreicht, was er hatte vermeiden wollen: sein geliebtes Weib so aufzuregen, dass es ihrer Gesundheit schaden musste.

»Meine Liebste, ich bin untröstlich. Glaub mir bitte, dass ich es bloß aus dummer Unachtsamkeit tat. Unverzeihlich war das, da gebe ich dir recht. Aber eigentlich war es nur ein Missgeschick. Du ...«

Wutschnaubend schleuderte sie nun auch noch die Schuhe von ihren Füßen. So hatte er sie noch nie erlebt. Sie war sonst stets umsichtig und sanft. Bis jetzt war er der Ansicht gewesen, dass die Mattheit, die sie nach ihrer einige Monate zurückliegenden Fehlgeburt ergriffen hatte, ihr jeden Funken Widerstandsgeist geraubt hatte. Wenn er sich recht besann, fühlte er neben seinem schlechten Gewissen eine leise Erleichterung darüber, dass sie sich soeben als äußerst lebhaft erwies. Was seine Tat keineswegs entschuldigte.

»Missgeschick?« Sie riss sich das Band mit dem blauen Medaillon vom Hals und hielt es ihm vor die Augen. »Es gibt nur eine einzige mögliche Erklärung für diese Angelegenheit. Du hattest dieses Ding Frida von Dügel geschenkt, weil du dir etwas von ihr erhofftest. Wahrscheinlich hat sie abgelehnt und es dir zurückgegeben, bevor unsere Mägde es in deiner Tasche fanden. Das ist schmählich. Aber mich damit in die Öffentlichkeit treten zu lassen … Das Gesicht deiner Schwägerin, als sie es mir sagte! Gewiss weiß sie genau, dass du der von Dügel Avancen gemacht hast. Es war ein Genuss für ihre Hoheit, mich zu erniedrigen, das kannst du mir glauben!«

Georg Wilhelm starrte auf das Medaillon in ihrer Hand, das er niemals hatte wiedersehen wollen, als er sich vor vielen Jahren in Venedig von Zenobia Buccolini getrennt hatte. »Leg es weg, bitte. Dann erkläre ich dir alles. Es ist nicht so, wie du denkst. Und obwohl du alles Recht der Welt hast, mich für meine Gedankenlosigkeit zu hassen, kränkt es mich doch, dass du annimmst, ich würde so leicht den Eid brechen, den ich dir geschworen habe.«

Sie legte das Schmuckstück nicht fort, aber immerhin senkte sie den Arm, sodass er nicht mehr befürchten musste, dass sie es ihm jeden Moment ins Gesicht werfen würde. »An unserem ganzen Hof gibt es doch niemanden, der sich wundern würde, wenn du es tätest. Ich bin nun schon so lange unpässlich und langweilig. Wie solltest du dich da nicht mit einer anderen trösten wollen? Die Vorstellung, dass du es tust, fügt mir mehr Schmerzen zu, als du dir vorstellen kannst. Aber diese Lüge übertrifft alles!«

»Gerade weil ich wusste, dass du dich um meine Treue sorgst, ist es zu diesem Durcheinander gekommen. Das Medaillon hat einer Frau gehört, die ich vor langer Zeit in Venedig kannte. Und es war nicht irgendein Schmuckstück für sie, sondern wie ein Amulett, das sie jederzeit trug. Diese Frau ist kürzlich gestorben, wie ich hörte. Aber das Medaillon tauchte hier am Hof auf, zusammen mit den Sartoris. Einer von ihnen verkaufte es an Stechinelli, der wiederum gab es meinem Bruder, der es Gräfin von Dügel schenkte. Dann sah ich es und fühlte mich beunruhigt, weil ich den Verdacht hatte, dass es im Zusammenhang mit einer Verschwörung stehen könnte, die sich möglicherweise gegen uns richtet. Gegen dich. Denn …«

»Was verband dich mit dieser Venezianerin? Offenbar war es mehr als eine flüchtige Affäre, sonst hätte es dich wohl kaum heute noch beunruhigen können. Sogar über ihren Tod hinaus! Und was sollen die Sartoris damit zu tun haben? Ich hoffe, du wirst mir jetzt nicht eröffnen, dass sie uns übel gesinnt sind. Das wäre eine weitere Enttäuschung.« Als ließe mit der allmählich verrauchenden Wut auch ihre Kraft wieder nach, legte Eleonore das Medaillon mit langsamen Bewegungen auf die Kommode neben ihren Fächer und setzte sich mit gesenktem Haupt auf ihre Bettkante.

Im gleichen Maß, wie der Zorn Eleonore verließ, ebbte Georg Wilhelms Entschlossenheit ab, ihr die Wahrheit zu sagen. Sie wirkte nun wieder so schwach und müde, als könnte jede Sorge sie endgültig erdrücken. Doch er kannte sie gut genug, um zu wissen, dass sie ihn mit der halben Erklärung, die er ihr bisher gegeben hatte, nicht davonkommen lassen würde.

»Zenobia war ihr Name. Sie war die Frau, wegen der ich mich damals entschloss, Sophie von der Pfalz nicht zu heiraten. Ich war ungeheuer eingenommen von dieser Person. Im Grunde lebten wir zusammen, wann immer ich in der Serenissima weilte. Du siehst also: Diese Geschichte hat Auswirkungen, die bis heute reichen. Wäre Zenobia nicht gewesen, hätte ich unsere Prinzessin geheiratet, und du und ich wären für einander verloren gewesen.«

»Das ist alles? Das ist die Erklärung? *Mon Dieu*. Ich verstehe nicht, warum du glaubtest, dass du mir das vorenthalten musst. Hast du diese Frau noch getroffen, nachdem wir schon … Wann hast du mit ihr gebrochen?«

»Schon vor etwa zehn Jahren. Noch bevor mein Bruder und Sophie geheiratet haben. Ich habe sie danach nie wiedergesehen.«

»Das alles ist also nicht mehr als eine kleine Jugendsünde, die uns noch dazu Glück gebracht hat. Dachtest du, ich wäre so engstirnig, mir auch nur zu wünschen, dass du vor unserer Ehe wie ein Mönch gelebt hast? Wenn hinter dieser Geschichte nicht viel mehr steckt, als du zugibst, sehe ich nicht, wie uns damit jemand schaden könnte.«

»Nun, da ist tatsächlich noch etwas. Ich möchte nicht, dass du mich missverstehst. Ich hatte immer vor, es dir zu erzählen. Anfangs hielt ich es nur für unwichtig. Später fand ich keine passende Gelegenheit. Aber das ändert nichts daran, dass es für dich nicht die geringste nachteilige Bedeutung hat. Weder für dich noch für unsere … Ich weiß, dass man sehr viel über unsere Tochter spricht. Und darüber, was geschehen wird, wenn uns noch ein Sohn geboren wird. Und …«

Eleonore seufzte tief und rieb sich die Augen. »Ich möchte dich bitten, es einfach auszusprechen. Ich gelobe, dass ich ganz ruhig bleiben und nicht fortlaufen werde.«

Die Nähte seiner Kniehose knackten, als er sich vor ihr auf die Knie niederließ und ihre Hände mit den seinen umschloss. »Wenn du mich verließest, würdest du mich damit umbringen. Weißt du das?«

Sie lächelte ihn matt, aber liebevoll an. »Du solltest wissen, dass du das nicht von mir zu befürchten hast.«

»Nun denn. Zenobia Buccolini gebar mir vor siebzehn Jahren einen Sohn. Er heißt Lucas, und ich ließ ihn in Hannover aufziehen. Zurzeit wird er hier in Celle für eine militärische Laufbahn ausgebildet.«

Eleonore blieb tatsächlich ruhiger als erwartet, doch ihre Tränen flossen reichlich. Als sie weitersprach, gab sie sich keine Mühe mehr, Deutsch zu sprechen, sondern fiel ganz und gar ins Französische zurück. »Du hast einen Sohn? Das ist … Das ist schwer für mich. Ich dachte …«

»Du weißt, dass es nichts ändern würde. Ich stehe zu dem Wort, das ich Ernst August gegeben habe. Er hat die Prinzessin geheiratet, und ich habe darauf verzichtet, meinen Titel an eigene Nachkommen zu vererben. Auch wenn *wir* einen Sohn bekämen, bliebe ich daran gebunden.«

»Aber … Du weißt, dass ich das nicht einmal insgeheim wünsche: Aber was ist, wenn dein Bruder und seine Familie vor dir stürben? Und wenn dann du … Euer Liebden, allein der Gedanke! Wäre dann dein illegitimer Sohn unserer Tochter nicht allein durch sein Geschlecht überlegen? Wie sollte ich sie und mich schützen und uns ein Leben in Würde ermöglichen? Es ist eine solche Last zu wissen, dass alle Welt unser süßes Kind als Bastard betrachtet. Was die Leute von mir halten, das ist unwichtig. Du und ich, wir kennen die Wahrheit. Doch Sophie Dorothea wird die Folgen unseres Tuns tragen müssen, obgleich sie an unseren Entscheidungen keinen Anteil hatte. Ich wünsche mir nichts sehnlicher, als dass unsere Kinder … unser Kind in Sicherheit und gutem Ansehen leben möge.«

Sie schluchzte nun, und er wusste, dass in ihrem Leid auch der Kummer um ihr bei der Fehlgeburt verlorenes Kind mitschwang. Behutsam nahm er sie in die Arme und streichelte sie. »Meine Liebste. Ich werde alles tun, um unserer Tochter und den Kindern, die uns noch geschenkt werden, ein gutes Auskommen und einen namhaften Rang zu verschaffen. Du weißt, dass diese Dinge mit Geduld und Beharrlichkeit erreichbar sein werden. Doch du musst verstehen, dass mein Bruder und meine Schwägerin von ähnlichen Sorgen getrieben sind wie du. Sie befürchten, dass ihre Kinder von Armut bedroht sind, wenn meine Titel, die damit verbundenen Besitztümer und Einkünfte nicht auf Ernst Augusts Kinder übergehen. Deshalb müssen wir uns weiterhin diplomatisch verhalten und uns in diesen Angelegenheiten auf kleine Schritte beschränken.«

Zu seiner Erleichterung hörte sie auf zu schluchzen, doch was sie als Nächstes sagte, ließ ihn frösteln. »Das verstehe ich ja. Doch ich wünschte, ich könnte gewiss sein, dass du diese Bestrebungen auch weiterverfolgen würdest, wenn es mich nicht mehr gäbe. Ich war dem Tode so nah, Georg. Und ich fühle ihn noch immer.«

»Du wirst wieder gesund, mein Schatz. Und du musst doch wissen, dass ich alles für unser kleines Goldkind tun würde, auch ohne dass du mich ermahnen musst. Was meinen Sohn angeht … Lucas ist ein Halbwüchsiger und daher ein wenig störrisch, aber sonst ein guter Junge, wie man mir versichert. Seine Herkunft ist mit deiner und der unserer Tochter nicht zu vergleichen. Ihm hat nie jemand Hoffnungen auf eine Erhöhung über seinen Rang hinaus gemacht.«

»Du sagst das, als würdest du ihn selbst gar nicht kennen. Siehst du ihn nie?«

»Als ich noch in Hannover residierte und er noch ein Kind war, habe ich ihn oft gesehen. Nachdem er ernstlich seine Ausbildung begann, nicht mehr. Ich lasse mir regelmäßig über ihn Bericht erstatten, das genügt. Du siehst, du kannst völlig beruhigt sein.«

Sie atmete tief durch, von einem letzten, trockenen Schluchzen geschüttelt, und sprach wieder deutsch. »Ich gebe mir Mühe, *mon amour.*«

»Und glaubst du, du kannst mir meine Dummheit eines Tages verzeihen? Ich hätte dich dieses verfluchte Medaillon niemals tragen lassen dürfen. Ich hatte unterschätzt, wie viel Aufmerksamkeit die Leute solchen Dingen widmen, und dachte, niemand würde es bemerken. Natürlich wollte ich es dir später erklären.«

Sie zog ein Seidentuch aus ihrem Ärmel und tupfte sich damit das Gesicht trocken. »Bedauerlich ist, dass mir das Stück wirklich gut gefiel. Bescheiden wirkt es zwar, aber die Fassungen für die Saphire sind äußerst sorgfältig gearbeitet. Und das Blau des Achats hat einen schönen Ton. Die kleine Harlekina hat auf ganz rührende Art versucht, mich zu retten. Sie erfand rasch, dass diese Art Medaillon als Glücksbringer in Venedig beliebt ist und es deshalb viele ähnliche Exemplare davon geben kann. Sie ist wirklich bezaubernd. Ihre unbefangene Art hat mir die vergangenen Tage sehr versüßt. Überhaupt war es ein guter Einfall von dir, die Compagnie hierherzuholen. Ich weigere mich zu glauben, dass sie uns zur Gefahr werden könnten. Und ich weigere mich ebenfalls, dir dein Ungeschick nachzutragen.« Sie erhob sich, ging zur Kommode und nahm das Medaillon an sich. »Ich verfüge, dass wir dieses Schmuckstück Sophie Dorothea schenken. Somit bleibt es uns erhalten, gerät nicht in fremde Hände, und wir beide müssen es dennoch vorerst nicht mehr sehen.«

Ohne ihn nach seiner Ansicht zu fragen, öffnete sie leise die Tür zum Zimmer ihrer Tochter und winkte ihm, ihr hineinzufolgen.

Sophie Dorotheas Amme saß auf ihrer eigenen Bettstatt und verstrickte feine Wolle zu Strümpfchen, erhob sich aber eilig und knickste, als sie eintraten. Ihre Tochter schlief bereits in ihrem Bettchen, so süß, als wäre sie direkt aus dem Himmelreich herabgefallen. Herzog Georg Wilhelm erinnerte sich gut daran, wie auch Lucas ihn als Kleinkind entzückt hatte, doch sein Sophiechen übertraf alles, was er sich früher hätte vorstellen können. Ihre Mutter hatte wahrhaftig nicht zu fürchten, dass er seine Fürsorge für sie jemals vernachlässigen würde. Einhellig und schweigend standen sie gemeinsam eine kostbare Weile bei ihrer schlummernden Kleinen, hielten sich an der Hand und betrachteten sie. Im Hinausgehen legte Eleonore dann wie beiläufig das Medaillon auf einem Tisch zwischen Haarbürsten, Schleifchen und Puderdosen ab, und Georg Wilhelm wusste, dass er auf der ganzen Welt kein großmütigeres Weib hätte finden können als sie.

19

Wegen angeblicher Unpässlichkeit verließ Alessa den Saal als Erste der Sartoris und wesentlich früher als üblich. Sie holte ihre Tasche aus dem Ankleidezimmer und schlich sich anschließend in die menschenleeren Teile des Schlosses. Im Vorübergehen nahm sie einen unbewachten dunkelgrünen Umhang an sich, in dem sie die Schatten des Schlosses noch besser ausnutzen konnte. Gern hätte sie ihre schwarze Kletterkleidung angelegt, doch es passte nicht in ihren Plan, sie aus dem Gasthaus zu holen. Allerdings hätte sie es schlechter treffen können als mit ihrem Harlekinakleid, das ihr viel mehr Bewegungsfreiheit ließ als vornehmere Gewänder.

Um sich bis zu den für ihr Vorhaben günstigsten Nachtstunden verborgen zu halten, wählte sie schließlich eine Kleiderkammer ohne Türschloss im heruntergekommeneren Teil des Obergeschosses. Der durch zwei Türen zugängliche Raum gehörte zu einem Gemach, bei dem es sich um eine Unterkunft für mehrere Bedienstete handelte, wie Alessa feststellte, als sie einen Blick hineinwarf. Auf die Nutzung der Kleiderkammer verzichteten die Leute offenbar, denn die Zwischentür war so verzogen, dass sie sich nicht öffnen ließ. Den Grund dafür fand Alessa schnell heraus. Das Holz war aufgequollen, weil es schon seit längerer Zeit in die kleine Kammer hineinregnete. Die Decke hatte ein Loch, wo Balken, Stroh und Putz verrottet waren, und ließ den Blick durch das beschädigte Dach frei zum Himmel dringen. Taubenkot und dicke Spinnweben im Raum verrieten, dass niemand mehr dafür zuständig war, die Kammer in Ordnung zu halten, obwohl noch genügend Möbelstücke darin standen, um Alessa im Notfall einen Sichtschutz zu bieten. Ein Hauch von Feuchtigkeit, der ihr Gesicht benetzte, verriet ihr, dass sich Nieselregen eingestellt hatte. Sie hoffte, dass es dabei bleiben würde, denn heftige Regenschauer hätten ihren Plan erschwert.

Obwohl sie entschlossen war, ihre ganze Aufmerksamkeit auf ihr Vorhaben zu richten, schweiften ihre Gedanken zu Arthur ab, sobald sie sich niedergehockt hatte. Sie hatte besonders darauf geachtet, dass er nicht in der Nähe war, als sie den Saal verließ, und dass niemand ihr folgte. Seine Bemerkung über die Wachen vor den herzoglichen Gemächern hatte sie davor gewarnt, dass er mit ihrem Einbruch rechnete. Ihre Kehle zog sich schmerzhaft zusammen, wenn sie daran dachte, wie sehr er sie verachten musste. Inzwischen hielt sie es für einen Fehler, dass sie ihrem Verlangen nach ihm im Obstgarten so peinlich weit nachgegeben hatte. Das musste seine Meinung von ihr noch weiter verschlechtert haben.

Doch all ihr Kummer über seine Ablehnung änderte nichts daran, dass sie ihr Medaillon wiederhaben musste. Und dass sie ihr Leben lang darauf vorbereitet worden war, Aufgaben wie diese zu bewältigen.

Halb dösend wartete sie zwischen den modrigen Möbeln, ging mehrere Male ihren Plan durch, dachte an Arthur und mögliche Fluchtwege, Pippa und Alwin von Kempf, Flori und Mezzanotte, ihre Tante und ihren Großvater. Bald war jeder Rest von Tageslicht gewichen, und nur gelegentlich drang der Mond durch die Regenwolken. Alessa hatte die Bediensteten nebenan zu Bett gehen gehört, sie hatte die Schläge der Celler Turmuhren gezählt und die fast lautlose Jagd einer Schleiereule belauscht, die auf dem Dachboden Mäuse fing. Um halb drei Uhr verließ sie die Kammer.

Wachtposten standen nachts nicht nur vor den Türen der herzoglichen Gemächer, sondern auch außen vor dem Tor, in den

Wächterhäuschen der Brücken, die über den alten Burggraben führten, vor der Rüstkammer und vor dem Eingang zu den Gemächern von Kanzler Sinold, der Alessas Vermutung nach einen Teil der Reichtümer des Herzogs dort verwahrte. Alle Nebeneingangstüren der zum Schloss gehörigen Gebäude waren unbewacht, aber verschlossen. Die Bediensteten, die zum Teil vor den Türen ihrer Herrschaften auf dem Boden schliefen, konnte man nicht als Wachen bezeichnen, musste sie allerdings als Hindernisse in Betracht ziehen. Deshalb stieg Alessa zunächst einmal aus dem nächstbesten Fenster in den Innenhof und überquerte ihn im anhaltenden leichten Regen. Im Schatten des Treppenturms an der Innenseite des Ostflügels verharrte sie eine Weile, ließ den Blick über die Fenster des Schlosses schweifen und hielt nach Kerzenschein Ausschau. Nur das matte gelbe Flackern von Nachtlichtern erhellte hier und da eines der Fenster, und nirgendwo regte sich etwas.

Im Winkel zwischen Treppenturm und Wand kletterte sie an den rauen Mauersteinen empor auf das Dach der zweigeschossigen Galerie, die als Gang zwischen den Räumen dieses Flügels genutzt wurde. Damit befand sie sich schon auf gleicher Höhe mit den Gemächern der Herzogin. Doch auch hier lag hinter den Fenstern zuerst einmal der Dienstbotengang, von dem aus verschlossene, in dieser Nacht dank Arthurs Eingreifen wahrscheinlich besonders gut bewachte Türen in die einzelnen Zimmer führten. Alessa hatte sich von Gräfin Dora und anderen guten Bekannten des Herzogspaars schon in den vergangenen Tagen so viel wie möglich über die Räumlichkeiten des Schlosses erzählen lassen und längst herausgefunden, wo Eleonores Schlafzimmer lag. Die Schlossherrin verbrachte nie die Nacht darin, sondern bediente sich abends stets der Wendeltreppe, die zum Schlafgemach des Herzogs hinabführte, das sich genau unter dem ihren befand. Das hatte Gräfin Dora Alessa hinter vorgehaltenem Fächer berichtet, obgleich es ein offenes Geheimnis war und jeder davon wusste. Alessa setzte darauf, dass Eleonore ihren Schmuck oben in ihren eigenen Räumen ablegte, bevor sie unten zu ihrem Gemahl ins Bett schlüpfte. Die Fenster der Herzoginnengemächer wiesen nach Osten, in Richtung des Torhauses und der Stadt, und lagen damit im Blickfeld der Torwachen, falls die sich zum Schloss umdrehten.

Alessa wollte den für sie üblichen Weg über das Dach nehmen und so schnell wie möglich von oben kommend durchs Fenster einsteigen. Nur eine der kleinen Scheiben der Sprossenfenster würde sie beseitigen müssen, um nach innen greifen und den Fenstergriff drehen zu können. Das würde ihrer Erfahrung nach geräuschlos und ohne Schwierigkeiten möglich sein.

Als sie sich auf allen vieren vorsichtig über die bemoosten Tonpfannen der Erker und der steilen Dachschräge bis zum First hinaufgetastet hatte, stellte sie fest, dass sie noch nie zuvor so hoch oben unterwegs gewesen war. Die venezianischen Häuser erschienen ihr in der Erinnerung wesentlich niedriger. Schwindlig wurde ihr deshalb nicht, doch flüchtig brachte die Erkenntnis sie zum Schaudern, dass ein Sturz aus dieser Höhe, ohne einen gnädigen Kanal, dessen Wasser den Aufprall hätte dämpfen können, tödlich sein musste.

Die Dachschräge auf der anderen Seite wieder hinunterzuklettern war langwieriger als der Weg hinauf, doch als die Turmuhren drei Uhr verkündeten, hatte sie die Traufe des ehelichen Wendeltreppenturms erreicht. Sie vergewisserte sich, dass die Randsteine fest eingemauert waren und ihren Händen guten Halt bieten würden. Das war nötig, denn kurz darauf hing sie zwei Atemzüge lang nur von ihren Fingern getragen daran, bevor ihre nackten Füße einen Spalt im Mauerwerk fanden und sie sich auf den Fenstersims von Eleonores in Dunkelheit liegendem Schlafgemach hinablassen konnte. Ihr Glasschneider tat seine Dienste, und einen

Augenblick später stand sie im Zimmer und schloss den Fensterflügel wieder hinter sich.

Leises Jammern drang an ihr Ohr und ließ sie Deckung hinter einem der üppigen Vorhänge suchen. Schmerzhaft hämmerte ihr Herz, und alle Härchen stellten sich ihr auf, während sie regungslos auf die Klagelaute lauschte und schließlich zu dem Schluss kam, dass sie von der kleinen Sophie Dorothea im Nebenraum stammten. Kaum hatte sie das erkannt, verstummte die Kleine, und alles war still, bis auf die üblichen Geräusche, die des Nachts in jedem alten Gebäude zu hören waren.

Aufatmend wischte Alessa ihre feucht gewordenen Handflächen an ihrem Rock ab und näherte sich dem prächtigen Himmelbett, um sicherzugehen, dass niemand darin oder sonst wo im Zimmer lag und schlief. Erst danach begann sie lautlos mit ihrer Suche.

Eleonores Gemach war im Gegensatz zu dem von Gräfin von Dügel tadellos aufgeräumt, was es Alessa leichter machte, die Schmuckschatullen aufzuspüren. Drei verschieden große Kästchen fand sie – das größte aus Holz, die anderen aus filigran durchbrochenem silbernen Metall. Zwei waren verschlossen. Sie hockte sich auf den Boden, in den schmalen, matten Lichtstreif, den der Mond durchs Fenster warf. Mehr ihr Tastsinn als ihr Blick verriet ihr, dass ihr Medaillon nicht in der unverschlossenen, mittelgroßen Schatulle lag, obwohl ihrer Vermutung nach darin die weniger wertvollen, aber neueren und häufig getragenen Stücke aufbewahrt wurden. Mit dem passenden Diebeshaken schloss sie anschließend die größte der drei auf. Die Scharniere quietschten leise, als sie den Deckel anhob, und sie hielt kurz inne, um zu lauschen. Die kleine Herzogstochter murmelte weinerlich, was gewiss nichts mit dem Quietschen zu tun hatte, und sie war gleich wieder ruhig.

Die hölzerne Schatulle war mit im Mondlicht schimmernden Einlegearbeiten aus Perlmutt verziert und doppelt so groß wie die mittlere. Sie wäre geräumig genug gewesen, um zwei dicke Folianten darin unterzubringen, und sie verfügte über mehrere Einsätze und mit kleinen Kissen gepolsterte Fächer. Alessa ließ ihre Finger über Ketten, Pendants, Colliers, Armbänder, Ohrgehänge, Ringe und Broschen wandern. Was sie suchte, war wieder einmal nicht dabei.

Das Schloss der letzten, kleinsten Truhe stellte sie vor die größten Schwierigkeiten. Eine Weile hatte sie schon mit unterschiedlich großen Haken gestochert und getastet, als sie ihre Strategie änderte, die beiden offenen Kästen zurück an ihren Platz stellte und auf die Suche nach dem Schlüssel ging.

Auf Eleonores kleinem Schreibtisch stand ein Aufsatz mit Fächern und Türchen, in denen Alessa mehr als bloß einen einzigen Schlüssel fand. Es war nicht nötig, sie alle auszuprobieren, weil sie aufgrund ihrer Erfahrung mit Truhenschlössern aller Art die meisten gleich ausschließen konnte.

Während sie die Schlüssel begutachtete, begann das Kind zu weinen. Noch war es kein lautes Geheul, sondern eher ein nörgelndes Greinen, doch viel Zeit durfte Alessa sich nicht mehr nehmen. Eilig nahm sie die beiden infrage kommenden Schlüssel an sich, und schon der erste stellte sich als der richtige heraus. In der silbernen Schatulle lag auf Samtpolstern Diamantschmuck, der Alessa den Atem raubte, denn seinen Wert konnte sie auch in der Dunkelheit schätzen. Die Versuchung, die Stücke in ihre Tasche gleiten zu lassen und mitzunehmen, war wie ein Juckreiz, dem sie kaum widerstehen konnte. Sogar, wenn sie den Schmuck bei einem fremden Hehler zu einem schlechten Preis hätte verkaufen müssen, hätte der Gewinn ihr für Jahre ein Auskommen verschafft. Schon ein einziges Teil würde ihr das Leben erheblich erleichtern, falls sie aus Celle fliehen musste. Andererseits konnte sie die Stadt nicht verlassen, solange sie ihr Medaillon nicht wiederhatte. Und das befand sich auch in dieser Schatulle nicht. Leise ließ sie den angehaltenen Atem entweichen, klappte den Kasten zu und stellte ihn zurück zu den beiden anderen.

Sophie Dorotheas Weinen war nicht lauter geworden, hörte aber auch nicht auf. Abgesehen davon, dass es eine Gefahr für sie bedeutete, wenn das Kind die Hofgesellschaft weckte, fand Alessa es seltsam, dass die Amme sich nicht um die Kleine kümmerte.

Auf dem Gang näherte sich mit langen Schritten ein Mann, der sich räusperte und dessen Schuhsohlen mit Nägeln beschlagen waren. Alessa huschte in den Schutz des Vorhangs und spielte in Gedanken ihren Fluchtweg durch. Durchs Fenster. Nach oben aufs Dach. Auf der anderen Seite des Anbaus an der Wand hinunter. Auf dem kürzesten Weg zum Graben und hindurch. Klack, klack, klack. Der Mann ging an der Tür von Eleonores Gemach vorbei, hielt aber ein Stück weiter an und begrüßte einen Wachtposten, der dort offenbar stand. Alessas Herzschlag beschleunigte sich noch etwas, als ihr deutlich wurde, wie nahe ihr die Wachen die ganze Zeit gewesen waren. Sie schlich zur Tür und lauschte auf die Worte der Männer.

»Ist die Amme betrunken?«, fragte der eine den anderen.

»Sie meint, dass Kinder nur gut geraten, wenn man sie schreien lässt, und steckt sich zum Schlafen Wachs in die Ohren«, gab der zweite zurück. »Als ich mich bei ihr beschwerte, weil ich das Geschrei nicht hören mag, hat sie mir auch welches gegeben. Ich würde es benutzen, aber ich kann das Zeug nicht in den Ohren ertragen. Wenn du es willst – hier ist es. Du musst es nur weich kneten.«

»Wachs in den Ohren? Das ist ja ekelhaft. Behalt es ruhig. Allerdings beneide ich dich darum, dass du nicht hierbleiben musst. Geht das jede Nacht so?«

»Oft genug. Bist wohl noch zu jung für eigene Kinder, was? Aber hast du auch keine kleinen Geschwister gehabt? Sie schreien eben. So ist das nun mal. Gehab dich wohl, mein Bett ruft mich.«

Seine Schritte entfernten sich, und bald war wieder Ruhe eingekehrt. Bis auf das Weinen des Kindes, das mitleiderregend klang. Alessa hatte wenig Erfahrung mit Kleinkindern, doch dieses kleine Mädchen hatte sie immerhin schon aus der Nähe erlebt, und sie konnte nicht verstehen, wie jemand es übers Herz brachte, es mit seinem Kummer allein zu lassen. Was, wenn das Kind krank war?

Vorsichtig öffnete sie die Tür zum Schlafgemach der Kleinen einen Spalt weit und spähte hindurch. Sogleich wurde das Geschrei lauter, doch die Amme rührte sich in ihrem Bett nicht. Alessa überlegte schnell und kam nur auf zwei Möglichkeiten, die ihr blieben. Entweder sie verschwand auf der Stelle und zog sich aus dem Schloss zurück, oder sie beruhigte das Kind. Kurzentschlossen ging sie zu dem hochwandigen Kinderbett, nahm Sophie Dorothea auf den Arm, gab ihr einen Kuss und wippte sie auf und ab. Heftig schluchzend und weiter weinend schmiegte sich die Kleine an sie und schlang die Ärmchen um ihren Nacken. Unwillkürlich begann Alessa, eine Melodie zu summen, stellte jedoch fest, dass Sophies Unbehagen vermutlich daher stammte, dass die Windeln, in die sie fest eingewickelt war, vor Nässe trieften.

Seufzend ging sie zum Bett der Amme und beugte sich über sie, um festzustellen, wie tief die Frau schlief. Sie lag auf dem Rücken und atmete tief und gleichmäßig mit offenem Mund, sichtlich völlig ungestört von dem, was im Raum vor sich ging. Alessa befreite Sophie Dorothea von ihrem Windelwickel, ohne sie abzusetzen, ließ einfach alles zu Boden fallen und warf anschließend auch das durchnässte Bettzeug dazu, das sie durch einen seidigen Bettüberwurf aus Eleonores Gemach ersetzte. Für den nackten Allerwertesten der Kleinen machte sie eine kleine, weiche Decke ausfindig und hüllte das Kind mehr schlecht als recht darin ein. Noch schluchzte das Mädchen, hatte sich aber merklich beruhigt. Eine Weile schaukelte Alessa sie noch in ihren Armen, bevor sie die Kleine sanft zurück in ihr Bettchen legte. Kurz drohte Sophie Dorotheas Verzweiflung wieder aufzuwallen, deshalb tastete Alessa auf einem Tischchen nach einem ungefährlichen Gegenstand, den sie ihr zum Spielen reichen konnte. Kurz darauf hielt sie in der einen Hand eine nebst einigen großen Holzkugeln auf ein Band aufgefädelte Veilchenwurzel und in der anderen ein Schmuckstück, das sie ungläubig anstarrte, noch ohne ihr Glück fassen zu können. Rasch gab sie Sophie Dorothea die Veilchenwurzel, die das Mädchen sich sofort in den Mund steckte. Sie war offenbar über das Spielzeug ebenso glücklich wie Alessa über ihren zweiten Fund.

Als sie mit stummem Jubel im Herzen aus dem Fenster stieg, fühlte sie sich unbesiegbar. Den Weg aufs Dach legte sie so flink zurück, als wäre er nichts anderes als ein spielerischer *Lazzi* der Harlekina. Für einen Augenblick verlockte es sie, mit ausgebreiteten Armen aufrecht auf dem First zu balancieren und zu krähen wie ein Hahn. Doch ihr Plan für diese Nacht hatte noch einen zweiten Teil, den durchzuführen sie sich geschworen hatte, falls der erste gelang. Erst danach würde sie sich an einer der Brückenwachen vorbei vom Schlossgelände und zurück zum »Goldenen Eber« schleichen.

20

Noch bevor Mezzanotte Celle erreichte, erhielt er endlich einen Hinweis darauf, dass die von ihm Verfolgten ebenfalls angekommen waren. In einem Gasthaus in einem winzigen Flecken namens Adelheidsdorf übernachtete mit ihm zusammen ein junger italienischer Kaufmann und erzählte ihm, dass er in Celle Geschäfte mit einem Mann machte, der am Hof des Herzogs offenbar hohes Ansehen genoss und die reichen Adligen mit Luxuswaren aller Art versorgte. Der Kaufmann hatte das Glück gehabt, zu einer Audienz geladen zu werden, und bei dieser Gelegenheit von mehreren Seiten Berichte über die Auftritte einer Schauspieltruppe gehört, die kürzlich aus Venedig eingetroffen sei.

Mezzanotte ballte die Fäuste vor Wonne über die Gewissheit, sein Ziel in Reichweite zu haben, aber auch darüber, dass der Italiener ihm gleich verraten hatte, wo er in Celle jemanden finden konnte, der ihm in seiner Sprache die Auskünfte geben konnte, die er brauchte.

Als er am nächsten Vormittag in Celle ankam, führte ihn daher sein erster Weg zum Haus von Stechinelli. Er musste eine Weile auf der Treppe warten, wie noch drei andere, die schon vor ihm da gewesen waren, und er tat es gelassen und überaus gesittet.

Belohnt wurde seine Geduld mit einem höflichen Empfang durch Signor Stechinelli, der sich noch weit offener zeigte, als er in ihm einen Landsmann erkannte.

»Studiosus der Theaterbaukunst seid Ihr also, Signor Moretti.

Was führt Euch nach Celle?«, erkundigte er sich, nachdem Mezzanotte sich vorgestellt hatte.

Mezzanotte wusste, dass er sein angebliches Vorhaben mit einem Lächeln hätte vortragen sollen. Doch aus langjähriger Erfahrung war ihm bekannt, dass er ein miserabler Lächler war und es die Leute eher schauderte, wenn sie sahen, wie er die Mundwinkel nach oben zog. Deshalb sprach er mit ernster Miene. »Die Liebe, die der Herzog der Oper und dem Theater entgegenbringt, ist weithin bekannt. Mir kam zu Ohren, dass er mit dem Gedanken spielt, in seinem Schloss einen Saal eigens für den Genuss von Musik und Theater einbauen zu lassen. Ich will nicht so unbescheiden sein zu behaupten, dass ich der richtige Ratgeber in dieser Frage wäre. Doch würde es mich beglücken, mich mit den Schauspielern auszutauschen, die zurzeit hier gastieren, und auf der Grundlage ihrer und meiner Erfahrungen einen eigenen Entwurf für einen passenden Theatersaal anzufertigen. Zu Euch komme ich nun, weil ich hoffe, dass Ihr mir in meiner Sprache Auskunft geben könnt, wo ich die Sartoris finde. Und selbstverständlich wäre ich dankbar für Eure Einschätzung meines Anliegens. Glaubt Ihr, Seine Durchlaucht der Herzog wäre gewogen, einen gnädigen Blick auf einen solchen Bauvorschlag zu werfen?«

Stechinelli hielt sein Kinn mit einer Hand und tippte nachdenklich mit dem Zeigefinger auf seine Lippen. »Gut möglich. Sehr gut möglich. Seine Durchlaucht hat eine Vorliebe für italienische Baumeister und bereits einen in seinen Diensten, wie Ihr vermutlich wisst. Doch die Umbaupläne für das Schloss sind umfangreich, und es kann nicht schaden, eine weitere Meinung zu diesem Teil des Vorhabens zu hören. Euch ist dabei aber bewusst, dass Ihr mit keinerlei Entlohnung zu rechnen habt, wenn Euer Entwurf nicht in besonderem Maße überzeugt?«

Mezzanotte drückte die Brust heraus und legte sich mit einer großen Geste die rechte Hand aufs Herz. »Mein Anliegen hat keinen so niedrigen Grund, Signore. Mich beflügelt allein die Liebe zur Kunst.«

Dass Stechinelli ihm nicht glaubte, war an seiner zweifelnden Miene abzulesen, dennoch nickte der Kaufmann. »In diesem Fall rate ich Euch zu und werde gern ein vermittelndes Wort bei seiner Durchlaucht einlegen, wenn es so weit ist.«

»Ich danke Euch vielmals. Da wäre dann nur noch die Unterkunft der Sartoris. Wäret Ihr so freundlich?«

Nicht nur den Weg zur Herberge der Schauspieler erklärte Stechinelli ihm, sondern auch, wo er selbst am besten und günstigsten unterkäme, wo gutes Essen angeboten wurde, Spieltische, Wein, feile Weiber, Bücher und Rasuren. Um den Schein zu wahren, tat er, als hielte er diese Ratschläge für wertvoll, und wurde daher ebenso freundlich verabschiedet, wie er empfangen worden war.

Das Gasthaus »Zum Goldenen Eber« zu finden gelang ihm ohne Schwierigkeiten. Nicht ganz so leicht war die Entscheidung, wo er Stellung beziehen konnte, um den Eingang des Hauses zu überwachen, ohne aufzufallen. Seine Wahl fiel schließlich auf die Stufen der nahegelegenen Kirche, wo er sich im Schatten niederließ wie ein müder Pilger, der das Treiben auf dem Marktplatz und den Straßen betrachtet. Auch an dieser Stelle fiel es ihm nicht schwer, Geduld zu beweisen. Er war ein ausgezeichneter Beobachter – das war ein Teil dessen, was seinen Erfolg ausmachte.

Am frühen Nachmittag verließen die Sartoris die Herberge. Mezzanotte hörte ihr italienisches Geschnatter quer über den Marktplatz, duckte den Kopf noch ein wenig weiter zwischen die Schultern und zog seinen Hut tiefer über die Stirn. Für diesen Anlass hatte er seinen geliebten Biberfilzhut gegen eine bauchige Wollkappe ausgetauscht, unter der es ihn juckte, als lebten die Flöhe der Schafe noch darin. Doch seine Geduld wurde endlich belohnt. Die ganze Sartori-Sippschaft spazierte in die Gegenrichtung, und Alessandra Ferretti war dabei. Sein Puls beschleunigte sich, als er sich daran erinnerte, wie viele Menschen er inzwischen ihretwegen umgebracht hatte. Bei den letzten fünf hatte er sich jedes Mal vorgestellt, dass sie es wäre. Langsam erhob er sich und folgte den Sartoris in sicherem Abstand.

21

Eingeholt

Das überwältigende Triumphgefühl der Nacht hatte Alessa am nächsten Tag verlassen. Sie war lange im Bett geblieben, nachdem sie sich in den Morgenstunden hineingeschlichen hatte, obwohl sie zum Schlafen keine Ruhe fand. Zuerst durchlebte sie in Gedanken immer wieder die besten Momente ihres geglückten Plans und genoss das Gefühl von Überlegenheit. Nach und nach kehrte jedoch der Zweifel ein und sprach mit der Stimme ihres Großvaters zu ihr. Wo war sie unachtsam gewesen? Was hätte sie besser machen können? Hatte sie einen Fehler gemacht, der sie als Täterin überführen konnte? Arthur würde wissen, dass sie es gewesen war, doch würde er einen Beweis dafür aufspüren? Die Vorstellung, dass er sie öffentlich beschuldigte – ausgerechnet er –, verursachte ihr Übelkeit.

Was sie getan hatte, war in ihren Augen nicht allzu schlimm. Doch sie hatte ihn in seiner Stellung als Hauptmann der Leibgarde gedemütigt, weil sie seine Vorkehrungen beinahe mühelos umgangen hatte. Er würde möglicherweise vor dem Herzog das Gesicht verlieren – eine Erkenntnis, die sie erst jetzt ereilte. Es lag auf der Hand, dass er nun nichts mehr mit ihr würde zu tun haben wollen. Mehr als das: Er würde sie hassen.

Doch welches Recht hatte er dazu? Er hatte seine Aufgabe eben schlecht erfüllt, und sie hatte es ihm bewiesen. Im Grunde konnte er von Glück sagen, dass sie keine bösen Ziele verfolgt hatte. Es kam ihr im Nachhinein vor, als hätte sie das halbe Vermögen des Herzogs stehlen können und seine Tochter noch dazu, ohne dabei ertappt zu werden.

Warum nur schmerzte sie der Gedanke an Arthurs Verachtung so sehr?

Je länger sie dalag und nachdachte, desto bedrückender wurde ihr bewusst, dass ihr Sieg einen schalen Beigeschmack hatte. Sie hatte ihr Medaillon zurück und dafür gesorgt, dass es an einem sicheren Ort versteckt lag. Doch sein Wert und seine Bedeutung, die ihr noch so übergroß vorgekommen waren, als es ihr fehlte, waren eigentlich eine Last. Sie hielt sich nicht für feige, doch wenn sie sich fragte, ob sie es jemals allein wagen würde, nach Venedig zurückzukehren, um die Erbschaft ihrer Eltern einzufordern und an das Geheimnis der versteckten Dokumente zu rühren, konnte sie es sich nicht vorstellen. Klein und einsam fühlte sie sich dann und so, als wollte sie sich am liebsten in ein Mauseloch verkriechen.

Bei ihrer nächtlichen Rückkehr in den »Goldenen Eber« war sie entschlossen gewesen, noch so lange wie möglich in Celle zu bleiben und ihren Triumph auszukosten. Doch als sie sich um die Mittagszeit aus den Kissen quälte und sich zu den munteren Sartoris in den Gastraum gesellte, sehnte sie sich danach, Celle und die herzogliche Hofgesellschaft mit all ihren Angehörigen hinter sich zu lassen und sich eine ganz neue Heimat zu suchen.

Die Sartoris verstanden sich an diesem Vormittag so gut wie sonst nur selten. Und gerade das verstärkte Alessas Gefühl von Einsamkeit. Die Truppe plante unter Vitales Vorsitz, an diesem schönen, sonnigen Tag einen gemeinsamen Ausflug in die Felder und Wiesen vor der Stadt zu machen. Alessa beobachtete, wie Vitale Zaira zum Lachen brachte, indem er sie schmatzend auf den Hals küsste und kitzelte. Sie sah den heißblütigen Blick, den Pippa mit Leandro tauschte, und Ottavios übliches Erröten, das seine Mutter bemerkte und mit einem aufmunternden Tätscheln vertiefte. Sogar Flori schien an diesem Tag dazuzugehören, denn sein Federballspiel war ein wichtiger Teil der Unternehmung, was ihn sichtlich mit Stolz erfüllte.

Obwohl alle davon ausgingen, dass sie mitkommen würde, spürte Alessa deutlich, dass sie kein Teil dieser Familie war. Und als sie ankündigte, den Ausflug nicht begleiten zu wollen, klangen die Worte des Bedauerns in ihren Ohren flach. Nur Flori sah sie entsetzt an. »Aber du spielst am besten Federball. Es wird ohne dich nur der halbe Spaß sein.«

Sie winkte ab. »Wir spielen ein anderes Mal. Heute kannst du es den anderen beibringen.«

Das erste Stück des Weges gingen sie noch gemeinsam, dann schlug Alessa ihre eigene Richtung ein. Sie war schon um eine Ecke gebogen, als sie hinter sich eilige Schritte herannahen hörte und sich umdrehte.

»Flori! Was ist denn?«

Der Knabe schlug unschuldig die Augen zu ihr auf. »Wollen wir heute wieder *Marzapane* essen gehen? Ich habe den anderen das Spiel geliehen. Sie können es auch ohne mich lernen. Mit dir hat man mehr Freude.«

Alessa musste lächeln und fühlte sich ein wenig getröstet. »Das hast du nett gesagt. Mir macht es auch Freude mit dir. Aber ich hatte mir gerade überlegt, dass ich einen Besuch bei meinem Cousin Lucas machen möchte. Das hatte ich schon lange vor.«

Floris Miene verdüsterte sich. »Da darf ich wohl nicht mitgehen. Oder könnte ich nicht wieder vor der Tür auf dich warten, so wie beim Schneider?«

»Meinetwegen kannst du meinen Cousin kennenlernen. Aber vielleicht wirst du dich langweilen, wenn wir uns unterhalten.«

»Wenn er ein bisschen so ist wie du, dann ist es gewiss nicht langweilig. Ich werde euch nicht stören, das verspreche ich«, sagte er und hob die Finger zu einem spielerischen Schwur.

»Also gut, dann kommst du mit. Aber ich schlage vor, dass wir einen kleinen Umweg gehen, um noch etwas *Marzapane* zu kaufen. Ich bin sicher, mein Cousin wird das auch gern essen.«

Sie fanden Lucas dieses Mal nicht in Stechinellis Haus vor, sondern wurden von dort zu den herzoglichen Stallungen geschickt. Flori ergriff ehrfurchtsvoll Alessas Ärmel, als er die lange Reihe von prachtvollen Pferden sah, die auf dem Hof angebunden waren. »Gehören die alle dem Herzog?«, fragte er.

Sie zuckte mit den Schultern. »Ich glaube, der Herzog besitzt sehr viele Pferde. Aber ein paar von diesen gehören wohl auch seinen Soldaten. Und seinem Oberstallmeister. Oder dem Hofmarschall, dem Truchsess und dem Jägermeister. Oder wie die wichtigen Herren noch alle heißen.«

Lucas band soeben eines der Pferde los, um es in den Stall zu führen. Er blickte nicht auf, und Alessa war es unangenehm, über den ganzen Hof zu rufen, um ihn auf sich aufmerksam zu machen. Daher ging sie mit Flori an der langen Reihe der Pferde entlang, grüßte die aufblickenden, im Grunde aber mit ihren Pferden beschäftigten Soldaten und folgte ihrem Cousin in das Gebäude. Die meisten der Tiere waren in einfachen Ständen angebunden, doch einige hatten eigene Ställe mit festen Wänden und Türen.

Als sie an einer dieser Türen vorübergingen, trat das dahinter eingesperrte Pferd so heftig gegen das Holz, dass der Knall ihr in den Ohren dröhnte und sie vor Schreck zur Seite sprang. Lucas, der sie inzwischen bemerkt hatte, eilte zu ihr, nahm ihren Arm und geleitete sie wieder ins Freie.

»Wem gehört denn so ein wildes Pferd?«, fragte Flori mit erschütterter Miene.

»Hauptmann Kühne von der Leibgarde des Herzogs«, erwiderte Lucas.

»Ist das Theseus?«, fragte Alessa und spähte neugierig in den Stall.

Ihr Cousin sah sie verwundert an, weil sie mehr wusste, als er vermutet hatte. »Nein. Das ist Achill. Und er hatte es nicht auf euch abgesehen, falls ihr das glaubt. Er langweilt sich und ärgert sich darüber, dass der Hauptmann nun schon tagelang Theseus den Vorzug gegeben hat. Wie gut ich ihn da verstehen kann!«, sagte er.

»Den Hauptmann oder Achill?«, erkundigte sich Alessa.

»Den Hengst. Es ist hart, nicht beachtet zu werden. Gerade, weil Achill einmal Besseres von ihm gewohnt war. Ich freue mich, dich zu sehen, Base. Wäre es nach mir gegangen, hätte ich dich schon früher aufgesucht, aber man ließ mich nicht gehen. Mir scheint, sie misstrauen dir noch immer und wollen nicht, dass wir uns näherkommen.« In der Tat bemerkte Alessa, noch während er sprach, dass sein Hauptmann zu ihnen heranschlenderte, als dürfte er nicht dulden, dass sie unbeaufsichtigt miteinander sprachen.

»Was bedeutet ›sie‹? Deine Vorgesetzten?«, fragte sie.

Lucas' Miene wurde grimmig. »Wenn es nur das wäre! Alle, die mich umgeben, sind Teil einer Verschwörung, in der es darum geht, jeden meiner Schritte zu überwachen. Nicht einmal meine Freunde stehen ganz auf meiner Seite.«

Er nahm vor seinem zu ihnen tretenden Hauptmann eine aufrechte Haltung an. Alessa erkannte an der Tabakspfeife zwischen seinen Zähnen den Offizier, der ihr auch schon in Stechinellis Haus begegnet war.

»Hauptmann von Brühl, darf ich vorstellen: Meine Cousine Alessandra aus Venedig«, sagte Lucas.

Der Hauptmann nickte Alessa zu. »Ich wurde in Kenntnis gesetzt, dass der Zweifel daran ausgeräumt ist. Das ändert nichts daran, dass ich dich soeben dazu eingeteilt habe, beim Sichten und Reinigen unserer Gewehre Dienst zu tun, Bucco. Mach dich auf den Weg zur Waffenkammer.«

Lucas starrte ihn fassungslos an. »Ohne Mittagessen?«

Alessa schnaubte ärgerlich und stampfte mit dem Fuß auf. »Um Himmels willen! Hauptmann Brühl, hört auf, meinen Cousin zu schikanieren, nur weil ich die Dummheit besessen habe, ihn hier in Celle zu besuchen. Lieber werde ich sofort gehen, als dass er meinetwegen auch noch auf sein Mittagessen verzichten muss. Verzeih mir, Lucas, vielleicht wird es ein anderes Mal besser passen. Ich wünsche dir …«

Ihr Cousin griff nach ihrem Arm und schüttelte den Kopf. »Nein. Der Hauptmann scherzt bloß. Nicht wahr, Hauptmann von Brühl? Mich gerade jetzt ohne Essen zum Flintenputzen zu schicken ist ein Scherz, so als würde ich sagen: ›Hauptmann, ich gehe heute Nachmittag zur Audienz bei Frau von Harburg und stelle mich vor.‹ Auf diese Art ziehen wir uns bloß gegenseitig auf. In Wirklichkeit hat er nichts dagegen, dass ich mich jetzt für zwei Stunden beurlaube, um mit dir eine Mahlzeit einzunehmen. Nicht wahr, Hauptmann?«

Sein Ton war scharf geworden und ließ die Drohung deutlich durchscheinen. Auch seine Haltung hatte sich verändert. Auf einmal stand nicht mehr der gehorsame Knabe bei ihnen, den Alessa zuvor in ihrem Cousin gesehen hatte, sondern ein junger, stolzer Adliger, der sich offensichtlich an den Rand seiner Geduld gedrängt fühlte.

Mit gemessenen Bewegungen nahm Hauptmann von Brühl seine Pfeife aus dem Mund und musterte Lucas eingehend. »Haben wir vergangene Nacht schlecht geschlafen, Herr von Bucco? Warum so ungehalten? Selbstverständlich habe ich nur gescherzt. Lasst euch das Essen schmecken, und sei pünktlich um die zweite Mittagsstunde zurück.«

Ohne dass sich sein Gesicht aufhellte, nickte Lucas ihm zu, bot Alessa seinen Arm und marschierte mit ihr zum Tor, Flori hinterdrein. Beim Tor raunte er ihr zwischen geschlossenen Zähnen hindurch zu: »Sobald wir durch das Tor gegangen sind, wird er jemanden hinter uns herschicken. Aber pfeif drauf. Heute können sie mich alle mal.«

Alessa zuckte mit den Schultern, als ginge es sie nichts an, ob jemand ihnen folgte, doch unauffällig achtete sie darauf und bemerkte bald, dass er recht behielt. Er selbst schenkte ihrem Schatten keinerlei Aufmerksamkeit, sondern führte sie geradewegs in ein Gasthaus.

Nachdem sie eine Mittagsmahlzeit bestellt hatten, ließ Flori sie mit Lucas allein und gesellte sich zu ein paar Jungen, die sich vor der Tür ein Mühle-Spielfeld in den Sand gekratzt hatten. Ihr Cousin lehnte sich auf der Bank zurück, verschränkte die Arme und sah ihr in die Augen.

Ganz deutlich erkannte sie nun seine Ähnlichkeit sowohl mit Zenobia als auch mit Herzog Georg Wilhelm. Sie erkannte, dass sie an diesem Tag in der Hoffnung zu ihm gegangen war, in ihm doch noch einen Freund zu finden. Ihre Geheimnisse lasteten wie Blei auf ihr, und sie hätte zu gern wenigstens einen Teil von ihnen mit jemandem geteilt. Doch noch wusste sie nicht, ob sie ihm vertrauen durfte.

»Warum haben sie so viel Angst davor, dass wir beide uns anfreunden?«, fragte er sie.

»Soweit ich bisher herausfinden konnte, geht es dabei nur darum, Eleonore von Harburg zu schonen, weil sie sich in einem so geschwächten Zustand befindet.«

Eine Weile unterhielten sie sich darüber, wie unsinnig oder gerechtfertigt das Verhalten des Herzogs ihnen in dieser Hinsicht erschien. Während Alessa Verständnis dafür hatte, dass es in den komplizierten Verhältnissen der höfischen Gesellschaft nicht immer das Mittel der ersten Wahl sein konnte, die schlichte Wahrheit auszusprechen, betonte Lucas, wie sehr ihn die Heuchelei anekelte, die ihn umgab.

»Nicht beim Theater findest du die besten Mimen, sondern bei Hof. Ich bin ihres Taktierens und der Lügen so überdrüssig!«

»Dennoch lügen wir alle hin und wieder. Und manchmal ist es

zum Besseren. Erinnere dich an unseren Ausflug mit dem Boot, als wir Kinder waren. Hätten wir nicht gelogen, hätte Nonno uns beiden eine Tracht Prügel verabreicht. Und wem haben wir damit geschadet?«

Endlich schlich sich ein Lächeln auf seine Lippen. »Unser Großvater war mir immer unheimlich. Er war so ein harter, lauter Mann. Zumindest ihn vermisste ich nicht, als der Herzog mich mit nach Hannover nahm. Ich erinnere mich noch daran, dass ich dich bedauerte, weil du mit ihm allein zurückbleiben musstest. Wie ist er gestorben?«

Alessa öffnete die Lippen – und brachte keinen Ton heraus. Auf einmal sah sie ihren Großvater wieder tot am Boden liegen und glaubte sogar, seinen Geruch in der Nase zu haben. Der Geruch von zu lang getragener Leinenunterwäsche, dem Talg, den er sich in seinen Bart und in die Haare schmierte, dem Leder seiner Handschuhe, dem Muff seiner Kleiderschränke und seines schlechten Atems. *Gecko*, sagte er halb abfällig, halb bewundernd in ihr Ohr und lachte darüber. In diesem Moment begriff sie, wie weit sie würde ausholen müssen, um Lucas ihre Geheimnisse anzuvertrauen und ihm die Wahrheit über ihr Leben beizubringen. Bei ihm, der ihr gerade von seiner Liebe zur Wahrheit erzählt hatte, war es beinahe noch schwieriger, als doch alles Arthur anzuvertrauen. Der war immerhin im Bilde darüber, dass sie eine Lügnerin und Betrügerin war.

»Er hatte einen Unfall und ertrank«, sagte sie.

Er tätschelte unbeholfen ihre Hand. »Das muss schlimm für dich gewesen sein.«

Wohl um sie zu trösten, sprach er eine Weile wohlwollend über alle Erinnerungen, die er an ihren Großvater hatte. So manches gemeinsame Erlebnis tauchte dabei aus der Vergessenheit auf, und Alessa steuerte ihren Teil bei. Ihr Essen wurde aufgetischt, Flori holte sich seinen Teil davon nach draußen, sie speisten und plauderten, und immer wieder flackerte in Alessa das Gefühl auf, dass er tatsächlich ihr nächster Angehöriger war und sie einander eine besondere Art der Geborgenheit zu bieten hatten, die nur durch Verwandtschaft und eine gemeinsame Kindheit entstehen konnte. Und endlich rang sie sich schweren Herzens dazu durch, ihn doch noch einzuweihen.

»Lucas, bevor du zurück zu deinem Hauptmann gehst, muss ich dir noch etwas sagen. Auch ich war nicht ganz ehrlich mit dir. Bevor ich Venedig verlassen habe, ist dort etwas geschehen. Als Tante Zenobia … Als deine Mutter starb …« Wieder blieben ihr alle Worte im Hals stecken, als sie an die Geschehnisse ihrer letzten Tage in Venedig dachte.

Ihr Cousin sah sie gespannt an. »Was? Geht es um ihre Hinterlassenschaft? Der Herzog sagte mir einmal, Großvater hätte nach Mutters Tod alles verkauft und ihm den Erlös zukommen lassen, damit er ihn für mich verwaltet. Er hat mir davon ein kleines Gut bei Hannover gekauft, das mir immerhin jedes Quartal eine bescheidene Summe einbringt. Oder hat es gar nichts mit mir zu tun?«

Verwirrt runzelte Alessa die Stirn. »Nonno hat gar nichts verkauft. Dazu hatte er keine Gelegenheit mehr. Es lag nur ein einziger Tag zwischen ihrem und seinem Tod. Und die Zeit hätte gewiss nicht ausgereicht, um Herzog Georg Wilhelm …«

Lucas unterbrach sie. »Ich dachte, Großvater wäre erst kürzlich gestorben?«

Sie nickte. »Ebenso wie deine Mutter.«

Ungläubig starrte er sie an. Als würde er an Fäden gezogen, erhob er sich und krampfte dabei die Hand um den Griff seines Degens. »Mutter ist seit vielen Jahren tot. Sie wusste, dass sie bald sterben würde, deshalb hat sie mich mit dem Herzog gehen lassen. Sie starb, kurz nachdem wir in Hannover angekommen waren.«

Ein Schauder des Entsetzens überlief Alessa, als sie in sein kreidebleiches Gesicht blickte. »Du hast sie all die Jahre für tot gehalten? Das ist … Das tut mir leid. Das ist entsetzlich.«

Mit einer weit ausholenden Bewegung fegte er den gedeckten Tisch leer. Krüge, Bretter, Schalen, Messer, Brot, Becher, Wein und Suppe schepperten auf den Boden und vermengten sich dort zum Abbild seiner berechtigten Wut und Verwirrung.

»All die Jahre! Was für ein verlogenes Pack ihr alle seid! Kam es meiner Mutter nie in den Sinn, mir wenigstens eine einzige Zeile zu schicken? Kam es dir nicht in den Sinn? Nicht unserem verfluchten Großvater? Konntet ihr euch nicht denken, wie ich gelitten habe, weil ich außer dem Herzog alle verloren hatte, die ich kannte? Ich dachte längst, auch du wärst tot, als du hier erschienen bist! Warum sonst hätte nie wieder jemand von euch an mich gedacht? Tausend Bekannte des Herzogs reisten nach Venedig und kehrten zurück. Nie ein Wort! Ich spucke auf euch alle! Noch heute befreie ich meinen überheblichen, lügnerischen Vater von der Last meiner Gegenwart in dieser Stadt. Ab jetzt bin ich mein eigener Herr.«

Mit einem tobsüchtigen Stoß warf er auch noch den Tisch um, sodass Alessa aufspringen musste, um sich in Sicherheit zu bringen. Dann rannte er zur Tür hinaus.

Es kam ihr nicht in den Sinn, ihm zu folgen. Sie verstand seine Wut und fühlte sich seinetwegen schäbig. Obgleich sie oft an Lucas gedacht hatte, nachdem der Herzog mit ihm aus Venedig abgereist war, hatte sie ihm nie eigenhändig geschrieben. Ihre Tante hatte dem Herzog versprechen müssen, alle Nachrichten nur an ihn zu senden und niemals an Lucas. Soweit Alessa wusste, hatte Zenobia auch davon nur wenige Male Gebrauch gemacht.

Nun erst begriff sie den Grund dafür. Dem Kind vorzumachen, dass seine Mutter gestorben war, hatte alle Auseinandersetzungen um mögliche Besuche oder gegenseitige Verpflichtungen im Keim erstickt. Vielleicht war es sogar eine gut gemeinte Tat gewesen, in der Annahme, dass ein scharfer Schmerz über den Tod der Mutter und eine kurze Trauerzeit für ein Kind besser seien als die langjährige Sehnsucht nach der noch lebenden, aber abwesenden Frau. Dass es den nun erwachsenen Lucas so tief kränken würde, von der Lüge zu erfahren, hatte vermutlich niemand bedacht.

Flori kam herein, warf einen Blick auf das Durcheinander am Boden und blickte mit sorgenvoll hochgezogenen Augenbrauen zu ihr auf. »Was hat er denn, dein Cousin? Habt ihr gestritten?«

Bevor Alessa antworten konnte, erschien der Wirt in der Gaststube, musterte zuerst den Schaden und dann mit verkniffenem Gesicht sie beide. »Wer kommt für die Zeche auf?«

Alessa seufzte und zückte ihren Geldbeutel. »Nimm es dem Mann nicht übel, Wirt. Ich habe ihm eine schlechte Nachricht überbracht. Ich zahle die Zeche und gebe dir für die zerbrochenen Krüge und deine Mühe etwas dazu.«

Die Züge des Wirts wurden weicher. »Zahlt mir etwas für die Krüge. Die Mühe werden sich meine Mägde machen, und denen kann es gleich sein, ob sie nun diese Arbeit tun oder eine andere. Wie ich den jungen Herrn von Bucco kenne, wird er sich entschuldigen, wenn er das nächste Mal herkommt. Bestellt ihm beste Wünsche von mir. Ich hoffe, das Ungemach wird sich als weniger schwer herausstellen, als er jetzt glaubt.«

Bedrückt nickte sie. »Falls ich ihn sehe, werde ich ihm von deiner Freundlichkeit berichten.«

Mezzanotte war Alessandra Ferretti und dem Knaben, den sie bei sich hatte, ohne größere Hindernisse bis zu einem prächtigen Stallgebäude gefolgt, in dem es von Soldaten wimmelte. Beschwerlicher wurde es, nachdem sie mit einem jungen Mann wieder herausgekommen war. Er wollte sich gerade wieder in Bewegung setzen, um den Anschluss nicht zu verlieren, als sich zwei weitere junge Männer ebenfalls an die Fersen des noch immer von dem Knaben begleiteten Paars hefteten.

Er hatte sich an diesem Tag nicht in seinen auffälligen schwarzen Reiseumhang gekleidet, sondern Kleidung in unedlen, gewöhnlichen Farben angelegt, die den Gewohnheiten der bürgerlichen Deutschen angepasst war. Ganz verzichtet hatte er allerdings wegen seiner Messer nicht auf einen Mantel, obwohl die Sonne sommerlich brannte. Der Schweiß lief ihm daher in kleinen Rinnsalen den Rücken hinab. Doch an diesem Tag konnte ihn das nicht aus der Ruhe bringen. Jede weitere Unbequemlichkeit, die er erlitt, häufte er auf die Waagschale seiner Rachsucht.

Die beiden jungen Männer setzten sich in der Nähe des Gasthauses, in das die Signorina mit ihrem Begleiter ging, auf den Rand einer Viehtränke und schwatzten entspannt miteinander. Ganz offensichtlich beschatteten sie die Verfolgten nicht aus feindseligen Gründen. Weil es kaum möglich war, eine bessere Stelle zum Warten zu finden, stellte Mezzanotte sich ebenfalls an die mit Wasser gefüllten Tröge und betrachtete die schnatternde Gänseschar, die von zwei singenden Mädchen auf sie zugetrieben wurde. Kinder gab es reichlich in dieser Stadt, in der an allen Ecken und Enden neue Häuser gebaut wurden. Er wandte seinen kalten Blick dem Knaben zu, der aus der Gaststube gekommen war und sich den auf der Straße spielenden Bälgern angeschlossen hatte. Kinder kamen in Massen auf die Welt, und sie starben wie die Fliegen. Auf eines mehr oder weniger kam es nicht an.

Kurze Zeit später stürmte Alessa Ferrettis Bekannter mit finsterer Miene aus dem Gasthaus und geradewegs auf seine zwei Bewacher zu. Mezzanotte verstand nicht, worum es in dem Streit ging, der zwischen ihnen entbrannte, doch er freute sich darüber, dass die Männer zu dritt davonmarschierten und die Signorina allein zurückließen. Nun – allein bis auf den Knaben. Doch dessen Gegenwart war Mezzanotte inzwischen willkommen.

Weil Alessa Flori den Tag nicht vollends verderben wollte, kaufte sie neben einem Krug dünnen Apfelmosts etwas süßes Gebäck und ging mit ihm in die herzoglichen Gärten unweit von Stechinellis Haus. Auf seine Bitte hin wollte sie ihn dort die Anfänge einiger akrobatischer Kunststücke lehren, was die Sartoris ihm bisher verweigerten, weil sie ihn für zu ungeschickt hielten.

Sie suchten sich für ihr kleines Picknick eine Wiese aus, die in der Nähe des prunkvollen Fachwerkhauses des Hofgärtners lag, und für eine Weile zeigte Flori mehr Interesse daran, der Gärtnertruppe dabei zuzusehen, wie sie präzise geformte, mit winzigen Büschen gesäumte Beete im neuen, französischen Stil anlegten, als an Akrobatikübungen. Die Schönheit der aus Pflanzen geformten Muster begeisterte ihn so sehr, dass er die Gärtnergesellen damit zum Lachen brachte und für sich einnahm. Noch etwas später zeigten dann die Gärtner mehr Interesse an Floris Akrobatikübungen als am Anlegen der Beete.

So scherzten sie miteinander, bis der Oberhofgärtner aus dem Haus kam, seine Arbeiter zur Ordnung rief und Alessa höflich ersuchte, sich in den weitläufigen Anlagen des herzoglichen Lustgartens eine andere Stelle für ihren müßigen Zeitvertreib zu suchen.

Schulterzuckend verabschiedeten sie sich, um noch eine Runde durch die Gärten zu spazieren. Obgleich Alessa sich wegen des traurigen Zwists mit Lucas nicht unbeschwert fühlen konnte, war es ihr gelungen, ihre Verzweiflung während der Zeit mit Flori für eine Weile zu vergessen. Erst als sie am fortgeschrittenen Nachmittag den Weg durch die ganze Länge der Gärten antraten, um zum »Goldenen Eber« zurückzukehren, wurde ihr Herz wieder so schwer, dass sie am liebsten sofort die Stadt verlassen hätte.

»Können wir uns noch dieses kleine Häuschen ansehen?«, fragte

Flori und zeigte auf einen Ziertempel, von dem nur das weißgoldene Dach über die ihn umgebenden Sträucher hinausragte.

Ebenso neugierig wie er, verließ sie mit ihm den Weg, um das kleine sechseckige Bauwerk zu betrachten.

Nicht die leiseste Vorahnung warnte sie vor dem Mann, der sich ihnen wie aus dem Nichts gekommen in den Weg stellte, als sie den Ziertempel wieder verlassen wollten. Er ließ ihr keine Zeit zu schreien, sondern hieb ihr die Faust mit solcher Wucht in den Magen, dass sie glaubte, sie würde auf der Stelle sterben. Flori ohrfeigte er so heftig, dass der Junge zu Boden stürzte und sich nicht mehr rührte. Bevor Alessa wieder zu Atem kommen konnte, stieß er sie auf den Steinboden des Gebäudes und trat sie immer wieder mit der Spitze seines hart besohlten Schuhs, bis sie vor Schmerzen weinte. Erst dann zog er sie an den Haaren wieder auf die Füße und zwang sie, ihm in die Augen zu sehen.

»Du weißt, wer ich bin?«, wisperte er und machte ihr damit klar, dass sie keinen Ton von sich geben durfte, der lauter gewesen wäre als sein Flüstern.

Stumm vor Angst brachte sie keine Antwort hervor, und auch ein Nicken war unmöglich, solange er seine Hand fest in ihr Haar gekrallt hatte. Wie beiläufig trat er nun auch Flori, der sich kaum sichtbar geregt hatte.

»Ich bin Mezzanotte. Ich habe deinen Großvater getötet. Und ich werde auch dich töten und diesen dreckigen kleinen Straßenköter. Und alle, an denen dir törichterweise etwas liegt. Wo ist das Medaillon?«

Vor Alessas innerem Auge erschien das Medaillon – blau und funkelnd, ihr Eigentum, ihre Erbschaft. Und auf einmal konnte sie durch ihre Angst hindurch wieder klare Gedanken fassen. Ihm einfach zu geben, was er wollte, würde unweigerlich ihren Tod bedeuten. Er würde sie auf keinen Fall freiwillig am Leben lassen. Sie brauchte einen Aufschub.

»Gestohlen«, stieß sie hervor. »Es wurde mir gestohlen. Aber ich weiß, wo es ist, und ich kann es zurückstehlen.«

Sie hatte damit gerechnet, dass er sie wieder schlagen würde. Doch bot es ihr erschütternd wenig Schutz, darauf vorbereitet zu sein. Es schützte möglicherweise nur ihr Genick davor zu brechen. Die Umgebung verschwamm vor ihren Augen, und sie musste darum kämpfen, bei Bewusstsein zu bleiben. »Ich schwöre es«, murmelte sie und spürte bereits, wie ihre anschwellende Lippe das Sprechen erschwerte.

»Du lügst«, zischte er. »Wer glaubt den Schwüren einer elenden *Gazza ladra*? Wenn ich mit dir fertig bin, wirst du mich darum anbetteln, dass du mir das Medaillon geben darfst.«

Sie spürte seine Hände um ihre Kehle, die gerade so fest zudrückten, dass Todesangst in ihr aufstieg. »Ich würde es dir geben, aber ich habe es nicht. Du kannst mich töten, dann ist es für dich verloren. Du wirst nie ins Schloss gelangen, um es dir zu holen. Ich kann es zurückstehlen, wenn du mich lässt.«

Flori richtete sich wimmernd ein wenig auf. »Sie sagt die Wahrheit. Jemand hat es ihr gestohlen und dann verkauft. Tut ihr nichts!«

Mezzanotte sah ihn an und zeigte mit dem Finger auf ihn. »Du! Merk dir, was ich dir jetzt sage: Du bist der Erste, der sterben wird, wenn ihr beide nicht tut, was ich befehle. Ich werde dir die Kehle durchschneiden wie einem Schwein und dich ausbluten lassen. Ganz gleich, wo du dich verkriechst, ich werde dich finden. Ich oder einer von meinen Dienern.« Er zog Alessa an ihrem Hals so nah zu sich heran, dass sie seinen Zwiebelheringatem roch und auf ihrem Gesicht spürte, und flüsterte ihr ins Ohr: »Ich gebe dir bis morgen Nachmittag Zeit. Dann gibst du mir das Medaillon und den Namen, den ich hören will. Vielleicht lasse ich dann den Bengel am Leben.«

Alessas Knie fühlten sich so weich an, dass sie nachzugeben

drohten, doch ihr Wille hielt sie aufrecht. »So einfach ist es nicht. Es ist ein Einbruch in eine bewachte Burg. Wir müssen das vorbereiten. Wenn du das Medaillon willst, hilft es dir nicht, wenn sie mich erwischen. Heute Nacht ist kein guter Zeitpunkt«, flüsterte sie halb erstickt, während sie heimlich mit einer Hand Flori aufforderte wegzulaufen. Zu ihrem Kummer rührte er sich nicht.

Der Mörder fletschte die Zähne und spuckte ihr seine Worte förmlich ins Gesicht. »Kennst du den Ruf, den ich in der Serenissima habe? Wem der Tod durch meine Hand bestimmt ist, der entgeht ihm nicht. Du glaubst jetzt, dass du mich hinhalten und mir entkommen kannst. Aber du kannst es nicht. Wenn ich dich heute gehen lasse, dann, weil ich es liebe, mir vorzustellen, wie du die ganze Nacht vor Furcht heulst. Und morgen wirst du angekrochen kommen und mir bringen, was ich verlange. Dir werde ich nicht einfach nur die Kehle durchschneiden, weißt du? Zu dir komme ich, wenn du es am wenigsten erwartest, und dann quäle ich dich zu Tode.«

Alessa erschien es, als erregte es ihn, seine Drohungen auszusprechen. Vielleicht war es gerade das, was sie so wütend machte, dass sie ihrer Angst etwas entgegensetzen konnte. »Ich kann das Medaillon morgen nicht herbringen. Aber ich werde dir sagen, wie ich es dir beschaffen kann.«

Als hätte ihr Widerstandsgeist auch Flori Kraft gegeben, sprang der endlich auf und lief in Richtung Stadt und Herberge davon, so schnell ihn seine jungen Beine trugen. Mezzanottes Hände zuckten, als wollte er sie loslassen, doch er besann sich, fluchte nur und zischte ihr dann die nächste Drohung ins Ohr.

»Falls es dir in den Sinn kommt, jemanden um Hilfe anzubetteln, um mir Scherereien zu machen, lass dir gesagt sein, dass ich mit größtem Vergnügen dafür sorgen würde, dass man dich hier vor deinem Tod noch als das erkennt, was du bist: als schmutzige Diebin, die ihr Leben lang nichts anderes getan hat, als reiche, adlige Herrschaften zu bestehlen. Vielleicht würden sie dich noch schneller zerreißen, als ich dich töten könnte. Und nun lauf schnell, damit du den Bengel davon abhalten kannst, etwas Dummes zu tun.«

22

Arthur hatte am Morgen seinen Ausritt mit Theseus länger ausgedehnt als sonst, und er hatte eine Richtung eingeschlagen, die ihn auf keinen Fall in die Nähe des »Goldenen Eber« führen würde. Dennoch war es ihm nicht gelungen, Alessa auch nur für kurze Zeit aus seinen Gedanken zu verbannen. Er dachte noch immer über sie nach, als er aus dem Stall ins Schloss zurückkehrte.

Am Vorabend war es ihm eine Genugtuung gewesen, ihre Reaktion zu beobachten, als sie das Medaillon am Hals von Eleonore von Harburg entdeckte. Deutlich stand auf ihrem Gesicht die Entschlossenheit geschrieben, sich das Schmuckstück zurückzuholen. Es gab nicht mehr den leisesten Zweifel daran, dass sie den Schmuck ihrer verstorbenen Tante erkannt und ihn nicht freiwillig hergegeben hatte. Warum nur weigerte sie sich so störrisch, ihn in die Geschichte einzuweihen? Er hatte alle nötigen Vorkehrungen getroffen, um es ihr unmöglich zu machen, sich in Eleonores Gemach zu schleichen, und sie davor gewarnt. Da keiner seiner Wachtposten in der Nacht etwas Verdächtiges bemerkt hatte, schien sie sich für den Moment damit abgefunden zu haben, dass sie nichts erreichen konnte.

Zwiespältige Gefühle stritten in ihm. Einerseits war er von Kindheit an überzeugt davon, dass jedes Verbrechen aufgedeckt werden und jeder Täter bestraft werden musste. Andererseits hoffte er aus tiefster Seele, dass es Alessandra Ferretti erspart bleiben würde, ertappt und bestraft zu werden. Wäre es anders gewesen, hätte er ihr in der vergangenen Nacht eine Falle gestellt, statt sie vor seinen Wachen zu warnen. Während seines langen Ausritts war er zu dem Schluss gekommen, dass er sie retten wollte. Nicht nur davor, als Diebin gefasst zu werden, sondern davor, eine Diebin zu sein. Er sah so viel Gutes in ihr, dass es einfach möglich sein musste, sie zu kurieren. So bald wie möglich wollte er sie aufsuchen und ein langes, vernünftiges Gespräch mit ihr führen.

Die Wachen im Torhaus des Schlosses, die ihren Dienst in der frühen Morgendämmerung angetreten und ihn bei seinem Aufbruch noch fröhlich gegrüßt hatten, bedachten ihn mit merkwürdigen Blicken, als er dieses Mal an ihnen vorüberging. Als wäre ihnen bei seinem Anblick unwohl. Hatten seine Männer irgendwelchen Unfug getrieben, der ihm noch nicht zu Ohren gekommen war?

In seinem Vorzimmer erwartete ihn bereits der Zweite Hofmarschall, dessen mit seinem roten Rock harmonierender hochroter Kopf ihn ahnen ließ, dass in der Tat etwas Aufsehenerregendes geschehen war. Er musste nicht fragen. Der Hofmarschall platzte damit heraus, sobald er ihn sah.

»Ein Einbruch! Erneut ein Einbruch! Hauptmann Kühne, das ist ein Skandal! Der ganze Hof lacht, aber ich bin empört. So etwas darf an einem Hof wie dem unsrigen nicht vorkommen! Ihr müsst den Täter dingfest machen. Umgehend!«

Arthurs Herz sackte ihm in den Magen. Er hatte sich so sicher gefühlt, Alessa abgeschreckt zu haben. Wie war es ihr gelungen, an seinen Wachen vorbeizukommen? Er wandte sich ab und beschäftigte sich damit, seine Reitjacke abzulegen, um seine Fassung zurückzugewinnen. Erst dann räusperte er sich und sprach.

»Die ganze Geschichte, bitte, Euer Wohlgeboren. Was genau ist vorgefallen? Wünscht Ihr ein Glas Brombeergeist, um Eure Nerven zu beruhigen? Wirkt Wunder, habe ich mir sagen lassen.« Ohne eine Antwort abzuwarten, nahm er eine Karaffe aus dem Schrank und füllte zwei kleine Gläser. Das seine leerte er, noch während er seinem Gast das andere in die Hand drückte.

»Es handelt sich um einen Einbruch in das Gemach von Baron Alwin von Kempf, der außer sich ist vor Zorn, wie Ihr Euch leicht vorstellen könnt. Der Täter ist in seine Räume eingedrungen, während er schlief, und hat jede einzelne seiner Hosen gestohlen.«

Verdutzt hielt Arthur dabei inne, das zweite Glas Brombeergeist an seine Lippen zu führen. »Seine Hosen?«

Die Gesichtsfarbe des Hofmarschalls verdunkelte sich noch um eine Nuance. »Hosen. Jawohl. Beinkleider. Ein Scherz, der von überaus schlechtem Geschmack zeugt. Der Baron meldete den Verlust von etwa zehn Hosen und einigen Jacken. Ich wage gar nicht, Euch zu schildern, in welchem Zustand wir etliche davon wiedergefunden haben. Anstößig. Unzüchtig. Er verlangt, Euch auf der Stelle bei sich zu sehen.«

Pflichtschuldigst suchte Arthur Baron Alwin von Kempf in seinen Gemächern auf. Nicht ganz so eilig allerdings, dass ihm nicht noch Zeit blieb, vom Dienstpersonal des Hofes in Erfahrung zu bringen, was es genau mit dem Zustand auf sich hatte, in den die von Kempf'schen Beinkleider geraten waren. Es stellte sich heraus, dass jede der Hosen von dem Dieb – nur in Gedanken ergänzte Arthur »oder der Diebin« – an einer anderen Stelle ausgestellt worden war, an der sie den Bewohnern des Schlosses ins Auge fallen musste. Die Kleidungsstücke waren zerschlitzt, besonders aber im Schritt aufgerissen und an dieser Stelle mit – offenbar aus der Schlossküche entwendeten – aufgerichteten Würsten versehen. Einige waren in offensichtlich anstößiger Stellung auf aufgebauschte, weibliche Röcke drapiert worden. Eine Hose jedoch, und das war wirklich unerhört, lag in Verbindung mit einer der Jacken auf dem Dach der Innenhofgalerie. Die Jacke hielt in den ausgestreckten Armen ein – ebenfalls aus der Küche entwendetes – gerupftes Huhn, an dem die Hose sich verging. Der Küchenbursche, der ihm davon erzählte, konnte sich das Lachen nur mit großer Mühe verkneifen.

Arthur konnte sich nicht erinnern, vorher schon einmal so aufgewühlt gewesen zu sein, und musste doch seine übliche undurchdringliche und gelassene Miene zeigen, als er bei Baron von Kempf anklopfte.

Der vom Hofmarschall zu dieser undankbaren Aufgabe eingeteilte Page öffnete ihm und bat ihn ins Schlafgemach, wo der Baron mangels Hose noch in einen Schlafrock gehüllt dasaß und trank. Arthur bereute, dass er sich nicht selbst noch ein drittes Glas genehmigt hatte, um sich auf die Unterredung mit von Kempf vorzubereiten.

»Da ist er ja, der nutzlose Hauptmann der nutzlosen Wachen in dieser jämmerlichen Hütte, die ihr herzogliche Residenz nennt. Man hat mich unter deinen Augen beraubt und lächerlich gemacht. Ich kann mir nicht erklären, warum der Herzog von Celle-Lüneburg sich mit so vielen unfähigen Bediensteten umgibt. Offenbar hat dieser Landstrich nicht viele brauchbare Menschen zu bieten. Die Sicherheit des Hofs in solche Stümperhände wie deine zu legen muss allerdings das Werk verblödeter Berater sein. Ich sorge dafür, dass du deines Amtes enthoben wirst. Es sei denn, du sorgst dafür, dass der widerliche Dieb umgehend gefasst und öffentlich bestraft wird.«

Arthur verneigte sich, ohne die Miene zu verziehen. »Euer Wohlgeboren, um die Sache aufklären zu können, brauche ich Antworten auf einige Fragen. Ich hoffe, dass Ihr sie mir geben könnt. War Eure Tür in der vergangenen Nacht verschlossen oder verriegelt?«

»In einer angemessenen Hofhaltung hätte man dafür gesorgt, dass mir Tag und Nacht ein Kammerdiener zur Verfügung steht, zu dessen Aufgaben es zählt, darauf zu achten, dass meine Tür verschlossen ist. Hier jedoch … Es mag sein, dass sie unverschlossen war. Die Unverfrorenheit dieses Überfalls! Um mich herumzuschleichen, während ich schlief! Ungeheuerlich.«

Mit einer wütenden Handbewegung warf er sein geleertes Glas in den Kamin, wo es zwischen den für das nächste Feuer aufgeschichteten Holzscheiten zerbrach.

»Ungeheuerlich«, bestätigte Arthur kühl. »Gestohlen wurde nur Kleidung? Oder fehlen auch andere Dinge?«

Alwin von Kempfs Augen waren blutunterlaufen und hasserfüllt. »Willst du mich reizen, Kerl? Es ist ganz gleich, was gestohlen wurde. Allein das Eindringen in meine Gemächer ist eine abscheuliche Respektlosigkeit gegen meine Person und muss hart bestraft werden.«

Also wurde nichts anderes und damit im Grunde überhaupt nichts gestohlen, schlussfolgerte Arthur. Denn die Kleidungsstücke waren zwar beschädigt, würden jedoch in von Kempfs Besitz zurückkehren. Er hatte bereits in Auftrag gegeben, sie schnellstens so gut wie möglich auszubessern und zu reinigen. Die vor Schadenfreude blitzenden Augen der flinken höfischen Näherinnen, denen er die Aufgabe anvertraut hatte, ließen ihn allerdings daran zweifeln, ob sie wirklich ihr Bestes geben würden.

»Nur noch eine letzte Frage, Euer Wohlgeboren: Habt Ihr einen Verdacht, wer Euch diesen Streich gespielt haben könnte? Möglicherweise war das Ganze nur eine Kinderei, und Eure Verluste sind gering. Noch hat die Angelegenheit wenig Aufsehen erregt und wäre schnell vergessen, wenn wir nur diskret nachforschen. Seid Ihr sicher, dass es in Eurem Interesse ist, in aller Strenge öffentlich vorzugehen?«

Er sah dem Baron deutlich an, wie der ihn für jedes seiner Worte stärker hasste. Noch holte der beleidigte Popanz Luft für seine nächste Wutrede, da klopfte es an der Tür, und der Page ließ die Aufseherin der herzoglichen Wäschekammer herein, die sich darum hatte kümmern sollen, Hosen und Jacken des Barons wieder zusammenzutragen und ihm in ordentlichem Zustand auszuhändigen. Lenchen hatte bereits bei Hof Dienst getan, als Arthur noch ein Knabe gewesen war, und gehörte zu seinen besten Bekannten unter dem Gesinde. Er kannte sie als beherzte Frau, die ihm meist mütterlicher begegnet war als seine eigene Mutter.

Über ihrem Arm hing vorerst nur eine der von Kempf'schen knielangen Samthosen – vermutlich diejenige, welche am schnellsten hatte geflickt werden können. Lenchen knickste mit geneigtem Haupt. »Wenn Euer Wohlgeboren erlauben: In einer Stunde habt Ihr all Euer Eigentum gesäubert und geglättet zurück. Für jetzt bringe ich Euch dies.« Sie ließ sich die Beinkleider von dem Pagen abnehmen und knickste erneut, um sich zu verabschieden, als von Kempf ungehalten mit der Hand wedelte. Erst an der Tür drehte sie sich noch einmal um. »Oh. Ich bitte um Verzeihung, beinah hätte ich es vergessen. Es gehört ja noch etwas dazu, das wollt Ihr gewiss auch zurück.« Sie zog eine pralle Blutwurst aus ihrer Schürzentasche und legte sie mit ungerührtem Gesichtsausdruck auf einen Stuhl, der neben der Tür stand. Sie warf einen letzten, kühlen Blick auf Baron von Kempf, nickte ihm zu und ging.

Arthur brauchte all seine Selbstbeherrschung, um nicht laut zu lachen. Alwin von Kempf hingegen war leichenblass. »Ich reise ab. Sofort!«, stieß er hervor. »Und es war das letzte Mal, dass man mich an diesem verkommenen Hof gesehen hat!«

Arthur verneigte sich formvollendet und verließ das Gemach des Barons ruhigen Schrittes, um auf dem Flur weit hastiger seiner alten Bekannten nachzueilen, bis er sie eingeholt hatte und ihren Arm ergreifen konnte, um sie zum Einhalten zu bringen. »Lenchen, was war das? Dem Mann platzen gerade die Adern in den Schläfen. Wir können nicht einen Gast des Herzogs so brüskieren, dass er weiterzieht und sich über unseren Hof das Maul zerreißt. Er hat Zugang zu hohen Kreisen und ist so reich, dass keiner ihn ernsthaft zu verärgern wagt.«

Die Wirtschafterin sah ihn nicht an, sondern blickte stur geradeaus. »Mein lieber Junge, du weißt, dass ich ein breites Kreuz habe und mir schon viel von den hohen Herrschaften habe gefallen lassen. So leicht verliere ich nicht die Geduld. Aber dass diesem Kerl einmal jemand einen Denkzettel verpasst, dazu wurde es höchste Zeit. Reich? Reich an Filzläusen und Anmaßung ist er. Anderen Reichtum lässt er nicht erkennen. An diesem Hof ist niemand zu Gast, der sich noch geiziger verhält. Doch würden wir auch einen noch größeren Geizhals eher als ihn ins Herz schließen, wenn derjenige anderweitig Anstand besäße.«

Sie redete sich so in Rage, dass von ihrem heftigen Atem ihr Busen wogte. Behutsam führte Arthur sie am Arm weiter, damit sie weniger auffielen. »Herr im Himmel. Ich weiß, dass er ein unangenehmer Schürzenjäger ist, aber von der Sorte gibt es doch wahrhaftig genug, denen du nicht allen eine Blutwurst um die Ohren schlägst. Was macht ihn schlimmer als die anderen?«

Nun stiegen ihr Tränen in die Augen, er sah den verräterischen Glanz auch von der Seite. »Du weißt, dass meine Nichte seit ein paar Monaten hier Küchenmagd ist? Der Widerling hätte ihr um ein Haar Gewalt angetan, wenn der Koch nicht zufällig dazwischengekommen wäre …«

Arthur verkniff sich einen tiefen Seufzer. Auf einmal ergab die Szene im Festsaal einen Sinn, als Alessa ihn so flehentlich ansah, nachdem er von Kempf Wein eingeschenkt hatte. Er konnte nur hoffen, dass sie nicht selbst die allerschlimmsten Erfahrungen mit ihm gemacht hatte. »Warum habt ihr mir das nicht berichtet? Du müsstest doch wissen, dass mir ebenso viel daran liegt, unsere Mägde zu schützen wie unsere Herrschaften.«

Sie tätschelte flüchtig seine Hand, die auf ihrem Arm lag. »Solche Geschichten enden meist damit, dass die Magd fortgeschickt wird und der Herr sein Leben weiterlebt wie zuvor. Und unsere Tilda war so glücklich, dass sie die Stellung bekommen hat!«

Er schüttelte ungeduldig den Kopf. »Nein, Lenchen, das ist nicht recht. Mag sein, dass man den Baron nicht so leicht büßen lassen kann. Aber zumindest kann man ihm Wege versperren. Ich hätte ihm den Kammerdiener verschafft, den er sich so wünschte. Der hätte ihn auf Schritt und Tritt begleitet. Das nächste Mal, wenn ihr auch nur ahnt, dass wir einen Gast dieser Art haben, dann gibst du mir Bescheid.«

Sie schniefte und wischte sich mit dem Handrücken unter der Nase ab. »Wir werden sehen. Gib du nur gut acht auf dich. Am Ende wird der Baron dir auch noch schaden.«

Tatsächlich sah Arthur sich zum ersten Mal in Gefahr, die Gunst des Herzogs zu verlieren. Das hatte allerdings nur am Rande mit der bösen Zunge des Barons zu tun. Es lag vielmehr daran, dass er genau wusste, wer die nächtliche Einbrecherin war, und beabsichtigte, es dem Herzog vorzuenthalten. Wenn ans Licht käme, dass er die Aufklärung der beiden Einbrüche absichtlich verzögerte, genügte das als Grund für herzoglichen Unmut. Solches Verhalten stand einem Hauptmann der Leibgarde schlecht zu Gesicht. Sein Vater wäre entsetzt gewesen, hätte er davon erfahren. Ordnung, Regeln, Etikette, Gesetze, Pflicht, Standesbewusstsein, aufrechte Haltung – das war die Welt seines Vaters und seiner Mutter gewesen. Und die Grenzen dieser Welt hätte auch er niemals überschreiten sollen. Andererseits hatte es selbst ein hochwohlgeborener Herzog dann und wann nötig, die Grenzen zu seinen Gunsten zu dehnen und Regeln neu auszulegen.

Er jedenfalls war in Gedanken bereits unterwegs zum »Goldenen Eber«, um eine junge Frau zur Rede zu stellen, deren letztes Verbrechen er ihr trotz aller Scherereien, die er damit haben würde, beim besten Willen nicht übelnehmen konnte.

Jedenfalls dachte er das, bis sein Diener Kurt ihm mit sorgenvollem Gesicht mitteilte, dass er ohne Verzug beim Herzog vorzusprechen hätte. Offenbar sei in der Nacht ein Dieb durch ein Fenster in die Gemächer der Frau von Harburg eingestiegen und habe ein Schmuckstück gestohlen.

Herzog Georg Wilhelm erwartete ihn stehend, mit hinter dem Rücken verschränkten Händen. Sein Gesichtsausdruck war so finster, dass Gewitterwolken dagegen heiter wirkten. »Wir wissen beide, wer es war«, sagte sein Dienstherr grollend. »Finde sie, und bring sie zu mir.«

»Ist noch etwas anderes verschwunden als das Medaillon?«, fragte Arthur.

»Nichts. Sie hat ein Fenster zerbrochen, alle Schmuckschatullen meiner Frau geöffnet, aber nichts herausgenommen. Und sie ist in das Zimmer unserer Tochter eingedrungen. Vor allem deshalb ist Eleonore außer sich.«

Arthur stand wie üblich aufrecht und still, obwohl er seine Wut gern herausgeschrien hätte. Durchs Fenster? Sie war im Obergeschoss einer verdammten alten Burg durchs Fenster eingestiegen? Wie hatte er sie so unterschätzen können? Ruhig und tief atmete er ein und aus. »Was hat sie im Zimmer des Kindes gewollt?«

»Sie hat das Medaillon gesucht, nehme ich an. Es lag dort. Und bei der Gelegenheit hat sie unserer Tochter die Windeln gewechselt. Mit einer bestickten Seidendecke aus Eleonores Familienbesitz. Hätte sie etwas anderes benutzt, hätten wir es vermutlich nie erfahren, weil die Amme es aus Angst verschwiegen hätte. Doch da Eleonore vorhin die vollgepinkelte Decke im Bettchen fand, blieb dem dummen Huhn nichts anderes übrig, als es zu erklären.«

»Ich bitte Euer Durchlaucht für meinen Fehler um Verzeihung. Die Fenster hatte ich nicht in Betracht gezogen. Dieses Schmuckstück scheint ihr noch wichtiger zu sein, als ich vermutet hatte«, sagte Arthur.

Der Herzog lachte freudlos. »Natürlich ist es das. Bring sie her!«

In seinem Zorn legte Arthur den Weg zum »Goldenen Eber« so rasch zurück, dass er kaum wusste, wie er dorthin gelangt war, als er durch die Tür trat. Die Sartoris tummelten sich ebenfalls in der Gaststube. Offenbar waren sie gerade von einem vergnüglichen Ausflug zurückgekehrt. Alessa allerdings fehlte.

»Wo ist Signorina Rizzi?«, fragte er laut auf Französisch in den Raum, ohne eine Begrüßung vorauszuschicken.

Vitale Sartori musterte ihn kurz, dann stand er auf, zog für ihn einen Stuhl am Tisch der Truppe zurück und antwortete auf Französisch. »*Bonjour*, Hauptmann. Signorina Rizzi hat sich uns heute nicht angeschlossen, sondern ist ihrer eigenen Wege gegangen. Doch sie sagte, wir würden uns hier am späten Nachmittag wiedersehen. Wir besprechen um diese Zeit stets unsere nächsten Auftritte, müsst Ihr wissen. Setzt Euch zu uns und erweist uns die Ehre Eurer Gesellschaft, während Ihr auf sie wartet.«

»*Oui, Monsieur*. Wir wären sehr erfreut«, schloss seine Gemahlin sich ihm an. Die anderen hingegen wirkten, als hätten sie jetzt schon Mühe, dem Französischen zu folgen.

»Wohin ist sie gegangen?«, fragte Arthur, ohne sich zu setzen.

Vitale schmunzelte, nahm Platz und verschränkte die Hände auf seinem Bauch. »Signorina Rizzi ist zwar jung und von tadelloser Moral, doch sie ist auch eine Venezianerin. Ihr Deutschen seid solche Frauen nicht gewöhnt und glaubt, alle Weiber müssten sich folgsam unter den Schutz und die Vormundschaft der Männer stellen. Bei uns jedoch gibt es Frauen, die dazu ganz eigene Ansichten haben.«

Arthur ergab sich und ließ sich auf dem angebotenen Stuhl nieder. »Ihr irrt Euch, wenn Ihr glaubt, dass es solche Frauen nicht auch bei uns gäbe. Zudem lenkt so manches Weib ihre eigenen Geschicke, indem sie ihren Gatten lenkt.«

Der Schauspieler wechselte grinsend einen Blick mit seiner Gemahlin. »Das ist gewiss der Fall. Das Weib beherrscht den Mann durch Liebe, nicht wahr? Signorina Rizzi allerdings gestaltet heute ihren Tag ohne solche Umwege selbst und weihte uns nicht in ihre Ziele ein. Doch ist unser kleiner Schützling Flori mit ihr gegangen, falls Euch das tröstet.«

Die liebreizende Pippa fragte etwas auf Italienisch, worauf Zaira ihr antwortete. Ein kurzes Gespräch entspann sich zwischen ihnen und den beiden jüngeren Männern, Leandro Rossetti und Ottavio Sartori. Arthur bedauerte wieder einmal, dass sein Italienisch sich auf wenige Brocken beschränkte. Allerdings verstand er mehr, als die Schauspieler glaubten, vor allem weil er ihre Mimik und Gestik zu lesen vermochte. Offenbar hatte Pippa eben eine Anspielung darauf gemacht, dass Alessa die vergangene Nacht nicht in ihrem eigenen Bett verbracht hatte, und war von den anderen ermahnt worden, ihre Zunge zu hüten.

»Wie gut kennt Ihr Alessandra Ferretti?«, fragte er Vitale und beobachtete ihn dabei genau.

Dessen Miene wurde ernst, und er richtete sich auf, um sich zu Arthur herüberzuneigen. »Ich sehe, Signore, dass Signorina Rizzis wahrer Name Euch bekannt ist. Dieses Geheimnis gilt es also nicht länger zu wahren. Nun, wie gut kenne ich unsere *Arlecchina*? Ihre Tante war eine große Künstlerin. Allein mit ihrem wortlosen Auftritt konnte sie eine große Menge zum Schweigen bringen. In ihrem Tanz lag nicht nur Anmut, sondern auch eine Wildheit, die immer mehr dem Wahnsinn glich, je älter sie wurde. Nachdem der Herzog sie verlassen hatte … Nachdem sie sich getrennt hatten … *Dio mio!* Darüber schweigen wir lieber. Kurz: Alle, die in der Serenissima den Künsten des Theaters verbunden waren, bewunderten die große Zenobia Buccolini. Deshalb kannten auch die meisten von uns ihre kleine Nichte, die sie oft zu den Vorstellungen mitbrachte. Das Kind durfte sich auf Verlangen seines Großvaters und der verstorbenen Mutter nicht mit uns Theatermenschen gemeinmachen. Dennoch sahen wir sie aufwachsen. Daher ist sie uns nicht fremd, doch wir kennen sie auch nicht.«

»Sie war also nicht von Kindheit an für die Laufbahn einer Schauspielerin bestimmt? Wie kommt es dann zustande, dass sie eine so gewandte Akrobatin ist?«, hakte Arthur nach.

Vitale umschloss seinen langen Spitzbart mit einer Hand. »Sie hat auch uns damit überrascht. Man kann nur annehmen, dass Zenobia ihr gegen den Wunsch des Großvaters insgeheim Unterricht erteilte.«

»Was war ihr Großvater für ein Mann? Wovon lebte er?«

»Glaswaren, soweit ich weiß. Er besaß Anteile an einem Glashandel, den er in jüngeren Jahren führte. Die Erträge müssen ausgereicht haben, ihn und seine Enkeltochter zu ernähren.« Nun lehnte der Kopf der Sartoris sich wieder zurück und lächelte, als wäre der ernste Teil ihrer Unterhaltung damit beendet. Deutlich spürte Arthur, dass Vitale ihm etwas verschwieg, was Alessas Großvater anging.

Er sagte etwas auf Italienisch zu seiner Truppe, was mit Gesang zu tun hatte, woraufhin Leandro Arthur leutselig auf die Schulter klopfte und ein Lied anstimmte, während Ottavio seine Geige holte.

Rasch versammelte sich zum sichtlichen Vergnügen der Wirtin reichlich Publikum in der Gaststube, und Arthur fühlte sich auf charmante Weise ausmanövriert. In der fröhlichen, lauten Stimmung war es ihm nicht möglich, den Musikanten und Sängern weitere Fragen zu stellen. Doch immerhin sollte ihm die Wartezeit auf Alessa, falls sie tatsächlich erwartet wurde, durch ein Konzert versüßt werden, das ausgelassener und mitreißender klang als alle Musik, die bei Hof vorgetragen wurde.

Die Sartoris konnten nicht wissen, dass er unter gewöhnlichen Umständen zwar Freude an ihren Liedern gehabt hätte, sich an diesem Tag jedoch zurückhalten musste, um Ottavio nicht die

Geige aus der Hand zu reißen und darauf herumzutrampeln. Wo war Alessa? War sie womöglich längst über alle Berge? Vielleicht hatte nur ihr verlorenes Schmuckstück sie in Celle zurückgehalten? Was für ein Geheimnis war damit verbunden, dass sie sich solcher Gefahr aussetzte, um es wieder in die Finger zu bekommen? Andererseits schien ihr ohnehin jede Vernunft zu fehlen, was das anging. Sich in von Kempfs Gemach zu schleichen, während dieser für jedes Weib gefährliche Mensch darin war, war ebenfalls ein Wagnis gewesen, für das Arthur sie hätte schütteln mögen. Wenn sie geflohen war, wohin würde sie dann gehen, völlig allein und ohne Schutz?

Die Musik tobte laut um ihn her, die Zuhörer lachten, klatschten in die Hände, wippten und klopften auf Tische und Bänke, einige tanzten bereits. Es fiel ihm schwer, dabei nachzudenken, doch endlich erkannte er, was er nicht in Betracht gezogen hatte: Alessa würde Celle nicht verlassen haben, ohne ihrem Cousin Lucas wenigstens noch eine Nachricht zu senden. Eilig erhob er sich, nickte dem singenden Vitale zu und strebte zur Tür.

Er hatte sie noch nicht erreicht, als ihm der kleine Flori entgegenkam. Er drückte sich zur Tür herein, mit Augen, die vor Angst und Entsetzen so groß waren wie die einer Eule, und blieb wie erstarrt stehen, sobald er ihn bemerkte.

Arthur ging die letzten Schritte, die ihn von dem Knaben trennten, und ergriff seinen Arm. »Wo ist Alessa?«

Flori kniff die Lippen zusammen und schüttelte verzweifelt den Kopf, woraufhin Arthur vor ihm in die Hocke ging, um ihm in die Augen sehen zu können. »Du musst es mir sagen. Besonders, wenn sie in Schwierigkeiten steckt, musst du es mir sagen«, beschwor er das Kind in einer Mischung aus Französisch und Italienisch. Doch wahrscheinlich hätte auch schon der Klang seiner Stimme genügt, um dem Kind seinen Wunsch klarzumachen.

»Ich soll die Tür öffnen«, stieß Flori auf Italienisch hervor und schluchzte dabei.

»Zeig mir die Tür. Ich helfe dir.«

Er ließ sich von Flori durch das Gedränge der Wirtsstube zu einer Tür leiten, die sich zum Gemüsegarten hin öffnete. Draußen hockte Alessa zusammengekrümmt auf dem Steinsockel eines Regenfasses, als hätte sie sich nicht mehr auf den Beinen halten können.

23

Obgleich Alessa erschöpft war, Schmerzen litt und ihre Furcht nur mühsam im Zaum halten konnte, funktionierte ihr Verstand gut genug, um sie aufspringen zu lassen und Arthur eilig von der Tür weg ins Innere des Gasthauses zu drängen. Wenn Mezzanotte sie beobachten ließ, durfte sie auf keinen Fall mit einem Angehörigen der Leibgarde gesehen werden. Nachdem sie die Tür zum Garten hinter sich verriegelt hatte, fasste sie Arthur am Ärmel, damit er sie über die Hintertreppe zu ihrem Zimmer begleitete. »Komm mit. Man soll mich nicht so sehen.«

»Was du nicht sagst!«, erwiderte er scharf, folgte ihr jedoch nicht nur, sondern legte ihr den Arm um die Taille, um ihr die Stufen hinaufzuhelfen. Sie musste sich eingestehen, dass sie ohne ihn auf allen vieren gekrochen wäre. Ihre Seite tat ihr so weh, dass sie sich am liebsten nie wieder aufgerichtet hätte. Flori, der hinter ihnen ging, schluchzte immer wieder. Sie hatte ihn bereits gefragt, ob er verletzt sei, doch es schien, als wöge für den Knaben das Entsetzen darüber, wie sie misshandelt worden war, schwerer als die Schläge, die ihn selbst getroffen hatten.

Arthur verschloss die Tür des Zimmers, das sie sich noch immer mit Zaira und Pippa teilte, von innen, während sie sich auf ihr Bett setzte und dabei einen Schmerzensschrei unterdrückte.

Im Grunde war ihr bewusst, dass sie kein Recht hatte, von ihm Mitgefühl zu erwarten. Als er sich ihr nun mit wütender Miene zuwandte, wurde ihr dennoch übel, und sie hoffte nur stumm, dass er sie nicht ebenfalls schlagen würde.

»Du bist eine so verstockte Lügnerin, Fräulein Ferretti, dass ich dir am liebsten den Hals umdrehen würde. Doch ich sehe, dass es schon jemand vor mir versucht hat. Ich nehme an, es war ein wütender Mensch, den du bestohlen hast? Oder hast du noch einem anderen so einen amüsanten Streich gespielt wie dem Baron von Kempf? Was zum Teufel hast du dir dabei gedacht, in die herzoglichen Gemächer einzudringen? Ich hätte es nicht für möglich gehalten, dass du so dumm sein würdest! Das ist kein harmloser kleiner Unfug wie die Befreiung eines Äffchens, keine Sache, die ich herunterspielen und übersehen könnte. Der Herzog weiß, dass du es warst. Und er ist nicht erfreut. Ich soll dich sofort zu ihm bringen. Wenn ich es nicht tue, verliere ich mein Gesicht und meine Stellung.«

Sein Eingeständnis, dass er überhaupt erwog, sie nicht zu überführen und auszuliefern, trieb ihr die Tränen in die Augen. Doch ihre lebenslang eingeübte Haltung befahl ihr, ihre Fassade um jeden Preis aufrechtzuerhalten. »Ihr könnt gar nicht wissen, dass ich es war. Das sind nur Vermutungen.«

Er kam zu ihr und stellte sich so nah vor ihr auf, dass er sie hätte schlagen können, wenn er es gewollt hätte. Ihr liefen eisige Schauder über den Rücken, und sie konnte die Tränen nicht länger zurückhalten. Müde verbarg sie ihr Gesicht in den Händen.

Zu ihrer Erleichterung ballte er zwar die Fäuste und zeigte seine Wut, machte aber keine Anstalten, sie tätlich anzugreifen. »Wenn du mir die Wahrheit gesagt hättest, hätte ich versucht, dir deinen Schmuck wiederzubeschaffen. Wahrscheinlich wäre das ohne jedes Aufsehen möglich gewesen. Musstest du mir unbedingt beweisen, dass du eine verschlagene Diebin bist? Musstest du unbedingt das Wagnis eingehen, dir das Genick zu brechen? Was ist so wichtig an diesem glitzernden kleinen Ding, Alessa? Und wen um Himmels willen hast du so gegen dich aufgebracht, dass er dich derart geprügelt hat?«

Obgleich er mit seinen Vorwürfen nicht ganz unrecht hatte,

erregte die Ungerechtigkeit, die darin mitschwang, auch Alessas Zorn. »Das Medaillon gehört mir. Wenn nichts anderes gestohlen wurde, weiß ich nicht, worin das Verbrechen lag. Eine zerbrochene kleine Glasscheibe, nehme ich an? Wenn das den Herzog sehr bedrückt, werde ich ihm aus meinen Ersparnissen ein paar Münzen zukommen lassen, damit er es kitten lassen kann. Das Unbehagen darüber, dass jemand ins fürstliche Gemach eingedrungen ist? Die Herrschaften sollten froh sein, dass es niemand war, der ihnen etwas Böses antun wollte, sondern ihnen und ihrer Leibgarde nur aufgezeigt hat, wie leicht es ist, dort hineinzugelangen. Wusstest du, dass die Amme sich nachts die Ohren mit Wachs verstopft? Ich halte das für schlimmen Leichtsinn. Und in Zukunft werden die Wachtposten wohl auch die Fenster im Auge behalten, um die Sicherheit und die ungestörte Nachtruhe ihres Fürsten und seiner Familie zu beschützen.« Sie hielt inne, weil ihre geschwollene Lippe brannte und ihr das Sprechen erschwerte. Als sie vorsichtig die Wunde mit der Zunge berührte, schmeckte sie Blut.

Arthur schien den Zustand ihres Gesichts erst jetzt richtig zu bemerken. Er starrte betroffen auf ihren Mund, und seine eben noch zu Fäusten geballten Hände öffneten sich. »Was ist mit dem Schaden an den Kleidern von Baron von Kempf?«, sagte er wesentlich leiser, als er zuvor gesprochen hatte.

Sie wich seinem Blick aus und betrachtete stattdessen ihre eigenen schmutzigen Hände, an denen Dreck unter den Fingernägeln klebte. Es war Erde von der Stelle in den Gärten, wo Mezzanotte sie niedergeschlagen hatte. Der Übermut, der sie zu ihrer Rache an von Kempf angestachelt hatte, war verflogen. In ihrer jetzigen Lage empfand sie die ganze Sache nur noch als kindisches, überflüssiges Wagnis. Sie hätte die Zeit nutzen sollen, um noch in der Dunkelheit spurlos aus Celle zu verschwinden. Vielleicht hätte Mezzanotte sie dann niemals gestellt.

Sie holte so tief Luft, wie ihre Schmerzen es zuließen. »Wenn jemand unaufhörlich durch Unrat kriecht, muss er damit rechnen, dass seine Kleider Schaden nehmen. Mehr kann ich darüber nicht sagen. Aber ich hörte, dass der Baron ein reicher Mann ist. Er wird wohl kaum Hunger leiden, weil er ein paar Kleidungsstücke ersetzen muss«, sagte sie.

Aus der Ecke, in die Flori sich schweigend gekauert hatte, erklang ein Schluchzen. Arthur wandte sich von ihr ab, hockte sich vor den Knaben und hob mit einer Hand dessen Kinn an, um seine Blutergüsse genauer zu betrachten. Anschließend klopfte er dem Kleinen aufmunternd auf die Schulter und stand wieder auf. »Von Kempf hat seine Kleider geflickt zurückbekommen und ist inzwischen wahrscheinlich abgereist. Wie sehr er dem Herzog noch schaden wird, bleibt abzuwarten. Vielleicht interessiert es dich zu hören, dass die Geschichte sich verbreitet wie ein Lauffeuer und dass die Schadenfreude besonders beim weiblichen Teil der Hofbevölkerung gewaltig ist. Der Mann ist aus guten Gründen unbeliebt. Dennoch muss ich auch für den Streich, der ihm gespielt wurde, geradestehen.«

Alessa tastete ihre schmerzende Seite ab, um festzustellen, auf welche Art sie unter ihrem Mieder verletzt war. Möglicherweise hatte sie angebrochene Rippen; das hatte sie nach einem Sturz beim Klettern schon einmal erlebt. Doch sie durfte sich davon nicht ablenken lassen. Sie brauchte einen Plan. Was hatte Arthur vor? Würde er sie gleich vor den Herzog schleppen? Wenn Mezzanotte das sah, würde er untertauchen, und sie würde von da an jede weitere Minute ihres Lebens in Furcht vor dem Mörder verbringen. Nicht nur um ihr eigenes Leben würde sie Angst haben müssen, sondern auch um Floris, um Lucas', um das Leben der anderen Sartoris, sogar um das der Wirtin, mit der sie sich angefreundet hatte. Ob ihr Einbruch bei dem lasterhaften Widerling Alwin von Kempf folgenschwerer sein würde, als sie in der Nacht bedacht hatte, damit konnte sie sich in diesem Moment nicht beschäftigen.

»Ich bin sicher, seine Durchlaucht Herzog Georg Wilhelm ist in Wahrheit froh, dass er den Mistkerl los ist. Der Hohlkopf war betrunken und hat bei offener Tür geschlafen. Jeder hätte in sein Gemach spazieren können. Vor so viel Dummheit kann einen keine Leibgarde der Welt schützen. Flori, komm, leg dich in mein Bett! Du zitterst ja.«

Tatsächlich stand der Junge bibbernd auf und kroch unter ihre Decke, die er sich ganz über den Kopf zog. Alessa streichelte ihm über den Rücken. »*Misericordia!* Das habe ich nicht gewollt«, sagte sie leise.

Arthur fegte einen Haufen Kleidungsstücke von dem einzigen Stuhl im Raum, stellte ihn vor Alessa hin und setzte sich. »Ich weiß nicht, warum ich dir noch Fragen stelle oder dir zuhöre. Wahrscheinlich wirst du mich wieder belügen. Trotzdem muss ich es tun. Alessa, wenn du einen Funken Vernunft in dir hast, dann erzähl mir, wer dich geschlagen hat und warum. Und dann, was es mit diesem Medaillon auf sich hat. Auch der Herzog scheint etwas darüber zu wissen, was ich nicht weiß.«

Alessa erschrak und sah ihm in die Augen, um zu erkennen, ob er die Wahrheit sagte. Blau waren sie, und sie schienen die Aufrichtigkeit selbst zu verkörpern. So offen und entschlossen war sein Blick, dass sie sich nicht losreißen konnte. Ein Widerstand gab in ihr nach und machte Hoffnung Platz. Konnte es sein, dass ihr dieser Mann trotz allem wohlgesinnt war? Doch wie viel von ihrer Vergangenheit durfte sie ihm preisgeben, bevor sich das änderte?

»Das Medaillon ist der Schlüssel zum Nachlass meiner Eltern. Ich kenne die Einzelheiten nicht, aber ich weiß, dass es ein gefährlicher Nachlass ist. Es gibt offenbar Menschen, die jedes Verbrechen begehen würden, um in seinen Besitz zu gelangen. Heute bin ich im herzoglichen Garten dem Mörder wieder begegnet, vor dem ich aus Venedig geflohen bin. Er hat meinen Großvater auf dem Gewissen, und er ließ Flori und mich nur gehen, weil ich ihn davon überzeugen konnte, dass mir das Medaillon gestohlen wurde, ich ihm aber helfen würde, es zurückzustehlen.«

Arthur sog die Luft zwischen den Zähnen hindurch. »Aber du hast es doch schon zurückgestohlen. Was hast du jetzt vor? Willst du versuchen, vor ihm zu fliehen? Unter gewöhnlichen Umständen würde ich vorschlagen, dass du mit mir zum Herzog gehst, den Mann des Mordes anklagst und ich ihn festnehme. Dummerweise ist deine Glaubwürdigkeit … Nun, sagen wir, sie ist angeschlagen. Vermutlich hast du wenig in der Hand, um deine Beschuldigung gegen Mezzanotte zu beweisen, oder irre ich mich?«

Sie schüttelte erschöpft den Kopf. »Ich bin nicht einmal sicher, ob irgendjemand Großvaters Leichnam nach mir noch gesehen hat. Mezzanotte ist ein Auftragsmörder, der sich in der Serenissima einen Namen gemacht hat. Man nennt diesen Namen dort, um kleinen Kindern Angst einzuflößen. Er weiß, wie man ein Opfer verschwinden lässt. An dem Tag, als er Großvater umbrachte und mich verfolgte, hatte er Helfer. Aber die würden niemals gegen ihn aussagen. Ich bin die einzige Zeugin der Tat. Und mir ist sehr wohl bewusst, dass meine Aussage wenig gelten würde. Das wäre auch schon unter gewöhnlichen Umständen so.«

»Ging es dem Mörder nur um das Schmuckstück? Wer war dein Großvater? Hat er dir all das beigebracht: die Akrobatik, deine Kletterkunst, das Herumschleichen und Lügen, das Öffnen von Türen und Fenstern? Das war nicht deine Tante, nicht wahr? Ich nehme an, er war ein Dieb, der seine Enkeltochter sein Handwerk lehrte. Und er hat es so gut gemacht, dass sie am Ende Recht und Unrecht nicht mehr unterscheiden kann.«

Standhaft sah sie ihm in die Augen. »Verachte mich ruhig, wenn du das tun musst. Aber ich bitte dich, hilf mir mit dieser Sache. Nicht nur ich bin in Gefahr, wenn Mezzanotte auf freiem Fuß bleibt.«

»Was soll ich tun? Wir haben gerade festgestellt, dass es wenig Sinn hat, ihn zu fangen und vor Gericht zu stellen – für eine Untat, die er möglicherweise im fernen Venedig begangen hat, bezeugt nur von einer Diebin. Wenn uns niemand unterstützt, wäre er möglicherweise so schnell wieder frei, dass es den Aufwand nicht wert wäre. Ich könnte ihn stellen und umbringen. Doch du wirst mir verzeihen, wenn ich sage, dass ich dazu wenig Lust verspüre. Ich schätze mich glücklich, dass es nicht zu meinen hauptsächlichen Aufgaben gehört, Verbrecher zu töten, auch wenn ich es schon mehr als ein Mal tun musste. Ich überführe sie nur und überlasse den Rest dem Richter und dem Henker.«

Alessa spürte noch Mezzanottes Hände an ihrer Kehle, seine Erregung, als er sagte, dass er sie quälen würde. »Ich würde ihn selbst töten, wenn ich es könnte. Er ist böse, Hauptmann Kühne. Böse wie der Leibhaftige. Aber mich hat man nicht gelehrt zu kämpfen, sondern nur zu klettern und zu springen. Das sind meine einzigen Waffen.«

Sie zuckte ein wenig zurück, als er eine Bewegung in ihre Richtung machte, deshalb hielt er kurz inne und führte seine Hand dann ganz langsam zu ihrem Gesicht, um sie zu streicheln. »Deine schärfste Waffe steckt in deinem bezaubernden Köpfchen, so viel ist gewiss. Was hast du dir überlegt?«

Die zarte Berührung seiner Finger brachte ihre Tränen wieder zum Fließen. Sanft, aber entschieden ergriff sie seine Hand und hielt sie fest. »Wenn du ihn dabei erwischen würdest, wie er durch ein Fenster in das Gemach einer vornehmen Dame einsteigt, wie lange könntest du ihn dafür einsperren?«

»Das käme auf den Wunsch des Herzogs an. Wenn er auf unserer Seite stünde, dann sehr lange. Die herzoglichen Rechtskundigen könnten vermutlich auch einen Grund finden, warum er mit diesem Einbruch sein Leben verwirkt hätte. Nichts anderes gilt für dich, nebenbei bemerkt. Wenn ich dir in dieser Sache helfe, sind wir beide völlig der Gnade des Herzogs ausgeliefert«, sagte er und klang bedrückt.

Alessa musste sich zurückhalten, um ihm nicht mit ihrer freien Hand tröstend über das Gesicht zu streichen. Langsam wurde ihr das Ausmaß der Schwierigkeiten bewusst, in die sie ihn brachte, und es tat ihr zunehmend leid. »Ich werde dem Herzog erklären, dass du nichts von dem, was geschehen ist, hättest verhindern können. Wir können sagen, dass du mich die ganze Zeit nur benutzt hast, weil du ahntest, dass du einem noch größeren Verbrecher auf der Spur bist.«

Er zog ihre Hand zu sich heran und küsste die schwielige Innenseite ihrer Finger. So zerschlagen und aufgewühlt, wie sie auch war, verursachte ihr diese Zärtlichkeit doch ein Flattern in der Brust und ein aufregendes Kribbeln auf der Haut.

»Wir brauchen also eine vornehme Dame, die unser Spiel mitspielt, ein Gemach mit einem Fenster, einen guten Grund, der diesen Mezzanotte dazu bewegt, eigenhändig einzusteigen, und die Gewogenheit des Herzogs. Die Dame, das Gemach und den Herzog kann ich übernehmen. Für den guten Grund allerdings bist du zuständig, und das gefällt mir nicht. Ich gestehe, dass mir heiß und kalt bei der Vorstellung wird, dass du noch einmal mit dem Untier zusammentriffst, um es zu ködern.«

Damit ging es ihr nicht anders. Doch die Hoffnung, sich von der ewigen Furcht vor dem Mörder befreien zu können, musste ihr die notwendige Kraft geben. »Ich werde ihm einreden, dass ich es nicht allein erledigen kann. Dass ich für ihn eine Schnur herabwerfen werde, aber vor allem dafür sorgen muss, dass die Dame ihrem Gemach fernbleibt, während er es nach dem Medaillon durchsucht.«

Verwirrt sah er sie an. »Du wirfst eine Schnur herab? Was heißt das?«

Sie verzog die weniger geschwollene Seite ihres Mundes zu einem niedergeschlagenen Lächeln. »Ich suche im weniger bewachten Obergeschoss über dem besagten Gemach eine Möglichkeit, um ein Kletterseil anzubringen. Wenn ich sie gefunden habe, werfe ich eine feste, dünne Schnur aus dem Fenster, an der ich das Seil später heraufziehe. Das lange Seil selbst wäre zu schwer und auffällig, um es durchs Schloss zu tragen und es längere Zeit als nötig die Wand herabhängen zu lassen. Wenn der richtige Zeitpunkt gekommen ist, bindet er unten das Seil an die Schnur, ich ziehe es hoch und sichere es.«

»Bleibt zu hoffen, dass ihm das einleuchtet. Immerhin scheinst du genau zu wissen, wovon du sprichst. Was geschieht dann? Er klettert am Seil hoch in das Gemach, wo ich ihn mit meinen Männern erwarte? Ist er dazu gewandt genug?«, fragte er.

Sie nickte. »Er klettert weniger gut als ich, aber besser als die meisten. Ich weiß es, weil er mich in Venedig verfolgt hat. Doch er wird misstrauisch sein und mir nicht glauben. Vielleicht muss ich ihn ins Schloss bringen, um ihm zu beweisen, wie schwer bewacht die Gemächer der vornehmen Gäste sind. Wenn er dabei unsere Helferin zu Gesicht bekäme und das Medaillon bei ihr sehen würde, wäre das von Vorteil.«

»Warum solltest du aber annehmen, dass sie das Schmuckstück später ablegt und in ihrem Gemach lässt?«, fragte er.

»Weil es nicht zu ihrer Abendgarderobe passt. Ich gebe vor, dass ich das neue Kleid kenne, das sie sich für diesen Abend hat machen lassen.«

»Du wirst deine Schauspielkünste auf die Spitze treiben müssen. Vielleicht ist dein Plan ein zu großes Wagnis. Vielleicht sollten wir uns doch gemeinsam dem Herzog offenbaren, dich im Schloss in Sicherheit bringen und warten, bis dieser Mezzanotte aus eigenen Stücken handelt und versucht, sich das Medaillon zu holen.«

Verängstigt in einer verschlossenen Kammer im Schloss festzusitzen und darauf zu warten, dass Mezzanotte den nächsten

Schritt tat, klang für Alessa nach einem Albtraum. »Und wenn es damit endet, dass er jemanden umbringt, der eigentlich gar nichts mit der Sache zu tun hat? Willst du das auf dem Gewissen haben? Ich will es nicht. Lass mich morgen zu ihm gehen. Ich werde ihn schon einfangen.«

Er seufzte und sah ausnehmend unglücklich aus. »Gut. Dann fehlt nur noch eins: das Medaillon. Du musst es mir geben, damit unsere Dame es anlegen und zur Schau stellen kann.«

Alessa fühlte ihre Angst aufwallen, als sie daran dachte, was geschehen würde, wenn Arthur sie verriet. Was, wenn er das Medaillon einfach dem Herzog zurückgab und über den Rest schwieg? Was, wenn er es selbst behalten wollte, nachdem er nun wusste, wie bedeutsam es war? Was, wenn er sich unachtsam verhielte, und es dadurch am Ende doch Mezzanotte in die Hände fiel? Schon der Gedanke, dass er mit dem Medaillon in der Tasche alleine das Gasthaus verlassen würde, während Mezzanotte draußen lauerte, schnürte ihr die Kehle zu.

»Vielleicht ist der Plan doch nicht so gut. Wenn ich es mir recht überlege, hätte ich das Medaillon in einen tiefen Bergsee werfen sollen, als wir die Alpen überquerten. Es wäre wohl besser, wenn niemand es jemals nach Venedig zurückbrächte«, sagte sie.

»Für diese Überlegung ist es jetzt zu spät. Sei froh, dass du es noch hast. So wie es sich anhört, hätte dein Verfolger keinen Grund gesehen, dich am Leben zu lassen, wenn es anders wäre. Aber ich werde ehrlich mit dir sein. Du sollst es mir nicht nur geben, weil der Plan es erfordert. Ich will es als Pfand. Ich glaube, es ist dir wichtig genug, um dich vom Davonlaufen abzuhalten. Wenn ich es hier bei dir ließe, wärst du vermutlich morgen früh auf Nimmerwiedersehen verschwunden, und ich könnte nicht einmal herausfinden, ob du Mezzanotte und den Rest der Geschichte nur erfunden hast.«

Erbost zeigte sie auf ihr geschundenes Gesicht. »Erfunden, ja?«

»Ich habe es dir vorhin schon gesagt. Wer weiß, wen du noch alles gegen dich aufgebracht und zur Tobsucht getrieben hast?«, wandte er ein, als hätte es die Vertrautheit der vorausgegangenen Momente nicht zwischen ihnen gegeben. Alessa empfand es wie einen Stich im Herzen.

»Hör damit auf, ich bitte dich! Ich habe nicht gelogen. Und ich werde dir das verdammte Medaillon geben. Versprich mir nur, dass ich es später zurückbekomme und niemand sonst von seinem Geheimnis erfährt«, bat sie.

Er ließ ihre Hand los und lehnte sich im Stuhl zurück. »Das kann ich nicht versprechen. Ich kann dir nicht einmal versprechen, dass du straflos davonkommst. Der Herzog wird das entscheiden, ich sagte es schon.«

»Ja, ja. Dann versprich mir wenigstens, dafür zu sorgen, dass es sicher verwahrt wird und nicht erneut gestohlen werden kann, bis wir wissen, wie der Herzog urteilt.«

Nun nickte er mit ernster Miene. »So viel kann ich dir wohl zusagen. Wirst du mir offenbaren, wie es zustande kam, dass es dir gestohlen wurde? War es einer von den Sartoris?«

»Was spielt das jetzt noch für eine Rolle? Er hat mich um Verzeihung gebeten, mir das Geld überlassen, das er dafür erzielt hat, und seither bemühe ich mich, ihm zu vergeben.«

»Soweit ich weiß, handelte es sich nicht nur um das Medaillon. Was hat er dir sonst noch gestohlen?«

»Ein Paar goldene Ohrgehänge mit billigen Steinen aus Glas, das meiner Großmutter gehörte, ein Rubincollier mit einer Brosche, die dazu passt, und ein silbernes Armband mit schön geschliffenen Bergkristallen. Aber all das verblasst für mich gegen das Medaillon. Ich hatte die törichte Hoffnung, dass ich eines Tages nach Venedig zurückkehren könnte, um mir anzusehen, ob meine Eltern mir außer schmutzigen Geheimnissen noch etwas anderes hinterlassen haben. Ohne das Medaillon werde ich es nie erfahren. Doch inzwischen erscheint es mir ohnehin, als könne es das Wagnis gar nicht wert sein.« Sie erhob sich und blieb einen Augenblick gebeugt stehen, bis der Schmerz nachließ. Flach atmend und mit einer Hand gegen ihre Rippen pressend, öffnete sie das Fenster und musterte aufmerksam die Umgebung draußen, bevor sie sich bereitmachte, auf den Sims zu steigen.

Arthur hielt sie am Arm zurück. »Du kletterst in diesem Zustand nicht aufs Dach. Hast du das Medaillon dort versteckt?«

»Nein. Ich kann es vom Sims aus erreichen. Es liegt in einem Schwalbennest.«

»Ich werde es holen. Du setzt dich wieder. Und danach sehen wir nach deinen Rippen.«

»Wenn Mezzanotte bemerkt, dass du bei mir warst, wird unser Plan scheitern. Sei vorsichtig, wenn du dich am Fenster zeigst«, bat sie. Gleichzeitig war sie erleichtert, nicht auf dem Fenstersims balancieren und sich strecken zu müssen. Im Nu stieg der Hauptmann hinauf, fand das Medaillon und sprang wieder ins Zimmer.

»Da haben wir das unheilvolle Ding. Weiß Mezzanotte überhaupt, wie es genau aussieht? Oder geht er davon aus, dass du ihm vor lauter Angst schon das richtige Schmuckstück geben wirst?« Er öffnete den Deckel des Medaillons, strich behutsam mit der Daumenkuppe über das leere Innere und betrachtete die kunstvoll eingeschnittene Edelsteinrose, bevor er es wieder zuschnappen ließ und in die Tasche seines Justaucorps' steckte.

Sie zuckte mit den Schultern und bereute die Bewegung sofort. Es fühlte sich an, als züngelten Flammen über ihre Rippen. Erst nach einem schmerzhaften Atemzug konnte sie wieder sprechen. »Leider weiß ich nicht, wie viel er weiß. Wer immer ihm von dem Medaillon erzählt hat, kann es ihm auch beschrieben haben.«

»Lass mich deine Prellungen sehen. Ich schnüre dir das Kleid auf«, sagte er, als wäre nichts dabei, wenn ein Mann einem Weib das Mieder aufschnürte.

Um darüber empört zu sein, war sie ihm zu dankbar. Unter gewöhnlichen Umständen war es ihr zwar möglich, die Schleifen ihres im Rücken geschnürten Mieders zu erreichen, doch in ihrem derzeitigen Zustand hätte sie Zaira, Pippa oder Flori um Hilfe bitten müssen.

»Glaub nicht, ich wüsste nicht, dass sich das nicht geziemt. Ich würde es dir nicht erlauben, wenn ich allein damit zurechtkäme«, sagte sie.

Er schnaubte belustigt und machte sich an den Schnüren zu schaffen. »Als wir unter dem Obstbaum lagen, kreisten alle Gedanken, die ich noch denken konnte, um die Frage, ob du es mir wohl erlauben würdest, dein Mieder aufzuschnüren. Ich wäre niemals daraufgekommen, dass ich es so bald tun würde, um herauszufinden, ob ich einen Wundarzt zu dir schicken muss. Warte, beweg dich noch nicht, ich lockere die Bänder so weit wie möglich.«

»Verstehst du dich auf die Heilkunst?«, fragte sie ihn.

»Nicht besser als ein Hufschmied. Ob ein Knochen gebrochen ist, kann ich aber erkennen.«

Seine Hände gingen sanft und vorsichtig zuwege, trotzdem brachte der Schmerz sie mehrfach zum Wimmern, bevor er ihr ganz aus ihrem Kleid geholfen hatte. Er tat so, als würde er sein Augenmerk ausschließlich auf ihre Verletzungen richten. Dennoch errötete er, als sie schließlich nackt vor ihm saß. »Alle Wetter«, murmelte er und befühlte die Stelle ihres Brustkorbs, die am stärksten schmerzte. Sie biss die Zähne zusammen und konzentrierte sich darauf zu beobachten, wie auffallend häufig sein Adamsapfel sich hob und senkte.

»Weißt du … Als wir unter dem Apfelbaum lagen, musste ich mich fest an den Vorsatz klammern, dir auf keinen Fall zu erlauben, mir am helllichten Tag im Garten eines Wirtshauses das Mieder aufzuschnüren«, flüsterte sie.

Er ließ sie los, als hätte er sich verbrannt, stand rasch auf und räusperte sich. »Ja. Nun. Ich meine … Deine Rippen … Zwei davon sind angebrochen, würde ich sagen.«

Sie nickte und griff mühsam nach ihrer Decke, unter der sich noch immer Flori versteckte. »Wie ich es mir gedacht habe.«

Eilig kam er ihr zuvor, brachte ihr Zairas Decke und hüllte sie darin ein. »Darfst du von den Sartori-Frauen Beistand erwarten? Werden sie dir helfen, damit du dich waschen kannst? Dann würde ich jetzt gehen.«

»Sie werden mir helfen.«

»Sag mir noch, wo und wann genau du Mezzanotte morgen treffen wirst. Ich sorge dafür, dass im Schloss alles bereit ist, für den Fall, dass du ihn mitbringst. Sollte seine Durchlaucht sich gegen den Plan aussprechen, lasse ich dich holen.«

Sie sah ihn flehentlich an. »Überzeug ihn. Bitte.«

Er nickte, noch immer rot im Gesicht, und wandte sich zur Tür.

»Arthur?«

»Ja?«

»Ich danke dir dafür, dass du mich freundlich behandelst, obwohl du mich verurteilst.«

Nun wich er ihrem Blick aus, deutete eine Verbeugung an und verließ den Raum.

Er hatte die Tür kaum hinter sich geschlossen, als die Verzweiflung sich über Alessa senkte wie schwarzer Nebel. Nur der inzwischen schlafende Flori hielt sie davon ab, laut heulend zusammenzubrechen.

24

Arthur konnte es sich nicht verkneifen, dem elenden Dieb Leandro Rossetti hart die Hand auf die Schulter zu legen, als er in der Gaststube beim Tisch der Sartoris haltmachte. »Bleib sitzen, Harlekin«, sagte er kalt auf Deutsch zu dem Schauspieler, als der unter seinem Griff zusammenzuckte. Dann wandte Arthur sich auf Französisch an Vitale, der seinen Gesang bereits beunruhigt unterbrochen hatte. »Alessandra Ferretti steht von nun an unter meinem Schutz und in Diensten des Herzogs. Ich erwarte von dir und deiner Truppe, dass ihr dem Fräulein jede Hilfe zuteilwerden lasst, um die sie ersucht. Später am Tag wird sich euch einer meiner Männer anschließen, der unerkannt für ihre Sicherheit zu sorgen hat.«

»Sehr wohl, Hauptmann. Darf ich fragen …«, setzte Vitale an.

»Nein. Du darfst nicht fragen. Aber ich sage dir, dass ihr alle in Gefahr seid, wenn der Plan, den Signorina Ferretti und ich erdacht haben, nicht aufgeht. Ihr tut also besser daran, uns in den kommenden Tagen Folge zu leisten, wenn sie oder ich euch einen Wink geben. Es darf nicht auffallen, dass etwas Ungewöhnliches vor sich geht. Zu tun, als gäbe es kein Geheimnis, wird euch wohl kaum schwerfallen. Sollte jemand fragen, ob ich die Signorina gesprochen habe, dann behauptet ihr, dass ich sie nicht antraf. Und nun wäre es gut, wenn eine von euren Damen nach oben ginge, um sich um sie zu kümmern.«

Anschließend verließ er den »Goldenen Eber«, legte mit angespannter Aufmerksamkeit den Weg ins Schloss zurück und rief dort sofort einen vertrauenswürdigen jungen Italiener zu sich, der unter ihm in der Leibgarde diente. Er trug ihm auf, Signora Rizzi zu bewachen und äußerst vorsichtig zu beschatten, wenn sie die Herberge verließ. Vor allem aber sollte er bei ihrem Treffen am folgenden Tag ihr Leben schützen.

Erst nachdem er auf diese Weise der Zustimmung des Herzogs vorgegriffen hatte, suchte er diesen auf. Da sie nicht zum Gespräch verabredet waren, musste er im Vorzimmer stehend lange warten und sich ein dutzend Mal verbeugen, wenn hochwohlgeborene Männer an ihm vorüber ins Audienzzimmer schritten, um ihre Angelegenheiten mit dem Herzog zu besprechen.

Er spürte deutlich, dass sein Aufstieg zum Hauptmann der Garde bereits dazu geführt hatte, dass er das lange Stehen nicht mehr gewohnt war. Mit leisem Grauen stellte er sich vor, wie es wäre, zu den niedrigen Wachdiensten zurückkehren zu müssen, falls der Herzog ihm seine Gunst entzöge.

Als er endlich vorgelassen wurde, stand auch der Herzog – sichtlich von Unruhe getrieben. Gerade zog er ein langstieliges Kratzhändchen unter der Lockenperücke hervor, unter der es ihn offenbar gejuckt hatte, und klopfte sinnierend damit auf das Schreibpult, wo einige Papiere ausgebreitet lagen. Er hob den Blick, als der Hofmarschall Arthur zu ihm führte, und setzte ein künstlich wirkendes Lächeln auf. »Hauptmann Kühne. Du kommst allein? Wie das?«

»Die junge Dame steckt in größeren Schwierigkeiten, als zu vermuten war, Eure Durchlaucht. Es wäre zu diesem Zeitpunkt nicht in unserem Interesse, sie herzubringen. Wenn Ihr erlaubt …«

Der Herzog stolzierte zu seinem Lehnsessel unter dem Baldachin und nahm Platz, was Arthur auf seinen niedrigen Rang verwies. »In *unserem* Interesse? Bist du sicher, dass mein und dein Interesse in dieser Sache übereinstimmen? Ich hätte erwartet, dass du verstehst, wie eindeutig mein Befehl war: Finde sie und bring sie her. Bei aller Anerkennung für deine bisherigen Dienste hoffe ich, dass du nicht auf den Gedanken kommst, dir Freiheiten herauszunehmen.«

Arthur hörte die Drohung deutlich und wappnete sich für einen Wutanfall seines Dienstherrn, obwohl er hoffte, ihm die Lage noch schildern zu können. »Ein Mörder ist ihr auf den Fersen. Das blaue Medaillon von Fräulein Ferretti ist vermutlich der Schlüssel zu Gegenständen, die in höheren venezianischen Kreisen erpresserischen Zwecken dienen könnten. Der Mörder, ein Mann namens Mezzanotte, scheint den Auftrag erhalten zu haben, das besagte Schmuckstück um jeden Preis an sich zu bringen. Er hat bereits den Großvater von Fräulein Ferretti auf dem Gewissen. Wenn Euer Durchlaucht erlauben …«

Herzog Georg Wilhelm saß auf einmal starr und leicht vorgebeugt da und riss die Augen weit auf. »Mezzanotte? Sagtest du das wirklich? Mezzanotte? Das kann doch nicht sein!«

Arthur beobachtete ihn angespannt. »Der Name ist Euch bekannt, Euer Durchlaucht?«

»Vor zehn Jahren, als ich mich noch häufig in Venedig aufhielt, war dieser Name dort ein Schreckgespenst. Ich hätte das Geraune als Schauergeschichte abgetan, wenn nicht gerade in jenen Tagen ein Mord geschehen wäre, der äußerst glaubhaft mit diesem Mezzanotte in Verbindung gebracht wurde. Bist du sicher, dass das Mädchen nicht den schlimmsten Mörder herbeifantasiert hat, den sie sich vorstellen konnte, um dich zu beeindrucken?«

Da war Arthur sich in der Tat nicht völlig sicher. Und trotz aller Notwendigkeit, den Herzog zu überzeugen, durfte er ihn jetzt nicht durch eine Lüge beleidigen. »Ich bin mir bedauerlicherweise über gar nichts sicher, was sie betrifft. Doch der Plan, den ich Euch unterbreiten möchte, wird voraussichtlich keinen Schaden anrichten, wenn sich herausstellt, dass Fräulein Ferretti gelogen hat. Hat sie hingegen die Wahrheit gesagt, bietet sich uns die

Möglichkeit, einen legendären Mörder dingfest zu machen und seiner gerechten Strafe zuzuführen.«

Der Herzog lehnte sich wieder zurück und faltete die Hände auf seinem Bauch, der zwar stattlich gewölbt war, aber noch nicht mit der Wampe seines in Hannover residierenden Bruders Johann Friedrich konkurrieren konnte, dessen Fettleibigkeit auf den Straßen verspottet wurde. »Du bist von so geradliniger, aufrechter Redlichkeit, dass ich mich oft wundere, wie du so weit kommen konntest, Arthur Kühne. Du hörst von einem Mörder und beschließt sogleich, dass er überführt und aus der Welt geschafft werden muss. Ich hingegen weiß, warum der Name Mezzanotte in Venedig solche Ehrfurcht auslöste. Er stand öfter als nur ein Mal in Diensten venezianischer *Nobiles*. Sie bedienten sich dieses Mannes wegen seiner Zuverlässigkeit, die ihn auch schwierige Fälle erledigen ließ. Er galt als Genius, was das Morden betrifft. Fragst du dich nicht, welche mächtigen Venezianer mir zürnen werden, wenn ich diesen Meister seines Fachs vernichte? Wer hat ihn wohl auf unsere Harlekina angesetzt? Des Weiteren frage ich mich, ob wir nicht eines Tages in einer verzweifelten Lage selbst Bedarf an solch einem Könner haben werden.«

Arthur überlief es kalt. »Ihr wollt ihn verschonen, um ihn selbst in Dienst zu nehmen, Euer Durchlaucht? Oder weil Ihr den Unmut seiner venezianischen Auftraggeber fürchtet? Ich gestehe, dass mich das überrascht.«

»Bisher hatte ich es nie nötig, zu solchen Mitteln zu greifen. Doch in letzter Zeit wird mir zunehmend klar, dass ein Fürst, der seine Macht nicht nur behaupten, sondern ausweiten will, sich beider Seiten bedienen muss: der Seite des Lichts und der Seite der Dunkelheit. Ein Mann wie du, der gehört auf die Seite des Lichts und ist dort unentbehrlich. Ein Mann wie … sagen wir, wie Stechinelli steht als Bindeglied zwischen beiden Seiten. Und einer wie Mezzanotte ist auf der Seite der Dunkelheit unentbehrlich. Er kommt zum Einsatz, wenn die Mittel des Lichts nichts ausrichten können.« Sein Dienstherr sah ihn nicht mehr an, sondern blickte aus dem Fenster und sprach, als würde er eher sich selbst die Welt erklären, als dass seine Worte an Arthur gerichtet waren.

Arthur schüttelte den Kopf, als könne er damit die leichte Benommenheit loswerden, die der Einblick in die Abgründe des herzoglichen Denkens bei ihm hervorgerufen hatte. »Verzeiht mir meine Keckheit, Eure hochwohlgeborene Herrlichkeit, aber ist das Euer Ernst? Betrachtet Ihr Mord als legitimes Werkzeug eines Herrschers?«

Herzog Georg Wilhelms Blick wandte sich ihm wieder zu, als hätte er ihn aus einem Traum zurückgeholt. »Sag mir: Falls andere es so sähen, wäre es dann nicht Torheit, wenn ich es nicht täte? Falls um mich herum alle Mächtigen bereit wären, sich der Mittel der Dunkelheit zu bedienen, wäre ich dann nicht eine dumme Taube unter Adlern, wenn ich mich davon ausschlösse? Und glaubst du tatsächlich, dass kein Mord jemals gerechtfertigt ist? Du und ich, wir haben beide im Krieg getötet. Ist der Unterschied so groß, wenn man einen Menschen ermorden lässt, der eine Gefahr darstellt?«

Räuspernd kratzte sich Arthur den Nacken. »Es gibt ein Gesetz, das Mord verbietet. Ein einfacher Mann wie ich muss sich an einfache Regeln halten und sollte sich nicht anmaßen, darüber zu urteilen, ob sie in jedem Fall gerechtfertigt sind.«

»Schon dein Vater war kein so einfacher Mann mit schlichtem Gemüt, wie er gern vorgab, wenn er unbequeme Fragen beantworten sollte. Und du bist es ganz sicher nicht, sonst hättest du deine Stellung an meinem Hof nicht inne. Sag mir frei heraus, was du denkst, und ich gelobe, dass dir daraus kein Nachteil erwachsen wird«, sagte der Herzog.

Zwei Atemzüge lang zögerte Arthur, dann gab er sich einen Ruck. »Kein Fürst sollte sich über das Gesetz stellen, von dem er will, dass es für alle Gültigkeit hat. Ein Mord bleibt Heimtücke, gleichgültig, wer ihn begeht oder begehen lässt und wie gerecht der Anlass erscheinen mag. Gleichwohl bin ich überzeugt, dass es Umstände geben mag, in denen ein Mord das kleinere Übel darstellt.«

Der Herzog klatschte in langsamem Rhythmus die Hände zusammen, als spendete er ebenso verzögert Beifall, wie Arthur seine Antwort gegeben hatte. »Ehrlich, klug, unerschrocken. Mein Arthur. Aber nun sind wir nicht weitergekommen, was Mezzanotte und deinen Plan angeht. Meinetwegen erzähl mir, was du dir vorgestellt hast.«

Endlich konnte Arthur ihm darlegen, was er mit Alessa vereinbart hatte, und der Herzog lauschte aufmerksam.

»An welche Dame dachtest du?«, fragte er schließlich.

»An Gräfin Dora von Bentheim. Sie wäre verständig, vertrauenswürdig und kaltblütig genug. Wie ich sie einschätze, würde sie es vielleicht sogar genießen, bei der Angelegenheit mitzuwirken.«

Der Herzog runzelte die Stirn und schob sich das Kratzhändchen unter die Perücke, das er vorsorglich in Reichweite behalten hatte. »Eine gute Wahl. Dora-Magdalena gilt am Hof als Klatschbase, doch in Wahrheit ist sie verschwiegener als die meisten, wenn es darauf ankommt. Hast du das Medaillon bei dir? Lass es mich noch einmal sehen.«

Arthur trat näher und reichte ihm das blaue Schmuckstück. Sein Dienstherr drehte und wendete es in seinen Händen und musterte es gründlich. »Das ist also das Geheimnis: Erpressung. Kein muselmanischer Zauber, kein Zeichen nobler Herkunft und kein Fluch. Beinah bin ich enttäuscht. Zenobia war eine große Märchenerzählerin, musst du wissen. Mir scheint, sie hat mir zu diesem Schmuck jedes Mal eine neue Geschichte präsentiert, wenn ich sie fragte. Und ich fragte oft. Vielleicht tat sie das, weil sie wollte, dass ich ihr überhaupt nichts glaube, für den Fall, dass ihr versehentlich die Wahrheit entwischte. Ich fand es so lange kurzweilig, bis ich ihr tatsächlich nichts mehr glaubte. Dann verärgerte es mich. Übrigens glaubte ich ihr auch nicht, als sie einmal fallen ließ, dass ihr Vater in seiner Jugendzeit der geschickteste Einbrecher Venedigs gewesen sei. Nun glaube ich es. Seine Enkelin hat seine Gabe ganz offensichtlich geerbt.«

»Beabsichtigen Euer Durchlaucht, sie für die Einbrüche, die sie hier im Schloss begangen hat, zur Rechenschaft zu ziehen?«, fragte Arthur und musste sich dafür das spöttische Lachen des Herzogs gefallen lassen.

»Gibt es etwa kein Gesetz, das Einbruch und Diebstahl verbietet, Hauptmann Kühne? Wie könnte ich mich über das Gesetz stellen?«, fragte er.

»Wie schön die Zeit gewesen ist, als ich ein Knabe war und noch glaubte, das Recht und Unrecht jederzeit leicht zu erkennen wären«, erwiderte Arthur und verabschiedete sich wie üblich mit einer tiefen Verbeugung von seinem Herzog.

Zaira und Pippa waren entsetzt und zeigten ehrliches Mitgefühl, als sie zu Alessa ins Zimmer kamen und ihren grauenhaften Zustand sahen. Allerdings missverstanden sie die Umstände grundlegend.

Zaira schlug sich beide Hände vor den Mund. »War das dieser Hauptmann? Was für ein Schwein! *Che vigliacco!* Was will er von dir? Er hat uns Angst gemacht. Können wir dir helfen?«

Alessa versuchte zu lächeln, scheiterte jedoch. »Das war nicht der Hauptmann. Der Hauptmann ist meine beste Hoffnung, aus den Schwierigkeiten lebend herauszukommen, in denen ich stecke. Unser aller beste Hoffnung, sollte ich wohl sagen.« Sie seufzte, weil es ihr so bitter leidtat, dass sie sämtliche Sartoris in die Gefahr hineingezogen hatte. Nicht einmal Leandro konnte sie noch böse sein. Wenn er ihr Medaillon nicht gestohlen hätte, dann hätte sie möglicherweise bei der Begegnung mit Mezzanotte gleich den Schmuck und das Leben verloren.

Pippa ließ ein ängstliches Piepsen hören, während Zaira sich neben Alessa aufs Bett sinken ließ. »Willst du uns erklären, worum es geht? Das würde es uns leichter machen, dir zu helfen, nehme ich an.«

Alessa nickte. »Ich kann euch nicht alles erzählen, aber das Wichtigste. Als ich mich euch in Venedig so überhastet anschloss, wurde ich von einem Mörder verfolgt. Ich hätte nie gedacht, dass der Mann mich sogar hier finden würde, aber es ist so. Er bedroht mein und euer Leben, um mich zu erpressen. Ich soll ihm dabei helfen, sich einen bestimmten Gegenstand zu beschaffen. Hauptmann Kühne und ich haben einen Plan geschmiedet, um ihn zu fangen. Dazu muss ich morgen noch einmal mit dem Mörder sprechen und ihn wahrscheinlich mit ins Schloss nehmen. Er muss glauben, dass es keine andere Möglichkeit gibt, unbemerkt in die Gemächer der hohen Herrschaften zu gelangen, als von außen durch die Fenster.«

Sie legte den beiden erschrocken lauschenden Frauen dar, welches Bild sich Mezzanotte bieten müsste, wenn er am nächsten Tag ins Schloss käme, und was sie möglicherweise dazu beitragen konnten. Den Namen Mezzanotte erwähnte sie erst am Ende, als die beiden sich ein wenig an den Gedanken gewöhnt zu haben schienen, dass es einen Mörder zu fangen galt. Dennoch schauderten sie, und Pippa wimmerte, bis Zaira tröstend den Arm um sie legte.

Als die Frauen wieder nach unten gegangen waren, um die Männer von der Angelegenheit zu unterrichten, kam Flori mit verschlafenem und verweintem Gesicht unter der Bettdecke hervor. »Ich möchte nicht, dass du noch einmal zu dem Mann gehst. Bitte geh nicht!«, sagte er.

Sie strich ihm über das Haar. »Mach dir keine Sorgen. Ich habe es geschafft, Mezzanotte etwas vorzuschwindeln, als ich überrumpelt war. Ich werde es noch viel besser hinbekommen, wenn ich gut vorbereitet bin. Was heute geschehen ist, wird nicht noch einmal geschehen.«

»Warum kann der Hauptmann ihn nicht allein fangen? Ich fände das viel besser.«

Alessa seufzte. »Nun, weißt du, es ist meine Schuld, dass dieser Mörder hier ist. Da will ich auch helfen, ihn zu fangen.«

Darüber musste der Junge eine Weile nachdenken. »Ich finde nicht, dass es deine Schuld ist. Aber wenn ich mutig wäre, würde ich auch helfen wollen. Ist es schlimm, dass ich so ein Angsthase bin? Ein ungeschickter Angsthase und ein Faulpelz, sagen Vitale und die anderen immer. Es tut mir leid, dass ich so bin. Sonst könnte ich dich beschützen.«

»Jeder muss vor einem Mann wie Mezzanotte Angst haben, und du bist noch sehr jung. Es wäre gefährlicher Unsinn, wenn du dich nicht vor ihm hüten würdest. Wenn du mir einen Gefallen tun willst, dann lass dich nicht von ihm sehen. Versteck dich, sobald du glaubst, dass er in der Nähe ist.«

Flori rieb sich mit beiden Händen das Gesicht und zuckte zusammen, als er den Bluterguss auf seiner Wange berührte. »Ich hoffe, ich finde ein gutes Versteck. Und ich hoffe, Hauptmann Kühne passt auf dich auf. Ich habe solche Angst, dass du stirbst, Alessa. Du bist doch meine einzige Freundin.«

Alessa strengte sich an, ihre Tränen zurückzudrängen. »Ich glaube, dass der Hauptmann auch dein Freund sein könnte, Flori. Du solltest dich an ihn wenden, falls morgen etwas schiefgeht. Und was das Geschimpfe der anderen angeht, solltest du es dir nicht zu Herzen nehmen. Du bist viel besser, als sie sagen. Und das wissen sie sogar. Sie schimpfen nur gern.«

25

Der Plan

MEZZANOTTE WARTETE BEREITS im herzoglichen Garten, als Alessa dort eintraf. Sie sah ihn aus der Ferne, wie er unter einer verkrüppelt gewachsenen Eiche stand, die der Gärtner wohl als Kuriosität dort duldete. Alessa war fest entschlossen gewesen, sich ihre Angst nicht anmerken zu lassen, und blieb doch unwillkürlich stehen, als sie ihn entdeckte. Obgleich sie eine schlaflose Nacht hinter sich hatte, spürte sie keine Müdigkeit. Ihr Herz begann zu rasen, ihre Handflächen wurden feucht und ihre Knie schwach.

Er hatte sie ebenfalls gesehen und starrte ihr entgegen, die Arme verschränkt, als wolle er damit dem bissigen, tollwütigen Kampfhund, den er in sich trug, ein Halsband anlegen. An diesem Tag war er vornehmer gekleidet, als hätte er vorausgeahnt, dass sie ihn in adlige Kreise führen würde.

Alessa dachte an Flori, dem sie später erzählen wollte, wie der Hauptmann und sie diesen Mörder gefangen und für immer eingesperrt hätten. Der Kleine sollte keine Angst mehr vor dem Schreckgespenst Mezzanotte haben müssen. Mit zusammengebissenen Zähnen setzte sie sich wieder in Bewegung und ging zu dem Mann, der ihren Großvater getötet hatte. Fünf Schritte entfernt von ihm hielt sie inne und begrüßte ihn so höflich, als wäre er ein flüchtiger Bekannter, der sie um eine Gefälligkeit gebeten hatte.

»Buongiorno, Signore.«

Er nickte ihr nicht einmal zu, sondern starrte sie nur mit vor Hass funkelnden Augen an. »Ich bin nicht unbedingt erfreut darüber, dass du erschienen bist. Eine vernünftige Person hätte einen

Boten mit dem Schmuckstück geschickt und wäre selbst geflohen.«

»Ich konnte keinen Boten schicken, weil ich das Medaillon nicht habe. Das erklärte ich Euch gestern schon, Signore. Wenn Ihr es haben wollt, solltet Ihr mir zuhören, denn ich kann es Euch verschaffen. Allerdings müssen wir zusammenarbeiten. Ich scheiterte bisher daran, dass ich allein hätte arbeiten müssen.« Stolz bemerkte sie, dass ihre Stimme nicht gezittert hatte.

»Wie?«, fragte er eisig.

»Die Dame, in deren Besitz sich das Medaillon jetzt befindet, wird es mit einiger Sicherheit heute Abend nicht tragen. Es wird also in ihrem Gemach liegen, während sie an den abendlichen Vergnügungen des Hofs teilnimmt. Leider gibt es keine Gewähr dafür, dass sie sich nicht früh zurückzieht, denn sie neigt dazu. Noch bedauerlicher ist, dass es keine Möglichkeit gibt, vom Inneren des Gebäudes aus unbemerkt in ihr Gemach zu gelangen. Der Herzog fürchtet um die Sicherheit seiner Gäste und ihres Eigentums und lässt alle Gänge von bewaffneten Männern bewachen. Der einzige Weg führt über die Außenwand. Einer von uns muss vom Dienstbotengeschoss unter dem Dach oder vom Dach selbst aus eine Schnur werfen, der andere an einem Seil an der Fassade emporklettern und durchs Fenster.«

»Da ich mich wohl kaum frei im Schloss bewegen kann, hast du für mich gewiss die Fassade vorgesehen«, stieß er knurrend hervor.

»Traut Ihr Euch das nicht zu? Man könnte die Rollen auch vertauschen, aber es wäre schwieriger. Ihr seid bei Hof nicht eingeführt und werdet gewiss nicht an der Abendgesellschaft teilnehmen können, um sicherzustellen, dass die Gräfin nicht frühzeitig in ihr Gemach zurückkehrt.«

»Auch wäre ich nicht daran interessiert, dort meine Zeit zu vergeuden, während du mit dem Medaillon aus dem Fenster kletterst und mir davonläufst. Aber warum sollte ich dir glauben? Gewiss wäre es dir eine Freude, mich in ein beliebiges Gemach in diesem Schloss einsteigen und mich dort festnehmen zu lassen. Eine simple Falle, die meinen Verstand beleidigt. Du wirst mir beweisen müssen, was du behauptest. Und ich habe mir längst überlegt, wie das geschehen wird. Du wirst mich sogleich ins Schloss führen und mich dem Herzog als deinen alten Bekannten Vasco Moretti vorstellen, der sich der Theaterbaukunst verschrieben hat. Du wirst mir die Dame zeigen, die angeblich im Besitz des Medaillons ist. Und du wirst kein falsches Wort dabei sprechen und keine Bewegung machen, die mir nicht gefällt, weil ich dir sonst auf der Stelle die Kehle durchschneide. Damit käme ich davon, es wäre nicht das erste Mal.«

Alessa musste ihr Entsetzen nicht spielen, obwohl ein zartes Stimmchen in ihr triumphierte.

Sie hoffte, dass es Arthur tatsächlich gelungen war, seine Männer und die restlichen Eingeweihten gut auf diesen Tag vorzubereiten. Der Wachtposten am Brückenhaus musterte sie und Mezzanotte jedenfalls grimmiger, als sie hier jemals zuvor betrachtet worden war, ließ sie aber passieren.

Mezzanotte hatte seit seiner Aufforderung, ihn ins Schloss zu bringen, kein Wort mehr gesprochen. Er hielt sich so nah neben ihr, dass ihr bei jedem Schritt unwohl war. Sie wartete darauf, seine Hand unter dem Rockschoß seines Justaucorps' verschwinden und mit einem Messer wieder auftauchen zu sehen. Die Furcht hatte ihr den Schweiß ausbrechen lassen, und nun klebte ihr altes besseres Kleid ihr auf der Haut, sodass es sie überall juckte. Am liebsten hätte sie sich die kunstvolle Fontange vom Kopf gerissen, in die Pippa ihr Haar frisiert hatte, und die dicke Schminke aus dem Gesicht gerieben, die nötig gewesen war, um ihre Blutergüsse zu verbergen. Sie würde unter all den geschminkten Damen des

Hofs nicht damit auffallen, hasste jedoch das starre Gefühl. Es war, als würde ihr Gesicht selbst zur unbeweglichen Maske.

Der Mai zeigte an diesem Tag ebenfalls nicht sein sonniges Antlitz. Der Himmel war bedeckt, und kalte Böen verursachten Alessa eine Gänsehaut. Mit Venedigs wohlig warmem Frühsommer hatte das Wetter hier ohnehin wenig gemeinsam. Auch die Wirtin hatte an diesem Morgen über die unwillkommene plötzliche Kälte geklagt.

Wo sonst an den Eingangstoren zum Schloss meist nur ein Wachtposten stand, der mit seiner makellosen Uniform die Farben des Herzogs präsentierte und nebenbei ein Auge auf die ankommenden Besucher hatte, standen heute zwei. Sie waren mit Hellebarden, Degen und Pistolen bewaffnet, als sollten sie in eine Schlacht ziehen, und sie machten keinen Hehl daraus, dass sie alle Ankömmlinge misstrauisch musterten. Alessa führte Mezzanotte zum Tor des Nordflügels und tat so, als befürchte sie, dass die beiden Wachen ihren fremden Begleiter aufhalten würden. In beschwichtigendem Tonfall sprach sie einen von ihnen auf Deutsch an.

»Das ist Signor Moretti, ein Bekannter aus Venedig. Er möchte sich dem Herzog als Ratgeber beim Theaterbau empfehlen.«

Der Wachtposten verzog keine Miene, nickte aber, als erteilte er ihnen die Genehmigung einzutreten.

Sobald sie durchs Tor gegangen waren, ergriff Mezzanotte ihren Oberarm so schmerzhaft fest, dass sie zusammenzuckte. »Du wirst hier nicht noch einmal mit jemandem in dieser hässlichen Sprache sprechen, die ich nicht verstehe«, sagte er.

Alessa verbarg ihre Verblüffung und ihre Besorgnis. Konnte er es allein bis nach Celle geschafft haben, ohne die deutsche Sprache zu sprechen? Oder lag sie richtig damit, wenn sie befürchtete, dass er auch dieses Mal wieder über Helfer verfügte? Und wie konnte er von ihr verlangen, ihn bei Hof vorzustellen, ohne dass sie

Deutsch sprach? Er musste sich doch denken können, dass man das so nicht von ihr erwartete. *Nicht zu viel nachdenken,* ermahnte sie sich. »Darf ich französisch sprechen?«

»Du wirst so wenig wie möglich sprechen. Aber ja, wenn es nötig ist, mit einem von diesen deutschen Holzköpfen zu sprechen, sprich französisch.«

Alessa nickte mit zusammengebissenen Zähnen. »Wenn Ihr mich weiter festhaltet, werden wir auffallen, und das wird unserem Plan schaden«, quetschte sie hervor, und zu ihrer Erleichterung nahm er tatsächlich seine Hand von ihrem Arm.

Das Schloss über den Nordflügel zu betreten gab Alessa die Gelegenheit, Mezzanotte vorzuführen, wie gut das Gebäude auch im Inneren überwacht wurde. Tatsächlich standen an diesem Tag sogar in den unaufgeräumten und zurzeit ungenutzten Teilen des Schlosses Wachen. Erleichtert stellte sie fest, dass Arthur seinen Teil der Aufgabe bisher bravourös gemeistert hatte.

Im Ostflügel angekommen ging sie dem Mörder voraus die Treppe hinauf ins Obergeschoss und dort zur Tür des Rittersaals, wo sich um diese Tageszeit stets ein großer Teil der Höflinge tummelte, die keinen Grund hatten, zur Audienz in den herzoglichen Gemächern vorzusprechen. Nah bei der Tür hielt sich ein Gehilfe des Hofmarschalls auf, an den Alessa sich auf Französisch wandte, was ihn kurz verwirrte, weil sie sich sonst mit ihm auf Deutsch unterhielt. Sie stellte ihm Mezzanotte als Moretti vor und erkundigte sich, wie an diesem Tag die Aussichten auf eine kurze Audienz beim Herzog stünden. Daraufhin schüttelte der Hofmarschall nur bedauernd den Kopf, wie es zu erwarten gewesen war. Niemand ohne Rang und Namen, der keinen hochangesehenen Fürsprecher bei Hof hatte, wurde ohne Wartezeit zur Audienz beim Herzog vorgelassen. Die meisten mussten tagelang ausharren und sich dabei regelmäßig in tadelloser Manier bemerkbar machen. Die Möglichkeiten zu einem persönlichen Wortwechsel mit dem

Fürsten wurden streng gehütet und Menschen bürgerlicher Herkunft nur unter besonderen Umständen zuteil.

Sowohl Mezzanotte als auch sie selbst waren sich darüber im Klaren, doch um den Anschein zu wahren, hatte sie fragen müssen. Mezzanottes Anwesenheit im Schloss wäre anders nicht zu rechtfertigen gewesen.

Nachdem sie sein vorgebliches Anliegen geäußert hatte, war es allerdings gestattet, sich der Gesellschaft im Rittersaal für eine gewisse Zeit anzuschließen – falls diese Gesellschaft es zuließ und dem Neuling nicht die kalte Schulter zeigte. In Alessas Fall bestand diese Gefahr nicht. Die meisten Höflinge betrachteten sie noch immer als unterhaltsam und würden jeden Gast zumindest vorübergehend in ihren Kreis aufnehmen, den sie einführte. Darüber hinaus hatte an diesem Tag Arthur dafür gesorgt, dass sie im Saal die Person vorfand, der sie begegnen wollte.

Gräfin Dora-Magdalena von Bentheim stand in Gesellschaft ihres schlanken, kleinen Gemahls mit zwei von Eleonores Hofdamen und deren Verehrern zusammen. Sie erspähte Alessa schon von Weitem und winkte sie energisch zu sich heran. Zwischen ihren üppigen weißen Brüsten prangte das blaue Medaillon.

»Fräulein Rizzi, komm zu uns, schnell, schnell! Wir haben Fragen«, rief die muntere, bejahrte Gräfin ihr auf Deutsch zu.

Als Alessa bemerkte, wie Mezzanotte sich verärgert versteifte, wandte sie sich ihm höflich zu und signalisierte ihm, dass die Einladung auch für ihn galt. »Nichts könnte uns gelegener kommen«, sagte sie leise auf Italienisch. »Die Dame trägt das Medaillon. Das ist Eure Gelegenheit, es aus der Nähe zu betrachten, damit Ihr später wisst, wonach Ihr suchen müsst.«

Gräfin Dora fiel sogleich kommentarlos ins Französische, als sie begriff, dass Alessa das Deutsche vermied. Sie nahm die namentliche Vorstellung Mezzanottes als Signor Moretti sowie dessen Verbeugung freundlich nickend zur Kenntnis, ohne im Geringsten zu verraten, dass sie bereits über ihn Bescheid wusste. Mit größter Selbstverständlichkeit ging sie dann zu ihrem angeblich dringlichen Anliegen über. »Eleonores Festausschuss hat vorhin die ersten Rollen für die Wirtschaft verteilt, die am Sonnabend stattfinden soll. Schon in drei Tagen, stell dir vor! Wir sind alle sehr aufgeregt und möchten dich um deinen Rat bitten. Da wir in den vergangenen Tagen solches Vergnügen an den Auftritten der Sartoris hatten, wird es in der Wirtschaft eine wandernde Schauspieltruppe geben. Deren Mitglieder sollen jedoch nicht von den Sartoris gespielt werden. Wer welche Rolle übernimmt, ist natürlich streng geheim, also muss unser Gespräch unter uns bleiben. Aber Fräulein von Repp hier soll eine Harlekina spielen, und sie macht sich Sorgen um das richtige Kleid. Meiner Ansicht nach hat Eleonore sie für die Rolle ausgewählt, weil sie die gleiche Statur wie unsere wahre Harlekina hat. Wärst du bereit, dein Gewand zu verleihen? Der Eindruck wäre entzückend, den das machen würde, glaube mir.«

Im entspannten Zustand hätte Alessa über die Art der Geheimhaltung lachen müssen, die hier über die Rollenverteilung herrschte. Sie war sicher, dass in diesem Maskenspiel niemand auch nur für einen einzigen Augenblick unerkannt bleiben würde. Im Grunde bestand die Schauspielerei hierbei weniger in der eigenen Rolle als darin, so zu tun, als würde man die anderen nicht erkennen.

»Ich habe nichts dagegen, mein Kleid zu verleihen. Doch frage ich mich, ob Frau von Harburg auch uns Sartoris Rollen zugedacht hat. Vielleicht werde ich am Ende verzweifeln, weil ich viel weniger gut weiß, wie ich mich kleiden soll.«

Gräfin Dora schlug ihr spielerisch mit ihrem sie stets begleitenden Fächer auf den Arm. »Da mach dir mal keine Sorgen. Gewiss wird sich eine Lösung finden. Ach, ich freue mich auf den Tag. Es gibt ja so viele vergnügliche Rollen! Als wir in Hannover einmal eine Bauernhochzeit veranstalteten, da hatte Herzog Georg Wilhelm ein paar seiner Räte zu Schnittern gemacht. Sie sollten uns vorführen, wie sie mit ihren Sensen eine Wiese mähen. Wir haben so sehr gelacht!«

Sie plapperte weiter, bis Alessa Mezzanottes Hand an ihrem Ellbogen spürte, deren Fingernägel durch den Stoff ihres Ärmels in ihre Haut kniffen. Demnach war es Zeit, sich aus dem Rittersaal zu verabschieden.

»Mit Eurer Erlaubnis würde ich gern später auf unsere Vorbereitungen für die Wirtschaft zurückkommen, gnädige Frau von Bentheim. Monsieur Moretti wünscht sich, die Teile des Schlosses zu sehen, die für den Einbau eines Theatersaals infrage kämen. Gewährt Ihr mir die Ehre, mich Euch heute Abend beim Tanz in Eure Gesellschaft aufzunehmen?«

Gräfin Dora nickte huldvoll. »Herzog Georg Wilhelm versprach uns für heute besonders festliche Musik. Und ich habe ja schon verraten, wie sehr ich mich darauf freue, heute meine neue Robe auszuführen und einen Tanz in ihr zu wagen. Monsieur Moretti, *enchanté!*«

Alessa änderte ihre Meinung von Gräfin Dora erneut. Die alte Dame war eine weit bessere Schauspielerin als alle anderen, denen sie je begegnet war. Ihr hoheitsvolles *»Monsieur Moretti, eine Freude, Euch kennenzulernen«,* das gleichzeitig als Abschiedsformel gemeint war, verriet nicht die geringste Voreingenommenheit.

Nachdem Alessa mit Mezzanotte den Saal verlassen hatte, konnte sie ihn nicht über das große Treppenhaus nach oben zum Geschoss der herzoglichen Gemächer führen, weil die breite Treppe den vornehmen Höflingen und Besuchern vorbehalten war, denen eine Audienz in Aussicht stand. Bei herausragend wichtigen und hochgestellten Persönlichkeiten diente auch dieser Bereich bereits der Repräsentation. Je nachdem, wie weit der Herzog seinem Gast auf der Treppe entgegenkam, so groß war sein Respekt vor dessen Rang. Jedenfalls hatte auf der Treppe niemand etwas verloren, der keinen anerkannten Grund hatte, den Herzog aufzusuchen. Bedienstete betraten die Treppe nur verstohlen während der Ruhestunden des Hofs, um sie zu reinigen. Um ihre sonstigen Arbeiten erledigen zu können, benutzten sie Hintertreppen und Nebentüren, mit denen Alessa sich längst ausgezeichnet auskannte. Heute allerdings verlief auch dieser Weg nicht ungehindert, denn jeder mögliche Zugang zu den Gemächern der hohen Herrschaften, sämtlicher Höflinge und Gäste wurde überwacht. Alessa gewann den Eindruck, dass Arthur an diesem Tag auch grimmig aussehende Stallknechte und Jäger in Uniformen der Schlosswache gesteckt hatte.

Im Südflügel durchschritt Alessa zügig den Gang, der vor den beiden Räumen der von Bentheims verlief. Erst an einer schmalen Treppe, die ins Dachgeschoss zu den Dienstbotenkammern führte, hielt sie an. Auf Italienisch wandte sie sich an Mezzanotte. »Ich hoffe, Ihr glaubt mir nun, dass keine Aussicht besteht, vom Gang aus bei der Signora einzubrechen. Wenn Ihr gestattet, werden wir nun außen um das Schloss herumgehen, damit ich Euch das Fenster zeigen kann. Ein Seil habe ich bereits besorgt, es liegt im alten Kuhstall meines Gasthauses. Da müsst Ihr es abholen. Am besten, Ihr watet heute Abend an einer dunklen Stelle durch den Graben und versteckt Euch in der Nähe der Fassade, bis ich Euch von oben das Zeichen gebe. Versteht Ihr, wie ich es meine?«

Schnell wie eine zustoßende Viper schaute Mezzanotte sich nach Zeugen um, packte Alessa im Nacken und drückte sie grob mit dem Gesicht gegen die Wand. »Du glaubst, dass du hier die Pläne machst? Du hoffst, dass du mir in irgendeiner Sache überlegen sein könntest, nicht wahr? Hoffst, dass du mich überlisten kannst! Dann rate, wo dein kleiner Freund in diesem Augenblick eingesperrt ist, dieser Bengel, den die Sartoris durchfüttern. Was denkst du, wo er ist? In einem Schuppen? In einem Keller? Oder in einer Kiste? Eines verrate ich dir: Er kommt erst wieder heraus, wenn das Medaillon in meinem Besitz ist und ich den richtigen Namen von dir erfahren habe. Falls du also daran gedacht haben solltest, das Seil zu lösen, während ich gerade daran hinaufklettere, oder etwas ähnlich Dummes, dann weißt du nun, dass du damit auch das kleine Stück Dreck umbringen würdest.«

Ihr Entsetzen ließ sie die aufgesetzte Höflichkeit und Sachlichkeit vergessen. »Das ist eine Lüge!«, stieß sie hervor.

Er ließ ihren Nacken los und schlug ihr die Faust in den Magen. Dieses Mal hatte sie vorgesorgt, indem sie ihr steifstes Mieder trug, das den Schlag ein wenig dämpfte. Dennoch krümmte sie sich unter der Wucht und musste um Atem ringen, weil ihre höllisch schmerzenden Rippen erneut malträtiert wurden.

»Nein. Keine Lüge«, sagte er eiskalt.

Keuchend richtete sie sich auf. »Ich werde Euch den Namen erst sagen, wenn ich weiß, dass das Kind in Sicherheit ist. Ganz gleich, was Ihr mir antut.«

»So vorschnell und unbedacht solltest du nicht daherreden. Ich habe dir schon einmal versprochen, dass du mich anflehen wirst, mir alles sagen zu dürfen. Aber nun weiter in *deinem* Plan. Zeig mir das Fenster. Dann hole ich das Seil. Und heute Nacht, wenn ich das Medaillon habe, unterhalten wir uns weiter.«

26

Alessa blieb standhaft, bis Mezzanotte das Schlossgelände verlassen hatte. Sie blickte ihm über den Graben hinweg nach, wie er in Richtung Stadt ging. Seine Arme blieben verkrampft, als hätte er beide Fäuste geballt und wäre jederzeit bereit, Schläge auszuteilen. Die Übelkeit, die sie bereits den ganzen Tag lang begleitet hatte, überkam sie so stark, dass sie bei einem Rosenstrauch innehielt, weil sie befürchtete, sich übergeben zu müssen. Die Welle ging vorüber, doch ihre Erschütterung nicht. War es möglich, dass der Mörder einen Helfer beauftragt hatte, Flori zu entführen? Konnte ihm das wirklich gelungen sein, obwohl die Sartoris auf der Hut waren und Arthurs Wache bei ihnen zurückgeblieben war?

Mit weichen Knien eilte sie ins Schloss, um Arthur zu finden und ihm von Mezzanottes Behauptung zu berichten. Doch schon am Tor wurde sie aufgehalten.

»Wartet einen Augenblick, Fräulein Rizzi«, forderte einer der beiden Wachtposten sie auf. »Der Hauptmann wird gleich hier sein, ich habe schon nach ihm geschickt.«

Erleichtert seufzte sie und lehnte sich mit der Hand gegen die kalte Wand, um nicht zu schwanken, woraufhin der Posten hastig einen Schemel aus einer Nische zauberte und sie darauf Platz nehmen ließ.

Kurz darauf kam Hauptmann Arthur Kühne mit wehenden Rockschößen herangestürmt.

»Ist er weg?«, fragte er.

Sie nickte schwach. »Er sagt, er hätte Flori.«

Arthur schüttelte den Kopf. »Das bezweifle ich. Meine Männer überwachen den ›Goldenen Eber‹ lückenlos.«

Er bot ihr seinen Arm an, und sie stand auf und ließ sich von ihm führen. »Bist du sicher? Könntest du nachfragen lassen, ob Flori noch dort ist?«, fragte sie.

»Meine Männer sind zu dritt. Glaub mir, wenn etwas geschehen wäre, wüsste ich es bereits. Flori und die Sartoris sind wohlauf. Mehr Sorgen mache ich mir um Lucas. Er hat gestern mit seinen Begleitern die Stadt verlassen. Sie haben mir Nachricht gesandt, dass sie auf ihn aufpassen, aber mir wäre wohler, wenn sie ihn zur Vernunft gebracht hätten, bevor er davonläuft.«

»Über wie viele Männer verfügst du eigentlich? Es scheint überall von ihnen zu wimmeln.«

Zielstrebig ging er mit ihr die Treppe ins Obergeschoss des Nordflügels hinauf und zeigte auf die jungen Männer, die dort Wache standen. »Als Wachtposten an unwichtigen Türen habe ich heute ein paar Jäger und Gärtner stehen, wenn du es genau wissen willst. Alle wichtigen Stellen sind mit Leibgardisten besetzt. Im Gasthaus sitzen drei von meinen besten. Kannst du mir vielleicht verraten, was deinen Cousin so aufgebracht hat, dass er sich benehmen muss wie ein bockiges Kleinkind?«

Alessa wurde bewusst, dass ihre Knie aufgehört hatten zu zittern, seit sie an seiner Seite ging. Sie konnte wieder frei atmen. »Es mag damit zu tun haben, dass ihr ihn sein Leben lang gegängelt habt wie ein Kind. Wie konntet ihr ihm vorlügen, dass seine Mutter tot ist? Er war ungeheuer gekränkt, als er von mir erfuhr, dass sie erst kürzlich gestorben ist. Auch mir hat er die Lüge vorgeworfen, und ich gebe ihm recht. Ich war immer zu sehr mit Großvater und mir selbst beschäftigt. Schon vor langer Zeit hätte ich ihm schreiben sollen.«

Er stieß ein bedauerndes Schnalzen aus. »Dein Brief hätte ihn aber gar nicht erreicht, nehme ich an. Der Herzog hegte die Hoffnung, dass Lucas seine Herkunft vergessen würde. Jede Nachricht aus Venedig wäre abgefangen worden. Das gehörte nie zu meinen Aufgaben, aber mein Vater wusste darüber Bescheid.«

Sie gingen mit langen Schritten einen Gang entlang, der Alessa unbekannt war, bis Arthur vor einer Tür anhielt und anklopfte.

Ein kleiner, rundlicher Diener mit besorgtem Blick öffnete ihnen. »Verläuft alles nach Plan, Herr Hauptmann?«, fragte er.

Arthur nickte ihm zu, schloss die Tür hinter sich und schob den Riegel vor, ehe er Alessa zu einem gepolsterten Stuhl führte und sie mit leisem Zwang dort platzierte. »Einen Brombeergeist?«, fragte er.

Sie verneinte mit einem angedeuteten Kopfschütteln. »Nein, danke, aber trink ruhig, wenn dir danach ist. Meinem Magen täte es nicht gut.«

Er stellte die Flasche, die er bereits ergriffen hatte, wieder aus der Hand. »Ich verzichte heute auch. Es könnte ein sehr langer Tag werden. Dachte nur, dass deine Nerven es brauchen könnten. Wie ist es verlaufen? Hat er den Köder geschluckt?«

»Meine Nerven könnten eher einen Becher warme Milch mit Honig gebrauchen. Ich hatte nie zuvor in meinem Leben solche Angst wie gestern und heute vor diesem Monstrum. Er hat dem Plan zugestimmt, aber ich bin mir nicht sicher, ob er nichts anderes im Schilde führt.«

Er wandte sich an seinen Diener. »Kurt, du hast es gehört: warme Milch. Lässt sich das machen?«

Kurt verbeugte sich und eilte zur Tür hinaus. »Warme Milch. Sehr wohl.«

Umgehend verriegelte Arthur die Tür wieder hinter ihm. »Du wirst mir das vielleicht nicht glauben, aber ich hatte auch nur zwei oder drei Mal in meinem Leben ebenso große Angst wie heute. Ich musste mich zusammenreißen, um nicht auf Schritt und Tritt hinter euch herzuschleichen. Bei jedem lauten Wort im Schloss dachte ich, jetzt ist es geschehen, er hat dich umgebracht. So etwas möchte ich nicht noch einmal erleben. Du wirst hier in meinen Räumen bleiben, bis dich später jemand nach oben ins Dienstbotengeschoss eskortiert, wo du das Seil befestigen musst.«

Staunend sah Alessa dabei zu, wie er erneut die Flasche und ein Glas zur Hand nahm und beides gleich darauf wieder abstellte. Seine Besorgnis berührte sie stark, dennoch konnte sie ihn nicht in dem Glauben lassen, dass sie sich all seinen Entscheidungen fügen würde.

»Es wäre leichtfertig, wenn ich hierbliebe. Mezzanotte geht davon aus, dass ich den Abend in Gesellschaft der gnädigen Frau von Bentheim verbringe. Er wird vielleicht eine weitere Möglichkeit finden, sich davon zu überzeugen, ob ich die Wahrheit gesagt habe. Du darfst ihn nicht unterschätzen. Ich halte es für klüger, den Anschein aufrechtzuerhalten«, wandte sie ein.

Seufzend ließ er sich auf einem Stuhl ihr gegenüber nieder, lehnte sich zurück und verschränkte die Hände hinter dem Kopf. »Glaubst du, er wird versuchen, sich ins Schloss zurückzuschleichen, um dich zu beobachten? Das halte ich für unwahrscheinlich. Unsere grimmige Maskerade wird schon Wirkung zeigen. Oder meinst du, er bezahlt jemanden, der für ihn spioniert? Gleichgültig. Ich war voreilig und gebe dir recht, wenn auch ungern. Du solltest die Rolle weiterspielen. Die Sartoris haben während des Abendessens einen musikalischen Auftritt und bleiben danach im Umkleidezimmer unter Bewachung, damit sie außer Gefahr sind. Du nimmst heute am Auftritt nicht teil, sondern sitzt mit Gräfin von Bentheim zu Tisch. Was eine große Ehre für dich ist, wenn ich das nebenbei bemerken darf. Die Dame und ihr Gemahl sind nicht nur von altem Adel, sondern auch einflussreicher, als sie zu sein vorgeben. Nach dem Abendessen siedelst du mit ihnen in den Rittersaal über, wo Konzert und Tanz veranstaltet werden. Auf mein Zeichen hin gehst du das Seil befestigen. Zwei meiner

Männer werden dir folgen. Ich selbst werde mich dann schon im Gemach der Gräfin befinden und auf Mezzanotte warten.«

Sie nickte und rückte ihr neues Kleid zurecht, unter dem das feste Mieder in ihre Taille kniff und gegen ihre Rippen drückte. »Was mache ich bis zum Abendessen?«

»Die Tische werden bereits eingedeckt. Viel Zeit bleibt daher nicht. Du wirst sie hier verbringen.«

»Es wird möglicherweise Gerede geben, wenn ich zu lange in deinen Gemächern mit dir allein bleibe.«

Er zog belustigt die Augenbrauen hoch. »Das ist nichts, worüber ich mir in dieser Lage den Kopf zerbrechen würde. Aber es kommt ohnehin nicht dazu. Wenn Kurt zurück ist, werde ich schweren Herzens auf deine Gesellschaft verzichten. Ich muss meine Männer über den Stand der Dinge unterrichten und alles Weitere mit ihnen klären.«

Alessa konnte sich nur mit Mühe zurückhalten, ihn zu bitten, bei ihr zu bleiben. Ihr gingen hundert Dinge durch den Sinn, die sie davon abhalten konnten, je wieder miteinander allein zu sein, vielleicht sogar davon, sich überhaupt wiederzusehen. Dennoch zwang sie sich zu einem Lächeln. »Ich danke dir für alles, was du für mich getan hast und noch tun wirst, Arthur Kühne. Und ich wünsche uns beiden für heute Nacht Glück.«

Sein Blick wurde misstrauisch. »Spielst du gerade wieder eine Rolle? Beschwichtigst du mich, damit ich glaube, dass du gehorsam bist? Du wirst doch keine Dummheiten machen, oder?«

Sie schüttelte den Kopf. »Ich spiele dir nichts vor. Ich bin dir wirklich dankbar. Mehr als das. Du … Es ist ein Jammer, dass wir uns nicht unter anderen Umständen begegnet sind. Andererseits kann ich mir keine Umstände vorstellen, unter denen wir beide …«

Er sprang auf, kam zu ihr und zog sie auf die Füße. Der Griff seiner Hände an ihren Oberarmen war gerade so fest, dass sie an seiner Entschlossenheit nicht zweifeln konnte, tat ihr jedoch nicht weh. »Falls du daran denken solltest, die Flucht zu ergreifen, schlag dir das aus dem Sinn. Zu deinem und meinem eigenen Besten werde ich nicht zulassen, dass dir das gelingt. Betrachte dich als Gefangene in diesem Schloss, solange der Herzog nicht das Gegenteil ausspricht. Glaub mir einfach, dass es der einzige Weg ist, diese Sache zum Guten zu wenden. Versprich, dass du …«

Sie küsste ihn, bevor er weitersprechen konnte. Obgleich sie mit ihren aufgesprungenen, überschminkten Lippen vorsichtig sein musste, wurde es ein langer Kuss. Arthur sträubte sich nicht, sondern legte seine Arme um sie und zog sie an sich. Als sie seine Wärme spürte, bemerkte sie, wie sie zuvor gefroren hatte. Sie wünschte sich, dass sie ewig so hätten stehen bleiben können, doch ein Pochen an der Tür riss sie auseinander. »Ich bin's, Herr Hauptmann. Mit der heißen Milch.«

Arthur ging rückwärts zur Tür und öffnete sie, ohne Alessa aus den Augen zu lassen. In seinem Blick lagen Verwirrung und Verlangen, und seine leicht geöffneten Lippen waren so rot, dass sie lachen musste. Kurt, der ein kleines Tablett hereintrug, folgte ihrem Blick und bemerkte sofort, warum sie lachte. Eilig stellte er das Tablett auf ein Tischchen, reichte seinem Dienstherrn ein Tüchlein und wies ihn mit taktvollen Gesten darauf hin, was er damit tun sollte.

Zu Alessas Freude lächelte Arthur, während er dem Hinweis folgte und sich die rote Farbe von den Lippen wischte.

»Heiße Milch mit Honig, wie gewünscht, wertes Fräulein«, sagte Kurt, ohne weiter auf die kleine Peinlichkeit einzugehen. »Allerdings gab mir die Köchin noch etwas anderes mit. Es handelt sich dabei um eine Spezerei aus Übersee. Die hohen Herrschaften sollen allerorts davon schwärmen. Der Trunk wird gar als Heilmittel für verschiedenste Leiden gerühmt und ist äußerst wohlschmeckend. Man nennt ihn *Chocolate*.«

»Die Köchin ist ein Engel«, sagte Alessa. »Eine heiße Chocolate ist jetzt genau das, was mir guttun wird. Richte ihr bitte meinen herzlichen Dank aus.«

»Du kennst diese neue Kostbarkeit?«, fragte Arthur, noch immer mit einem leisen Lächeln auf den Lippen.

»Mein Großvater liebte Chocolate. In Venedig genießen die Wohlhabenden sie schon seit Jahren. Zu besonderen Anlässen bekam ich auch welche«, erklärte sie. Die ganze Wahrheit war, dass sie sich so kostspielige Leckereien wie den Trank aus Chocolate selten gegönnt hatten. Ausgerechnet nach erfolgreichen Beutezügen war ihr *Nonno* besonders geizig gewesen, obwohl sie sich gerade dann den Luxus mühelos hätten leisten können. Doch er hielt unnötige Geldausgaben für zu auffällig und damit für den sicheren Weg ins Verderben.

Sie nahm die zierliche Tasse aus chinesischem Porzellan auf und bot sie Arthur an. »Wenn du noch nie gekostet hast, dann könntest du es jetzt tun. Ich teile gern mit dir.«

Er sah ihr unverwandt in die Augen, als er die Tasse annahm und einen Schluck von der dampfenden, duftenden Flüssigkeit nippte. »Gut«, sagte er. »Aber nicht so gut wie das, was ich vorher gekostet habe. Dafür würde ich sämtliche Chocolate jederzeit eintauschen.«

An einem sorgloseren Tag hätte sie über seine kleine Schmeichelei gelächelt. Heute konnte sie nicht mehr tun, als seinen Blick zu erwidern, während sie ihm die Tasse wieder abnahm.

Kurz darauf war sie mit Kurt allein in Arthurs Gemächern und fühlte eine leise Verlegenheit. Dass ein Kammerdiener sich im Beisein seines Herrn stets taktvoll verhielt, war eine Selbstverständlichkeit. In seiner Abwesenheit konnte sich das jedoch schnell ändern, und Alessa hielt es für möglich, dass Kurts Meinung von ihr weniger wohlwollend war, als er in Arthurs Beisein vorgab. Nach dessen Aufbruch war Kurt für einen Augenblick in Arthurs Schlafgemach gegangen, kehrte nun jedoch mit einer leichten Wolldecke zu ihr zurück.

»Wenn Ihr erlaubt, gnädiges Fräulein … Es ist empfindlich kalt geworden. Die berüchtigten Eisheiligen, die uns jedes Jahr heimsuchen, befürchte ich. Hätte ich gewusst, dass Ihr längere Zeit hier verbringen würdet, hätte ich eingeheizt – ob es Mai ist, hin oder her. Ihr wirkt ganz verfroren auf mich, wenn Ihr mir die Offenheit bitte verzeihen wollt.«

Fürsorglich legte der kleine Mann ihr die Decke um die Schultern, während sie in sprachlosem Erstaunen über seine feine Beobachtungsgabe ihre Tasse umklammerte.

»So. Nun könnt Ihr Euch vielleicht eine kleine Weile erholen, bis Ihr wieder hinausmüsst. Die Köchin bat mich übrigens ausdrücklich, ich möge Eure ehrliche Meinung über die Zubereitung der Chocolate einholen. Mundet der Trunk?«, erkundigte er sich.

Zwar hatte sie schon aufregender mit Zimt, Piment, Nelken und Anis gewürzte Chocolate getrunken als diese, doch nie war sie zu einem passenderen Zeitpunkt in ihren Genuss gekommen. Und nie war dabei jemand so um sie bemüht gewesen. »Ich weiß nicht, womit ich die Freundlichkeit der Köchin verdient habe. Oder die Eure. Richtet ihr bitte aus, dass ich nie eine bessere Chocolate getrunken habe und dass ich ihr sehr für ihre Fürsorge danke.«

Kurt hatte leicht vorgeneigt dagestanden und auf ihre Antwort gewartet, nun aber richtete er sich erstaunt auf. »Es besteht kein Anlass für Euch, mich zu behandeln, als wäre ich Euch im Rang ebenbürtig, gnädiges Fräulein. Ihr meint es gewiss gut, aber mir wäre viel wohler, wenn Ihr mich ansprächet, wie der Herr Hauptmann es tut. Ihr seid sein hochgeschätzter Gast und habt daher selbstverständlich jeden Anspruch auf unsere Dienste. Es ist unsere Pflicht, Euch alles so angenehm wie möglich zu machen, und ich hoffe, dass uns das zu Eurer Zufriedenheit gelingt.«

Alessa schloss kurz die Augen und verzog ihre vor Schmerz pochenden Lippen zu einem müden Lächeln. »Man kann eine Pflicht einfach nur erledigen, oder man kann sie freundlich erledigen. Ich fühle mich freundlich behandelt, und dafür bin ich dankbar. Wenn du jeden Gast des Hauptmanns so behandelst, dann müssen sie alle zufrieden mit dir sein. Ob ich es verdiene, dass der Hauptmann mich hochschätzt, da bin ich mir nicht sicher.«

Der Kammerdiener verschränkte die Hände über seinem runden Bäuchlein und lächelte. »Ihr habt ihn in den vergangenen zehn Tagen auf Trab gehalten, so viel ist gewiss. Verzeiht mir bitte, wenn ich mir die Freiheit nehme, mich einzumischen, aber Ihr habt recht mit der Pflicht. Man kann sie auf verschiedene Weise tun. Für den Hauptmann tun wir alle hier gern unsere Pflicht. Die meisten von uns, die schon seit längerer Zeit in herzoglichen Diensten stehen, kennen ihn von Kindesbeinen an. Ich selbst bin als zehnjähriger Knabe in die Arbeiten bei Hof eingeführt worden und hatte damals die Ehre, Arthur Kühne zur Seite zu stehen, als er ungefähr im gleichen Alter als Page dem Hof beitrat. Er genoss im Anschluss an seine Pagenjahre eine militärische Ausbildung, während ich die Arbeit eines Kammerdieners erlernte. Ich fühlte mich äußerst geehrt, als der Hauptmann sich später an mich erinnerte und den Herzog um meine Dienste ersuchte. Wir alle sind der Überzeugung, dass er ein bemerkenswert anständiger und aufrechter Mensch ist. Wenn er Euch seine Sympathie schenkt, dann gebührt sie Euch gewiss auch.«

Peinlich berührt stellte Alessa die leere Tasse ab. Es erleichterte sie keineswegs, dass Kurt ihr den Eindruck bestätigte, dass es sich bei Arthur möglicherweise um den anständigsten Menschen diesseits der Alpen handeln könnte. Je höher sein Ansehen in dieser Hinsicht war, desto weniger passte sie zu ihm. Ein Kälteschauder überlief sie, als ihr bewusst wurde, dass sie auf eine Zukunft mit ihm nicht hoffen durfte.

»Der Herr Hauptmann kennt mich erst seit kurzer Zeit. Es wäre gut möglich, dass er sich in mir täuscht. Mein Lebenswandel … Die Schauspielerei … Nun, es wäre vernünftiger, wenn er seine Sympathie, und ich meine Sympathie … wenn wir uns nicht allzu sehr in unseren Sympathien verstricken würden, wenn du verstehst, was ich meine?«

Er sah sie mitleidig an und machte ein schnalzendes Geräusch. »Ts, ts. Vielleicht habt Ihr mich falsch verstanden. Ich meinte, dass er anständig ist, nicht etwa dumm. Viele junge Damen haben ihm bereits schöne Augen gemacht, doch keine von ihnen konnte seine Aufmerksamkeit in dem Maße fesseln, wie Ihr es tut. Er sieht etwas in Euch, was ihm kostbar ist. Das solltet Ihr zu schätzen wissen. Hilft es, wenn ich Euch darauf hinweise, dass er mit jedem anderen Einbrecher, der es gewagt hätte, seine Autorität an diesem Hof auf ähnliche Weise anzuzweifeln, längst kurzen Prozess gemacht hätte? Wenn er Euch ungeschoren gelassen hat, dann aus gutem Grund. Nebenbei bemerkt, gibt es neben der Pflicht auch einen guten Grund, warum Ihr der Köchin sympathisch seid. Und vielen anderen unter dem Gesinde, die gestern Baron von Kempfs Beinkleider einsammelten. Gesteht uns zu, dass wir uns alle unsere eigenen Gedanken über den wahren Kern der Anständigkeit machen.«

Sie spürte, wie sie heiß errötete. »Ihr wisst also alles? Weiß jeder im Schloss, dass ich damit zu tun hatte?«

Er schüttelte belustigt den Kopf. »Nur diejenigen, die mit dem Hauptmann gut genug bekannt sind, um ihre Schlüsse ziehen zu können. Zustimmung fand die Tat allerdings auch bei anderen. Kann ich noch etwas für Euch tun? Ich habe vorhin nebenan einen kleinen Imbiss für den Hauptmann bereitgestellt, den er gewiss gern mit Euch teilt. Ein wenig Gebäck und Käse, gnädiges Fräulein?«

Die Art, wie er geschmeidig dem Gespräch eine andere Wendung gab, erleichterte sie, und auf einmal verspürte sie auch wieder Appetit. »Sehr gern, Kurt.«

Dank Arthurs Entschlossenheit, Kurts guter Worte und der heißen Chocolate fühlte Alessa sich wieder sicher auf den Beinen, als sie schließlich von einem der Leibgardisten aus Arthurs Gemächern abgeholt und zum Umkleidezimmer der Sartoris begleitet wurde. Sie hatte Zaira und Pippa gebeten, ihren Kleiderkorb mit ins Schloss zu bringen, damit sie sich so kleiden konnte, wie es die nicht völlig voraussehbaren Umstände erforderten.

Doch bei ihrer Ankunft vergaß sie schnell jeden Gedanken an angemessene Kleidung. Die Sartoris unterbrachen ihre Tätigkeiten, als sie eintrat, und alle waren sichtlich beunruhigt. Mit dem ersten Blick erfasste Alessa, dass Flori nicht bei ihnen war. »Wo ist Flori?«

Vitale trat vor und hielt entschuldigend seine Hände mit nach oben gewandten Handflächen vor sich hin. »Wir wissen es nicht. Er hat euer Zimmer nicht verlassen. So glaubten wir wenigstens, denn oben an der Treppe hielt jemand Wache, auch während wir anderen in der Wirtsstube noch einen Happen aßen. Doch als wir aufbrechen wollten und Zaira nach oben kam, um den Knaben zu rufen, war er verschwunden. Er muss durchs Fenster hinausgestiegen sein. Wir sind alle in Sorge um ihn, aber ich hielt es für falsch, viel Aufmerksamkeit darauf zu lenken, dass er nicht mehr da ist.«

Ottavio, der an diesem Tag seine Geige in der Rolle des Liebenden spielen sollte und daher keine aufwendige Maske brauchte, hatte mit dem Instrument am Fenster gestanden, um es zu stimmen. Nun warf er Geige und Bogen beinah ruppig auf ein gepolstertes Ruhebett, was im Widerspruch zu seiner üblichen Achtsamkeit stand. Wütend bezog er Stellung vor seinem Vater und Alessa. »Ich war dafür, Flori zu suchen. Wenn Vater mich nicht gezwungen hätte, wäre ich nicht hier. Es ist eine Schande, dass wir nicht besser auf den Knaben aufgepasst haben! Wir hätten es sofort wiedergutmachen und ihn finden müssen. Er steht gewiss entsetzliche Ängste aus, gleichgültig, ob er aus eigenen Stücken fortgelaufen ist oder ob man ihn … Wenn ihm etwas zugestoßen ist, werde ich mir das nie verzeihen!«

Alessa bemühte sich darum, ihre Fassung zu wahren. »Was ist mit den Männern von Hauptmann Kühne? Haben sie nichts gesehen? Und haben sie ihn nicht gesucht?«

Vitale seufzte tief, was ausnahmsweise nicht theatralisch klang. »Sogar der, der draußen in der Nähe der Fenster stand, hat nichts gesehen. Gesucht haben sie erfolglos. Und wenn die drei ihn nicht gefunden haben, wie hätten wir ihn dann finden können? Ottavio will es nicht einsehen, aber falls der Knabe sich versteckt hat, ist es für den Moment klüger, wenn Mezzanotte und seine Helfer nichts davon erfahren. Deshalb suchen Hauptmann Kühnes Männer still und leise. Und wir tun, als wäre nichts.«

Ottavio stieß einen Laut der Entrüstung aus. »Die Wahrheit ist, dass ihr wie üblich zu bequem wart, um euch um den Kleinen zu kümmern. Ihr habt so viel zu tun mit euch selbst und eurer eigenen Angst, dass ihr froh um die Ausrede wart. Hätten wir Flori gemeinsam gesucht und laut gerufen, dann hätten wir ihn gefunden. Er kann erst kurze Zeit fort gewesen sein. Und wenn er bei uns wäre, müssten wir es wohl gemeinsam auch fertigbringen, ihn zu beschützen. Mezzanotte mag ein übler und schlauer Mörder sein, aber er ist sicher kein Dämon mit unnatürlichen Kräften.«

Alessa musste sich zwingen, im Sinn zu behalten, dass Ottavio zumindest mit dem Letzteren recht hatte. Mezzanotte besaß keine übernatürlichen Kräfte. Wann hätte er Zeit und die Gelegenheit gehabt, Flori zu entführen? Und wie hätte er oder ein Helfer von ihm an Arthurs Wache vorbei ins Wirtshaus eindringen und das Kind fortschleppen können, ohne gesehen zu werden? Inzwischen musste auch Arthur davon erfahren haben. Was würde er tun?

Sie atmete durch und ordnete ihre Gedanken. Gleichgültig, ob Flori sich versteckt hatte oder sich in Mezzanottes Klauen befand, musste sie ihrem Plan folgen. Sie trat hinter den mit Hirtenszenen bemalten Wandschirm aus Pergament und begann, sich umzukleiden. »Es ist unwichtig, wer von euch beiden recht hat. Wir können jetzt nichts anderes tun als das, was wir verabredet haben. Ihr musiziert, kehrt anschließend hierher zurück und wartet im Schutz von Arthurs … von Hauptmann Kühnes Wachen, bis Mezzanotte festgenommen ist. Möglicherweise hat die Leibgarde Flori dann schon wiedergefunden. Ich bin sicher, der Hauptmann lässt ihn weiterhin suchen.«

Leandro schnaubte spöttisch. »Mir scheint, da ist jemandes Blick durch die Liebe getrübt. Warum solches Vertrauen zum Hauptmann? Unter den Augen seiner Männer ist der Knabe schließlich verschwunden. Das spricht nicht für seine Sorgfalt. Ich wette, das Leben von unserem Flori bedeutet ihm nichts. Er gibt es nur vor, damit du nach seiner Pfeife tanzt und ihm hilfst, den berüchtigten Mörder zu fassen, weil er selbst damit berühmt werden will. Hauptmann Kühne, der den sagenumwobenen Venezianer Mezzanotte fing!«

Sie spähte über den Sichtschutz und bat Zaira mit einem Blick, ihr beim Ankleiden zu helfen. Gleichzeitig stellte sie fest, dass die Gesichter aller Sartoris leise Zustimmung zu Leandros Annahme verrieten. Doch sie kannte Arthur längst gut genug, um annehmen zu dürfen, dass er niemals leichtfertig das Leben eines Kindes aufs Spiel setzen würde. Daher zuckte sie nur mit den Schultern, obwohl die anderen es nicht sehen konnten. »Sollte der Hauptmann diesen Ruhm erwerben, so hätte er ihn verdient. Ich begnüge mich gern damit, ein Werkzeug in diesem Vorhaben zu sein. Was aber Flori angeht, so ist er nicht nur unter den Augen der Leibgarde verschwunden, sondern auch unter euren. Ottavio hat recht, wenn er sagt, dass ihr besser auf das Kind hättet aufpassen können. Dennoch will ich nicht annehmen, dass sein Leben euch gleichgültig ist, und ich gebe euch keine Schuld. Wir werden ihn hoffentlich bald unbeschadet wiederfinden.«

»Uns die Schuld zu geben wäre auch mehr als unverfroren«, sagte Leandro. »Immerhin bist du diejenige, die uns alle in Gefahr gebracht hat.«

Alessa hatte sich das bereits so oft vorgeworfen, dass sie es ihm nicht übelnehmen konnte, wenn er das Gleiche tat. Auch der Umstand, dass er ihr mit seinem Diebstahl ein folgenreiches Unrecht angetan hatte, änderte nichts daran, dass sie die Sartoris in ihre unglückselige, gefährliche Geschichte mit hineingezogen hatte.

Zu ihrer Überraschung warf nun jedoch Pippa ihrem Gemahl gut gezielt einen Schuh an den Kopf. »Halt doch den Mund, du unnützes Lästermaul! Als hätte sie die freie Wahl gehabt! Was hättest du wohl an ihrer Stelle getan, ›Capitano‹? Ganz sicher hättest du dich nicht dem Mörder zum Kampf gestellt. Wir müssen ihr jetzt helfen, so gut wir können, und tun, was der Hauptmann und sie wollen.«

Zaira, die bisher noch damit beschäftigt gewesen war, die Schnüre und Haken an Alessas Kleid zu öffnen und es ihr über den Kopf zu ziehen, trat nun kurz hinter dem Wandschirm hervor und stemmte die Arme in die Seiten. »Ich dachte, wir wären uns einig darin, Leandro. Warum machst du ihr diesen Vorwurf? Meinst du, dein eigenes Gewissen hört auf, dich zu zwicken, wenn du dir einredest, dass Alessa auch dir gegenüber eine Schuld trägt? Sei froh, dass sie so nachsichtig mit dir war. Ich habe gehört, dass man Diebe hierzulande nicht gnädiger behandelt als in Venedig. Du bist glücklich dem Strang entgangen oder zumindest Prügeln, dem Brandeisen und dem Landesverweis. Von Alessas angeblicher Schuld will ich nichts mehr hören. Jeder anständige Mensch wird einem Mädchen, das von einem Mörder verfolgt wird, Zuflucht und Schutz bieten. Dafür ist sie uns nichts schuldig.«

Leandro warf in ungläubiger Empörung die Hände in die Luft und zeigte dann auf Alessa. »Sie hätte uns wenigstens warnen können!«

Erstaunt bemerkte Alessa, dass Pippa und Ottavio inzwischen Seite an Seite standen. »Ich erinnere mich an den ersten Abend, als wir sie fragten, warum sie mit uns reist. Du wolltest es überhaupt nicht wissen«, sagte Ottavio.

Pippa verschränkte die Arme. »Genau. Du wolltest es nicht wissen. Du hattest solche Sorge, dich auf der Reise mit uns zu langweilen, dass sie dir höchst willkommen war.«

Vitale trat mit ausgebreiteten Armen in ihre Mitte, so als wolle er Faustkämpfer trennen. »Nicht streiten, *Compagnia*! Ich war es, der die Entscheidung getroffen hat, Alessandra aufzunehmen. Und sie hat mich gewarnt, Leandro. Allerdings entschied ich, euch nicht davon zu unterrichten, weil ich glaubte, es würde alle nur unnötig beunruhigen. Wer hätte auch ahnen können, dass dieser Bastard uns bis hierher folgen würde? Wenn also jemand anzuklagen wäre, dann ich. Doch ich bin der *Capo* dieser Truppe, wie ihr euch alle erinnern solltet. Meinen Entscheidungen habt ihr euch zu fügen. Also genug jetzt mit diesem Gejammer. Wendet eure Aufmerksamkeit den Vorbereitungen für unseren Auftritt zu und lenkt Alessandra nicht länger von den ihren ab.«

Zaira kam wieder zu Alessa hinter den Wandschirm und blickte ihr in die Augen. »Ich habe alles, was du haben wolltest, in einen Sack getan. Da steht er«, sagte sie.

Alessa wich ihrem Blick aus und wandte ihr den Rücken zu, damit sie ihr das neue gelbe Kleid hinten schnüren konnte. »Danke dafür. Und danke, dass du mich in Schutz genommen hast.«

Wenig später übergab sie den Sack, den Zaira ihr mitgebracht hatte, einem Laufjungen und erklärte ihm unter dem Siegel der Verschwiegenheit, wo er ihn ablegen sollte. Wiederum kurze Zeit darauf brachte ein anderer Bote ihr eine in ein Tuch eingewickelte

Eisenstange und einen Beutel, in dem sich ein Paar feste Lederhandschuhe in ihrer Größe und eine Rolle Schnur befanden. Mit allem war sie zufrieden. Arthur hatte genau verstanden, was sie benötigte.

Die Tafeln für das Abendessen waren an diesem Tag wieder einmal in der Form eines Hufeisens aufgestellt, bei dem nur die Außenseite besetzt wurde. Auf die Art hatten alle Geladenen beim Essen freien Blick auf die Darbietung in der Mitte. Die Rangfolge der Sitzenden war an der Stirnseite des Bogens am höchsten, wo der Tür gegenüber Herzog Georg Wilhelm mit seinem Bruder Herzog Ernst August und dessen Gemahlin saßen. Zu den Enden des Hufeisens hin nahm sie ab. Gräfin Dora von Bentheim und ihren Gemahl hatte man an diesem Tag in größtmöglicher Entfernung von den Herzögen platziert, was Alessa auf ihre eigene Anwesenheit bei Tisch zurückführte. Ihr Hocker stand am äußersten Ende der Tafel. Weder die Gräfin noch ihren Gemahl schien diese Herabsetzung im Geringsten zu stören. Dora von Bentheim begrüßte sie mit einem spitzbübischen Augenzwinkern, während der schweigsame, zierliche Graf ihr freundlich, aber leicht verschlafen wirkend zunickte, sodass sie sich fragte, ob er überhaupt wusste, wer sie war.

Der Imbiss, mit dem Kurt sie versorgt hatte, war ausreichend gewesen, ihren Hunger zu stillen. Deshalb hatte sie keinen Gedanken an die Gerichte verschwendet, die man ihnen beim Abendessen auftragen würde. Als jedoch nach den Sartoris im Gänsemarsch die Bediensteten mit den Vorspeisen eintraten und die sitzenden Gäste in die üblichen »Aahs« und »Oohs« ausbrachen, wurde ihr bewusst, dass auch sie an diesem Tag von den zwischen glänzendem Silber, Gold und Glas aufgetischten Herrlichkeiten kosten durfte. Zwar hatte sie auch mit den Sartoris an den vorangegangenen Tagen im Schloss gutes Essen genossen, doch die besten Happen wurden in der Regel nur in den herzoglichen Speisesaal getragen und verließen ihn nicht wieder. Flüchtig ging ihr durch den Sinn, dass das Festmahl für sie leicht zu einer Art Henkersmahlzeit werden konnte. Auch deshalb beschloss sie, es auszukosten.

So kam sie an diesem Abend in den Genuss von Spinatnudeln, gesottenem Kapaun in Teig, gebratenem Aal mit zuckersüßen, nach Zimt schmeckenden Bröseln, winzigen Wachteleiern in Senfsoße, Gelee aus den allerletzten Winteräpfeln und Konfekt aus Pinienkernen und Pistazien. Nur wenig gönnte sie sich von jedem Gericht, das sie auswählte, und doch fühlte sie sich am Ende voller, als ihr Großvater es gutgeheißen hätte. Während sie sich den ungewohnten Gaumenfreuden widmete, beobachtete sie, wie die dem Herzog untergebenen Höflinge ihren Pflichten des Tafeldienstes nachkamen, sich erhoben, verneigten, Geschirre annahmen und ihrem Herrn zureichten, Speisen vorlegten, sich verneigten, setzten, wieder erhoben, als folgten sie den Regeln und Figuren eines schwierigen und umständlichen Tanzes, der nur vage mit der Musik zu tun hatte, die von den Sartoris dargeboten wurde.

Sie hatten ein Stück gespielt, bei dem es mehr auf das Lauschen als das Zusehen ankam. Ottavio hatte seiner Geliebten, die wie üblich in Gestalt der tanzenden Pippa auftrat, statt einer Rede eine herzerweichende Melodie auf der Flöte gewidmet. Später führte er mit Vitale und Zaira ein lustiges Gespräch, bei dem nur Vitale in Worten sprach, während Ottavio fiedelte und Zaira ihre Flöte blies. Sie sangen zu viert einige alte italienische Lieder, die ganz ohne Instrumente zur Begleitung auskamen, und abschließend spielten Vitale, Ottavio und Zaira auf, während Leandro mit Pippa einen wilden, bäuerlichen Tanz vorführte, der die höfische Gesellschaft auf die bevorstehende »Wirtschaft« einstimmen sollte.

Alessa beantwortete die wohlwollenden Fragen der Gräfin, die ihr zur Rechten saß, so unterhaltsam sie konnte, obwohl sie den Eindruck hatte, dass sie eher dazu dienen sollten, sie ein wenig abzulenken. Wie weit Dora von Bentheim eingeweiht war, hatte Arthur ihr nicht erklärt, doch offenbar war sie darüber im Bilde, dass Alessa Grund zur Sorge hatte.

Als die Sartoris abgingen, applaudierte die Gräfin lächelnd. »Eine wunderbare Zerstreuung, diese leichte Musik. Ich gestehe allerdings, dass ich mich nun auf die edleren Klänge von Laute, Kontrabass und Oboe freue, und auf die Harmonie eines wahren Orchesters. Du begleitest uns in den großen Saal, soweit ich unterrichtet bin?«

Alessas Herzschlag beschleunigte sich, als ihr bewusst wurde, dass die erneute Begegnung mit Mezzanotte unausweichlich näherrückte. Der Gedanke an den verschwundenen Flori verursachte bei ihr ein enges Gefühl in der Kehle.

Herzog Georg Wilhelm und Eleonore begleiteten die Gesellschaft nicht in den Rittersaal, sondern zogen sich nach dem Abendessen zurück. Die hochrangigsten Anwesenden waren daher Herzog Ernst August und Prinzessin Sophie, die wegen ihrer Schwangerschaft nicht aussah, als könne sie noch tanzen, sich das Konzert aber offenbar nicht entgehen lassen wollte. Auch Gräfin Frida von Dügel, die am Abendessen des engeren Kreises nicht teilgenommen hatte, erschien zum Konzert. Alessa beobachtete sie, weil sie sich noch immer fragte, wie ihr Medaillon so rasch von Gräfin Frida zu Eleonore hatte wandern können. Nachdem sie die junge Gräfin eine Weile im Auge behalten hatte, kam sie zu der Erkenntnis, dass die feurigen Blicke, die Herzog Ernst August mit ihr wechselte, der Schlüssel zu diesem Geheimnis waren. Es reizte sie herauszufinden, was dahintersteckte, doch sie nahm an, dass sie es nie erfahren würde. Wie auch immer die Ereignisse dieser Nacht ausgingen – sie konnte davon ausgehen, dass ihr der Zugang zur höfischen Gesellschaft in Zukunft verwehrt sein würde.

Das siebenköpfige Orchester der Hofmusiker hatte Aufstellung genommen und begann, Melodien im Stil des berühmten französischen Komponisten und Tänzers Lully zu spielen, eines Favoriten des tanzlustigen Ludwig XIV. Die füllige Gräfin Dora fächelte sich mit entzücktem Gesichtsausdruck Luft zu, als die ersten Paare auf die Tanzfläche schritten. Ihre Nüstern blähten sich, und sie sah sich nach ihrem Gemahl um, dessen Miene weniger entzückt wirkte als schicksalsergeben. »Mein Gatte ist ein ausgezeichneter Tänzer, auch wenn er sein Licht gern unter den Scheffel stellt und sich nie in den Vordergrund drängt. Als junger Mann tanzte er nicht schlechter als seine Majestät Ludwig XIV. Du weißt sicher, dass der König von Frankreich große Bewunderung für seine Rollen in einigen Ballettaufführungen erntete? Er spielte den Apoll und die aufgehende Sonne. Es scheint, als hinge ihm seitdem der Name ›Sonnenkönig‹ an. Wie steht es, mein Lieber, wagen wir es, uns unter die jungen Leute zu mischen? Meine Tanzfüße können kaum noch stillhalten.«

Ihr Gemahl, der ihr stehend nur bis zum Haaransatz reichte und dessen Bauchumfang kaum ein Drittel des ihren maß, lächelte nun doch. »Was das Tanzen angeht, werden wir beide niemals alt. Doch dies ist nur ein kleines Vorspiel. Wir bekommen heute eine ganze Suite geboten, daher schlage ich vor, wir sparen unsere Kräfte auf und beginnen mit der Allemande, wie es sich gehört. Nicht wahr, meine Teure, wir wollen doch nicht schon außer Atem sein, wenn später die Sarabande an der Reihe ist?«

Der Grund für seinen anfänglichen Mangel an Begeisterung wog offenbar nicht so schwer, dass er ihn vom Tanzen abhalten konnte. Zum ersten Mal, seit Alessa die beiden kannte, strahlte der verträumte Mann Entschlossenheit aus. Die Gräfin wirkte nach seinen Worten nun allerdings ein wenig verschämt. Mit einem Seufzer hielt sie sich den aufgeklappten Fächer vor das Gesicht.

»Seine Wohlgeboren kennt mich zu gut. Ich neige dazu, mich beim Tanzen zu verausgaben. Dann beginne ich zu schnaufen wie ein Schlachtross, während er noch immer leichtfüßig dahinschwebt. Aber nein, dieses Mal lasse ich Euch allein bestimmen und passe mich an, ich verspreche es. Wir warten also bis zur Allemande, Ihr habt völlig recht.«

Alessa waren die höfischen Tänze nicht geläufig, und an diesem Abend hatte sie nicht die Geduld, mehr über sie zu lernen, wie es sonst der Fall gewesen wäre. Daher nickte sie lächelnd und wartete insgeheim bloß auf den Boten, der sie diskret aus dem Rittersaal rufen würde. Als das Orchester die Suite ankündigte und alle Tänzer ihre Positionen einnahmen, gehörte sie zu dem Drittel der Anwesenden, die am Rande des Geschehens stehenblieben. Zu ihrem Erstaunen gesellte sich Stechinelli zu ihr. Er beschränkte sich zur Begrüßung auf ein unhöfliches Nicken, was ihre Abneigung gegen ihn verstärkte.

»Buonasera, Signorina Rizzi. Ihr befindet Euch wohl, so hoffe ich? Der Anschein mag trügen, doch auf mich wirkt Ihr angespannt. Befürchtet Ihr, dass Euer Plan scheitert? Oder befürchtet Ihr, dass er glückt?«

Alessa achtete sorgsam darauf, ihre Überraschung nicht zu zeigen. »Signor Stechinelli, es ist mir nicht möglich zu erraten, wie Ihr das meint. Was auch immer Ihr über irgendeinen Plan wisst, könnte sich von meinem Wissen stark unterscheiden. Was wollt Ihr von mir?«

Er zog eine ziselierte silberne Taschenuhr aus der Westentasche. Sie erinnerte sie schmerzlich an die ihres Großvaters, die sie mit all seinem anderen Besitz hatte zurücklassen müssen. Sie war eine der wenigen großen Geldausgaben gewesen, die ihr *Nonno* sich geleistet hatte. Gelegentlich hatte er ihr das kostbare Stück geliehen, wenn es bei einem Auftrag darauf ankam, eine genaue Zeit einzuhalten. Nun klappte Stechinelli seine Uhr auf und warf einen Blick darauf. »In einer Viertelstunde schicke ich Euch hinaus. Zwei Leibgardisten werden bei der Dienstbotentreppe warten, die von der Küche aus hinauf ins Obergeschoss führt. Bis dahin will ich ein wenig mit Euch plaudern. Gestern bekam ich Besuch aus Venedig, und ich dachte, Euch könnten die jüngsten Nachrichten aus Eurer Heimatstadt interessieren. Stellt Euch vor, man fand die Leiche eines alten Mannes im Canal Grande. Man erkannte den Mann an seiner Taschenuhr als Pietro Ferretti. Der Rat hat Nachforschungen angeordnet, bei denen zutage trat, dass die Enkelin des Mannes verschwunden ist. Nicht wenige fragen sich, ob sie ihren Großvater ermordet hat. Offenbar beauftragte sie einen Bekannten mit der Verwaltung des Nachlasses, bevor sie Venedig verließ.«

Alessa wusste nicht, ob Entsetzen oder Erleichterung überwogen. Man hielt sie für die Mörderin ihres Großvaters? Wie konnte jemand etwas so Grauenhaftes von ihr glauben? Von Vorteil allerdings war es, dass nun jemand dem Herzog zumindest einen Teil ihrer Geschichte bestätigen konnte. Mühsam bewahrte sie die Fassung und klammerte sich an das Nächstliegende. »Habt Ihr diese Nachrichten schon dem Herzog erzählt?«, fragte sie.

»Gewiss habe ich das. Seine Durchlaucht erweist mir häufig die Ehre vertraulicher Gespräche. Er und ich sind uns einig darin, dass die Ereignisse um den Tod Signor Ferrettis höchst interessante Fragen aufwerfen und dass es befriedigend wäre, wenn es uns gelänge, sie hier, so weit entfernt vom Ort des Geschehens, zu beantworten. Ihr könnt Euch vorstellen, dass wir dabei auf Eure Unterstützung zählen?«

Es gelang ihr nicht, über eine kluge Erwiderung nachzudenken. Zu ungeheuerlich lastete die Anschuldigung auf ihr. »Signorina Ferretti hatte keinen Grund, ihren Großvater umzubringen«, brachte sie nur heraus.

Er zuckte mit den Schultern, sodass sein Doppelkinn nach oben gepresst wurde. »Auf den ersten Blick vielleicht nicht. Doch den Menschen wohnen so viele böse Laster und Neigungen inne. Die junge Frau könnte von Habgier besessen sein. Oder die Ärmste hat sich gegen die Quälereien oder gegen die sündigen Begierden des alten Mannes zur Wehr gesetzt.«

Alessa spürte, wie ihre Wangen glühten. Zu gern wollte sie ihm in sein feistes Gesicht schlagen. »Ich bin sicher, dass der Herzog Wert darauf legt, die Wahrheit herauszufinden, und sich nicht mit verleumderischen Gerüchten zufriedengibt.«

Stechinelli verzog spöttisch den Mund. »Warum gleich so aufgebracht, Signorina? Ist der Verdächtige erst gefasst, wird er uns schon die Wahrheit verraten. Sie aus ihm herauszubringen, gibt es doch Mittel und Wege.«

Einen Atemzug lang überlegte sie, was Mezzanotte aussagen würde, wenn ihn ein Henker der peinlichen Tortur unterzog. Sie traute ihm genug Hass und Rachsucht zu, sie zu beschuldigen, wenn man es ihm nahelegte. »Ein böser Mensch wird immer noch die Kraft für eine Lüge finden, die Schaden anrichtet«, sagte sie.

»Das mag sein. Ich frage mich, wie gut Ihr Euch mit den bösen Menschen auskennt. Wollt Ihr nicht Eure Vermutungen mit mir teilen, was den Grund für den Mord an Signor Ferretti angeht?«

Sie schüttelte den Kopf. »Es gibt nur zwei Männer hier bei Hof, mit denen ich derlei Gedankenspiele teilen würde. Das sind der Herzog selbst und Hauptmann Kühne. Und nun seid so gut und werft noch einen Blick auf Eure Uhr, damit ich rechtzeitig hinausgehen kann.«

»Eine Viertelstunde ist gewiss noch nicht vergangen. Aber wenn es Euch beruhigt, bitte sehr.« Erneut zog er die Taschenuhr hervor, und Alessa betrachtete sie dieses Mal genau, was er bemerkte.

»Es ist nicht die Uhr Eures Großvaters. Eine sehr ähnliche allerdings, habe ich mir sagen lassen. Erstaunlich übrigens, dass ein ehemaliger kleiner Glashändler, der sein Geschäft längst aufgegeben hat, vermögend genug war, sich so ein feines Zeitmessgerät zu kaufen«, sagte er und tat auf einmal nicht mehr so, als wüsste er nicht, wer sie war.

»Warum wisst Ihr darüber so gut Bescheid?«

»Ich habe Mittelsmänner in Venedig, die für mich Ausschau nach günstigen Gelegenheiten halten. Ist Euch bewusst, dass innerhalb kurzer Zeit nicht nur der Haushalt Eures Großvaters aufgelöst wurde, sondern auch der Eurer Tante Zenobia? Das hätte die Aufmerksamkeit meiner Männer erregt, auch wenn kein Mord damit verknüpft gewesen wäre. Sie haben einiges angekauft, was auf der Liste von Dingen stand, die ich jederzeit abnehme, weil sie hier begehrt sind. Eine ganze Truhe voll hat der Reisende mitgebracht. Uhren sind nicht darunter. Wenn Ihr interessiert daran seid, etwas davon zu erwerben, werde ich Euch meine Schätze gern gleich morgen zeigen.«

Die Vorstellung, dass er ihr Dinge zeigen würde, die kürzlich noch ihrer Tante, ihrem Großvater oder gar ihr selbst gehört hatten, fühlte sich an wie ein Faustschlag. Sie wollte nicht auf diese Art daran erinnert werden, was sie verloren hatte und wie gering ihre Aussichten auf einen gerechten Ausgleich waren.

»Ich nehme an, Ihr würdet versuchen, mir mein ehemaliges Eigentum zu dem Preis zu verkaufen, den Ihr hier damit erzielen könntet. Lasst mich raten: Am Ende müsste ich wohl das Doppelte von dem dafür bezahlen, was Eure Mittelsmänner in Venedig dafür ausgegeben haben?«

Er lächelte unverbindlich. »Es sind einige Glaswaren dabei, für die das Doppelte nicht ausreichen würde. So klares, farbloses Glas ist hier noch immer rar und hochbegehrt. Und der Aufwand, solche kostbaren Zerbrechlichkeiten unversehrt über die Berge zu bringen, ist erheblich. Ein reiner Glücksfall, dass dieses Mal nichts zu Schaden gekommen ist. Bei mancher Lieferung gab es schon

Verluste, die meinen gesamten Gewinn auffraßen. Ein Kaufmann muss solche Dinge einrechnen, wenn er Preise festsetzt. Das werdet Ihr wohl verstehen.«

Wieder spürte sie den Drang, ihn mit der Faust zu schlagen. Stattdessen beschäftigte sie sich damit, ihre Finger zu lockern, wie sie es tat, wenn sie sich auf das Klettern vorbereitete. »Seht auf die Uhr, Signor Stechinelli.«

Mit einem belustigten Schnauben klappte er den Deckel der Uhr auf. »Wer hätte das gedacht? Wie die Zeit bei einer angenehmen Plauderei verfliegt! Nur noch wenige Minuten, dann müsst Ihr gehen.«

Sie blickte auf die Tanzfläche, wo die von Bentheims nicht zu übersehen waren, weil sie das bei Weitem kurioseste Paar abgaben. Der Graf glitt anmutig dahin und sprang wie ein Reh, während seine ihn an Höhe und Breite überragende Gemahlin schwerfällig durch die vorgeschriebenen Tanzschritte walzte, sich aber dennoch dabei zu fühlen schien wie ein Schwan, und sich prachtvoll amüsierte. Gräfin Dora fing ihren Blick auf und winkte ihr zu, was Alessa als Ermunterung zum Kampf verstand.

»Signor Stechinelli, Kaufleute haben zweifellos ihre ganz eigene Moral. Darüber möge der Herrgott urteilen, wenn der Jüngste Tag kommt. Ich werde jetzt gehen und tun, was mein Plan vorsieht. Habt vielen Dank für Eure Hilfe.« Mit einem Knicks verabschiedete sie sich von ihm, bevor sie durch den Türspalt, den der Hofmarschall ihr aufhielt, aus dem Saal schlüpfte.

27

Arthur stand regungslos mit der Schulter zur Wand neben dem Fenster, durch das plangemäß Mezzanotte in das Gemach der von Bentheims einsteigen sollte. Achtsam vermied er es, den dicken, gerafften Samtvorhang zu berühren und so versehentlich eine von draußen sichtbare Bewegung zu verursachen. Da es sein Ziel war, den Mörder lebend festzunehmen, hatte er sich zwar mit Degen, Pistole und Dolch bewaffnet, hielt in der Hand jedoch nur einen Knüppel. Bei Tageslicht hätte es möglicherweise genügt, den Mann mit der Pistole zu bedrohen, doch in der Dunkelheit wirkte eine solche Drohung auf einige Menschen nicht wie erwünscht. Wenn solche Leute den Schützen und die Waffe nicht deutlich sahen, glaubten sie, entkommen oder den Schützen überwältigen zu können. Deshalb hatte Arthur entschieden, dass sie zuerst versuchen würden, Mezzanotte niederzuschlagen. Er war alles mit seinen Männern genau durchgegangen, nun blieb ihnen nur noch übrig zu warten.

Still dazustehen und zu lauschen wie ein dösendes Pferd fiel ihm nicht schwer, das hatte er beim Wachestehen oft genug üben müssen. Zurückhalten musste er sich nur davon, aus dem Fenster zu spähen, deshalb vertrieb er sich die Zeit damit, seine dunkle Umgebung zu betrachten. Das Gemach gehörte zu den Räumen, die kürzlich von einem italienischen Stuckateur umgestaltet worden waren. Bei Tageslicht hätte er sich daher lange damit beschäftigen können, die seltsamen Ornamente, Früchte und Figuren anzusehen, mit denen der Mann die Decke verziert hatte. In der Dunkelheit jedoch stach nur hier und da eine größere, durch die tiefen Schatten zur unheimlichen Fratze verzerrte Form heraus. Die Goldstickereien des Betthimmels glänzten an einigen Stellen geheimnisvoll, so wie auch die Zeiger und Ziffern der Uhr, die zum Aufsatz einer Kommode in seinem Blickfeld gehörte. Uhren faszinierten ihn – nicht nur, weil er sich für genaue Zeitmessung begeisterte, sondern weil er eine kindliche Freude an den Bewegungen der Mechanik hatte. Schon seit Längerem wünschte er sich eine eigene Taschenuhr, schreckte jedoch vor dem hohen Preis zurück. Wenn die Nacht einen ungünstigen Verlauf nahm, würde er sich diesen Wunsch wohl auch weiterhin nicht erfüllen können.

Er hätte das Fenster offen stehen lassen, um es dem Einbrecher leichter zu machen. Doch Alessa hatte davon abgeraten, weil sie das bei den herrschenden kalten Temperaturen, bei denen kaum jemand sein Fenster freiwillig öffnete, für eine zu durchschaubare Einladung hielt. Danach hatte er mit dem Gedanken gespielt, wenigstens den Kitt der Scheibe zu lockern, die Mezzanotte voraussichtlich herausschlagen würde. Der wirkte allerdings ohne sein Zutun spröde genug, daher unterließ er auch das.

Hinter dem Vorhang des Himmelbetts stand Leutnant Paulsen, einer seiner Männer, neben der Kommode hockte Träger, ein weiterer seiner Männer, auf dem Boden, und in der Zimmerecke neben dem zweiten Fenster stand ebenso aufrecht wie er selbst Hildebrandt, der vierte in ihrem Bunde. Draußen vor der Tür warteten zwei Wachen darauf, hereingerufen zu werden. Zum wiederholten Mal dachte er an Flori, der unter den Augen seiner Männer verschwunden war. Er hielt es für ausgeschlossen, dass jemand den Jungen entführt haben konnte, doch ein leiser Zweifel blieb. Auch Alessa würde unter diesem Zweifel leiden, da war er sicher. Ihm blieb nur zu hoffen, dass die Sorge um ihren kleinen Schützling sie nicht zu Abweichungen von ihrem Plan bewegen würde.

Die Brückenwachen hatten Anweisung, den Mann nicht zu bemerken, der in dieser Nacht heimlich durch einen der Gräben waten würde, auch wenn sie ihn sahen. Würde die Sache mit dem Seil gelingen? Hatte Alessa die Kraft, es an ihrer Schnur nach oben zu ziehen und dort zu befestigen? Wusste sie wirklich, was sie tat?

Wusste er selbst, was er tat? Nur weil sie es wünschte, hatte er sich auf diesen Plan eingelassen. Nur weil er sich wünschte, dass sie die Wahrheit über Mezzanotte und den Mord an ihrem Großvater gesagt hatte und diese Nacht den Beweis dafür liefern konnte. Kurz nachdem er Alessa mit Kurt in seinen Gemächern zurückgelassen hatte, war er zum Herzog gerufen worden, wo Stechinelli ihnen im Tonfall unerträglicher Genugtuung davon berichtete, dass sie in Venedig angeblich des Mordes verdächtigt wurde. Um sie davon reinzuwaschen, musste Mezzanotte gestehen. Dass Alessa die Mörderin ihres Großvaters war, hatte er nicht für den Bruchteil eines Augenblicks in Erwägung gezogen. Sein nüchterner Verstand warf ihm vor, dass es dafür nur einen einzigen Grund gab, den er nie zuvor im Leben akzeptiert hatte und es auch in Zukunft wohl nie wieder tun würde: Er hatte die Verdächtige im Arm gehalten, sie geküsst, sich von ihr berühren lassen, und sein Gefühl war zu dem Schluss gekommen, dass sie nicht böse und verdorben sein konnte. Ein Engel war sie gewiss nicht, und zwielichtige Geheimnisse hütete sie reichlich, doch im Kern war sie ein sanftes Geschöpf.

Ob ihr seine Gefühle weiterhelfen würden, wenn sie sich vor dem Herzog gegen die Anschuldigungen verteidigen musste, die er möglicherweise gegen sie erheben würde, war allerdings fraglich. Doch darüber konnte er jetzt nicht nachdenken. Er musste den Mann fangen, der ohne jeden Zweifel gefährlich genug war, um sie in Angst zu versetzen – ob er nun der legendäre venezianische Mörder war oder nicht. Die beiden zu beobachten, als sie Mezzanotte ins Schloss führte, war beinah zu viel für seine Geduld gewesen. Er hatte Alessa bei all ihrer meisterhaften Verstellung deutlich angesehen, dass sie Mezzanotte für den Leibhaftigen in Person hielt und vor ihm zitterte.

Die Zeit, zu der Stechinelli Alessa aus dem Saal hatte schicken sollen, war lange genug verstrichen. Sie musste inzwischen oben in dem Dienstbotenzimmer sein, das sie für den Zweck ausgewählt hatten. Wartete Mezzanotte unten am Fuß der Wand bereits auf sie? Arthur atmete tief, um sich zu beruhigen. Er hatte gründlich abgewogen, welche Rolle er selbst bei der Durchführung ihres Plans spielen wollte. Kurz hatte er überlegt, nur als Kopf des Unternehmens zu dienen und von außen zu überwachen, was vor sich ging. Dann hätte er nun gewusst, ob und wann Mezzanotte das Gelände des Schlosses betreten hatte. Doch er wäre im entscheidenden Moment nicht zur Stelle gewesen – in dem Moment, in dem es darum ging, den Mann lebend zu ergreifen.

Die matt schimmernden Zeiger der Uhr wanderten langsam. Dunkelheit und Stille schärften Arthurs Gehör, und er nahm die Anspannung seiner Gefährten wahr. Ein Seufzen, nicht lauter als ein tiefer Atemzug. Das Rascheln eines Uniformkragens, als jemand seinen Nacken dehnte. Das sanfte Kratzen einer Fingerkuppe im Kopfhaar. Und dann, endlich, ein schabendes Geräusch an der Außenwand. Noch einmal atmete er durch.

Herzog Ernst August hatte sich bemüht, Frida von Dügel das peinliche Intermezzo mit dem Medaillon vergessen zu lassen. Fünf Tage war es nun her, dass er ihr das Schmuckstück wieder abgenommen hatte, und vor zwei Tagen war sie ihm endlich gewogen genug gewesen, um ihn in ihr Bett zu lassen. Wider Erwarten war es ein beinah noch größeres Vergnügen gewesen, ihr nachzujagen, nachdem er sie hatte kränken müssen. Zu seinem Glück hatte er herausgefunden, dass sie für süße Schlemmereien im Grunde empfänglicher war als für Geschenke in Juwelenform. Allerdings musste er sich nun eingestehen, dass sie ihm wohl trotz all seiner Mühen nicht verziehen hätte, wenn sie zwei Tage zuvor das Medaillon an Eleonores Hals bemerkt hätte. Denn heute hatte sie entdeckt, dass Gräfin von Bentheim es trug. Wusste der Himmel, wie seinem Bruder der unsinnige Einfall gekommen war, es ausgerechnet der alten Schwätzerin zu überlassen. Frida jedenfalls legte es als grobe Beleidigung ihrer Person aus, dass alle guten Gründe, die er ihr dafür genannt hatte, dass sie es nicht tragen durfte, für Gräfin Dora von Bentheim offenbar nicht galten.

Sie hatte ihm ihre Empörung mitgeteilt, als er sie vor dem Essen auf dem Gang abgefangen hatte, doch für Beschwichtigungen von seiner Seite war keine Zeit geblieben. Beim Abendessen saß sie stets so weit von ihm entfernt, dass sie kein Wort wechseln konnten – zumal es in Sophies Gegenwart ohnehin nicht nach seinem Geschmack war, mit ihr zu sprechen. Seine Gemahlin hatte bisher immer die Größe besessen, taktvoll über seine kleinen Vergnügungen hinwegzusehen, und das wollte er nicht aufs Spiel setzen.

Nach dem Essen blieb er im Tafelsaal, um Karten zu spielen, während die beiden Frauen sich in den Rittersaal begaben. Doch schon nach kurzer Zeit erhob er sich vom Spieltisch und beauftragte einen Boten damit, Gräfin Frida diskret aus dem Tanzsaal zu rufen.

Er hatte sie in ihrem Gemach erwarten wollen, doch die Tür war verschlossen, sodass er auf dem Gang auf und ab ging. Als sie ankam, sagte sie kein Wort. Wutentbrannt rüttelte sie am Knauf ihrer Tür und ballte die Fäuste. Erst dann brach es aus ihr heraus.

»Herrgottsakrament, ich weiß nicht, warum ich meine Zeit hier vergeude. Nun ist mein Schlüssel wieder mit dem alten Kammerherrn unterwegs, weil man an diesem Hof nicht einmal darauf vertrauen kann, dass Dieben das Handwerk gelegt wird! Es ist soo enervierend! Ich werde abreisen.«

»Meine Teuerste, Euch wurde nichts gestohlen, soweit ich weiß.

Und der Kammerherr wäre im Handumdrehen hier, um Euch die Tür zu öffnen, wenn Ihr ihn rufen würdet. Da vorn steht ein Page Wache, der holt ihn. Ich schwärme gewiss nicht für die Hofhaltung meines Bruders, die für meinen Geschmack weit zu französisch geraten ist. Aber Georg Wilhelm ist ausgezeichnet darin, Ordnung zu halten. Da kann man ihm keinen Vorwurf machen.«

»Ach? Nennt Ihr es ›Ordnung halten‹, wenn er Euch unter fadenscheinigen Vorwänden verbietet, ein Schmuckstück zu verschenken, nur um es selbst einer Frau umzuhängen, die so geschwätzig ist, dass sie meine Erniedrigung gewiss innerhalb von einer Woche im ganzen Land herumgetratscht haben wird?« Theatralisch hielt sie sich den Handrücken an die Stirn, als würde sie Schmerzen leiden. »Wie konnte ich Euch nur vertrauen?«

Er streckte die Hand aus, um ihr die Schulter zu tätscheln. »Ich weiß nicht, warum Gräfin von Bentheim dieses Schmuckstück heute Nachmittag getragen hat, aber heute Abend trägt sie es nicht mehr. Vielleicht haben wir uns geirrt, und es ist gar nicht dasselbe Stück. Jedenfalls besteht kein Grund …«

Sie wich seiner Hand aus und entfernte sich den Gang entlang von ihm, dabei bewegte sie sich wie eine von Gram geschüttelte Trauernde. »Ich will nichts mehr hören! Ich gehe! Folgt mir nicht!«

Ernst August hatte ausreichend Erfahrung mit Frauen ihrer Art. Mühelos übersetzte er ihr »Folgt mir nicht« in ein »Lauf mir gefälligst nach und bettle, bis mein Stolz einigermaßen wiederhergestellt ist!«. Einen Seufzer unterdrückend gehorchte er dem unausgesprochenen Befehl und ging ihr gerade schnell genug nach, um sie nicht zu übergroßer Eile anzutreiben. Dabei stieß er leise Koseworte und Beschwörungen aus, bis sie die Tür erreicht hatten, die nach draußen zu dem Wandelpfad ums Schloss führte.

»Du wirst dich verkühlen, wenn du hinausgehst, mein Zuckerstückchen. Ich bitte dich, tu mir das nicht an. Ich werde auch alles wiedergutmachen«, sagte er.

»Als ob das möglich wäre. Unser Schicksal trennt uns ohnehin. Lass mich gehen!«, seufzte sie und taumelte tatsächlich hinaus. Mit einem heimlichen Augenrollen folgte er und begann, seinen Justaucorps aufzuknöpfen, um ihn ihr fürsorglich überlegen zu können, wie sie es zweifellos erwartete. Dabei brachte ihn der eisige Wind selbst zum Frösteln. Dunkel war es außerdem – dunkler, als er es für die Umgebung einer fürstlichen Residenz für richtig hielt. Hatten um das Schloss herum schon immer so wenig Fackeln gebrannt? Musste sein Bruder sparen? Oder waren unachtsame Bedienstete schuld daran? Bei dem Mangel an Licht konnte man sich leicht die Knöchel vertreten. Nun bereute er das Stelldichein mit Frida, das sie überhaupt erst zu diesem lächerlichen Verfolgungstänzchen durch Kälte und Finsternis veranlasst hatte. Wäre er an einem der Spieltische sitzen geblieben, dann wäre die Zeit zweifelsohne vergnüglicher verstrichen. Einen Wimpernschlag lang war er in Versuchung, die Sache aufzugeben und einfach wieder hineinzugehen. Doch eine so gewaltige Kränkung würde sie möglicherweise dazu bringen, einen Skandal zu verursachen, wonach ihm ganz und gar nicht der Sinn stand. Seufzend beschleunigte er seinen Schritt, um den Abstand zu ihr zu verringern.

Die Eisenstange wog schwer in Alessas Händen, als sie zwischen Arthurs Männern die enge Dienstbotentreppe hinaufstieg. Einer der beiden Leibgardisten hatte ihr angeboten, die Stange für sie zu tragen, doch sie hatte abgelehnt. Das Gewicht zu spüren gab ihr ein tröstliches Gefühl von Wehrhaftigkeit und erinnerte sie an ihre Kraft.

Das oberste Geschoss des Schlosses diente auch im Südflügel ausschließlich dem Gesinde als Unterkunft. Es war nur halb so hoch wie die unteren, herrschaftlichen Stockwerke, und dem entsprachen auch die karge Ausstattung und die bescheidene Größe der Fenster. Die Kammer, von der aus sie das Seil hinablassen musste, wurde von vier Mägden bewohnt, wie die an Haken aufgehängten oder auf den kleinen Truhen ausgebreiteten weiblichen Kleidungsstücke verrieten. Vier schlicht gezimmerte Kästen stellten die Bettgestelle dar. Darin lagen Wolldecken auf Säcken, die dem Geruch nach mit klammem Rosshaar und Spreu gefüllt waren. Von der verschwenderischen Pracht der Residenz war hier oben nichts zu spüren. Anwesend war noch keine der Frauen, wie Alessa es sich ausgerechnet hatte. Zwar war es schon spät am Abend, doch gab es für das Dienstpersonal reichlich aufzuräumen und für den nächsten Morgen vorzubereiten. Es mochten leicht noch zwei Stunden vergehen, bevor sie sich zur Ruhe begeben durften.

Einer der Leibgardisten stellte sich als Wache vor die Tür, der andere betrat mit Alessa den Raum, hielt sich aber weiträumig vom Fenster fern und schwieg, so wie sie es vereinbart hatten.

Mit klopfendem Herzen öffnete Alessa das Fenster und blickte hinab. Obwohl das Schlossgelände innerhalb des Wassergrabens in dieser Nacht auf Arthurs Anweisung hin schlechter beleuchtet war als sonst, herrschte keine völlige Dunkelheit. Sobald sich die Augen erst einmal an das schwach durch die Wolken dringende Mondlicht gewöhnt hatten, ließ sich unten deutlich genug die Gestalt eines Mannes von den ihn umgebenden Sträuchern unterscheiden. Trotzdem gab sie Mezzanotte vorerst kein Zeichen des Erkennens, sondern band nur das Ende der Schnur an die quer vor ihren Füßen liegende Eisenstange und warf die Rolle aus dem Fenster. Gespannt beobachtete sie, wie die Schnur sich abwickelte und der Rest des Knäuels auf dem Boden aufschlug.

Nun trat Mezzanotte aus den Schatten seines Verstecks zwischen den Sträuchern und kam mit langen Schritten heran. Über seiner Schulter hing das aufgerollte lange Seil, das einer von Arthurs Männern an Alessas Stelle im alten Kuhstall des Gasthauses für ihn bereitgelegt hatte. Eilig knüpfte er unten das Ende des

Seils an die Schnur, während sie oben ihre robusten Handschuhe anzog. Anschließend legte sie die Eisenstange quer vor die Fensteröffnung und stemmte einen Fuß dagegen, um sie am Platz zu halten. So konnte sie Stück für Stück die Schnur einholen, ohne dass das Material unnötig hart über die scharfe Mauerkante rieb und dabei riss. Mit jedem Handgriff wuchs die Last, doch dieser Anstrengung war Alessa gewachsen. Nun musste das Ende des Seils am untersten Fenster vorüber sein, nun am zweiten, nun am dritten. Als es in Sicht kam, atmete sie nicht einmal schwer. Sie schlang das Seil um die Mitte der Eisenstange und sicherte es mit einem Knoten, der sich von allein nicht lösen würde, sich aber leicht öffnen ließ, wenn sie es für nötig hielt. Dann verkeilte sie die Stange unterhalb der offenen Fensterflügel, beugte sich hinaus und wollte Mezzanotte zuwinken, der sich wieder in den Schutz der Sträucher zurückgezogen hatte.

Sie hatte die Hand schon erhoben, als sie hörte, dass um die südwestliche Ecke des Schlosses Menschen kamen. Vorneweg stolperte eine Dame, die von ihrem Kavalier gerade eine Jacke umgehängt bekam. Hastig zog Alessa sowohl ihre Hand als auch ihren Kopf so weit zurück, dass sie gerade noch beobachten konnte, wie die beiden sich auf dem Wandelpfad der Stelle näherten, wo Mezzanotte lauerte. An Haltung und Statur erkannte sie in dem Mann Herzog Ernst August, woraufhin sie erriet, dass es sich bei der Dame um Frida von Dügel handelte. Stumm verfluchte sie die Tändelei der beiden und wünschte gleichzeitig von Herzen, dass der Mörder die Nerven behielt, in seinem Versteck blieb und sie unbehelligt ließ. Sie machte sich bereit, laut Alarm zu schreien, falls das Gegenteil einträfe. Doch bevor es so weit kommen konnte, blieb Herzog Ernst August stehen.

»Potz Katzendreck!«, hörte sie ihn schimpfen. »Nun ist aber Schluss! Hinein mit dir! Du wusstest doch genau, worauf du dich einlässt, bist ja kein Gänschen mehr.«

Zu ihrem Erstaunen hielt die gescholtene Frida tatsächlich zuerst inne und kehrte dann lammfromm um. Was die beiden weitersprachen, konnte sie nicht verstehen, aber die harten Worte des Herzogs wirkten auf die schöne Gräfin sichtlich stark genug, um die beiden zurück ins Schloss verschwinden zu lassen. Erleichtert atmete Alessa auf.

Ohne weitere Verzögerung kam Mezzanotte aus seinem Versteck und schritt zum Fuße der Außenwand, wo das Ende des Kletterseils auf ihn wartete. Ruckartig zerrte er daran, um zu erproben, ob es hielt. Alessa beugte sich hinaus und winkte ihm ermutigend zu. Ihn dabei zu sehen, wie er mit beiden Händen ins Seil griff, verfestigte ihren Entschluss, ihn zum Absturz zu bringen, falls es ihm gelingen sollte, das Gemach der von Bentheims durchs Fenster wieder zu verlassen. Sie würde den Knoten lösen und dabei zusehen, wie Mezzanotte sich zu Tode stürzte, bevor sie ihre Flucht antrat. Ob Arthur wirklich damit rechnete, dass sie brav darauf warten würde, was der Herzog über sie entschied?

Das Seil straffte sich und ächzte leise, die Eisenstange knirschte gegen die Angeln der Fensterflügel. Mezzanotte hatte seinen Aufstieg begonnen. Gespannt beobachtete sie seine Fortschritte und stellte fest, dass er langsamer war als erwartet. Sie selbst hätte es in der halben Zeit die Wand hinauf geschafft. Als er die Höhe der dritten Fensterbrüstung erreichte, über die er gleich ins Innere einsteigen würde, blickte sie zum ersten Mal über ihre Schulter zu dem mit ihr in der Kammer wartenden Leibgardisten. Angespannt stand er nur drei Schritte hinter ihr, offensichtlich bereit, jederzeit vorzuspringen. Um ihr beizustehen oder um sie festzuhalten?

Ein leises Klirren kündete davon, dass Mezzanotte die Scheibe des Fensters eingeschlagen hatte, das er öffnen musste. Vielleicht deutete die Anspannung des Mannes hinter ihr nur darauf hin, dass auch er sich wegen der Geschehnisse Sorgen machte, die sich nun im gräflichen Gemach abspielen sollten. Vertraute er darauf, dass sein Hauptmann die Lage im Griff hatte?

Im nächsten Augenblick zuckten sie beide zusammen und stürzten gemeinsam zum Fenster, um sich hinauszulehnen. Ein Schuss war gefallen, Männer schrien. Kurz darauf erschien Mezzanottes Kopf in der Fensteröffnung unter ihnen, dann sein Oberkörper, als wäre ihm die Flucht schon so gut wie gelungen. Alessa schob den Leibgardisten vom Fenster weg und öffnete den Knoten des Seils, während ihr Bewacher flüsternd einen Fluch ausstieß und eine Pistole aus seinem Waffengurt zog.

Mezzanotte gelang es nicht gleich, aus dem Fenster zu steigen, denn jemand zerrte ihn zurück. Dann jedoch schaffte er es auf die Brüstung und griff nach dem Seil. Als es von der Eisenstange rutschte und der Mörder ihres Großvaters mit ihm in die Tiefe fiel, sah Alessa nicht zu, sondern lief zur Tür. Der Leibgardist warf einen Blick hinunter und folgte ihr dann hastig.

Sobald sie beide draußen waren, machte Alessa wendig kehrt, schlüpfte zurück in die Kammer, warf die Tür hinter sich zu, verriegelte sie und rannte zum Fenster. Sie war bereits hinausgeklettert, als es ihrer Eskorte gelang, die Tür einzurennen. Die weiten Röcke ihres Kleids hatte sie gerafft und im Rücken zusammengebunden, sodass sie ihr auf dem Weg zum Dachfirst nicht in die Quere kamen. Der entscheidende Fehler ihres Plans fiel ihr erst auf, als sie auf dem Dach der Schlosskapelle stand, hoch über den herzoglichen Gemächern, und auf einmal verweigerten ihr die Füße den Dienst.

Sie konnte unmöglich fliehen, ohne zu wissen, ob Arthur beim Kampf mit Mezzanotte etwas zugestoßen war.

Mezzanotte drückte das Fensterglas mit dem Ellbogen ein. Die Scheibe knirschte und zerbrach in drei Teile, klirrte dann, als sie auf dem Parkett in kleine Scherben zersprang. Die Hand des

Mörders griff durch die Öffnung, drehte den Fenstergriff und zog sich wieder zurück. Mit einem Ruck flogen beide Fensterflügel auf, und der Venezianer sprang herein, in der Hand eine Pistole. Arthur stürzte sich von der Seite auf ihn, konnte jedoch nicht verhindern, dass Mezzanotte die Waffe auf Leutnant Paulsen abfeuerte, der seine Deckung aufgegeben hatte, um ihm zu Hilfe zu kommen. Der Knall war ohrenbetäubend. Nur gedämpft drang der Schrei des getroffenen Leutnants in Arthurs Gehör, doch er sah Paulsen zu Boden gehen und Hildebrandt ihm zu Hilfe eilen.

Mezzanotte hatte die nun nutzlose Pistole fallen gelassen und nahm den Kampf mit Arthur auf. Seine schiere Muskelkraft überraschte ihn mehr als das Messer, das auf zauberische Weise in der Hand des Verbrechers erschienen war. Obwohl er selbst gewiss kein Hänfling war, gelang es ihm nicht, den Venezianer fest in den Griff zu bekommen. Das rächte sich sofort, als der ihn mit dem Messer am Unterarm traf. Wütend stieß Arthur ein Zischen aus. »Drecksack!«

Träger sprang ihm bei, doch leider führte sein beherzter Hilfsversuch dazu, dass Arthur einen Schlag ins Gesicht bekam. Er taumelte zurück. Mezzanotte stieß wuchtig mit dem Messer nach seinem verbleibenden Gegner, dem nichts anderes übrigblieb, als ihn ebenfalls loszulassen. Hastig wandte sich der Venezianer zum Fenster und wollte hinaussteigen, war aber nicht schnell genug. Gemeinsam mit Träger gelang es Arthur, ihn zurückzuzerren.

Wie ein wildes Raubtier verfiel Mezzanotte nun in Raserei, schlug, trat und stach blind um sich, keuchte und knurrte. Schließlich wich Arthur einem Messerstich aus, der auf seine Augen zielte, und Träger ging aufheulend in die Knie, weil Mezzanotte ihn in den Hals gebissen hatte. Der Mörder nutzte die Gelegenheit, griff nach dem draußen hängenden Seil und warf sich förmlich aus dem Fenster.

Arthur hastete ihm nach, kam jedoch zu spät. Mitsamt dem

Seil stürzte Mezzanotte schreiend drei Stockwerke tief und schlug in so verdrehter Haltung auf dem Boden auf, dass es ein Wunder gewesen wäre, wenn er wieder hätte aufstehen können.

Unwillkürlich blickte Arthur nach oben, um Alessa zu entdecken, doch sie war nicht am Fenster zu sehen. Es drängte ihn, auf der Stelle zu ihr zu laufen und sie in die Arme zu schließen, doch vordringlicher fand er es, seine beiden Verletzten zu versorgen. Sein Leutnant war schwer getroffen, sein Leben mit einiger Gewissheit bedroht. Träger hingegen hatte zwar eine hässliche Quetschung und einen Bluterguss am Hals, doch für eine offene Wunde waren die Zähne des Venezianers glücklicherweise nicht scharf genug gewesen. Der Gebissene hatte sich bereits wieder aufgerappelt und kniete sich nun neben Paulsen hin.

Arthur eilte zur Tür und befahl der Wache, einen Wundarzt und eine Tragbahre herbeizuschaffen. Die Männer liefen los und begegneten auf dem Gang einem der beiden Leibgardisten, denen er Alessa anvertraut hatte. Er war entweder vor Scham tiefrot im Gesicht oder von dem eiligen Lauf, der ihn hergeführt hatte.

»Wo ist sie?«, fragte Arthur, bevor der Mann etwas sagen konnte.

Sein Getreuer verzog zerknirscht das Gesicht. »Auf dem Dach, Hauptmann. Sie war so schnell … Es tut mir leid.«

Arthur machte auf den Fersen kehrt, rannte zum offenen Fenster und lehnte sich weit hinaus. »Alessa! Wage es nicht! Komm sofort herunter!«, rief er, so laut seine Stimme es hergab.

Leise, wie aus weiter Ferne, kam von oben die Antwort. »Ich kann nicht, Arthur. Danke für alles!«

Hätte er nicht an Leutnant Paulsen denken müssen, dann wäre er umgehend nach draußen gelaufen, um herauszufinden, was sie vorhatte. So konnte er nur ihre abgehängte Eskorte losschicken, um seine ganze Mannschaft anzuweisen, sie zu finden und nach Möglichkeit festzuhalten.

28

Herzog Georg Wilhelm hatte Seite an Seite mit Eleonore in den Schatten der Vorhänge in ihrem Gemach gestanden und mit ihr zusammen das Geschehen draußen von dem Moment an beobachtet, als die schwarze Gestalt des angeblichen Mörders sich der Schlosswand näherte und dort ein Seil ablegte. Sie sahen seinen Absturz, und wenig später durften sie – aus dem Fenster gelehnt und mit nach oben verrenkten Hälsen – bewundern, wie Alessandra Ferretti in ihrem blassgelben Kleid an der scheinbar so glatten Wand hinauf aufs Dach kletterte, als würden die Gesetze der Natur nicht für sie gelten.

Kurz darauf hörten sie die wütende Stimme von Hauptmann Kühne Worte aus dem Fenster rufen, die nur für jemanden unverfänglich klingen konnten, der den Hauptmann nicht kannte.

»Er ist bis über beide Ohren verliebt in das Mädchen«, stellte Herzog Georg Wilhelm fest.

»Was für eine Ironie. Unser ehrlicher Arthur und eine Diebin«, bemerkte Eleonore.

Georg Wilhelm wusste, dass Eleonore es der gerissenen Harlekina noch immer übelnahm, dass sie nachts in das Zimmer ihrer Tochter geschlichen war, obwohl das letztendlich dabei geholfen hatte, die Unzuverlässigkeit der Amme aufzudecken. Um den Diebstahl des Schmuckstücks ging es ihr dabei nicht. Es los zu sein, hatte sie nicht als Verlust empfunden, nun, da sie seine ganze Geschichte kannte. Was sie Alessandra nachtrug, war eher, dass sie das Gefühl von Sicherheit zerstört hatte, in das sie sich fälschlicherweise gehüllt hatte.

»Wenn sich Gegensätze anziehen und ergänzen, dann kann es auf den ersten Blick kaum ein schöneres Paar geben«, stimmte er zu. »Doch möglicherweise sind die beiden sich im Inneren ähnlicher, als wir vermuten. Dass der Kerl, der nun bedauerlicherweise tot da unten liegt, tatsächlich wie angekündigt aufgetaucht ist, scheint Alessandras Geschichte weitgehend zu bestätigen. Das bedeutet, dass sie mit ihrer Flucht und mit diesem Plan einen Mut bewiesen hat, der dem Arthurs gleicht. Was für ein Jammer, dass ich den legendären Mezzanotte nun nicht mehr befragen lassen kann. Die Namen seiner Auftraggeber zu erfahren wäre von hohem Interesse für mich gewesen.«

Eleonore spähte noch einmal durchs Fenster hinab. »Bist du ganz sicher, dass er tot ist? Ach, da kommt die Garde. Die werden es uns gleich verraten. Sie blicken alle nach oben zum Dach. Aber es wirkt nicht, als könnten sie Mademoiselle Ferretti dort sehen. Was hat sie vor, was glaubst du?«

Er zuckte mit den Achseln. »Nun, wäre ich sie, würde ich befürchten, von mir für die Einbrüche und Diebstähle zur Rechenschaft gezogen zu werden, und mich lieber aus dem Schloss und der Stadt entfernen.«

»Und wirst du sie zur Rechenschaft ziehen?«, fragte sie.

Er sah ihr in die Augen. »Ich weiß es noch nicht. Würdest du es tun? Es rührt mich ein wenig, dass ich sie als kleines Mädchen kannte und ihr durchaus zugeneigt war. Doch wäre ich gewiss auch nicht zu weich, um ein ungehöriges Kind zu bestrafen. Oder hältst du mich für so schwach?«

Sie strich ihm mit den Fingerkuppen über die Wange. »Ich schätze deinen weichen Kern. Doch ich weiß, dass du streng bist, wo du streng sein musst. Wahrscheinlich fühlen wir beide ganz ähnlich, was die Harlekina angeht. Ich war ihr ganz freundschaftlich verbunden, bevor sie sich erdreistet hat, bei mir einzubrechen. Einen Denkzettel hätte sie verdient, finde ich. Doch eine schwere

Strafe an Leib und Leben, wie es einer echten Diebin gebührt … Nicht nur sie, sondern auch der arme Arthur täte mir leid.«

Bedächtig nickend ergriff er ihre bloße Hand und drückte einen Kuss in die köstliche Mulde ihrer Fläche. »Ich werde darüber nachdenken. Doch lass uns noch über etwas anderes sprechen, worüber ich nachdenke. Ernst August sprach mich im Beisein von Kanzler Sinold darauf an, dass die Prinzessin wieder einmal unzufrieden mit uns ist. Sie kann es nicht ertragen, dass viele dich entgegen unserer Abmachung Herzogin nennen. Als ich mich später unter vier Augen mit Johann Sinold wegen der ständigen Nörgeleien gereizt zeigte, unterbreitete er mir einen Vorschlag, der seiner Ansicht nach die missliche Lage für alle befriedigend auflösen könnte. Er meinte, wir sollten in Erwägung ziehen, unsere süße Dorothea mit Ernst Augusts Ältestem zu verheiraten, mit Georg Ludwig. Ich weiß, dass dich der Gedanke im ersten Moment empören wird. Doch bitte ich dich, ihn nicht gleich völlig zu verwerfen. Wie könnte ich besser dafür sorgen, dass mein Vermögen und mein Ansehen am Ende auf unser liebes Kind übergehen? Ihr Stand und damit auch der deinige wären gesichert. Und Ernst August und Sophie bräuchten nicht länger darum zu bangen, dass ihnen und ihren Kindern mein Nachlass entgeht.«

Sie starrte ihn an, als hätte er den Verstand verloren. »Die Prinzessin wird darauf niemals eingehen. Ich glaube, du bist dir gar nicht bewusst, wie schlecht ihre Meinung von mir und damit auch von unserer Tochter ist. Sie sieht uns so weit unter ihrem Rang, dass sie ihren Sohn eher zum Zölibat zwingen würde, als ihn mit Dorothea zu verheiraten. Und was für ein Einfall! Dieser stumpfsinnige, grobe Bengel mit unserem grazilen Kind! Ist das dein Ernst?«

»Ich habe ja nicht die Absicht, meinen Bruder gleich morgen auf ein Verlöbnis anzusprechen. Eine Weile können wir uns noch Zeit lassen, um zu sehen, was aus dem Bengel wird. Und in dieser Zeit werden sich reichlich Gelegenheiten bieten, die Prinzessin davon zu überzeugen, wie nützlich die Verbindung zwischen unseren Kindern wäre. Sag jetzt nichts mehr dazu. Versprich mir nur, dass du die Vorstellung dann und wann im Geiste bewegen und die Vorteile bedenken wirst. Selbstverständlich wird nichts ohne dein Einverständnis geschehen.«

Nun lächelte sie ihr herzerweichend liebes Lächeln und gab ihm einen dankbaren Kuss auf die Lippen. Und wieder einmal entzückte ihn das schier endlose Verständnis, das sie für ihn und seine Sorgen aufbrachte.

Ein paar blutige Schrammen zog Alessa sich zu, als sie sich durch die scharfkantigen Löcher im Dach des Westflügels und in der Zimmerdecke hinab in die kleine, feuchte Kammer ließ, in der sie sich schon einmal versteckt hatte. Doch das leichte Brennen konnte ihre Erleichterung nicht trüben. Arthur lebte und war offensichtlich gesund genug, um lauthals aus dem Fenster rufen zu können. Mit diesem Wissen konnte sie sich zufriedengeben.

Auf dem Boden stand der Sack mit den Sachen, die Zaira für sie zusammengepackt hatte. Ohne auch nur einen Wimpernschlag lang Zeit zu vergeuden, öffnete sie ihn, zog das unscheinbare graubraune Kleid einer niedrigen Magd samt dem passenden Kopftuch heraus und begann, sich umzukleiden. Wenig später schlurfte sie barfuß und in gebeugter Haltung mit dem Sack unter dem Arm über die westliche, am schlechtesten bewachte Brücke.

Dennoch hielt einer der beiden Wachtposten sie mit ausgestreckter Hand auf. »Wer bist du, und was hattest du hier zu schaffen?«

»Kaninchen. Ich habe der Küche Kaninchen gebracht. Hab es nicht früher geschafft. Der Koch sagte, ich soll in der Küche auf dem Boden schlafen. Aber ich muss ja morgen früh wieder die Kühe melken.«

»Wie ist dein Name?«, verlangte er zu wissen.

Alessa hatte sich am Vortag bei der Wirtin Britt nicht nur danach erkundigt, was Bauernmägde früh am Morgen zu tun hatten, sondern auch nach den gebräuchlichsten Namen. »Marie. Vom Maierhof«, sagte sie.

»Dann lauf heim, Marie vom Maierhof. Und komm nächstes Mal bei Tageslicht. Kannst froh sein, wenn dich unterwegs kein Büttel festnimmt«, sagte er und winkte sie durch.

Bis sie außer Sichtweite war, schlurfte sie noch, dann beschleunigte sie ihre Schritte, bis sie beinah lief. Sobald sie sich völlig unbeobachtet wähnte, rannte sie tatsächlich. Um sicherzugehen, dass Arthurs Späher sie nicht gleich sahen, schlug sie einen Bogen und näherte sich auf Umwegen dem »Goldenen Eber«.

Außer Atem kam sie dort an. Seit Stunden dachte sie darüber nach, wo Flori sein konnte. Sie war sicher, dass Arthur das Gasthaus nach wie vor bewachen ließ, deshalb mied sie die Vorderseite des Gebäudes, hielt aufmerksam Ausschau nach seinen Männern und schlich sich von der Seite her an. Im Schatten eines kleinen, offenen Werkzeugschuppens duckte sie sich und sah sich noch einmal um.

Das größte Nebengebäude auf dieser Seite des Gasthauses war der ehemalige Kuhstall, der nur noch im Notfall benutzt wurde, um ein oder zwei überzählige Pferde unterzustellen, wenn der Pferdestall auf der anderen Seite des Hauses nicht ausreichte. Der Kuhstall stand in der hintersten Ecke des Grundstücks und lehnte sich an die Wände der Nachbarhäuser, ohne die er möglicherweise schon zusammengebrochen wäre. Dort hatte sie das von Arthur beschaffte Seil für Mezzanotte verstecken lassen. Arthur hatte wirklich alles getan, damit ihr Plan gelang. Voller Wehmut stellte sie fest, dass sie bemerkenswert gut zusammengearbeitet hatten.

Dennoch war Flori verschwunden.

Wenn es dem Mörder nicht auf unerklärliche Weise gelungen

war, ihn zu entführen, dann musste der Knabe aus dem Fenster gestiegen sein. Da Arthurs Wachen ihn jedoch unten nicht gesehen hatten, blieb nur eine Möglichkeit. Sie schob den Sack mit ihren Habseligkeiten zwischen die spinnwebenverhangenen Gerätschaften, die in dem Schuppen gelagert wurden, bei dem sie kauerte. Noch einmal nahm sie sich Zeit, um in alle Richtungen zu spähen und sicherzugehen, dass Arthurs Wachen nicht in der Nähe waren. Außer einer Handvoll weißer Obstblütenblätter, die von einer Windböe durch den Garten getrieben wurden, regte sich nichts. Nach einem beruhigenden Atemzug lief sie zum Fuß einer noch kahlen Weinrebe, die zwischen den Fenstern an der Hauswand emporgewachsen war. So rasch hatte sie das Dach erreicht, dass es ein großer Zufall gewesen wäre, wenn jemand sie ausgerechnet in diesem kurzen Moment entdeckt hätte.

Auf dem Dach des großen, verwinkelten Wirtshausgebäudes mit seinen zahlreichen Anbauten gab es ein Plätzchen zwischen Erkern, Schräge und Schornstein, das ihr als ideales Versteck für ein Kind erschien, das sich vor bösen Menschen, aber nicht vor dem Klettern fürchtete. Und da lag Flori in der Tat, zusammengekauert und in eine Decke gewickelt. »Flori!«, warnte sie ihn leise, damit er nicht vor ihr erschrak.

Der Kleine richtete sich auf und seufzte tief. »Ich dachte schon, du würdest nie kommen! Habt ihr Mezzanotte gefangen?«

Sie nickte und musste mühsam die Tränen der Erleichterung zurückdrängen. »Er ist tot. Warum bist du hier heraufgestiegen?«

»Mezzanotte war im Garten. Er hat nicht zu mir hochgesehen, aber ich glaube, er wusste, dass ich da bin. Ich habe es dem Wächter vor der Tür gesagt, aber er hat mich nicht richtig verstanden und meinte nur, ich soll keine Angst haben, es wäre alles so geplant. Dabei hatte ich solche Angst, dass ich mir beinah in die Hosen gemacht habe. Und du hattest gesagt, ich soll mich verstecken, wenn ich glaube, dass Mezzanotte in der Nähe ist. Also habe ich wieder aus dem Fenster gesehen, und da ist Mezzanotte mit einem langen Seil aus dem alten Kuhstall gekommen und weggegangen. Als er nicht mehr zu sehen war, bin ich aufs Dach geklettert, weil ich dachte, im Zimmer findet er mich doch gleich, wenn er wiederkommt. Und du bist bei dem Schneider auch aufs Dach geklettert, als du dachtest, du hättest Mezzanotte gesehen.«

Er hatte sich vielleicht nicht völlig vernünftig verhalten, doch genauso, wie Alessa es nach einigem Grübeln vermutet hatte. Ihn dafür zu schelten wäre unsinnig gewesen.

»Hast du hier oben nicht bemerkt, dass alle dich gesucht haben? Die Sartoris haben sich große Sorgen um dich gemacht. Auch Arthur und seine Männer. Und ich, als ich gehört habe, dass du verschwunden warst.«

»Ich wollte lieber warten, bis du zurückkommst. Aber ich habe ganz schön gefroren. Und ich habe Hunger.«

»Dann steigen wir nun wieder hinab ins Zimmer, und du lässt dir von dem Wächter etwas zu essen holen. Ich kann leider nicht bleiben.«

Mit großen Augen sah er sie an. »Aber warum denn nicht? Nun ist doch alles in Ordnung, oder nicht?«

Sie schüttelte traurig den Kopf. »Ich fürchte, ich habe ein paar Dinge getan, mit denen der Herzog nicht einverstanden ist. Wenn ich bliebe, würde er mich sicher bestrafen.«

»Aber du hast geholfen, einen bösen Mörder zu fangen«, protestierte Flori.

»Ach, eigentlich hat Arthur das meiste getan. Komm, wir müssen hinab. Ich habe wenig Zeit.«

Wie eilig sie es wirklich hatte, wollte sie Flori nicht zeigen. Er hatte es verdient, dass sie ihn in ihren letzten gemeinsamen Momenten nicht hetzte. Sie ließ den müden, durchgefrorenen Knaben voranklettern, jederzeit bereit, ihn zu halten, falls er ausglitt. Erst auf dem Weg hinab, der sich rückwärts leichter bewältigen ließ als vorwärts, übernahm sie die Führung, damit sie ihn im Auge behalten konnte.

Beinah bis zur Traufe hatten sie es schon geschafft, als Alessa der beißende Gestank von brennenden Federn in die Nase stieg und sie den schwarzen Rauch bemerkte, der aus dem Fenster ihrer Kammer drang. Sofort stieß sie einen Warnruf aus: »*Incendio!* Feuer! Es brennt!« Auch der Wachtposten drinnen hatte den Brand offenbar bemerkt, denn er begann gleichzeitig, Alarm zu schlagen.

Statt, wie geplant, durch das Fenster ins Gasthaus einzusteigen, brachte Alessa Flori behutsam über die Weinreben hinab in den Garten. Stimmengewirr war oben aus der Kammer zu hören. Man versuchte, den Brand zu löschen, doch Alessa wusste, wie tückisch das sein konnte, wenn bereits mehrere Dinge Feuer gefangen hatten. Prompt kam das nasse, aber noch schmorende Federbett, das den Gestank verursachte, aus dem Fenster geflogen und landete am Fuß der Wand. Alessa wich mit Flori noch weiter von den Fenstern zurück und hoffte, dass nun nicht auch noch ihre letzten Besitztümer verloren gingen. Wie war das Feuer ausgebrochen?

Bevor sie ernstlich darüber nachdenken konnte, fühlte sie die kalte Schneide eines Messers am Hals.

»Keinen Laut! Sonst seid ihr beide tot«, zischte Mezzanotte. »Bewegt euch!«

Er zwang sie, den Garten auf dem dunklen Weg zu verlassen, auf dem sie selbst sich angeschlichen hatte. Nachdem er ihr drohend seine kleine Pistole gezeigt hatte, nahm er das Messer von ihrem Hals und trieb sie zusammen mit dem vor Entsetzen stummen Flori, der sich mit einer Hand an ihren Rock krallte, vor sich her. Einige Häuser weiter drängte er sie eine steile Stiege hinunter in einen finsteren Keller, der nach feuchten Kohlen und verrottenden Rattenkadavern stank.

»Bist du überrascht?«, fragte er mit schneidender Stimme.

»Hast du geglaubt, ich wäre so leicht zu töten, du widerwärtiges, verlogenes kleines Miststück? Einfach einen Knoten lösen, und dann stürzt der dumme Mezzanotte sich zu Tode? Hast dich für sehr schlau gehalten, was?« Er warf die Pistole von der rechten in seine linke Hand und hieb schnell wie ein Blitzschlag nach Alessas Gesicht.

Seit dem Augenblick, in dem sie die Kälte seines Messers gespürt hatte, war ihr bewusst, dass ihr dieses Mal ein Kampf um ihr Leben bevorstand, in dem sie all ihre Fähigkeiten ausschöpfen musste. Geistesgegenwärtig wich sie seiner Faust aus, riss im selben Moment das Bein hoch und trat mit ganzer Kraft von unten gegen seine Pistolenhand. Da sie keine Schuhe trug, blieb die Wirkung ihres Treffers begrenzt. Sein angespannter Arm bewegte sich nur ein Stück in die Höhe, doch immerhin reichte das aus, um den sich lösenden Schuss gefahrlos in die Gewölbedecke des Kellers zu lenken.

Der Knall des Schusses und der platzenden Ziegelsteine erschütterte ihr Gehör, doch sie ließ sich nicht ablenken, sondern trat erneut zu. Dieses Mal traf sie nichts, denn nun war auch Mezzanotte auf der Hut. Sie ahnte, dass er auf sie zielte, und floh mit einem Sprung aus dem schwachen grauen Lichtschein, der durch die offene Kellertür hereinfiel, in die schwärzeste Finsternis. Von Schusswaffen verstand sie wenig, doch öfter als zwei Mal konnte ihres Wissens keine Faustbüchse ohne Nachladen abgefeuert werden. Wenn er also auch mit dem zweiten Schuss nicht traf, war die kleine Pistole vorerst nutzlos.

Wie ein angriffsbereites Wiesel kauerte sie sich zwischen Kohlenhaufen klein zusammen. Unwillkürlich suchte sie mit beiden Händen nach etwas, was sie als Waffe benutzen konnte, fand jedoch nur Kohlenbrocken und Staub. Wohin war Flori geraten? Sie konnte nur hoffen, dass er klug genug war, sich ebenfalls in der Dunkelheit zu verbergen.

Mezzanotte schoss. Die Kugel schlug dicht neben ihr in den Kohlehaufen ein. Kohlebröckchen spritzten ihr ins Gesicht, und der Staub drang ihr so dick in Nase und Augen, dass sie den Hustenreiz nicht unterdrücken konnte.

Mezzanotte stürzte sich auf sie und traf sie mit dem Kolben der Pistole an der Schulter. Der Schmerz ließ sie aufschreien, dennoch schnellte sie hoch und rammte ihm ihren Kopf unter das Kinn. Er taumelte rückwärts, zurück in das matte Licht. Zielgenau schleuderte sie die beiden Handvoll Kohle und Staub, die sie in ihrer Verzweiflung gegriffen hatte, in sein Gesicht.

Er stieß einen gequälten Laut aus, ließ die Pistole fallen und riss beide Hände hoch zu seinen Augen. Alessa verbot sich, ihren schmerzenden Kopf zu beachten, gab nur auf ihre Zunge acht und rammte Mezzanotte erneut auf dieselbe Weise an derselben Stelle. Um sein Gleichgewicht kämpfend, wich er zurück, stolperte und fiel der Länge nach hin wie ein gefällter Baum.

»Lauf hinaus, Flori!«, schrie sie und hob die Pistole auf, die trotz ihrer geringen Größe ein beachtliches Gewicht hatte.

Schnell zu laufen brachte das verängstige Kind dieses Mal nicht zustande. Alessa nahm wahr, wie er im weiten Bogen um Mezzanotte herum über die Kohlenhaufen kraxelte.

Der Mörder konnte offenbar seinen Kopf noch nicht wieder heben, zog jedoch liegend sein Messer aus einer Scheide, die er unter der Jacke trug. Alessa sprang vor, schlug ihm kräftig mit dem Pistolenknauf auf die Hand und versuchte, ihm das Messer zu entwinden.

So leicht ließ sich der erfahrene Kämpfer jedoch trotz seiner Benommenheit nicht übertölpeln. Hart griff seine freie Hand in ihr aufgestecktes Haar und riss daran ihren Kopf zur Seite. Aufstöhnend ließ sie die Pistole fallen und klammerte sich mit beiden Händen an seine Hand mit dem Messer.

Inzwischen hatte Flori es bis zur Tür geschafft, rannte die steile

Stiege hinauf und schrie aus Leibeskräften. *»Aiuto, aiuto!«* In sein Geschrei mischten sich aufgeregte Stimmen von Menschen, die den Knall der Schüsse gehört haben mussten. Würden sie ihr zu Hilfe kommen? Darauf zu warten stand nicht zur Wahl. Alessa bekam zu spüren, wie viel stärker Mezzanotte war. Nicht einmal ihr ganzes Gewicht genügte, um ihn am Boden zu halten. Er richtete sich halb auf, und seine Hand blieb dabei in ihrem Haar verkrallt wie eine Klaue. Vor Schmerz schossen ihr Tränen in die Augen, und von seinem Geruch nach Schweiß und Hass wurde ihr übel. Keuchend riss sie sich zusammen und stieß ihr Knie in seinen Unterleib. Immer wieder holte sie aus und hieb mit dem Knie zu, bis er endlich aufstöhnte und sich krümmte. Den kurzen Augenblick nahm sie wahr und gab seiner Messerhand einen Stoß. Seine eigene Hand stach ihm das Messer in den Arm, und endlich ließ er ihre Haare los.

Rasend schnell sprang sie von ihm weg und aus der Tür hinaus. Sie schmetterte sie hinter sich zu; dann warf sie sich dagegen. Der Ruck, der durch die Tür ging, als Mezzanotte versuchte, sie einzurennen, ließ sie beinah den Halt verlieren. Doch sie hatte die Enge am Fuß der Treppe genutzt und sich so gegen die unterste Stufe gestemmt, dass sie standhalten konnte.

»*Aiuto!* Helft mir!«, rief sie den Leuten zu, die sich noch immer oben auf der Gasse und an der Kellertreppe herumdrückten. Offenbar wagten sie sich nicht nach unten, solange sie nicht wussten, was vor sich ging.

Flori war der Erste, der wieder bei ihr war. Wimmernd legte der Kleine sein ganzes Fliegengewicht in die Waagschale, um mit ihr zusammen die Tür zuzuhalten, und endlich kamen auch zwei der erwachsenen Männer zu ihnen herunter. Im selben Moment ließ der Druck von innen nach.

»Schießen kann er nicht mehr?«, fragte einer der Helfer unsicher.

Alessa schüttelte den Kopf. »Ich glaube nicht, dass er im Dunkeln laden kann. Kann jemand zum ›Goldenen Eber‹ laufen und die Männer von Hauptmann Kühne holen? Oder ihn selbst?«

»Nicht nötig«, keuchte eine atemlose Männerstimme oben an der Treppe. »Ich bin hier.«

Arthur hatte seinen angeschossenen Leutnant auf der Trage in ein leerstehendes Gemach möglichst nah bei der Küche bringen lassen und dort dem gehetzt eintreffenden Wundarzt anvertraut. Eine schnelle erste Untersuchung ergab, dass Paulsens Verletzung nicht unbedingt zum Tode führen musste. Mit viel Glück und bei guter Pflege würde er überleben. Sobald Arthur wusste, dass sein Leutnant nicht gleich sterben würde, wenn er ihm den Rücken zuwandte, eilte er aus dem Schloss zu der Stelle, wo der Leichnam des venezianischen Mörders noch unberührt am Boden lag und von zwei Leibgardisten bewacht wurde. Eine Handvoll neugieriger überzähliger Wachen und Bediensteter stand bei ihnen und schwatzte aufgeregt über das Geschehen. Respektvoll wichen sie zur Seite, als er ankam.

Der verdrehten Lage nach hatte der Verbrecher sich beim Aufprall das Genick gebrochen und lag mit dem Gesicht nach unten. Arthur ließ sich eine Lampe halten und drehte den Toten um. Ein einziger Blick genügte, um ihm den kalten Schweiß ausbrechen zu lassen.

Der Mann war nicht derselbe, den Alessa am Nachmittag mit ins Schloss gebracht hatte. Er hatte die gleiche Größe und Statur, und er trug Mezzanottes Kleidung, aber er war es nicht. Oben im Gemach der Gräfin hatte er das Gesicht in der Dunkelheit und der Hitze des Kampfes nicht erkennen können, doch im Schein der Lampe war kein Zweifel möglich.

Er stieß einen gotteslästerlichen Fluch aus, für den er sich selbst hätte verhaften können, dann richtete er sich auf und gab seinen beiden Leibgardisten und den Umstehenden die vordringlichsten Befehle. »Das ist nicht der Mann, auf den wir es abgesehen hatten. Der Mörder ist noch frei. Alle Wachen bleiben auf ihren Posten! Es gilt höchste Vorsicht. Ihr beide kommt mit mir! Leutnant Hebel soll fünf Mann Verstärkung zum ›Goldenen Eber‹ schicken. Den Toten ins Brückenhaus und außer Sicht bringen!«

Es hatte keinen Sinn, mitten in der Nacht nach Pferden zu rufen. In der Zeit, die es gedauert hätte, sie herbeizubringen, konnten sie den »Goldenen Eber« auch zu Fuß erreichen.

Mit einer Hand an seinem Degen lief Arthur los und hörte, dass auch seine beiden Getreuen hinter ihm in Trab fielen.

Vor der Tür des Gasthofs standen die Wirtin Britt in ihrem Untergewand, mit einem Wolltuch um die Schultern, ein Teil ihres Gesindes und einer der Männer, die er zur Bewachung des »Goldenen Eber« zurückgelassen hatte.

»Wir wollten gerade nach Euch schicken«, rief ihm Britt entgegen. »Bei uns hat es gebrannt. Im Zimmer der Sartori-Weiber. Es war ein Brandstifter. Er ist an der Wand hochgeklettert und hat ein pechgetränktes Bündel zum Fenster hereingeworfen. Bei aller Liebe, Herr Hauptmann, aber hätte ich gewusst, was für Mordbrenner Ihr auf mein Haus loslasst, dann hätte ich Euch gebeten, mir Eure Schützlinge vom Hals zu schaffen! Alles hätte niederbrennen können! Wenn wir das Feuer auch nur etwas später bemerkt hätten … Nicht auszudenken!« Sie schlug sich die Hände vors Gesicht und atmete schluchzend ein.

Arthur nahm sich nicht die Zeit für eine Entschuldigung. »Hat jemand den Brandstifter gesehen? Hat jemand seit heute Mittag Fräulein Rizzi gesehen? Ist Flori wieder aufgetaucht?«

Einhellig schüttelten die Umstehenden die Köpfe. Er hatte fest angenommen, dass Alessa nach Flori suchen würde, bevor sie aus der Stadt floh, und dass sie ihre Suche beim »Goldenen Eber«

beginnen würde. Hatte er sich geirrt? Fieberhaft überlegte er, wo er als Nächstes nachsehen sollte. Nachdem der echte Mezzanotte das Schloss am Nachmittag verlassen hatte, war er zu dem schäbigen Wirtshaus gegangen, in dem er offenbar wohnte. Kurze Zeit später war er wieder herausgekommen und hatte sich in den alten Kuhstall geschlichen, um das Seil zu holen. Anschließend war er abermals in sein Wirtshaus zurückgekehrt, und der junge Italiener, den er mit der Beobachtung Mezzanottes betraut hatte, war zu Arthur gekommen, um Bericht zu erstatten.

Ein dumpfer Knall unterbrach seine Überlegungen und ließ die Schreckhaften unter Britts Gesinde zusammenzucken. Ohne zu zögern, rannte Arthur in die Richtung, aus der er den Schuss gehört hatte. Ein zweiter Knall bestätigte seine Annahme. Mit seinen beiden Leibgardisten hinter sich bog er in eine Gasse ein und ließ sich vom Licht einiger Lampen und Fackeln zum Haus eines Kohlenhändlers leiten, vor dem sich ein kleiner Menschenauflauf versammelt hatte.

Schon aus der Entfernung hörte er Alessa um Hilfe rufen und beschleunigte seine Schritte noch einmal. Er drängte sich durch die aufgeregten Leute und erreichte die steile Kellertreppe, gerade als sie darum bat, ihn zu holen.

Der Blick, den sie ihm schenkte, als sie ihn sah, gehörte möglicherweise zum Schönsten, was er je gesehen hatte, obwohl er aus einem schwarz verschmierten, ehemals dick geschminkten Antlitz strahlte, das von einer wüst zerrauften Frisur gekrönt war. Sie sah ihn an, als wäre ihr in diesem Moment kein Anblick auf Erden lieber als der seine.

Mit einem einzigen Satz sprang er die Stufen zu ihr hinab und konnte sich nur mühsam davon abhalten, sie vor Erleichterung zu küssen. »Ist er da drin? Wie ist er bewaffnet?«

Erst als die Fragen schon aus ihm herausgesprudelt waren, entdeckte er Flori, der sich mit weit aufgerissenen Augen wie besessen gegen die Kellertür stemmte, obwohl von innen gar kein Angriff mehr kam. Sanft umfasste er das Handgelenk des Kleinen. »Geh hinauf, Flori! Du warst sehr tapfer. Jetzt übernehme ich euren Gefangenen.«

Widerstrebend, aber gehorsam schlich Flori die Treppe hinauf und sah sich dabei die ganze Zeit über die Schulter um.

»Ich weiß von einer zweischüssigen Pistole und wenigstens einem Messer«, sagte Alessa. »Wenn er noch eine zweite Schusswaffe hätte, hätte er sie wohl ebenfalls abgefeuert.«

Arthur nickte und zeigte die Treppe hinauf. »Geh! Er entkommt uns jetzt nicht mehr. Verstärkung ist unterwegs hierher.« Schroff kam es heraus, dabei wollte er viel sanftere Dinge zu ihr sagen und sie mit Zärtlichkeiten überschütten. Aber auch seine Wut auf sie war nicht zu leugnen. Wäre sie wirklich ohne wenigstens eine letzte Aussprache geflohen?

Er konnte sich jetzt nicht erlauben, Gedanken daran zu verschwenden. Entweder sie war noch da, wenn er Mezzanotte in Fesseln im Verlies wusste, oder sie war es nicht. Es war ihre Entscheidung, und er würde sie ertragen, wie immer sie ausfiel.

»Sei vorsichtig«, sagte sie leise, dann huschte sie an seinen Männern vorbei die Treppe hinauf, und er verbannte sie aus seinem Sinn.

Mit stummen Gesten wies er die beiden Bürger an, sich auf die Treppe zurückzuziehen und dort Lampen für ihn zu halten, während er seine Leibgardisten links und rechts der Kellertür aufstellte. Dann öffnete er mit langem Arm die Tür, bereit für den herausstürmenden oder aus der Deckung heraus mit dem Messer angreifenden Mörder.

Doch Mezzanotte lag regungslos bei der Tür, als wäre er dort zusammengebrochen. Vor Misstrauen kribbelte Arthurs Nacken. Lag der Venezianer nicht ein wenig zu malerisch ausgebreitet? Seine linke Hand war von seiner Jacke verdeckt, die rechte lag auf einem Häufchen Kohlen, und der Mund war eitel geschlossen. Mit einem Kopfschütteln gab Arthur seinen beiden Begleitern zu verstehen, dass er die Ohnmacht des Mannes für vorgetäuscht hielt, und gab ihnen wortlos seine Befehle.

Beinah gleichzeitig stürzten die beiden sich daraufhin auf den Liegenden, hielten seine Arme zu Boden und entwaffneten ihn, während Arthur ihm die Spitze seines Degens an die Kehle setzte. Mezzanotte versuchte dennoch, sich aufzubäumen, fiel aber zurück, als er den Schmerz des Einschnitts an der Kehle spürte.

»Bringt uns Seile!«, rief Arthur die Treppe hinauf, und wenig später war der legendäre Mörder von Venedig gefesselt und bereit zum Transport ins Verlies. Die Verstärkung, die bald darauf ankam, musste nur noch einen Karren besorgen, den verschnürten Mezzanotte aufladen und ihn zum Schloss zurückschieben.

Als Arthur die Treppe hinaufkam und Alessa nicht entdeckte, traf ihn die Enttäuschung härter, als er geglaubt hatte. Er hätte viel dafür gegeben, wenn sie dort gestanden hätte wie die kleine Magd des Kohlenhändlers, die ihre Hände ängstlich ineinander verschränkt hielt und ihn mit großen Augen ehrfürchtig ansah. Oder wenn sie ihm schluchzend um den Hals gefallen wäre, wie diese junge Frau es zweifellos bei ihrem Liebsten tun würde, wenn er gerade vor ihren Augen einen Mörder gestellt hätte.

Doch es war möglich, dass Alessa ihn ganz anders sah. In ihren Augen hatte er möglicherweise versagt. Er hatte nicht nur den falschen Mezzanotte nicht im Schloss festhalten können, sodass sie sich gezwungen gesehen hatte, selbst einzugreifen. Sondern er hatte es auch versäumt, den echten Mezzanotte von ihr und vor allem von dem kleinen Flori fernzuhalten. Bei all seiner Vorsicht hatte er die Gerissenheit des Venezianers unterschätzt. Auch er hatte also einen Grund, sie um Verzeihung zu bitten. Umso mehr Kummer machte es ihm, dass sie ihm offenbar keine Gelegenheit mehr für ein Gespräch geben wollte.

Diszipliniert verbarg er seinen Gefühlsaufruhr und schritt neben dem Karren her, als könne ihn nichts aus der Ruhe bringen. Doch als sie am Eingang des »Goldenen Ebers« vorüberkamen, war es damit vorbei. Da stand Alessa zerzaust und geschwärzt im flackernden Lampenschein neben Britt, vor ihr Flori, um den sie die Arme gelegt hatte. Gerade reichte einer von Britts Knechten dem Knaben ein Käsebrot, und er nahm es grinsend an.

Arthur ließ jeden Gedanken an aufrechte Haltung und Selbstbeherrschung fahren, scherte aus und ging mit langen Schritten zu ihr. Kein Wort sagte er, ebenso wenig wie sie. Er legte nur die Hand in ihren Nacken und küsste sie auf die Lippen. Fest, aber nicht zu fest für ihre wunden Stellen. Und als sie danach lächelte, hielt er sich ein paar Atemzüge lang für den glücklichsten Mann auf Erden.

Erst in dem Augenblick, als Arthur unten an der Kellertreppe »Geh!« zu ihr sagte, hatte Alessa sich entschieden zu bleiben. Er ließ sie frei gehen, obwohl er davon ausgehen musste, dass sie fliehen würde. Trotz allem, was sie getan hatte, war er auf ihrer Seite. Wie konnte sie da noch weglaufen? Sie hatten Mezzanotte gefasst. Doch die Umstände belegten seine Schuld nicht so, wie sie es geplant hatte. Wenn sie floh, würde es ihm möglicherweise gelingen, sich aus den Anschuldigungen herauszuwinden. So viel war ihre eigene Freiheit nicht wert. Lieber würde sie bleiben und ihr Möglichstes tun, damit der Mörder für seine Verbrechen bestraft wurde.

Vor allem jedoch wollte sie Arthur nicht noch einmal enttäuschen. Und auch Flori konnte sie in dem Durcheinander dieser Nacht nicht allein zurücklassen. Deshalb wartete sie mit ihm am Haus des Kohlenhändlers, bis sie sicher sein konnten, dass Mezzanotte überwältigt war. Dann gingen sie nah beieinander zum »Goldenen Eber« zurück.

Als die Leibgarde mit dem Karren vorübermarschierte, rechnete sie nicht damit, dass Arthur sie zur Kenntnis nehmen würde. Der Kuss, den er ihr dann vor allen Leuten gab, überraschte sie derart, dass ihr schwindlig wurde. Erst Floris Kichern brachte sie wieder zu sich, obwohl Arthur längst weitergegangen war.

Britt stieß ihr sanft den Ellbogen in die Seite. »Ist es nun überwunden?«

»Die Sache mit dem Mörder?«, fragte Alessa.

Die Wirtin griente. »Das sehe ich wohl. Ich meine eher das, was zwischen dir und dem Hauptmann stand.«

Alessa hätte es sich leicht machen können, nicken und dazu lächeln. Doch so, wie sie erkannt hatte, dass sie nicht mehr weglaufen wollte, spürte sie auch, dass sie einen gewaltigen Durst nach Aufrichtigkeit entwickelt hatte. Deshalb schüttelte sie den Kopf. »Er weiß noch lange nicht alles über mich. Vieles wird ihm nicht gefallen. Vielleicht wird er sich bald wieder von mir abwenden.«

Laut lachend hieb Britt ihr erneut den Ellbogen in die Seite. »Ach, Mädchen! Du hast vor ihm gestanden wie ein Kaminkehrerbengel nach einer Rauferei, und er hatte nichts Dringenderes zu tun, als dich abzuschmatzen. Den wirst du so bald nicht wieder los!«

Nun musste Alessa auch lächeln. »So schlimm sehe ich aus?«

»Noch viel schlimmer. Wie eine Harlekina, die eine dick angemalte Gräfin spielt, die einen verprügelten Kaminkehrerbengel spielt.« Die Wirtin konnte gar nicht wieder aufhören zu lachen, krümmte sich und klopfte sich auf die Schenkel, bis auch die Übrigen ihres Gesindes, die noch herumstanden, mitlachten.

Die Heiterkeit der Leute galt nicht nur ihr, begriff Alessa. In der plötzlichen Ausgelassenheit machten sich Freude und Erleichterung Luft: Freude über das Ende des angespannten Abwartens unter den Augen der von Arthur abgestellten Wachen und die Erleichterung über den gerade noch rechtzeitig gelöschten Brand.

Müde schloss sie für eine Weile die Augen und genoss den glücklichen Moment, bis sie Ottavios Stimme hörte, der einen italienischen Wortschwall hervorstieß, während er nähergelaufen kam.

»*Dio mio!* Da sind sie! Ich danke dir, barmherziger Gott! Alessa! Ich hielt es nicht mehr aus im Schloss. Die ganze Zeit habe ich gedacht, dass wir Flori suchen sollten, statt herumzusitzen. Dann gab Mutter zu, dass du vorhast davonzulaufen. Dann hörten wir, dass sie nur den falschen Mörder geschnappt hätten und Mezzanotte noch auf freiem Fuß wäre. Beinah wäre ich verrückt geworden vor Sorge!« Ohne anzuhalten, schnappte er sich Flori und wirbelte ihn herum. »Du Prachtjunge, du! Du hast es überlebt! Dir tut doch nichts weh, oder?«

Floris Miene verriet, dass er über Ottavios ungewohnte Zeichen der Zuneigung ebenso verwirrt war, wie Alessa sich darüber freute.

»Wie wäre es, wenn du Flori seine Belohnung verschaffst, Ottavio? Er hat sich wirklich eine gute Mahlzeit verdient, und danach Ruhe und ein gemütliches Bett«, sagte sie.

Ottavio stellte Flori wieder auf die Füße und umarmte auch sie kurz und überschwänglich. »Ich werde dafür sorgen, dass er bekommt, was er braucht. Jetzt und in Zukunft, Alessa. Ich habe meine Lektion gelernt.«

Britt, die sich wieder beruhigt hatte, legte Alessa eine Hand auf den Arm. »In eurem Zimmer möchte ich heute Nacht lieber niemanden mehr schlafen lassen. Wir müssen nach dem Feuer erst aufräumen. Aber ich kann dir ein Kämmerchen für dich allein geben.«

Alessa drückte ihre Hand. »Nicht nötig. Ich glaube, ich weiß schon, wo ich schlafen werde.«

Die Wirtin zwinkerte ihr zu. »Na, dann lauf. Und viel Glück!«

In den abgelegensten Kellern des Schlosses gab es fensterlose Räume mit dicken Türen und schweren Schlössern, wo Gefangene sich die Seele aus dem Leib schreien konnten, ohne dass ihre Stimmen auch nur bis auf den Gang drangen. Arthur begleitete den gefesselten Mezzanotte bis dorthin, stellte sicher, dass er eingeschlossen wurde, und nahm die Schlüssel an sich, um sie persönlich dem Herzog zu übergeben. Der Hofmarschall hatte ihn davon in Kenntnis gesetzt, dass sein Dienstherr noch nicht zur Ruhe gegangen war, sondern auf seinen Bericht wartete.

Die Übergabe der Schlüssel hatte gewöhnlich eher eine symbolische Bedeutung als eine praktische. In der Regel wurden sie danach umgehend dem dafür zuständigen Wärter übergeben, der in Celle derzeit mit der Person des Henkers zusammenfiel. Es mochte der späten Stunde geschuldet sein, dass der Herzog die Schlüssel dieses Mal tatsächlich selbst in Verwahrung nahm. Unter vier Augen musste Arthur ihm erzählen, was vorgegangen war.

»Ich werde morgen Nachforschungen anstellen, um zu beweisen, dass der Gefangene den Mann angestiftet hat, der ins Gemach der von Bentheims eingestiegen ist. Irgendjemand muss sie zusammen gesehen haben. Wahrscheinlich haben sie in Mezzanottes Unterkunft die Rollen getauscht«, beendete er seinen Bericht.

»Das wirst du bleiben lassen, mein bester Arthur«, befahl der Herzog.

Arthur stutzte. Worauf wollte sein Dienstherr hinaus? Es ging gewiss nicht darum, ihm Arbeit zu ersparen.

»Aber … Wenn wir die Verbindung nicht nachweisen, könnte Mezzanotte sich als unschuldig darstellen. Wir hätten nur ein Weib und einen Knaben als Zeugen dafür, dass er sie mit einer Waffe bedroht und in einen Keller geführt hat. Wo die Frau *ihn* überwältigte. Das klingt sogar für mich wenig überzeugend, obwohl ich die Wahrheit kenne.«

»Die Wahrheit ist mitunter ein flüchtiges Ding. Ebenso wie die Erinnerung. Ich für meinen Teil habe heute Nacht gemeinsam mit meinem Eheweib aus dem Fenster gesehen und beobachtet, wie der berüchtigte venezianische Mörder Mezzanotte bei dem Versuch, ins Schloss einzudringen, zu Tode gestürzt ist. Was für ein Triumph, seinem Treiben ein Ende gemacht zu haben! Meinst du nicht? Lass dich feiern, Arthur, du hast es geschafft. Ich werde dir einen Falken dafür schenken. Oder warte, du hast ja mehr für Pferde übrig. Also ein Stutfohlen aus meiner Zucht. Bravo!« Der Herzog schlug die Hände einige Male zu einem demonstrativen Applaus zusammen.

»Ich verstehe nicht ganz. Verzeiht meine Begriffsstutzigkeit, Euer Durchlaucht. Aber warum wollt Ihr den echten Mezzanotte verschwinden lassen? Was wollt Ihr mit ihm anfangen? Und was wird aus Al– … aus Fräulein Ferretti? Wollt Ihr sie vor Gericht stellen, den Mörder aber nicht?« Auf einmal fühlte Arthur sich sterbensmüde und jeder Verstellung und Schauspielerei überdrüssig.

Die spöttische Miene des Herzogs wurde wieder ernst. »Weil ich dich so gern habe, werde ich es dir erklären. Und du wirst es gleich darauf wieder vergessen. Ich bin höchst erpicht auf die Geheimnisse, die der Totgesagte im Keller möglicherweise hütet. Wenn ich ihn für die Verbrechen vor Gericht stelle, die er zweifellos begangen hat, bleibt mir kaum etwas anderes übrig, als ihn mit dem qualvollen Tode bestrafen zu lassen. Dann ist er für mich als Quelle für geheimes Wissen verloren und auch als Hilfsmittel bei gewissen … Geschäften, die sich aus diesem Wissen ergeben könnten. Ich halte es also für weiser, ihn vorerst verborgen zu halten. Die meisten Leute werden sich nur allzu gern von seinem Tod überzeugen lassen. Immerhin haben wir eine Leiche vorzuweisen, die niemand wiedererkennen wird, wenn wir sie ein wenig unkenntlich machen. Was Alessandra angeht, habe ich meine Überlegungen noch nicht beendet. Ich werde dich davon in Kenntnis setzen, wenn ich zu einem Entschluss gekommen bin.«

In dieser Nacht kam Arthur der Weg von den herzoglichen Gemächern bis zu seinen eigenen lang vor. Herzog Georg Wilhelms Plan, den echten Mezzanotte verschwinden zu lassen, würde ein Netz von Lügen erforderlich machen. Sie hatten besprochen, wem sie zutrauten, das Geheimnis zu bewahren, und wer die falsche Geschichte zu hören bekommen musste. Alessa war vorerst seine Aufgabe, und der Herzog hatte es ihm überlassen zu entscheiden, ob er ihr die Wahrheit sagen oder ihr vorgaukeln wollte, dass Mezzanotte bei der Einkerkerung zu Tode gekommen war. Würde sie die Wahrheit ertragen und dulden können, dass der Mörder ihres Großvaters am Leben blieb? Sicher nicht, wenn er ihr auch von seiner Ahnung erzählte, dass der Herzog den Mörder eines Tages womöglich freilassen und mit weiteren Morden beauftragen würde.

Vor dem Gespräch mit dem Herzog war er noch ein wenig zum Feiern aufgelegt gewesen, nun waren auch der Hauch Freude über den Erfolg und die Erleichterung verflogen. Seine Augen brannten vor Müdigkeit, trotzdem konnte er sich nicht vorstellen, einfach zu Bett zu gehen. Auf einmal erschien es ihm als das einzig Richtige, zum »Goldenen Eber« zurückzugehen und den Rest der Nacht in Alessas Nähe zu verbringen. Falls sie schon schlief, würde er sich notfalls vor ihrer Tür niederlegen. Doch bevor er ging, würde er seinen Justaucorps wechseln. Der getragene war nicht nur schmutzig und voller Blutflecken, er hatte auch ein Loch, wo das Messer des Einbrechers seinen Unterarm getroffen hatte. Auch diese Verletzung brannte, doch war der Schnitt – dem dicken Tuch seiner Kleidung sei Dank – nur oberflächlich.

Kurt hatte zwar sein Schlaflager im Vorraum schon ausgebreitet, war aber noch auf und wartete auf ihn. Wie eine treusorgende Glucke nahm sein Kammerdiener ihn schon bei der Eingangstür in Empfang, zog ihm den Justaucorps aus, noch bevor er den Wunsch äußern konnte, begutachtete flink seine Verletzung und wollte ihm das Degengehänge abnehmen.

Arthur hielt ihn am Ärmel fest. »Warte. Bring mir nur eine andere Jacke, ich gehe gleich wieder.«

Kurt hielt inne und starrte ihn mit weit aufgerissenen Augen an. »Das kann nicht Euer Ernst sein, Herr Hauptmann. Was gibt es denn nun noch so Wichtiges zu tun?«

»Es gibt eine junge Dame, die mich heute Nacht glücklich gemacht hat, weil sie nicht weggelaufen ist, als sie es hätte tun können. Und weil mein Herz das noch nicht fassen kann und meinem Verstand immer wieder sagt, dass er sich geirrt haben muss, bleibt mir nichts anderes übrig, als in die Stadt zu gehen und nachzuprüfen, wer recht hat«, erklärte er.

Ein Seufzer der Erleichterung beendete Kurts Starre. Unbeirrt machte er sich wieder an der Schnalle des Degengehänges zu schaffen. »Ach, das treibt Euch um. Seid ganz beruhigt, Herz und Verstand werden sich gleich einig sein, ohne dass Ihr noch einmal hinausmüsst. Ich habe übrigens ein wenig warmes Wasser aus dem herzoglichen Kessel in der Küche abzweigen können. Wünscht Ihr …«

Von jäher Hoffnung getrieben und mit plötzlich wildem Herzklopfen ließ Arthur ihn stehen und eilte in sein von zahlreichen Kerzen heller als üblich beleuchtetes Schlafgemach. Alessa schlief in seinem Bett und sah dabei bezaubernd unschuldig aus. Die offenen Haare rahmten ihr von schwarzen Schlieren und Schminke einigermaßen gereinigtes Gesicht. Er machte auf dem Absatz kehrt, ging zurück ins Vorzimmer und überrumpelte seinen Kammerdiener mit einer Umarmung.

Kurt kicherte wie ein Knabe. »Die junge Dame wurde von ähnlichen Zweifeln hergetrieben, wie sie Euch beschäftigten. Ich hoffe, Ihr verzeiht mir die Eigenmächtigkeit, diese Zweifel besänftigt und ihr eine Unterkunft für heute Nacht angeboten zu haben.«

»Gerade wegen Eigenmächtigkeiten dieser Art schätze ich dich, Kurt«, sagte Arthur, und sie lachten beide.

Als er, von allen Kleidungsstücken außer Hemd und Hose befreit, wieder ins Schlafgemach kam, leise die Tür hinter sich schloss und bis auf eine einzige die Kerzen löschte, schlug Alessa die Augen auf.

»Verzeih, ich war auf einmal so müde«, murmelte sie.

Sie war so süß, dass er sein Lächeln gar nicht wieder einfangen konnte. »Mir geht es ebenso. Darf ich mich zu dir legen? Ich schwöre, ich werde dich schlafen lassen, wenn du das wünschst.«

Sie nickte, und er schlüpfte zu ihr unter die Decke, legte sich ihr zugewandt auf die Seite und betrachtete sie, als wäre das üblich zwischen ihnen, als hätte nicht in Wahrheit sein heftiger Herzschlag seine Müdigkeit völlig vertrieben. Kein Auge würde er zumachen neben ihr im Bett. Doch ihren Schlaf zu bewachen würde ihm genügen.

Alessas Gliedmaßen wogen schwer, doch ihre Müdigkeit war seit Arthurs Ankunft verflogen. Dennoch schwieg sie eine Weile, weil sie es nicht wagte, den friedvollen Moment zu stören. Schließlich jedoch seufzte sie, drehte sich auf die Seite und sah ihrem unerschütterlichen Hauptmann in die Augen.

»Als ich vorhin auf dem Dach stand, stellte ich fest, dass ich nicht gehen kann, ohne zu erfahren, ob dir bei dem Kampf mit Mezzanotte etwas zugestoßen ist. Dann hast du nach mir gerufen, und ich wusste, dass es dir gutging. Nur deshalb dachte ich, ich könnte fliehen. Ich möchte dich dafür um Verzeihung bitten, dass ich es versucht habe«, sagte sie.

Behutsam strich er ihr mit den Fingerknöcheln über die Wange und dann mit dem Zeigefinger über die Lippen. »Und wirst du mir morgen wieder davonlaufen?«

»Falls der Herzog mich verurteilt, wird es dir schaden, wenn ich hierbleibe. Ich würde lieber fliehen als miterleben, wie du wegen mir dein Ansehen verlierst.«

»Und wenn ich dir sage, dass ich lieber mit dir fortgehen würde als mit meinem guten Ansehen, aber ohne dich zurückzubleiben?«, fragte er, und seine Stimme klang so tief und sanft, dass Alessa ein wohliger Schauder überlief.

Sie lächelte und spürte, wie ihr die Tränen kamen. »Dann müsste ich vielleicht weinen. Aber nicht vor Kummer.«

Sie küssten sich und einigten sich damit wortlos darauf, dass sie für diese Nacht genug besprochen hatten. Ein Kuss führte zum nächsten, mit jeder Berührung wuchs ihr Mut für eine weitere, und bald vergaßen sie jede Behutsamkeit, weil die Gier nach der Haut und dem Leib des anderen sie überwältigte.

Erst im Morgengrauen schliefen sie schließlich ein, zum leisen Klang von tropfendem Regen vor dem Fenster und dem Gesang einer davon unbeeindruckten Amsel.

29

Meisterdiebin

Erst am übernächsten Vormittag nach der Überwältigung Mezzanottes verließ Alessa das Schloss wieder. Einen ganzen Tag hatte sie mit Arthur in seinem Gemach und vor allem in seinem Bett verbracht. Kurt hatte sie beide liebevoll verwöhnt, ihnen im Kabinett eine Badewanne aufstellen und mit heißem Wasser füllen lassen, ihnen Köstlichkeiten serviert, für saubere Kleidung und die Abwehr jeglicher Störungen gesorgt. Gesprochen hatten sie zuerst wenig, als hätten sie beide nur zu gut gewusst, dass Worte vielleicht nicht ihr Glück, aber doch ihren Frieden beenden konnten. So teilten sie einander vorerst nur mit, was sie liebten, tauschten harmlose Geschichten aus ihrer Vergangenheit aus und kamen jedes Mal schnell auf das zurück, was sie gerade am meisten beschäftigte: die Schönheit des anderen und die wunderbaren Eigenheiten, von denen sie sich bezaubert fühlten. *Ich liebe es, wenn du mich ansiehst, als würdest du überlegen, ob du mich mit ein oder zwei Bissen verspeisen wirst. Ich liebe es, wie du die Nase krausziehst, wenn du etwas nicht magst.*

Doch natürlich musste diese närrische Verleugnung der Welt irgendwann enden, und Alessa war stolz, dass sie es schafften, bei der Rückkehr in die Wirklichkeit das Vertrauen ineinander mitzunehmen.

Jedenfalls sagte sie sich fest, dass es so war, als sie allein und unbewacht durch feinen Nieselregen zum »Goldenen Eber« ging. Arthur vertraute darauf, dass sie es in Zukunft zumindest mit ihm besprechen würde, bevor sie sich auf ungewöhnliche Taten einließ. Und sie vertraute darauf, dass er sein Möglichstes tun würde, damit sie frei blieb, und sie rechtzeitig warnen würde, falls der Herzog sich gegen sie wandte.

Ein wenig unsicher fühlten ihre Schritte sich an, und sie ertappte sich dabei, wie sie sich häufiger umsah als sonst. Die Erlebnisse mit Mezzanotte hatten sie tiefer erschüttert, als sie zuerst geglaubt hatte. Auch stand zu befürchten, dass ihre Liaison mit dem Hauptmann der Leibgarde sich rasch herumsprechen und ihr Feinde machen würde. Die Grenzen der Sittlichkeit hatten sie jedenfalls damit überschritten.

Als sie die Gaststube betrat, stand Britt entgegen ihrer sonstigen Gewohnheit am Tisch einiger Gäste und lehnte sich gespannt lauschend vor. Den Gesichtern nach zu urteilen musste es eine besonders grausige Geschichte sein, die da gerade erzählt wurde. Alessa hoffte, dass die Geschehnisse der vorvorigen Nacht nichts damit zu tun hatten. Doch prompt wandte Britt sich zu ihr um und winkte sie aufgeregt zu sich.

»Das musst du dir anhören, Fräulein Rizzi! Eine Geschichte wie aus der Hölle. Diese Reisenden kommen aus dem Süden. Dort sind auf einem Bauernhof grässliche Morde geschehen. Man munkelt, es solle ein Italiener gewesen sein.«

Stumm vor Betroffenheit stellte Alessa sich neben sie und lauschte den anschaulichen Schilderungen der Reisenden, deren Kutscher durch Überflutungen und Schäden an den Straßen gezwungen gewesen war, einen Umweg über eine winzige abgelegene Siedlung zu fahren, was er sichtlich unwillig tat. Auf ihr Drängen hin hatte er ihnen schließlich erzählt, dass man an diesem Ort kürzlich acht unbegrabene Ermordete gefunden hätte. Niemand hatte sich zuständig gefühlt, Nachforschungen nach dem Mörder anzustellen, doch unter den Kutschern, Bauern, Viehtreibern und Fuhrleuten, die diese Route befuhren, verbreitete sich das Gerücht, dass ein unheimlicher Italiener der Mörder sei, der in seinem Gebaren dem Leibhaftigen selbst ähnelte.

Als Arthur ihr behutsam erklärt hatte, dass es in absehbarer Zeit keine Anklage gegen Mezzanotte geben würde, weil der Herzog ihn für tot erklären wollte, hatte sie sofort begriffen, worum es dem Fürsten ging. Die Verschränkung von Macht und Verbrechen war ihr aus Venedig wohlbekannt und verstörte sie weniger als Arthur.

»Ich glaube nicht, dass jemals ein Herrscher für längere Zeit mächtig blieb, der nicht bereit war, seine Macht auch durch Erpressung und Mord zu verteidigen. Das ist grauenhaft, aber man muss es wohl hinnehmen. Nur wünschte ich, es wäre nicht gerade dieser Mörder und dieses Geheimnis, das der Herzog sich zunutze machen will. Mezzanotte je wieder freizulassen wäre ein entsetzlicher Fehler«, hatte sie gesagt.

Wie entsetzlich der Fehler sein würde, bewies die Geschichte der Reisenden eindrücklich. Sie mochte sich als nützlich darin erweisen, dem Herzog vor Augen zu führen, worauf er sich einließ, wenn er diesen Teufel in seinem Keller behielt.

Alessa war froh, als das Erscheinen der Sartoris ihr einen Grund gab, den Tisch zu verlassen, an dem die Runde sich nun Geschichten von anderen legendären Gräueltaten zuwandte. Bestens gelaunt kam die *Compagnia* die Treppe herabgeschritten und umschwärmte Alessa mit Ausrufen der Anerkennung.

»Eine wahre Heldin«, sagte Vitale und applaudierte, während Zaira sie wortlos umarmte.

Sogar Pippa legte für einen Augenblick ihr Bedürfnis ab, im Mittelpunkt zu stehen, und tätschelte Alessas Hand. »Ich bin so froh, dass du geblieben bist, um diesen Mörder zu stellen. Nicht auszudenken, wenn du weggelaufen wärst und er auf freiem Fuß geblieben wäre. Ich weiß nicht, was ich hätte tun sollen, hätte ich ihm gegenübergestanden. Gewiss hätte er mich einfach ermordet.«

Ottavios Hand lag auf Floris Schulter. Sie standen Seite an Seite und lächelten. »Flori hat erzählt, wie klug und mutig du dich verhalten hast. Wir schulden dir alle Dank«, sagte Ottavio.

Es kam Alessa vor, als hätte die Nacht ihn verändert. Vielleicht trat aber auch an diesem Morgen die Veränderung, die er während ihrer gemeinsamen Reise durchgemacht hatte, nur deutlicher hervor. Er wirkte selbstsicherer, und seine Aufmerksamkeit für Pippa hatte stark nachgelassen. So leicht wie früher würde er sich in Zukunft wohl nicht mehr von ihr oder seinen Eltern lenken lassen.

Leandro quasselte Dinge vor sich hin wie »Sie lebe hoch. Wackere Kriegerin!«, stimmte ein Triumphlied an und klopfte ihr auf dem Rücken herum, bis es ihr zu viel wurde.

»Bitte, hört auf! Das Ganze war keine Heldentat, sondern geschah aus der Not heraus. Und ich schäme mich noch immer dafür, dass ich euch in Gefahr gebracht habe«, sagte sie.

Vitale wedelte abwehrend mit beiden Händen. »Das haben wir doch schon besprochen. Es war nicht deine Schuld, davon wollen wir nichts mehr hören. *Acta est fabula, plaudite!* Das Spiel ist aus, Applaus! Aber was ist mit Morgen, *Arlecchina*? Der Herzog und seine Gemahlin gehen davon aus, dass du eine wichtige Rolle bei ihrer ›Wirtschaft‹ spielst. Du wirst sie doch nicht enttäuschen, oder?«

Alessa zuckte mit den Schultern. »Mir ist einiges entgangen, wie mir scheint. Welche Rolle hat man mir zugedacht?«

»Du wirst eine junge Herzogin spielen, die nach einem Bruch ihres Wagenrads in der Wirtschaft einkehrt. So jedenfalls ließ Madame d'Harbourg es uns ausrichten. Komm, wir setzen uns zum Frühstück und besprechen alles.«

Bald hatte Alessa erfahren, dass Zaira ihre Kammerzofe darstellen würde, Vitale ihren Kutscher, Ottavio einen Hofgelehrten, der mit ihr reiste, und Leandro einen Leibgardisten, was ihr äußerst seltsam vorkam. Für Pippa war der gnädigen Frau von Harburg offenbar nicht mehr viel eingefallen, deshalb sollte sie die Gesellschaft im Kostüm eines bunten Schmetterlings umtanzen. Pippa störte sich nicht daran, denn sie wusste, dass sie ihre Anmut in dieser Verkleidung besonders zur Geltung bringen konnte, und das war ihr das Wichtigste.

»Ich gönne den Herrschaften ja ihren Mummenschanz«, sagte Britt, als sie Alessa Dünnbier nachschenkte, »aber du musst nicht glauben, dass jemand dort ernsthaft erfahren möchte, wie es sich lebt, wenn man weniger reich und wohlgeboren ist. Sie leihen sich mein Geschirr für ihr Fest aus, aber die Speisen darauf kommen aus der Schlossküche. Und da wissen sie gar nicht, wie man sparsam kocht. Vielleicht bekommt also der Schwan die Federn nicht wieder angesteckt, bevor er auf die Tafel gesetzt wird, aber verspeist wird er doch.«

»Was wird dann meine Aufgabe dabei sein, wenn doch alles beinah gleich bleibt?«

»Vor allem schön aussehen sollst du, könnte ich mir denken. Und das wird dir nicht schwerfallen, so wie deine Augen leuchten. Dein Hauptmann bekommt dir gut.« Sie grinste, zwinkerte Alessa anzüglich zu und ging dann wieder.

Alessa schüttelte ratlos den Kopf und wandte sich auf Italienisch an die Sartoris. »Ganz verstehe ich es nicht. Was erwarten sie von mir, wenn ich die Herzogin spiele? Was glaubt ihr?«

Vitale strich sich vergnügt seinen Ziegenbart. »Zuerst sollst du sie durch deine Haltung, dein Benehmen und deine Schönheit von deiner Vornehmheit überzeugen. Und dann sollst du Dinge tun, die eine echte Herzogin nie zu tun wagen würde. Dinge, die sie überrumpeln, verblüffen und zum Lachen bringen. Dazu wird dir doch gewiss einiges einfallen? Als dein Kutscher werde ich darauf achten, unser Pferd niemals aus den Augen zu lassen, darauf kannst du dich verlassen. Es wird mit uns an der Tafel speisen. Leandro wird das Hofgesindel mit der Pike von dir fernhalten.

Zaira trägt deine Schleppe, Ottavio hält dir Vorträge, und Pippa, tja, Pippa …«

»Ich flattere«, flötete Pippa.

»Sie flattert«, sagte Vitale.

Alessa verbarg ihr Schmunzeln im Bierkrug. »Ich hätte Flori gern dabei«, sagte sie.

»Dann käme endlich sein Pagenanzug einmal richtig zur Geltung«, stimmte Ottavio zu.

Aufmunternd lächelte Alessa Flori zu. »Er könnte mir die Speisen vorlegen und mir später dabei helfen, Unfug zu treiben.«

Der Knabe grinste. »Nichts leichter als das.«

Für den Rest des Tages waren sie so eifrig damit beschäftigt, Scherze für die »Wirtschaft« auszutüfteln, dass Alessa vergaß, sich über das noch ausstehende Urteil des Herzogs über ihre Vergehen zu sorgen. Erst als Arthur sie am Abend abholte, damit sie in ihrer kostbaren, noch so jungen Zweisamkeit in seinen Gemächern speisen konnten, fiel ihr auf, dass es bei der Maskerade auch um etwas anderes gehen konnte. Möglicherweise planten der Herzog und Eleonore, sich an ihr zu rächen, und hatten ihr deshalb eine Rolle zugewiesen, in der sie besonders leicht bloßgestellt werden konnte. Wollten sie nur sehen, ob sie – die Betrügerin und Diebin – tatsächlich schamlos genug sein würde, sich als etwas so grenzenlos Überlegenes wie eine Herzogin darzustellen?

»So nachdenklich?«, erkundigte sich Arthur.

Sie schritt brav an seiner Seite einher, als prickelte ihr nicht die Haut von den Erinnerungen an das, was sie seit dem vorvorigen Abend zusammen getan hatten, und als schlüge ihr Herz nicht wild, wenn sie daran dachte, es zu wiederholen. Sie konnte nicht verstehen, wie sie es einen halben Tag lang ohne ihn hatte aushalten können. Mühsam unterdrückte sie ihre unzüchtigen Gedanken.

»Ich soll morgen eine Herzogin spielen. Das könnte lustig werden, aber ich frage mich, ob der Herzog mich damit nicht eher verhöhnen will? Vielleicht sollte ich ablehnen oder so tun, als wäre ich erkrankt.«

Er machte es sich mit der Antwort nicht leicht, sondern schwieg eine Weile. Schließlich seufzte er. »Noch vor einigen Wochen hätte ich behauptet, dass ich den Herzog gut kenne und einigermaßen berechnen kann, was er denkt oder was er tun wird. Kürzlich hat sich das geändert. Der Herzog, den ich kannte, wäre nicht auf einen so theatralisch rachsüchtigen Gedanken gekommen, sondern hätte dir ganz geradeheraus eine Strafe auferlegt, die er für angemessen hielt. Aber jener Herzog hatte auch noch keine Überlegungen angestellt, Meuchelmörder für seine Zwecke einzusetzen. Dennoch glaube ich nicht, dass sie mit diesem Schauspiel etwas gegen dich im Schilde führen. Vor allem traue ich Frau von Harburg so eine Denkweise nicht zu. Sie ist böse auf dich, aber nicht so, dass sie sich dein Verderben wünscht. So oder so bleibt dir nichts anderes übrig, als die Rolle zu spielen. Du sollst dich morgen Vormittag in ihrem Gemach einfinden, um dich einkleiden zu lassen.«

Sie sah ihn von der Seite an, konnte jedoch wieder einmal nicht in seiner undurchdringlichen Miene lesen. »Was ist mit dir? Hat man dir auch eine Rolle zugeteilt? Wirst du in eine Verkleidung schlüpfen?«

Seine linke Hand ruhte auf seinem Degenknauf, die rechte hing mit dem Daumen in der aufgenähten Tasche seines Justaucorps', und sein Blick blieb auf den Boden vor ihren Füßen gesenkt. »Ich spiele die gleiche Rolle wie stets. Sei dir allerdings gewiss, dass ich dieses Mal hauptsächlich Augen für meine Herzogin haben werde.«

»Nennst du sie ›deine‹ Herzogin, weil sie über dich herrscht oder weil du sie besitzt?«, neckte sie ihn.

»Beides. Jedenfalls erwarte ich, dass sie sich morgen Abend in meinem Gemach einfindet, um sich …« Er zügelte seine Zunge und sah Alessa unter halb gesenkten Lidern hervor an.

»Um sich beim Entkleiden helfen zu lassen?«, fragte sie und erwiderte seinen Blick.

Er nickte. »Ich werde ihr ergebenster Diener sein.«

Bereits um zehn Uhr öffnete die Wache vor Eleonores Gemach für Alessa die Tür und ließ sie eintreten.

Eine der Kammerzofen empfing sie im Vorzimmer und bat sie, dort zu warten. Ihr Verhalten gab Alessa keinen Hinweis darauf, wie viel man bei Hof über die Verbindung zwischen Mezzanotte und ihr wusste oder vermutete. Die vom Herzog abgesegnete Geschichte lautete, der Mörder hätte den Auftrag gehabt, sie wegen einer Erbsache umzubringen, und sei bei seiner Festnahme zu Tode gekommen. Davon, dass sie etwas mit den Einbrüchen der vergangenen Tage zu tun hatte, war nicht die Rede. Doch Alessa wusste, dass sich in der Hofgesellschaft, für die Klatsch und Skandal eines der beliebtesten Mittel gegen die stets drohende Langeweile waren, das Getuschel von der »abgesegneten« Geschichte stark unterscheiden konnte.

Die Zofe würde darüber Bescheid wissen, gab ihr aber keine Gelegenheit nachzuforschen. Auch bot sie ihr keinen Sitzplatz an, aber das hatte Alessa nicht anders erwartet. Sitzend warten zu dürfen war Besuchern von Rang vorbehalten, und sie wäre ohnehin zu unruhig dazu gewesen. Lieber schlenderte sie im Raum umher und betrachtete die kostbare Einrichtung aus der Nähe.

Der gemusterte goldgelbe Brokat, mit dem die Wände bespannt waren, schimmerte im Licht der Vormittagssonne und ließ den Raum wärmer erscheinen, als er war. Das Holz der üppig verzierten Möbelstücke glänzte, als wäre es nass. Kein Stäubchen und kein Kratzer beleidigten das Auge der anspruchsvollen Herrschaften. Eine Uhr in Form eines goldenen Kästchens, mit nach oben gewandtem Ziffernblatt, stand auf einem Tischchen nah am Fenster. Durch kleine Glasscheiben in den Seiten konnte sie das laufende Räderwerk sehen. An der Wand präsentierte ein Kabinettschrank mit geöffneten Türen wertvolles Geschirr aus Silber, vergoldetem Silber und chinesischem Porzellan. An den Wänden hingen Gemälde in aufwendigen goldenen Rahmen: Familienportraits, biblische Szenen und das Stillleben eines gedeckten Tisches. Alessa konnte es sich nicht verkneifen, mit dem Fingernagel an einer unauffälligen Stelle über die Ecke eines Rahmens zu kratzen und zu überlegen, wie viel von dem edlen Metall allein für die Vergoldungen im Schloss verwendet worden war. Sie hatte sogar Marzapanefiguren gesehen, von denen Teile mit einer hauchdünnen Goldschicht überzogen waren, die einfach mitgegessen wurde.

Was sie zu einer Frage zurückführte, mit der sie sich seit langer Zeit nicht beschäftigt hatte, bis sie Arthur kennengelernt hatte. War es wirklich ein großes Unrecht, solche reichen Menschen zu bestehlen? Arthur schien daran nicht zu zweifeln. Das Eigentum anderer zu achten war für ihn ein ehernes Gebot, das er nicht hinterfragte. Die meisten Menschen sahen es ihrer Erfahrung nach ähnlich. Doch Alessa hatte festgestellt, dass die Reichen und Mächtigen dennoch unzählige Spielarten kannten, das Eigentum der ihnen Unterlegenen an sich zu bringen. Nur taten sie es so geschickt, dass ihnen niemand je einen Diebstahl nachsagen konnte. Und zog nicht sogar ein Händler wie Stechinelli sowohl seinem Käufer als auch seinem Zulieferer so viel Geld wie möglich aus der Tasche und wurde dafür noch als klug und erfolgreich gefeiert?

Wann immer sie sich früher diese Frage gestellt hatte, war es ihr leichtgefallen, sie zu ihren eigenen Gunsten zu beantworten.

Schließlich war sie immer stolz darauf gewesen, dass sie alles so gut beherrschte, was ihr Großvater ihr beigebracht hatte. Solange sie nur von denen stahl, die weit mehr besaßen, als sie zum Leben brauchten, hatte sie keinen Grund gesehen, Gewissensqualen zu leiden. Daran änderten auch die Kirchenbesuche nichts, die ihr *Nonno* ohnehin gern vermieden hatte.

Die Stimme der Zofe riss sie aus ihrer Grübelei. »Du darfst hereinkommen. Ihre Wohlgeboren Madame d'Harbourg empfängt dich jetzt.«

Alessa schritt durch das von mehreren adligen Damen und ihren Mägden besetzte Wohnzimmer hindurch bis in Eleonores Schlafgemach, das sie bereits ein Mal im Dunkeln betreten hatte. Ihre Gastgeberin saß in hoheitsvoller Pose und kostspielig herausgeputzt auf einem fliederfarbenen Polsterstuhl. Kränklich wirkte Madame d'Harbourg an diesem Tag nicht, sondern frisch und lebhaft. Ihre Augen leuchteten, als hätte die Gemahlin des Herzogs eine ähnlich beglückende Nacht erlebt wie sie selbst.

»Alessa! Ich kann dir gar nicht sagen, welches Vergnügen es mir bereitet, dass du heute die Rolle der Herzogin spielen wirst. Seit mir der Gedanke kam, freue ich mich auf die Szenen, die sich daraus ergeben werden. Wir werden gleich beginnen, dich auszustaffieren. Vorher allerdings habe ich noch einiges mit dir zu besprechen. Unter vier Augen!« Sie klatschte in die Hände und winkte die Hofdamen hinaus, die ihr in ihrem Schlafgemach Gesellschaft geleistet hatten.

Von nebenan, aus dem Zimmer der kleinen Sophie Dorothea, hörte Alessa ein so übermütiges Kinderlachen, dass sie schmunzeln musste. Diese Freude schien Eleonore allerdings nicht mit ihr zu teilen. Im Gegenteil: Ihre Miene verfinsterte sich, während Alessa vor sie hin trat.

»Ist dir bewusst, welche Unverfrorenheit du begangen hast, als du in meine Gemächer und in das meiner Tochter eingedrungen bist? Begreifst du, wie sehr du mein Vertrauen missbraucht hast? *C'est révoltant!* Jeder andere Fürst hätte dich für deine Tat längst hinrichten lassen. Wofür hältst du dich, dass du glaubst, dir eine solche Frechheit herausnehmen zu können? Du müsstest auf den Knien liegen und um Verzeihung flehen!«

Durch die Fassade der zornigen Fürstin hindurch sah Alessa eine enttäuschte junge Frau und eine besorgte Mutter, die den Gedanken nicht ertrug, ihr Kind unwissentlich schutzlos gelassen zu haben. Und auf einmal verstand sie, dass sie bei ihren Überlegungen über den Diebstahl an Reichen etwas außer Acht gelassen hatte. Dabei hatte sie selbst gerade erst dieselbe Erfahrung machen müssen. Bestohlen zu werden fühlte sich – unabhängig vom Wert des gestohlenen Gegenstands – stets an wie ein Schlag ins Gesicht. Die Enttäuschung darüber, den Menschen, von denen man umgeben war, nicht vertrauen zu können, ähnelte einer schmerzhaften Verletzung. Dass der Dieb, der ins Haus einbrach, sein Opfer dazu zwang, in Misstrauen und Furcht weiterzuleben, das war seine eigentliche Schandtat.

Zum ersten Mal schämte sie sich dafür, wie leicht sie das Unrecht genommen hatte, das sie tat. Die Einsicht brachte sie nicht dazu, auf die Knie zu fallen, doch das nüchterne Vorhaben, Eleonore um Verzeihung zu bitten, verwandelte sich in ein ehrliches Bedürfnis. »Ich war überzeugt, keine andere Wahl zu haben. Ich habe erst jetzt verstanden, wie Euch meine Tat beunruhigt und verletzt hat. Euch Eure Freundlichkeit so übel zu vergelten war nicht recht, und ich möchte Euch dafür um Vergebung bitten.«

Eleonore nickte mit verkniffenen Lippen. »Weißt du, warum deine Lügen und deine Geheimnisse mich so besonders tief trafen? Es wird in meinen Kreisen bei Hof so viel gelogen, verschwiegen, geheuchelt und vorgespielt, dass ich von Zeit zu Zeit ganz fürchterlich ermüdet davon bin. Ich nehme mich selbst davon nicht aus. Wir alle haben unsere Rollen zu spielen, wie man es von uns erwartet. Und das ist – bei Gott – oft recht schwierig. Man sehnt sich dann nach ein wenig Echtheit und Offenheit. Und da kamst du und wirktest so unbefangen und so frei, weil es einfach nur deine Kunst und dein Broterwerb zu sein schien, Rollen zu spielen. So offen hast du mir von all den Geheimnissen eurer Kunst erzählt! Ich glaubte, das wäre der echte Mensch – ein kluges, recht gebildetes junges Weib, welches mir viel weniger vorheuchelte als all die anderen. Wie gut mir das tat! Aber nun … Wem soll ich noch vertrauen? Die Deutschen hier geben vor, mich zu mögen, und wünschten doch, ihr Herzog hätte lieber eine legitime deutsche Ehegemahlin an seiner Seite statt mich. Die Franzosen, die sich hierher zu uns flüchten, weil wir Hugenotten in Frankreich nicht mehr geduldet sind, würden mir jede Zuneigung vorheucheln, solange ich sie nur schütze, fördere und mit ihnen unsere hugenottischen Messen feiere. Meine Schwägerin, die Prinzessin, hasst mich und würde mich nur zu gern verstoßen sehen. Ich glaube, sie ist missgünstig, weil Georg Wilhelm sich damals gegen sie entschieden hat. Und nun … nun fühle ich mich gegen meinen Willen eifersüchtig und elend, weil ich erfahren habe, dass ausgerechnet deine Tante – der Herrgott sei ihrer Seele gnädig – der Grund dafür war. Und dass sie ihm einen Sohn geschenkt hat, was mir bisher verwehrt blieb. Verstehst du, dass mir das alles … dass du …«

Sie verstummte und wischte sich ärgerlich mit dem Handrücken ein paar Tränen aus dem Gesicht. Noch einmal änderte sich Alessas Sicht auf die unglückliche Herzogsgemahlin. Eleonore hatte ihr vielleicht die Leviten lesen wollen, doch viel dringender benötigte sie jemanden, dem sie ihr Herz ausschütten konnte.

»Seit ich hier bin, habe ich nicht einen einzigen Menschen schlecht über Euch sprechen hören. Mag sein, dass die Prinzessin es tut, doch großen Einfluss scheint sie hier nicht zu haben. Ich glaube, man heuchelt Euch viel weniger vor, als Ihr denkt. Mir scheint, Euer Gemahl liebt Euch und Eure Tochter sehr, und der Hof ist bereit, es ebenfalls zu tun. Warum freut Ihr Euch nicht über die Dankbarkeit der Hugenotten, die zu Euch fliehen? Wenn Ihr sie weiterfördert, werden sie für Euch gewiss zu einer Gefolgschaft, die Euch und den Herzog in vielerlei Hinsicht aus ganzem Herzen unterstützen wird. Bitte nehmt meinen Verrat nicht zum Anlass, der ganzen Welt zu misstrauen. Die Affäre zwischen meiner Tante und Eurem Gemahl war lange vorbei, bevor er Euch traf. Sie hatte keine Bedeutung mehr. Warum hätte er Euch damit belasten sollen?«

»Keine Bedeutung? Aber es geht immerhin um einen Sohn! Ein Sohn hat eine so viel höhere Bedeutung als eine Tochter!« Sie schluchzte, und Alessa brachte ihr ein Tüchlein, das eine der Hofdamen zurückgelassen hatte.

»Ein legitimer Sohn vielleicht. Aber Eure Tochter ist doch weit legitimer als mein Cousin. Ich habe nur wenig mit ihm gesprochen, seit ich ihm wiederbegegnet bin, doch für mich klang es nicht so, als hätte Euer Gemahl ihm jemals Hoffnungen darauf gemacht, dass er einmal eine herausragend hohe Stellung erhalten wird. Ich glaube, dass Lucas das nicht schmerzt. Er schien nur traurig darüber zu sein, dass sein Vater ihm in jüngerer Zeit keine Beachtung mehr geschenkt hat. Außerdem ist er wütend, weil … Verzeiht, das tut hier nichts zur Sache. Ich bin sicher, Ihr werdet erleben, wie Eure Tochter eines Tages einen sehr hohen Rang einnimmt. Ihr solltet Euch deshalb keine Sorgen machen.«

»Es ist nicht meine Absicht, mich zu sorgen. Das geschieht einfach. Auch wegen dir sorge ich mich nun. Bist du vielleicht doch hier, um deinem Cousin zu einer höheren Stellung zu verhelfen? Habt ihr etwas ausgebrütet, was für mich und meine Tochter zur Gefahr werden könnte?«

Alessa dachte daran, wie gern sie so einig mit ihrem Cousin gewesen wäre, wie ihre Gastgeberin glaubte. Stattdessen hatte sie ihn vertrieben. Traurig schüttelte sie den Kopf. »Lucas fühlte sich auch von mir tief gekränkt, als ich ihn vor einigen Tagen zum letzten Mal sah. Soweit ich weiß, hat er deshalb die Stadt verlassen.«

»*Auch* von mir, sagst du? Von wem noch?«, fragte Eleonore.

»Man hatte ihn zu seinem Wohl in dem Glauben gelassen, dass seine Mutter schon vor vielen Jahren gestorben sei. Ich wusste davon nichts und habe ihm die Nachricht von ihrem kürzlichen Tod überbracht. Nun nimmt er es allen übel, die an der Täuschung beteiligt waren.«

Eleonore sah sie mit großen Augen an. »Nun, damit ist er im Recht, wenn du mich fragst. Wie hartherzig, einem Kind fälschlich weiszumachen, seine Mutter wäre tot! Hat seine Mutter diesem bösen Spiel zugestimmt?«

»Das hat sie. Es war ein Teil der Vereinbarung zwischen ihr und Eurem Gemahl.«

»Unglaublich! Wie sie darunter gelitten haben muss!«

Alessa zuckte mit den Schultern. »Sie hat es sich nicht anmerken lassen. Es wundert Euch sicher nicht, dass sie gut darin war. Immerhin war sie eine Schauspielerin.«

Eleonore winkte ab. »Wie ich dir vorhin schon erklärte, sind wir bei Hof alle Schauspieler. Wir alle verstellen uns so sehr, dass viele wohl kaum noch wissen, wer sie eigentlich sind.«

»Ich habe mich mein Leben lang verstellen müssen und weiß doch recht gut, wer ich bin und was ich kann. Leider ist es nichts, womit ich mich brüsten dürfte.«

»Was meinst du? Darauf, dass du eine Harlekina bist, die sich dann und wann in fremde Gemächer verirrt?«, spottete Eleonore.

Alessas Herz begann zu hämmern, als sie über die Antwort nachdachte. Und dann beschloss sie, dass sie dieser Frau die Wahrheit schuldete. Oder wenigstens einen großen Teil davon.

»Ich bin eine Diebin, Eure Wohlgeboren. Nicht irgendeine kleine Gelegenheitsdiebin, sondern eine, die ihr Handwerk von einem der Besten gelernt hat. Es gibt nur wenige Schlösser, die für mich nicht zu öffnen sind, und wenige Häuser, in die ich keinen Eingang finde. Schon als Kind hat mein Großvater mich über die Dächer von Venedig laufen lassen und mir beigebracht, wie man kommt und geht, ohne bemerkt zu werden. Wir haben manche Einbrüche so geschickt geplant, dass die Bestohlenen erst Wochen später bemerkten, dass jemand sie beraubt hatte. Es gibt einige, die es in ihrem Reichtum überhaupt nicht bemerkt haben. Jedenfalls drang es nicht an die Öffentlichkeit. Ich bin nicht mit dem Vorhaben hierhergekommen, jemanden zu bestehlen. Dass ich mir das Medaillon zurückholen musste, war nur die Folge eines dummen Missgeschicks. Aber weil Ihr Euch Ehrlichkeit so sehr wünscht, will ich Euch gegenüber ehrlich zugeben, dass ich auch nicht gezögert hätte, Menschen an diesem Hof zu bestehlen. Ich würde es nun nicht mehr tun, aber ich weiß, dass das für Euch schwer zu glauben ist.«

Eleonore schwieg lange und musterte sie dabei mit ernster Miene. »Eine Meisterdiebin also«, sagte sie schließlich leise, wie bloß zu sich selbst.

Alessas Herz schlug ihr bis zum Hals. Würde Eleonore sie verdammen? Ihr war nicht anzusehen, was sie empfand. Regungslos blickte sie aus dem Fenster, als wäre dort draußen das Urteil zu finden, das sie fällen würde. Endlich wandte sie sich Alessa wieder zu.

»Eine Meisterdiebin, die genug Herz hat, meinem Kind in der Nacht die Windeln zu wechseln. Signorina Ferretti, du hast mir einiges zum Nachdenken gegeben. Dafür danke ich dir. Und nun sollten wir uns dem Gewand widmen, das du heute Abend tragen wirst.«

»Hattet Ihr schon vor, mich diese Rolle spielen zu lassen, ehe Ihr von meinen Geheimnissen erfahren habt?«

»Schon beim ersten Gedanken daran, eine Wirtschaft zu veranstalten, habe ich dich in dieser Rolle gesehen. Es wäre ein Jammer gewesen, den Plan verwerfen zu müssen«, bestätigte Eleonore.

»Dann hoffe ich, Euch nicht noch einmal zu enttäuschen.«

Ernst August sah zu, wie seine Gemahlin tief einatmete und mit leidender Miene die Luft anhielt, als ihre Zofe sich daranmachte, die Schnüre ihres Mieders festzuziehen.

»Enger geht es nicht, Eure Durchlaucht. Der Schnitt lässt es nicht zu«, sagte die bewährte Helferin.

Sophie stieß mit der angehaltenen Luft ein erleichtertes Lachen aus und legte die Hand auf ihren gewölbten Leib. »Als ich hörte, dass der Mausdreck die Rollen für die Wirtschaft nicht verlosen, sondern zuteilen wird, habe ich das Schlimmste befürchtet. Ich nehme es zurück. Sie hätte es schlechter mit mir meinen können. Dieses Gewand ist so weit und bequem, dass ich es mir am Ende noch ausleihen und es bis zur Niederkunft nicht mehr ablegen werde.«

Er lächelte wohlwollend. »Ihr gebt eine stattliche Wirtin ab.«

»Auch Ihr macht als Fuhrmann keine schlechte Figur, Euer Liebden. Ich sehe Euch vor meinem inneren Auge, wie Ihr auf dem Bock eines mit Bierfässern hochbeladenen Wagens sitzt und acht schwere Rösser zügelt. Ein prachtvolles Bild.«

Ihre Freundlichkeit und ihr Frohsinn machten ihn ein wenig misstrauisch. Er hatte die Nacht in Frida von Dügels Bett verbracht und wusste, dass seiner scharfsinnigen Gemahlin das nicht verborgen geblieben war. Zwar hatte sie ihn bisher nie wegen seiner kleinen Ausflüge angegriffen, doch gütig wirkte sie für gewöhnlich nicht, wenn sie davon erfuhr. War sie am Ende dieses Mal vielleicht einverstanden mit seiner Wahl? Welch amüsante Vorstellung. Er rieb sich grinsend die Nase.

»Nun, habe ich Euch je erzählt, dass ich mich als Knabe ausgezeichnet darauf verstand, mit der Peitsche zu knallen und zu zielen? Ihr dürft nicht erschrecken, wenn ich nachher eine kleine Probe davon zeige.«

Sie reckte den Hals und stand still, damit die Zofe ihren tiefen Ausschnitt zurechtzupfen konnte, der ihre durch die Schwangerschaft noch ansehnlicher gewordenen Brüste somit appetitlich zur Geltung brachte. Leises Bedauern zuckte in ihm auf, weil die Schwangerschaften ihren ehelichen Beischlaf so oft einschränkten.

Offenbar hatte sie seinen sehnsüchtigen Blick bemerkt, denn sie schmunzelte und wackelte tadelnd mit dem Zeigefinger, was eher verlockend als abschreckend auf ihn wirkte. »Ich danke Euch für die Warnung«, sagte sie. »Dann will ich umgekehrt auch Euch ankündigen, dass ich mir einige kleine Scherze überlegt habe. Uns steht ein frohsinniger Abend bevor, denke ich.«

Herzog Ernst August verscheuchte die Zofe und zog die Ränder des Ausschnitts mit den Fingerspitzen ein wenig höher. Zart und wie unabsichtlich berührte er dabei ihre milchweiße Haut und beobachtete entzückt, wie sie daraufhin von einem Schauder überlaufen wurde.

»Wie schade, dass Euer Zustand Euch gewiss kein allzu langes Verweilen gestatten wird. Ich werde Eure Gesellschaft später am Abend vermissen«, sagte er.

Sie schnippte gegen die lange Reiherfeder, mit der er seinen Kutscherhut geschmückt hatte. »Wer weiß? Ich fühle mich heute ganz frisch und unternehmungslustig. Vielleicht wird es mir möglich sein, länger zu bleiben als sonst.«

Er kannte sie gut genug, um diese Ankündigung als beunruhigend zu empfinden.

Arthur erlebte nicht zum ersten Mal, wie eine bevorstehende »Wirtschaft« oder »Bauernhochzeit« die höfische Gesellschaft in einen Bienenschwarm verwandelte. Obgleich das Ziel der Veranstaltung vor allem darin bestand, das anstrengende Hofzeremoniell für einige vergnügte Stunden nicht beachten zu müssen, blieben für die Bediensteten in dieser Hinsicht zahlreiche Ungewissheiten zu klären. In welchem Maß die Hierarchie der Gäste beachtet und wie ihnen das angebrachte Maß an Ehrerbietung entgegengebracht werden sollte, musste mit dem ersten und dem zweiten Hofmarschall genau besprochen werden.

Auch er selbst hatte eine lange Liste von Anweisungen erhalten, für die er dieses Mal nur schwer Aufmerksamkeit aufbringen konnte. Die Geschehnisse der vorangegangenen Tage hatten ihm viel zu denken gegeben, und die Art, wie der Herzog sein Urteil über Alessa aufschob, machte ihm beträchtliche Sorgen. Das wurde keineswegs besser, als sein Dienstherr ihm ausrichten ließ, dass er ihn und Alessa am auf die »Wirtschaft« folgenden Tag gleich nach dem Gottesdienst in seinem Kabinett zu sprechen wünschte.

Arthur gab es bald auf, erraten zu wollen, ob das Gespräch mit Alessas Freispruch enden würde oder ob Herzog Georg Wilhelm sie beide verdammen und bestrafen würde. Er musste auf alles vorbereitet sein. Heimlich hatte er längst Vorkehrungen für eine rasche Flucht getroffen, doch noch hoffte er, dass es nicht dazu kommen würde.

Das Festessen, mit dem die »Wirtschaft« begann, wurde an diesem Tag im Rittersaal aufgetragen, denn für eine Feier im Freien war es zu kalt und zu regnerisch. Man hatte schlichte Bänke und Tafeln herbeigeschafft, so wie ein ländliches Wirtshaus sie draußen zu einer Feier aufstellen würde. Eine Wirtshausfassade aus bemalter Leinwand, die schon für ein früheres Fest angefertigt worden war, stellte den Rahmen dar, und jeder Winkel des Saals war passend mit Bäumen und Blumen in Kübeln, verstreutem Heu und blühenden Zweigen geschmückt. Körbe mit schlichtem

Brot, Käse, hartem Schinken und Dörrobst sowie Fässer mit Bier und Wein vervollständigten die Kulisse. Verzehren würden die hohen Herrschaften den Inhalt dieser Körbe nicht. Doch immerhin dienten die schlichten Speisen einem guten Zweck, wenn sie später vor den Kirchen der Stadt an die Armen verteilt wurden.

Da Herzog Georg Wilhelm die Rolle des Wirts spielte, gehörte er an diesem späten Nachmittag zu den Ersten im Saal. Bald gesellte sich seine Schwägerin Herzogin Sophie zu ihm, der Eleonore klugerweise die Rolle der Wirtin zugeteilt hatte, sodass sie sich trotz des Mangels an Zeremoniell noch immer als die wichtigste Frau im Saal fühlen durfte. Ihr Gatte Ernst August begleitete sie zum Tisch und überließ sie dort der fürsorglichen Obhut seines Bruders Georg Wilhelm. Herzog Ernst August genoss es, im Gewand eines Fuhrknechts und mit einer Peitsche in der Hand den einfachen Mann zu mimen, obgleich ihm auch in einem schmutzigeren und derberen Kittel niemand den raubeinigen Kerl so recht abgenommen hätte. In Samt und Seide und mit einer Laute auf dem Schoß wirkte er weit überzeugender.

Bis auf Eleonore, Alessa, die Sartoris und einige andere von Eleonore Auserwählte trafen nun zügig die Höflinge und Gäste des Herzogs ein. Viele erschienen in übertrieben farbenprächtiger Bauernkleidung, so wie die von Bentheims, und etliche in der Kleidung des Handwerks, was den Anwesenden einiges zu erraten aufgab. Stechinelli war an ein paar umgehängten Leisten und einer Ahle leicht als Schuster zu erkennen. Er war der Einzige von den falschen Handwerkern, dem Arthur zugetraut hätte, dass er tatsächlich wusste, wozu sein Werkzeug genau diente. Ausgenommen die Handvoll Jäger, die jedoch auf das Tragen von Waffen hatten verzichten müssen. Drei von ihnen waren Leibgardisten. Nur er selbst hatte seine übliche Kleidung auf Geheiß des Herzogs anbehalten und sollte sich geben, als gehörte er zum Gefolge der falschen Herzogin.

Auch Dienstmägde und Knechte fanden sich ein, allesamt herausgeputzter, als die wahren Bediensteten eines Wirtshauses es jemals wären. Zu ihnen gehörte Frida von Dügel, in deren Händen Besen und Kehrblech besonders unsinnig wirkten. Eleonores Spitze gegen sie war unschwer zu durchschauen.

Der Gehilfe des Hofmarschalls hakte eifrig die Namen der Eintreffenden auf seiner Liste ab und gab seinem Vorgesetzten schließlich ein Zeichen, als niemand mehr fehlte. Ein Stoß ins Jagdhorn brachte die Gäste zur Ruhe, sodass Herzog Georg Wilhelm seine zum Teil in Reime gefasste Begrüßungsansprache halten konnte. Dem Applaus folgten der Ausschank der ersten Getränke, das Auftragen von Suppe und anderen kleinen Gerichten und ein munteres Musikstück für Fiedeln, Leier und Sackpfeife. Erst während der letzten Takte dieser Musik kündigte eine Fanfare Alessas Auftritt an.

Vitale und Ottavio traten zuerst ein, gefolgt von der tanzenden Pippa, die Kleid und Flügel in den Farben eines Tagpfauenauges trug. Der als Kutscher gekleidete Vitale ritt auf einem übergroßen Steckenpferd, dessen geschnitzter Kopf die Nüstern blähte und die Zähne bleckte und der mit echtem, wippendem Mähnenhaar versehen war. Vor der Tafel des »Wirtshauses« stieg er ab und wurde dafür mit dem ersten Lachen der Zuschauer belohnt, die er mit überschwänglichen Verbeugungen begrüßte. Das Gelächter brandete stürmisch auf, als sein Steckenpferd ihn scheinbar gegen seinen Willen zur Tafel hinzog. Vitale tat, als würde er seines ungebärdigen Rosses nicht Herr, ließ es hier und da an den Gästen schnobern und schließlich die Nase zum Saufen in eine Suppenterrine versenken. Hilflos zerrte er an den Zügeln, bis endlich Herzog Ernst August aufstand, einige Male mit seiner Peitsche knallte und das dreiste Tier unter gewaltigem Applaus von der Tafel vertrieb.

Ottavio hingegen, der das dunkle Gewand eines geistlichen

Hofgelehrten trug, blieb steif und vornehm stehen und richtete das Wort an Wirt und Wirtin. Dabei sprach er Deutsch, was zweifellos bedeutete, dass er seine Rede mit Alessas Hilfe erdacht und auswendig gelernt hatte.

»Als Begleiter meiner hochwohlgeborenen Fürstin, der Herzogin Alessandra von Barene, habe ich die Ehre, ihr als Vorhut dienen zu dürfen. Ihre Durchlaucht wird in wenigen Augenblicken auf der Suche nach Rast und Erquickung hier eintreffen, nachdem das Unglück eines gebrochenen Wagenrads uns ereilte. Doch sorgt euch nicht, liebe Leute, ihr müsst nicht befürchten, dass euer überaus bescheidenes Haus ihren Ansprüchen nicht genügen wird. Sie reist inkognito und beschränkt aus freien Stücken die Privilegien, auf die sie ihrer hohen Geburt wegen ein Anrecht hätte. Ohnehin sah man selten eine edle Dame, die so frei von Standesdünkel sich geistig auch mit Fragen der weltlichen Gerechtigkeit befasste. Gar so weit ging sie zu fragen, ob gerecht es sei, dass ein Mann von Adel durch in kriegerischen Zeiten angehäufte Besitzungen ein größeres Einkommen sein Eigen nennen dürfe als ein Mann von höherer Geburt, der in jenen Zeiten dümmere Berater hatte. Und ich muss sagen – da werdet ihr wohl zustimmen –, die Sache hat einen wahren Kern. Doch da naht sie schon: meine Fürstin, die Herzogin von Barene!«

Das Orchester tauschte die Instrumente aus und stimmte in den wohlwollenden Beifall hinein würdevolle Hofmusik an, die das Einherschreiten der falschen Herzogin passend untermalte. Ihr folgten Flori als Page, Zaira als Zofe und Leandro als Leibgardist, was Arthur ein wenig gegen den Strich ging, weil er gerade den diebischen Harlekin nicht gern ausgerechnet in dieser Uniform sah. Andererseits fand sich auch Eleonore damit ab, dass die diebische Harlekina als Herzogin auftrat, also waren sie quitt.

Hätte er nicht gewusst, wer die Frau war, die da den Saal durchquerte, hätte er an der Echtheit ihres Rangs nicht gezweifelt. Sie trug ein cremefarbenes Kleid mit blauen und purpurfarbenen Stickereien, das für sie maßgeschneidert zu sein schien. Zaira hielt ihr als Dienerin die auf malerische Weise drapierte Schleppe, als wollte sie das wertvolle Tuch vor dem schmutzigen Erdboden im Freien bewahren. Alessas dunkles Haar, dessen Weichheit ihn so spielend um den Verstand brachte, wenn es seinen nackten Leib streifte, war zu einer Fontange-Frisur von beachtlicher Höhe aufgesteckt, die sie mit atemberaubender Anmut auf ihrem Haupt balancierte. Um ihren weiß gepuderten Hals hatte Eleonore ihr eins ihrer kostbaren Colliers legen lassen. Vom Erlös der darin eingefassten Rubine hätte Alessa lange leben können. Ihr das Schmuckstück als Leihgabe anzuvertrauen war ein deutliches Zeichen guten Willens von Eleonores Seite, was Arthur hoffnungsvoll stimmte. Wenn Frau von Harburg Alessa vergeben hatte, würde es wohl auch der Herzog tun.

Seine bezaubernde falsche Herzogin erreichte den Tisch, wo Vitale weiterhin mit seinem Steckenpferd kämpfte und Ottavio sie mit gefalteten Händen anhimmelte.

»Habt ihr diesen guten Leuten erklärt, welches Missgeschick uns befallen hat?«, fragte sie ihn.

»Gewiss. Man befindet sich voller Freude darüber, dass ihr diesem bescheidenen Haus die Ehre Eurer Einkehr erweist.«

Huldvoll nickte sie. »So führt mich zu meinem Platz.«

Herzog Georg Wilhelm erhob sich, führte sie zu einer Bank, die an hervorgehobener Stelle der Tafel für sie und ihre Begleitung frei gelassen worden war, und verbeugte sich übermütig. Die Ironie der Szene belustigte ihn sichtlich.

Alessa blickte mit ungläubig aufgerissenen Augen auf die Bank. »Bei allem Verständnis für deine beschränkten Mittel, Wirt, das geht zu weit! Willst du mich beleidigen? Jedermann weiß doch wohl, dass eine Herzogin von Barene nicht auf einer Bank Platz nimmt, wie sie einem Fuhrknecht genügt. Würde ich mich setzen, so müsste ich verlangen, dass du und deine gewöhnlichen Gäste stehen. Hast du keinen besseren Stuhl?«

Sie sprach so ungekünstelt, dass man ihre Worte für echt halten konnte. Die Anwesenden quittierten es mit verhaltenem Lachen, das zunahm, als der Herzog mit komisch verzogener Miene seinen eigenen, gepolsterten Stuhl herbeischaffen ließ, und Zaira und Flori sich beflissen darin übertrafen, ihre Herrin von allen Seiten zu bedienen.

Arthur behielt seinen Platz an der Tür bei und beobachtete, wie die hohen Herrschaften sich auf geradezu kindliche Weise daran erfreuten, einmal etwas ungezwungener miteinander umgehen zu dürfen. Je mehr Wein und Bier geflossen waren, desto übermütiger würden sie werden. Zu seinen Aufgaben gehörte es, gemeinsam mit dem Hofmarschall Händel zu verhindern, die daraus entstehen konnten, dass der eine oder andere sich durch die Lockerung der Sitten eben doch beleidigt fühlen würde. Auch seine als Jäger verkleideten Männer hatten viel Übung im Schlichten derartiger Streitigkeiten.

Herzog Ernst August hatte das fehlende Zeremoniell genutzt, um Frida von Dügel den Sitzplatz an seiner Seite zu verschaffen. Ungeniert machte sie ihm schöne Augen und flüsterte ihm Scherze ins Ohr. Arthur warf einen abschätzenden Blick auf Herzogin Sophie, die ihre Rolle als Wirtin bisher gutmütiger spielte, als man es von der sonst so scharfzüngigen Dame erwartet hätte. Sein geübtes Auge verriet ihm, dass sie nicht so entspannt war, wie sie vorgab.

Das Orchester kehrte zu den volkstümlichen Instrumenten zurück, doch vorerst spielten nur eine Hirtenflöte und eine Laute. Die zarte Melodie gab das Zeichen für den nächsten Auftritt. Die Türflügel wurden weit geöffnet, und eine zehnköpfige Herde von weiß gewaschenen und gebürsteten Lämmern wurde hereingetrieben. Die holde Schäferin trug ihre mit einem weißen Kleidchen und flauschigen Wollbäuschen als Lamm verkleidete kleine Tochter auf dem Arm. Eleonore von Harburg gab ein reizendes Bild ab, war allerdings als Hirtin für die echten Lämmer denkbar ungeeignet. Die von ihren Müttern getrennten und von der ungewohnten Umgebung erstaunten Tiere sprangen und rannten so kopflos im Saal umher, dass wildes Gelächter ausbrach. Arthur war glücklich über die weise Voraussicht, mit der er darauf bestanden hatte, dass alle niedrig angebrachten Kerzen erst später entzündet wurden.

Nachdem die Gäste diese gelungene Überraschung für eine angemessene Zeit hatten genießen dürfen, wechselte Arthur einen Blick mit Eleonore, die inzwischen mit ihrer Tochter zur freien Seite ihres Gemahls Platz genommen hatte. Auf ihren Wink hin gab er dem vor der Tür wartenden echten Schäfer das vereinbarte Zeichen, der seinen ebenfalls gewaschenen und gebürsteten Hund in den Saal schickte. So wurde das Zusammentreiben der kleinen Herde zu einem weiteren Schauspiel, dem die Zuschauer begeistert applaudierten. Arthur hingegen war froh, als die blökenden Tiere ohne unangenehme Zwischenfälle vor der Saaltür von den dafür abgestellten Bediensteten geschnappt und aus dem Schloss getragen worden waren. Nicht zum ersten Mal wünschte er sich, mit Veranstaltungen dieser Art nichts zu tun zu haben.

Seine Erleichterung hielt nur kurz an, denn kaum waren die Lämmer weggebracht, schrien einige der anwesenden Damen und Herren erschrocken auf, und andere lachten. Die Quelle der Belustigung war dieses Mal ein Äffchen, das im maßgeschneiderten Ballkleid und mit einer Fontangefrisur auf dem Kopf über die Tische tobte. Vor dieser Kurzweil hatte Arthur niemand gewarnt. Da das winzige Kleid einer der Roben Frida von Dügels nachempfunden war, bestand kein Zweifel daran, dass es sich um ihren verstoßenen Affen handelte. So glimpflich, wie der Auftritt der Lämmer ausgegangen war, blieb der des Affen nicht. Geschirr und

Krüge stürzten zu Boden, als mehr und mehr Gäste versuchten, ihn einzufangen.

Arthur wollte dem Geschehen gerade selbst ein Ende setzen, als sich Herzogin Sophie in ihrer Rolle als Wirtin erhob und einen Pagen herbeiwinkte. Mit dem richtigen Leckerbissen als Köder gelang es dem jungen Mann rasch, das Äffchen zurück in einen bereitstehenden Korb zu bugsieren.

Die »Wirtin« schritt sodann gelassen zu Fridas Platz und nahm vor der »Dienstmagd« Aufstellung, eine Hand stolz auf den vorgewölbten Bauch gelegt. »Da sieht man mal, was geschieht, wenn man dem Tierischen seinen Lauf lässt. Nicht umsonst ist der Affe ein Sinnbild der Schamlosigkeit. Warum sitzt du da noch faul herum, Magd? Siehst du nicht die Unordnung? Was soll unser hoher Gast von uns denken? Nimm dir ein Beispiel an unserer fleißigen Schäferin. Sie hütet ihr Lämmchen unaufhörlich. Zeig uns mal, was du mit deinem Besen ausrichten kannst!«

Frida von Dügel, die nur die Wahl hatte, entweder gute Miene zum bösen Spiel zu machen oder entrüstet den Saal zu verlassen, stand mit hochroten Wangen auf und begann unbeholfen, hier und dort ein wenig zu fegen. Herzogin Sophie setzte sich derweil mit einem Lächeln der Genugtuung auf den nun freien Platz neben ihrem Ehegemahl und gab ihm einen wohlwollenden Klaps auf den Arm. Herzog Ernst August konnte ein Grinsen nicht unterdrücken. Arthurs Einschätzung nach hatte er damit das Ende seiner Affäre mit Gräfin von Dügel besiegelt, die sich nach dieser Erniedrigung gewiss bald aus Celle verabschieden würde.

Für eine Weile untermalten nur die Musik und die anmutig herumflatternde Pippa das Essen, bei dem Alessa sich als vollkommene Dame erwies. Arthur musste sich Mühe geben, damit er außer ihr auch noch die anderen Gäste im Blick behielt. Wäre es nach ihm gegangen, hätte er gern mit ihr allein auf einem Berg gestanden, mitten im Wald oder hoch oben auf einem Dach, da ihr der Aufenthalt auf Dächern zu gefallen schien. Ganz gleich wo, nur hätte er sie gern für sich allein gehabt.

Stattdessen nahm der Trubel des Fests kein Ende. Eleonores Hofdame Emilie von Repp hüpfte, als Harlekina kostümiert, herein und stellte sich gar nicht so übel an, als sie ein paar Kunststückchen vorführte. Sie trug Alessas Käppchen mit dem Hasenschwanz, das die ihr geschenkt hatte.

Die Musik wurde lauter, Wein und Bier flossen, Alessa befahl Frida hoheitsvoll, mit dem Fegen aufzuhören, weil es angeblich zu viel Staub aufwirbelte. Herzog Georg Wilhelm himmelte seine Schäferin und ihr Lämmchen an, bevor das Lämmchen der neuen Amme übergeben wurde, die es zu Bett bringen sollte. Leandro applaudierte Emilie, woraufhin Pippa ein Gesicht zog, das ihren unermüdlichen Schmetterling flüchtig in eine finstere Fledermaus verwandelte. Ottavio rezitierte lateinische Verse, Vitale boxte wieder und wieder den Pferdekopf, der sich an seinem Bierkrug zu schaffen machen wollte. Mehr Speisen wurden serviert, einige der verkleideten Adligen trugen derbe kleine Gedichte oder Lieder vor, und zwei falsche Bauernpaare führten einen abgewandelten bäuerlichen Tanz vor.

Als die Musik verklang, stand Ottavio auf und bat um Ruhe. »Meine hochverehrte Fürstin, die Herzogin von Barene, sieht mit großem Bedauern, wie plump hier getanzt wird. Sie erweist euch die unschätzbare Ehre einer Lektion in höfischem Tanz.«

Alessa ließ sich von Zaira die Schleppe abnehmen und von ihrem »Leibgardisten« Leandro auf die Tanzfläche führen. Der machte dabei eine so schmucke Figur, dass die Damen ihm bewundernde Blicke zuwarfen. Die beiden wirkten als Paar so schön wie ein Gemälde. Arthurs Puls beschleunigte sich, und auf einmal gab es in seinem Kopf nur noch Raum für einen einzigen Gedanken: Dieser verlogene *Arlecchino* würde nicht mit Alessa tanzen. Mit langen Schritten verließ er seinen Posten bei der Tür und erreichte das Tanzpaar noch vor den ersten Takten der Musik. Mit einem kalten Blick brachte er Leandro dazu, feixend zurückzuweichen, bevor er sich vor Alessa verbeugte.

»Verzeiht, Eure Durchlaucht, aber ich glaube, dieser Tanz gehört mir.« Erst in diesem Augenblick wurde ihm klar, was er getan hatte, und ihn überlief ein Schauder. Zum ersten Mal zeigte er öffentlich, was ihn mit ihr verband.

Sie lächelte ihn an, wie keine Herzogin ihren Leibgardisten anlächeln durfte. »Aber gewiss doch, Herr Hauptmann. Wärt Ihr nicht gekommen, so hätte ich Euch geholt.«

Leandro, der ebenfalls keine Überraschung zeigte, forderte rasch Emilie auf, doch Arthur nahm es nur am Rande wahr. Seine ganze Aufmerksamkeit galt dem Tanz, den er mit der begehrenswertesten Frau tanzte, der er in seinem Leben bisher begegnet war und die er nicht wieder loslassen würde. Nur flüchtig ging ihm durch den Sinn, dass Eleonores feines Gespür für Ironie vielleicht genau für diese Szene gesorgt hatte: Ein echter und ein falscher Leibgardist, eine echte und eine falsche Harlekina, eine falsche Herzogin, die der echten Herzogin einen Spiegel vorhielt. Für seinen Teil wollte er wenigstens dieses eine Mal zeigen, dass ein echter Leibgardist nicht schlechter tanzte als ein Herzog. Zu Oboe und Geigen führte er Alessa makellos durch die Figuren eines Menuetts, ohne sich dabei länger als unbedingt nötig von ihren Augen loszureißen. Der Beifall im Anschluss wurde von Eleonore angeführt, die sich bestens zu amüsieren schien, was seine Annahme bestätigte.

Alessa ließ ihm keine Zeit, darüber nachzudenken, wie er sich nun verhalten sollte. Sie klatschte in die Hände und winkte die zuschauenden Gäste herbei. »Nun alle zusammen! Nur keine Scheu!«

Gut gelaunt nahmen die tanzwilligen Kostümierten Aufstellung zu einem höfischen Tanz, nur um von den Klängen einer übermütigen italienischen Tarantella überrascht zu werden. Bei jeder anderen Gelegenheit wäre Arthur in diesem Moment geflohen und hätte sich an den Rand des Geschehens zurückgezogen, um wieder seine Stellung als Beobachter einzunehmen. Doch Alessa ließ seine Hand nicht los, sondern forderte ihn auf, auch diesen wilden Tanz ihrer Landsleute mit ihr zu genießen.

Ungestüm tauchten sie ein in den Tumult der wirbelnden, stampfenden und hüpfenden Paare, und von da an gab es für sie beide keine Atempause mehr. Arthur sah den als Schuster verkleideten Stechinelli mit seiner Ehegattin die Tarantella tanzen, als hätte er von Kindesbeinen an nichts anderes getan. Die von Bentheims galoppierten durch die Bauerntänze, bis ihre Bauernkleider ihnen schweißnass an den Leibern klebten und die füllige Gräfin Dora vor Atemnot beinah ohnmächtig wurde. Sogar die schwangere Herzogin Sophie tanzte mit Herzog Georg Wilhelm, wenn auch ein wenig gemächlicher. Alessa bewies, dass auch das Gewand einer Herzogin sie nicht von ihren Kunststücken abhalten konnte, und zeigte zusammen mit Flori ihre akrobatische Gewandtheit.

Am Ende des langen Abends sang die »Zofe« Zaira ein zu Herzen gehendes italienisches Liebeslied und sank anschließend in die Arme des »Kutschers« Vitale, der »*Amantes amentes* – Liebende sind Verrückte!« rief und sie vor aller Augen küsste.

Trotz aller Leidenschaft hätte Arthur sich bei Hof niemals so weit vergessen können. Allerdings kostete es ihn in der letzten Stunde des Fests viel Selbstbeherrschung, Alessa nicht vorzeitig aus dem Saal zu entführen. Längst hatten sich lange Locken aus ihrer Fontange gelöst, die ihn dazu verlockten, sie ihr aus dem Gesicht zu streichen. Er sehnte sich wie besessen danach, sie aus ihrer vornehmen Robe zu befreien und ihre nackte Haut zu spüren. Was auch immer am nächsten Tag geschehen würde – den Rest dieser Nacht würden sie gemeinsam in seinem Bett verbringen. Nichts würde ihn davon abhalten können.

Zumindest dachte er das, bis sich während des Ausklangs der Feier sein Fürst ganz formlos neben ihn setzte. Alessa stand mit Flori und Pippa zusammen, um sich von ihnen zu verabschieden, und er hatte sich gesetzt, um auf sie zu warten. Herzog Georg Wilhelm wirkte weniger betrunken, als er es hätte sein müssen, wenn er dem Bier weiter so zugesprochen hätte wie zu Beginn des Abends. Doch ein wenig wies seine Aussprache darauf hin, dass er nicht nüchtern war.

»Was hätte wohl dein Vater dazu gesagt, wenn er dich heute Abend gesehen hätte? Ein ungeheuer ehrenhafter Mann war er. Ich sehe ihn vor mir, wie er die Lippen vor Verachtung zusammenkneift. Es ist nicht zu übersehen, was dich mit dieser kleinen Diebin verbindet. Daher frage ich mich, ob mein Vertrauen in dich noch gerechtfertigt ist. Du würdest ihr womöglich eher gehorchen als mir. Ich muss also annehmen, dass du ihr zur Flucht verhelfen würdest. Du wirst verstehen, dass ich das nicht zulassen kann. Ihr beide steht von nun an unter Arrest.«

Arthur wusste nicht, ob ihn die Anspielung auf seinen Vater wütender machte oder die Heimtücke, mit der Herzog Georg Wilhelm sich zu diesem merkwürdigen Zeitpunkt gegen ihn wandte. »Habt Ihr unseren ganzen Auftritt heute inszeniert, um herauszufinden, wie ich zu Fräulein Ferretti stehe? Ihr hättet einfach fragen können. Abgesehen davon habe ich Euch zugesagt, morgen mit ihr bei Euch zu erscheinen. Ich glaube nicht, dass ich Euch je Grund gegeben habe, an meinem Wort zu zweifeln.«

Der Herzog zuckte mit den Schultern. »Die Liebe zu einem Weib verändert so einiges. Du weißt doch, wie man sagt: *Bei Lieb' und Pferdekauf hört Treu und Freundschaft auf.* Bei der Liebe ist man nicht recht bei Sinnen. *Amantes amentes.* Sonst hättest du wohl kaum diese Wahl getroffen. Kann ich mir so einen Hauptmann für meine Leibgarde erlauben? Wohl nicht.«

Die Ungerechtigkeit seines Dienstherrn traf Arthur so tief,

dass sein kühler Kopf zurückkehrte. Gelassen stand er auf und verbeugte sich vor Herzog Georg Wilhelm. »Das ist Eure Entscheidung, Euer Durchlaucht. Nichts, was ich jetzt sagen könnte, würde Euch überzeugen. Mit Eurer Erlaubnis werde ich mich nun mit Fräulein Ferretti in den Arrest begeben.«

Die Hände auf beide Knie gestützt, sah der Herzog ihn scharf an. »Zusammen? Davon war keine Rede. Den Rest der Nacht wirst du in deinem Gemach über dein Tun nachdenken, während die Harlekina an einem weniger behaglichen Ort das ihre bereuen wird. Ich gebe dir noch einen Hinweis dazu. Bedenke, was man auch noch zu sagen pflegt: Die Liebe ist wie Tau. Sie legt sich auf Rosen und Kuhfladen. Wenn du bis morgen zur Vernunft gekommen bist, werde ich deine Entlassung überdenken.«

Nur mit Mühe konnte Arthur an seiner Gelassenheit festhalten und die derbe Beschimpfung verschlucken, die er seinem Fürsten gern an den Kopf geworfen hätte. Er half sich damit, ihm in die Augen zu blicken und sich vorzustellen, dass er tatsächlich einen Wirt vor sich hätte.

»Bei allem Respekt, aber dem muss ich mich widersetzen. Wenn Ihr es für richtig haltet, sie und mich zu arretieren, dann füge ich mich in der Annahme, dass Ihr uns morgen Gelegenheit zu einer wohlüberlegten Aussprache mit Euch geben werdet. Nicht zulassen werde ich, dass Ihr Fräulein Ferretti von mir trennt. Ich betrachte mich als für ihren Schutz verantwortlich und werde dieser Pflicht auch gegen Euren Wunsch nachkommen. Ihr habt also die Wahl, uns gemeinsam in den Keller zu sperren oder in bequemere Gemächer. Bei jeder anderen Entscheidung müsste ich zu meinem Bedauern für einen Eklat sorgen.«

Der Herzog kniff die Augen zusammen und leckte sich angewidert über die Zähne. »Was für eine kühle Miene du sogar dann noch aufsetzt, wenn du mir solche Dreistigkeiten ins Gesicht sagst. Glaubst du wirklich, ich ließe mich von dir erpressen?«

Seine kühle Miene verdankte Arthur langjähriger Übung, die ihm in diesem Fall besonders half. »Ich habe nicht versucht, Euch zu erpressen, sondern lediglich darauf hingewiesen, was geschehen wird. Ihr habt mir soeben Euer Vertrauen entzogen. Daher bleibt mir unabhängig von Euren weiteren Entscheidungen nur übrig, meinen Dienst zu quittieren. Ich könnte das auf der Stelle tun, was dazu führen würde, dass Ihr kein Recht hättet, mich überhaupt festzusetzen, da ich nichts verbrochen habe. Stattdessen biete ich Euch an, die Sache morgen in Ruhe zu besprechen.«

Aus dem Augenwinkel nahm er wahr, dass die Sartoris mit ihrer Verabschiedung fertig waren und geschlossen den Saal verließen. Er blickte sich nach Alessa um, die sich zuerst näherte, dann jedoch innehielt, als sie den Herzog bei ihm bemerkte. Sie zu sehen ließ ihn fühlen, wie wahr seine Worte waren. Er würde sie beschützen, welchen Preis er dafür auch zahlen musste.

Der Herzog erhob sich nun ebenfalls, und Arthur verbeugte sich aus alter Gewohnheit. »Ist dir bewusst, dass du von mir keine Schonung erwarten dürftest, wenn ich dich je als Gefahr betrachten würde?«, fragte Georg Wilhelm.

Arthur sah ihm in die Augen. »Ist Euch bewusst, dass ich es stets als meine oberste und ehrenvolle Aufgabe betrachtet habe, jede Gefahr von Euch und den Euren fernzuhalten?«

Nun war es die Miene des Herzogs, die keine Gefühlsregung zeigte. »Nimm sie mit in deine Gemächer. Aber hoffe nicht darauf, dass ich deine Männer die Türen bewachen lasse. Es gibt hier andere, denen ich trauen kann.«

Schon wieder juckte es Arthur in den Fäusten. Aufs Geratewohl auch noch seinen Männern die Bereitschaft zum Verrat zu unterstellen beleidigte sie tief. »Es gibt keinen Grund, meinen Männern zu misstrauen. Sie sind Euch treu, und ich käme nicht auf den Gedanken, sie zu einem Treuebruch gegen Euch zu überreden. Darf ich mich nun zurückziehen?«

Der Herzog nickte und wedelte ihn mit der Hand davon wie ein lästiges Insekt. Woraufhin Arthur ausnahmsweise auf eine weitere Verbeugung verzichtete.

Schweigend war Alessa an Arthurs Seite zu seinen Gemächern gegangen. Sie hatte rasch ihre Schlüsse über den Inhalt seines Gesprächs mit dem Herzog gezogen, als sich vor der Tür des Saals zwei Soldaten an ihre Fersen hefteten, die nicht zur Leibgarde gehörten. Doch erst als Kurt die Tür hinter ihnen geschlossen hatte, sprach sie es aus.

»Der Herzog hat dir sein Vertrauen entzogen. Das werde ich mir nie verzeihen, Arthur. Es wäre doch besser gewesen, wenn ich geflohen wäre.«

»Wenn der Herzog morgen gegen uns urteilt, werden wir zusammen fliehen. Ich bin darauf vorbereitet. Sorg dich nicht darum, ob ich es bereuen werde. Gerade heute Abend fiel mir wieder auf, wie wenig reizvoll ich es fände, bis an mein Lebensende Schafe, Affen und Rindviecher zu hüten, die das Schloss belagern.«

Sie musste lachen und stellte fest, dass sie seinen zurückhaltenden Humor besonders liebte. Er konnte auch die schwierigste Lage mit feinem Spott betrachten und dabei äußerlich völlig ruhig wirken.

»Ich glaube, dass du das nur sagst, um mich zu trösten. Leider bin ich nicht überzeugt davon, dass uns die Flucht gelingen wird. Und wenn wir es nicht schaffen, dann …«

Er nahm sie in den Arm und legte ihr eine Hand auf den Mund. »Schscht. Natürlich wird uns die Flucht gelingen. Wie sollte uns jemand gewachsen sein: Dem besten Hauptmann, den die Hofgarde je hatte, und einer Meisterdiebin? Lass uns zu Bett gehen, meine süße falsche Herzogin. Wer weiß, wann wir wieder auf so weichen Kissen liegen werden?«

Darin konnte Alessa ihm nur zustimmen. Doch als sie sich später liebten, ertappte sie sich doch dabei, dass sie ihn ansah und berührte, als könnte es das letzte Mal sein. Eine wilde, verzweifelte Zärtlichkeit erwuchs daraus, die sie beide erst zur Ruhe kommen ließ, als der Morgen bereits graute.

30

Den Besuch des Gottesdienstes, den Arthur sonst sonntags nicht ausließ, ersparten sie sich an diesem Sonntagvormittag. Stattdessen baten sie Kurt, ihnen ein ausgezeichnetes Frühstück zu bringen. Anschließend ließ Alessa sich von Arthur dabei helfen, das schlichtere ihrer neuen Kleider anzulegen, was sie beide auf heitere Weise von dem ablenkte, was vor ihnen lag.

Doch schließlich gab es keinen Aufschub mehr. In Begleitung der beiden Soldaten marschierten sie ins Vorzimmer des Herzogs, wo sie nur kurze Zeit warten mussten. Zu ihrer Überraschung führte Herzog Georg Wilhelms Kammerdiener sie dann in das Kabinett, wo der Herzog zusammen mit Stechinelli auf sie wartete.

»Da haben wir also das ungleiche Paar«, begrüßte der Herzog sie, während Stechinelli sich schweigend und beobachtend im Hintergrund hielt.

Arthur verbeugte sich. »Euer Durchlaucht. Ich hoffe, Ihr hattet eine angenehme Nachtruhe.«

»Zu kurz. Leider zu kurz. Denn ich musste ja darüber nachdenken, was mit euch beiden geschehen soll. Die nächtliche Beratung mit meinem guten Freund Stechinelli hier brachte mich schließlich zur richtigen Einsicht. Er kennt sich bestens aus mit Verbrechern und ihrer mangelnden Bekehrbarkeit.«

»Das glaube ich aufs Wort«, rutschte es Alessa heraus. »Er hat seine Erkenntnisse vermutlich aus erster Hand. Verzeiht, wenn ich ungebeten das Wort ergreife, Euer Durchlaucht, aber ich habe es lange genug unterdrückt. Ich habe Eure Gemahlin bereits um

Verzeihung für den von mir angerichteten Schaden gebeten, der zweifellos eher seelischer Natur ist. Und auf diesen Schaden müsstet Ihr Euch mit Eurer Anklage beschränken, denn darüber hinaus habe ich in Eurem Fürstentum nichts Unrechtes getan. Ihr mögt mir zürnen und mich des Landes verweisen. Eure Ungnade auf Hauptmann Kühne auszuweiten ist jedoch unsinnig. Er hat stets nur zu Eurem Vorteil gehandelt, und Ihr werdet niemals jemanden finden, der seine Aufgabe besser erfüllt als er.«

Der Herzog lehnte sich in seinem Polsterstuhl zurück und verschränkte die Hände auf dem Bauch. »Bevor du hier in Celle erschienen bist, habe ich lange Zeit kaum mehr an deine Tante Zenobia gedacht. Obgleich es ihr an einigen guten Eigenschaften mangelte, gestehe ich ihr zu, dass sie eine der scharfsinnigsten Frauen war, denen ich im Leben begegnet bin. Seit ich dich wiedererkannt habe, frage ich mich, ob du ihr ähnelst oder nicht. Rein äußerlich … nun ja, nur wenig. Sie konnte ihre braunhäutige Mutter auch mit viel weißem Puder nicht verleugnen. Was die Widerspenstigkeit und das Ungezügelte betrifft, besteht die Ähnlichkeit zweifelsfrei. Der Scharfsinn allerdings … Da zweifle ich noch. Was du hier getan hast, zeugt von Gerissenheit, aber auch von der Unbedarftheit eines Kindes. Habt ihr beide, du und dein Hauptmann Kühne, wirklich geglaubt, ich hätte nicht schon beim ersten Blick auf das Ding hier gewusst, dass du dich an meinem Hof in allerhand Unfug verwickeln wirst? Warum hast du dich nicht gleich an mich gewandt?« Er hielt mit einer Hand die Kette in die Höhe, an der das Medaillon baumelte. Mit finster zusammengezogenen Brauen starrte er Alessa an.

Sie spürte, wie der Zorn ihren Puls beschleunigte, und sprach rasch, bevor Arthur ihr zuvorkommen konnte. »Was hätte ich sagen sollen? ›Mein Reisegefährte bestahl mich, verkaufte das Diebesgut an Euren guten Freund Stechinelli, der es mir nicht zurückgeben wollte, sondern es lieber an Euren Bruder weiterverkaufte, der es unter den Augen seiner schwangeren Gemahlin seiner Geliebten schenkte?‹ Ihr hättet gesagt, dass ich nicht so ein Gezeter um den Plunder machen soll. Aber es ist mein Eigentum, und ich möchte es noch immer zurückhaben.«

»Ich verstehe, dass du versuchen musstest, es vor Mezzanotte in Sicherheit zu bringen. Ein sturer Kerl. Hat bisher nicht viel verraten. Er behauptet, in eigener Sache gehandelt zu haben. Glaubst du, das ist wahr?«

In diesem Augenblick begann Alessa zu ahnen, worauf das bedrohliche Gehabe des Herzogs hinauslaufen sollte. »Fürchtet Ihr die Männer, die ihn geschickt haben könnten? Ich glaube nicht, dass sie Euch so weit fort von Venedig etwas anhaben können oder wollen, solange ihnen nicht jemand einflüstert, dass Ihr eine Gefahr für sie seid. Wie sollten sie herausfinden, was genau hier vorgefallen ist?«

»Und wenn ihnen der Verdacht ausreichte? Nein, Signorina Rizzi, das ist ein Wagnis, das ich nicht eingehen werde. Eine zufällige Bemerkung eines Reisenden am falschen Ort, und als Nächstes hätte ich noch mehr venezianische Messerstecher, die um meinen Hof herumschleichen. Es gibt nur einen Weg, das zu verhindern – und du und mein vor Liebe verwirrter Hauptmann, ihr werdet mir helfen, ihn zu beschreiten.«

Arthur umfasste sanft ihren Arm, um dieses Mal ihren Worten zuvorzukommen. »Wenn Ihr vorhabt, was ich vermute, vergrößert Ihr möglicherweise die Gefahr. Wenn wir versuchen, die geheimnisvollen Unterlagen aus Venedig zu holen, und es uns missglückt, wird man dort vielleicht erst darauf aufmerksam, dass Ihr mehr wisst als erwünscht.«

Der Herzog schüttelte überheblich lächelnd den Kopf. »Wenn es jemandem nicht misslingt, dann so einem reizenden jungen Paar auf Hochzeitsreise, das aufeinander gut achtgibt und mit allen Wassern gewaschen ist: Graf und Gräfin von Barenau. Gib dir keine Mühe, mich umzustimmen, braver Arthur. Stechinelli und ich haben längst die großen Vorteile erkannt, die in einer so … verbindlichen Bekanntschaft mit einem der mächtigen Nobiles der Serenissima liegen.«

Alessa legte ihre Hand auf Arthurs. »Es geht Euch also nicht um Sicherheit, sondern um Macht. Habt Ihr bedacht, dass Ihr auch Eure Gemahlin und Euer Kind dadurch einer unberechenbaren Gefahr aussetzt?«

»Unsinn. Wenn dieses Geheimnis so viel wert ist, wie uns dieses ganze Aufhebens glauben macht, werden wir auch die Gefahr damit beherrschen können.«

»Und wenn wir scheitern?«, fragte Arthur.

Stechinelli trat neben den Stuhl des Herzogs. »Seine Durchlaucht kann in jedem Falle nur gewinnen. Werdet ihr gefangen, wird man euch zweifellos dazu bringen, den Schlüssel zum Geheimnis auszuhändigen, und euch anschließend umbringen. Die Venezianer haben dann nichts mehr zu befürchten, seine Durchlaucht ebenfalls nicht.«

»Warum glaubt Ihr, dass wir zu Euch zurückkehren werden? Nach allem, was Ihr sagt, erscheint es mir jetzt noch vernünftiger, das Medaillon endlich in einem tiefen See zu versenken und an einen verborgenen Ort zu fliehen, wo uns niemals jemand finden wird«, sagte Alessa.

Der Herzog grinste breit, aber ohne Herzlichkeit. »Zurückkehren werdet ihr natürlich wegen der Belohnung, die ich euch verspreche. So regiert ein Fürst für gewöhnlich. Nicht nur aus Angst vor Strafe sind Menschen gehorsam. Kehrt ihr zurück und bringt mir das Verlangte, steht ihr beide wieder in meiner Gunst, dürft euren falschen Adelstitel in Zukunft in Ehren tragen und bezieht ein schönes Haus in meiner Stadt. Stechinelli wird eines für euch besorgen, in dem auch die Kinderchen Platz finden, die ihr gewiss bald in die Welt setzen werdet. So bliebe es auch Arthurs

Mutter erspart, erleben zu müssen, wie ihr wohlerzogener Sohn in Ungnade fällt. Nicht wahr, Arthur, ein wenig Sorgen wird dir das gemacht haben, oder nicht? Außerdem würde es dir gewiss gefallen, deinem Bestand an Pferden das versprochene hervorragende Stutfohlen hinzufügen zu können. Heiraten werdet ihr allerdings ohne großes Aufsehen noch vor eurer baldigen Abreise. Etwas anderes kann ich Eleonore nicht zumuten. Sie ist in dieser Hinsicht eigen.«

Die Erwähnung von Arthurs Mutter hatte Alessa überrascht, doch er zuckte nur mit einer Schulter, als sie ihn ansah. Möglicherweise überschätzte der Herzog die Wichtigkeit, die er seiner Mutter beimaß. Recht hatte er jedoch damit, dass die Aussicht auf den Fortbestand von Arthurs gutem Ruf und die großzügige Belohnung sie wahrscheinlich zu ihm zurückführen würde. Was die Hochzeit anging, wäre sie eigentlich damit einverstanden gewesen. Sie fand es jedoch unerhört, dass der Herzog sie Arthur aufzwang, als könne er nach Belieben über dessen Leben verfügen.

»Wir werden gewiss nicht heiraten, nur um Eurer Gemahlin eine Freude zu machen. Ohnehin ist das wohl wieder nur eine Eurer Mutmaßungen über ihre Empfindlichkeiten. So wie die, wegen der ihr Euren Sohn vor ihr verheimlicht habt. Eine Angelegenheit, die übrigens zwischen uns noch zu klären bleibt. Ich werde überhaupt nichts für Euch tun, wenn Ihr mir nicht gelobt, Euch in Zukunft besser um Lucas zu kümmern. Ihr müsst ihn finden und über die Dinge mit ihm sprechen, mit denen Ihr ihn gegen Euch aufgebracht habt. Dass Ihr ihm damals den Tod seiner Mutter vorgegaukelt habt, hättet Ihr ihm längst erklären müssen. Dann hätte er frei entscheiden können, ob er sie noch einmal sehen will. Noch lässt sich der Bruch zwischen ihm und Euch vielleicht heilen. Wenn Ihr Euch nicht darum bemüht, werdet Ihr ihn hingegen eines Tages zum Feind haben. Und bevor Ihr nun wieder anfangt zu schelten, wie vorlaut ich doch wäre, lasst Euch sagen, dass Ihr Euch den Atem sparen könnt. Ihr wollt Euch über Erpressung, die gewiss auf einem schlimmen Verbrechen beruht, Macht in Venedig erschleichen, die Euren Geschäften zugutekommt. Dafür braucht Ihr mich, denn ich bin die Einzige, die weiß, was mit dem Medaillon überhaupt anzufangen ist. Natürlich könntet Ihr mich der Tortur unterziehen und mein Wissen aus mir herauspressen. Aber wozu, wenn Ihr doch niemanden hättet, der über die Sache besser Bescheid weiß, sich in der Serenissima besser auskennt und bereit wäre, das Wagnis einzugehen? Ich bin also die Richtige für die Aufgabe und nehme sie an. Wenn Ihr die Bedingung erfüllt, die ich Euch eben nannte.«

Der Herzog sah sie mit großen Augen und leicht geöffneten Lippen an, als hätte sie gerade wieder eins ihrer schwierigsten akrobatischen Kunststücke vorgeführt.

Arthur räusperte sich. »Wenn wir schon dabei sind: Ich hätte ebenfalls die eine oder andere Bedingung. Zum einen darf unsere Hochzeit zwar meinetwegen im kleinen Rahmen stattfinden, aber nicht im Verborgenen. Ich will, dass die Ehe rechtmäßig und vor Zeugen geschlossen wird. Meine Empfindlichkeit ist in dieser Hinsicht nicht weniger ausgeprägt als die Eurer Gemahlin. Unter weniger merkwürdigen Umständen hätte ich Fräulein Ferretti bereits gebeten, meine Frau zu werden. Außerdem erwarte ich, dass meine zukünftige Gemahlin, so sie denn in die Ehe einwilligt, ihren Schmuck zurückerhält, der für sie über den Wert hinaus auch eine sentimentale Bedeutung hat. Selbstverständlich erstatte ich Euch den Kaufpreis.«

»Erstaunlich«, platzte der Herzog heraus. »Was habe ich dir gesagt, Stechinelli? Sie sind alle beide bei aller jugendlichen Wirrnis kaltblütig genug, mir ebenso die Stirn zu bieten wie mörderischen venezianischen Nobiles. Ärgerlich, doch in diesem Fall auch nützlich. Ist es also abgemacht?«

Arthur strich sich mit zwei Fingern über die Stirn – eine unauffällige unbewusste Geste, die Alessa inzwischen als Zeichen von Anspannung deuten konnte. »Ich nehme an, dass wir die Einzelheiten unserer Vereinbarung nicht schriftlich festhalten werden?«, fragte er.

Stechinelli stieß spöttisch die Luft aus. »Auch das ist so, wie Ihr gesagt habt, Euer Durchlaucht. Am liebsten ließe er die Sache von einem Advokaten niederschreiben. Darf ich ihm die Papiere zeigen?«

Herzog Georg Wilhelm nickte huldvoll, und Stechinelli präsentierte Arthur eine offene Ledermappe mit einem Schriftstück. Eine Weile herrschte Schweigen, während Arthur las. Schließlich nickte er. »Einverstanden.«

»Und wie sieht es mit deiner zukünftigen Gemahlin aus, so sie denn in die Ehe einwilligen wird?«, fragte der Herzog in spöttischem Tonfall.

Arthur hielt ihr die Mappe vor, doch zu ihrem heimlichen Ärger konnte sie das Deutsche viel schlechter lesen als hörend verstehen. Daher warf sie Arthur nur einen fragenden Blick zu, den er mit einem beruhigenden Nicken beantwortete. »Einverstanden«, sagte sie.

Der Herzog applaudierte. »Bravo! Damit darf man dann wohl auch zum Verlöbnis gratulieren, nehme ich an. Eine gute Entscheidung! Und nun zum ernsten Teil der Angelegenheit. Hat einer von euch beiden eine Vermutung, worum es in den versteckten Dokumenten gehen könnte? Was ist vor ungefähr zwanzig Jahren in Venedig geschehen? Warum hat es noch heute solche Bedeutung, dass der Betroffene die Enthüllung fürchten muss?«

Stechinellis selbstgefällige Miene ließ Alessa schlussfolgern, dass er längst Nachforschungen angestellt hatte und der Herzog deshalb gar keine Antwort von ihnen erwartete. So zuckte sie nur mit den Schultern, und auch Arthur sagte nichts.

»Vor zwanzig Jahren kam in Venedig ein angesehener Adliger

zu Tode, von dem alle annahmen, dass er der Nachfolger des alten Dogen Francesco Erizzo geworden wäre. Kurz darauf starb der Doge, und ein Nobile rückte an seine Stelle, der damals zwiespältig betrachtet wurde: Francesco Molin. Unter ihm wurde es möglich, sich seinen Adelstitel zu kaufen. Ich gehe jede Wette ein, dass die Dokumente den oder die Mörder des besseren Nachfolgers entlarven, der jemandem im Wege stand«, erklärte Herzog Georg Wilhelm.

»Weiß man denn sicher, dass es ein Mord war?«, fragte Arthur.

»Das liegt doch auf der Hand«, sagte der Herzog lächelnd und verriet damit viel mehr über sich und die Art, wie er ein Hindernis beseitigen würde, als über die fraglichen Nobiles der Serenissima.

31

Die gondel schaukelte sanft, als sie vom Canal Grande in den Rio neben dem Ca'Massio einbog, dem Haus von Pietro Ferrettis altem Freund Bartoldo. Alessa atmete tief den wilden, schwülen Sommergeruch der Serenissima ein. Arthur zu beobachten, der ihr gegenübersaß, die Wunder Venedigs bestaunte und gelegentlich einen Blick auf seine neue Taschenuhr warf, machte ihr ebenso viel Freude wie der Anblick ihrer alten Heimat.

Unter ihrem Rock trug sie eine Tasche, in der die Dokumente lagen, die ihnen der greise Signor Ulrico Benedetti gegen die Vorlage des Medaillons ausgehändigt hatte. Ein Futteral mit kleinen Goldbarren hatte Arthur in eine Tasche auf der Innenseite seines Justaucorps' gesteckt, der sich durch das Gewicht ein wenig, jedoch nicht zu auffällig verzog. In Alessas Mieder verborgen lag ein Beutel mit Diamanten.

Sie hatten die verfänglichen Schriftstücke nicht sofort erhalten. In der kleinen Schatulle, die Benedetti Alessa zuerst überreicht hatte, befand sich neben dem Gold und den Diamanten nur eine dünne Lederhülle mit den zwei winzigen runden Portraits einer Frau und eines Mannes. Passgenau ließen sie sich in die beiden Hälften des geöffneten Medaillons einfügen. Nachdem Alessa das vollbracht hatte, musste sie ihren Tränen freien Lauf lassen. Es war das erste Mal, dass sie Bildnisse ihrer Eltern sah, und das in einem Moment, in dem sie begriff, dass die beiden ihr ein Erbe hinterlassen hatten, von dem sie ein sorgenfreies Leben hätte führen können, ohne Gebrauch von etwaigen gefährlichen Geheimnissen zu machen.

Doch als Benedetti sie beim Anblick der Portraits weinen sah, holte er auch die Tasche mit den Dokumenten aus einem Versteck unter den Dielen seines Schlafgemachs. »Es ist wohl richtig, wenn du auch das hier bekommst und darüber entscheidest. Du musst wissen, dass dein Vater mir auftrug, das Zeug zu verbrennen, wenn jemand käme, der mit den Bildern nichts anzufangen weiß. Derjenige hätte nur ein paar Papiere mit erfundenem Inhalt von mir bekommen, die heute keine Bedeutung mehr haben.«

»Wisst Ihr, worum es dabei geht?«, hatte sie gefragt.

Er hatte bedächtig genickt. »Dein Vater riet mir, meine Seele nicht damit zu belasten. Lange Zeit bin ich seinem Rat gefolgt. Doch als dein Großvater tot aus dem Canal gefischt wurde und du verschwunden warst, da habe ich beschlossen, mir alles anzusehen. Es sind schriftliche Zeugnisse über einen beauftragten Mord, der dazu führte, dass ein Mann in Venedig Doge wurde, der den Kauf von Adelstiteln möglich machte. Ihr wisst vielleicht, dass Venedig früher nur von den Mitgliedern bestimmter alter Adelsfamilien regiert werden konnte? Das änderte sich mit dem neuen Dogen. Viele Männer wären in den vergangenen zwanzig Jahren nicht an die Macht gekommen, wenn sich ihre Familien damals nicht in den Rat eingekauft hätten. Es könnte gut sein, dass die Venezianer sich auch heute noch gegenseitig zerfleischen würden, wenn jemand die Namen der Verschwörer und Mörder öffentlich machte.«

»Das kann niemand wollen«, sagte Alessa.

»Es ist nun allein deine Sache, das zu beurteilen«, erwiderte Benedetti.

Zu Alessas Bedauern irrte er sich. Wenn sie tatsächlich allein hätte entscheiden dürfen, hätte Alessa die Tasche mit den Dokumenten ins Feuer geworfen. Kurz war sie in Versuchung gewesen, es allen Vereinbarungen mit dem Herzog zum Trotz auf der Stelle zu tun, doch Arthur hatte ihre Gefühlsregung vorausgesehen und sie von dem Schritt abgehalten.

Auf verschlungenen Umwegen hatten sie sich nach dem Abschied von Signor Benedetti zurück zum Ca' Massio begeben, wo der Gondoliere sie nun am Anleger absetzte. Bartoldo hatte sie freudig als Gäste aufgenommen und Alessa eine Abrechnung der Verkaufserlöse ihrer Erbschaft vorgelegt. Für das Haus ihres Großvaters hatte er einen Käufer gefunden, das ihrer Tante jedoch hatte er vermietet. Von den Besitztümern, die sich im Haus ihres Großvaters befunden hatten, hatte er nach Gutdünken zwei Truhen voll für sie aufbewahrt, wofür sie ihm besonders dankbar war. Alles zusammengenommen war sie nun tatsächlich eine wohlhabende Frau, was Arthur mit ironisch hochgezogenen Brauen zur Kenntnis nahm. »Besser, ich frage nicht, woher dein Wohlstand ursprünglich stammt«, hatte er gesagt, und sie hatte ihm einfach nur zugestimmt.

In langen und nicht immer friedlichen Gesprächen hatten sie sich darauf geeinigt, dass sie in Zukunft auf jeden unredlichen Erwerb verzichten und ihre Künste nur in Notfällen einsetzen würde. Dafür erwartete Arthur nicht von ihr, dass sie ihr bisheriges Leben tief bereute und Buße schwor.

Als sie sich nach der erfolgreichen Auslösung ihrer Erbschaft in ihrem Gemach in Bartoldos Haus zum Abendessen umkleideten, brachte Alessa das Gespräch wieder auf die verteufelten Unterlagen.

»Glaubst du nicht, dass es für alle Bewohner Venedigs und ihre Freunde besser wäre, die Papiere zu vernichten und die Sache auf ewig zu begraben?«

Arthur half ihr, ein paar Häkchen hinten an ihrem Kleid zu schließen, und hauchte einen Kuss auf ihren Nacken, bevor er wieder vor sie hin trat. »Da bin ich ganz deiner Ansicht. Doch es wird leichter sein, Herzog Georg Wilhelm davon zu überzeugen, von seinem Plan Abstand zu nehmen, wenn wir ihm die Unterlagen zeigen können.«

»Und wenn er sich nicht überzeugen lässt?«

Er lächelte auf die besondere Art, von der ihr vor Glück beinah schwindlig wurde und die er nur ihr allein vorbehielt. »Ganz einfach, mein Herz. Dann stiehlst du das unheilvolle Zeug von ihm zurück und wirfst es ins Feuer. Abgemacht?«

Sie sah ihm in die Augen und nickte. »Abgemacht.«

32

Mezzanotte wurde von tiefer Reue geplagt. Sie machte, dass ihm das Essen nicht mehr schmeckte, obwohl man ihm längst bessere Verpflegung als den anfänglichen Kerkerfraß servierte. Die Reue raubte ihm den Schlaf. Sie ließ seine Haut jucken und gab ihm in der Dunkelheit mitunter das Gefühl, als müsste er ersticken.

Er bereute mit ganzer Seele, dass er Venedig verlassen hatte. Ihm hätten noch Jahre bevorgestanden, in denen er seine Kunst zum guten Preis hätte verkaufen können. Dem wäre ein bescheidener, aber sorgloser Ruhestand gefolgt. Nur weil er ein einziges Mal der blinden Habgier nachgegeben hatte, war das alles dahin.

Längst verstand er nicht mehr, was ihn dazu getrieben hatte, der verfluchten Drecksdiebin Ferretti nachzureisen. Als hätte er nicht ebenso gut darauf warten können, dass sie wieder in der Serenissima auftauchte, um zu holen, was sie für ihr Eigentum hielt. In *seiner* Serenissima.

Sein Herz schmerzte, wenn er in seinem kühlen Gefängnis vom warmen, prächtigen Venedig träumte. Er lag dann auf seinem nicht allzu unbequemen Strohlager und blickte zu der Fensterscharte empor, die zu schmal für auch den schlanksten Menschen war und zu hoch lag, als dass man ohne Weiteres hätte hinausschauen können. Die herzoglichen Schergen hatten ihn nicht mehr lange im Schlosskeller liegenlassen, nachdem sie das Foltern aufgegeben hatten. Gefesselt und mit einem Sack über dem Kopf hatten sie ihn des Nachts aus der Stadt gebracht. Wo er nun genau war, wusste er nicht. Aus dem, was er wahrgenommen hatte, musste es sich um eine mickrige Burg weit draußen auf dem Land handeln. Nur einer seiner Wächter sprach seine Sprache.

Der Herzog war zweimal persönlich mit seinem italienischen Gehilfen bei ihm gewesen, um ihn zu befragen. Der adlige deutsche *Canaglione* hatte keinen Hehl daraus gemacht, dass er die Absicht hatte, sich das Geheimnis des blauen Medaillons selbst zunutze zu machen. Sie waren alle gleich, die Mächtigen. Nie hatten sie genug. Stets brauchten sie mehr Macht, mehr Reichtümer. Das war der Grund, warum es ihm nie an Aufträgen gemangelt hatte.

Bei ihrem ersten Gespräch im Keller des Schlosses hatten sie ihn nach allem ausgefragt, was er über das Medaillon wusste. Das hatte er vor allem genutzt, um dem Herzog klarzumachen, was für eine Schlange er mit Alessandra Ferretti an seinem Busen nährte. Dass sie und ihr Großvater viele Jahre lang in Wohlstand gelebt hätten, weil sie reiche Männer wie ihn ausplünderten. Dass kein Schloss sie aufhalten könne und nichts vor ihr sicher sei. Gift und Galle hatte er gespuckt, als er über das Luder sprach.

Doch der Herzog schien nicht beeindruckt zu sein und nickte nur gelangweilt. »So viel also zu Fräulein Ferretti«, hatte er seine Schimpftirade schließlich unterbrochen. »Was aber ist mit deiner eigenen Kunst, Mezzanotte? Bist du so geschickt und zuverlässig, wie dein Ruhm vermuten lässt?«

Mezzanotte war still geworden, als der Herzog ihn bei dem Namen nannte, unter dem er berühmt geworden war. Nun begriff er, worauf es hinauslaufen würde. »Keiner meiner Auftraggeber hatte je Grund, sich zu beschweren.«

»Dann schlage ich vor, dass du bis zu unserem Wiedersehen darüber nachdenkst, was du mir im Tausch gegen dein Leben anzubieten hättest«, hatte der Herzog gesagt.

Das zweite Gespräch hatten sie in seinem gegenwärtigen Gefängnis geführt, und er hatte dem Herzog das Angebot gemacht, was er hören wollte. Seine Dienste im Tausch gegen sein Leben.

Nicht jedoch im Tausch gegen seine Freiheit. Über seine Freilassung wollte sein neuer Dienstherr erst entscheiden, wenn er sich als nützlich und treu erwiesen hätte.

Seitdem wartete er auf die Gelegenheit, sich zu beweisen. Oder darauf, dass die Wachen nachlässig wurden. Er wartete und musste dabei ertragen, dass die Reue ihn zermürbte. Warum hatte er Alessandra Ferretti nicht einfach rasch getötet, als er die Gelegenheit dazu hatte?

Niemals würde er diesen Fehler noch einmal machen.

Nachwort

Auch wenn die Geschichte von Alessa, Arthur und dem gefährlichen Geheimnis des blauen Medaillons nicht auf Tatsachen beruht, entsprechen die schicksalhaften Verstrickungen der historischen Persönlichkeiten an Herzog Georg Wilhelms Hof weitgehend der Wahrheit. Der Herzog setzte in den folgenden Jahren seinen wachsenden Einfluss auf Kaiser Leopold I. ein, um seiner geliebten Eleonore und ihrer Tochter Sophie Dorothea höhere Adelstitel verleihen zu lassen. Im Jahr 1676 heiratete er die nun standesgemäß gewordene Eleonore doch noch ganz offiziell, was der Feindschaft zwischen ihr und ihrer Schwägerin Herzogin Sophie neue Nahrung gab.

Die beiden Herzogpaare versöhnten sich schließlich tatsächlich, indem sie Ernst Augusts und Sophies ältesten Sohn Georg Ludwig mit seiner Cousine Sophie Dorothea, die Georg Wilhelms und Eleonores einziges Kind blieb, verheirateten. Dieser machtpolitisch sinnvolle Schritt vereinte die Besitzungen und Privilegien beider Familienzweige und bildete somit eine solide Basis für die ehrgeizigen herzoglichen Zukunftspläne.

Dass die jungen Verlobten nur wenig füreinander übrighatten, hielt ihre Väter und Herzogin Sophie nicht von der Durchsetzung der Eheschließung ab. Eleonores Bedenken wurden übergangen, was das tragische Schicksal ihrer Tochter besiegelte.

Nach einigen Jahren Ehe, in denen sie zwei Kinder auf die Welt brachte, wurde Sophie Dorothea bei einer Liebesaffäre mit dem Grafen von Königsmarck ertappt, dafür schuldhaft geschieden und bis an ihr Lebensende gefangen gehalten, während ihr Liebhaber vermutlich einem Mordkomplott zum Opfer fiel. Sophie Dorothea durfte ihre Kinder, die von der alten Herzogin Sophie aufgezogen wurden, nie wiedersehen.

Beiden Kindern stand jedoch eine große Zukunft bevor. Ihre Tochter (*1687), die ebenfalls den Namen Sophie Dorothea trug, heiratete Friedrich Wilhelm von Preußen und wurde preußische Königin. Ihr ältester Sohn wurde später Friedrich der Große. Der Sohn, Georg August (*1683), wurde durch einige unvorhergesehene Wendungen in der englischen Thronfolge nach seinem Vater König von Großbritannien und Irland.

Herzog Georg Wilhelms Verhältnis zu seinem illegitimen Sohn Lucas muss sich recht gut entwickelt haben. Lucas von Bucco hatte den historischen Quellen nach im Laufe seines Lebens in Celle verschiedene hofnahe Ämter inne und scheint in Wohlstand gelebt zu haben.

Personen

HAUPTFIGUREN

Alessandra Ferretti auch: Alessa, Signorina Rizzi, Alessandra Sala

Pietro Ferretti Alessas Großvater (»Nonno«) und Ausbilder

Mezzanotte auch: Innocenzo Martini, Vasco Moretti

Arthur Kühne Hauptmann der Leibgarde von Herzog Georg Wilhelm

DIE SARTORIS

Vitale Sartori Vitale ist der Anführer der Sartoris, einer Truppe von Schauspielern der »Commedia dell'arte«. Er spielt die Rollen des *Pantalone* oder des *Dottore*, ist mit Zaira verheiratet und der Vater von Ottavio.

Leandro Rossetti Leandro ist Schauspieler, spielt den *Harlekin* oder den *Capitano* und ist mit Pippa verheiratet.

Pippa Rossetti Pippa ist Tänzerin und Schauspielerin, spielt die Rolle der »Liebenden« und tritt als Ballerina auf. Sie ist Zairas Cousine und mit Leandro verheiratet.

Zaira Sartori Zaira ist für die Finanzen der Sartoris zuständig und spielt als Schauspielerin die Rolle der *Colombina*. Sie ist die Ehefrau von Vitale, Mutter von Ottavio und Pippas Cousine.

Ottavio Sartori Ottavio ist der Sohn von Vitale und Zaira. Als Schauspieler spielt er die Rollen des »Liebenden« und des *Brighella*.

Flori, 11 auch: Floriano Piras

Flori ist ein venezianischer Waisenjunge, den die Sartoris als Laufburschen aufgenommen haben.

WEITERE

Gräfin Frida-Katharina von Dügel eine Kurzzeitgeliebte von Herzog Ernst August

Gräfin Dora-Magdalena von Bentheim Mitglied der Celler Hofgesellschaft und Gemahlin von Graf Ludwig-August von Bentheim.

Baron oder Freiherr Alwin von Kempf Mächtiger Adliger, der gemeinsam mit den Sartoris in Celle eintrifft

Valentiano und Giulietta Sala Alessas Eltern, wurden 1648 ermordet.

Rebarino Bekannter von Alessas Großvater Pietro, Hehler

Signor Bartoldo Adliger Freund von Alessas Großvater Pietro

Hauptmann Otto von Brühl Vorgesetzter von Lucas von Bucco

Kurt Arthurs Kammerdiener

Britt Wirtin vom »Goldenen Eber« in Celle

Lenchen Die Aufseherin der herzoglichen Wäschekammer. Alte Bekannte von Arthur

Emilie von Repp eine von Eleonores Hofdamen

Leutnant Paulsen und Leutnant Hebel zwei von Arthurs Leutnants

Träger und Hildebrandt zwei Celler Leibgardisten

Ulrico Benedetti der geheime Hüter von Alessas Erbschaft

HISTORISCHE PERSONEN

Herzog Georg Wilhelm von Braunschweig-Lüneburg (1624–1705) Georg Wilhelm regiert 1648–1665 in Hannover und 1665–1705 in Celle. Er war der Zweitgeborene der vier Welfen-Brüder.

Eleonore (1639–1722) auch: Frau von Harburg oder Madame d'Harbourg, vor der Heirat Eleonore Desmiers d'Olbreuse

Durch eine »Gewissensehe« ist die französische Hugenottin Eleonore seit 1665 die morganatische Gemahlin von Herzog Georg Wilhelm. Erst 1674 gelingt es dem Herzog, die nicht standesgemäße Eleonore vom Kaiser zur Reichsgräfin erheben zu lassen. 1676 kommt es daraufhin zur offiziellen Eheschließung, nach der sie sich rechtmäßig »Herzogin« nennen darf.

Sophie Dorothea von Braunschweig-Lüneburg (1666–1726) Sophie Dorothea ist ein Kind der morganatischen Ehe zwischen Herzog Georg Wilhelm und Eleonore und somit nicht voll erbberechtigt. Ein Umstand, der ihren Eltern Sorgen macht.

Herzog Ernst August von Braunschweig-Lüneburg (1629–1698) auch: Herzog Ernst August von Hannover, Bischof von Osnabrück Ernst August ist der jüngste Bruder von Herzog Georg Wilhelm. Er wird 1662 zum Bischof von Osnabrück ernannt und regiert 1679–1698 in Hannover/Calenberg. 1692 erringt er den Kurfürstentitel für sein Fürstentum Hannover.

Sophie von der Pfalz (1630–1714) auch: Herzogin Sophie
Sophie ist eine Tochter von Friedrich V. von der Pfalz, des »Winterkönigs« von Böhmen, und Elisabeth Stuart. Über ihre Mutter hat sie einen geringen Anspruch auf die englische Thronfolge, der später tatsächlich zum Tragen kommt und ihren Sohn Georg Ludwig zum König von Großbritannien und Irland macht.
Sie wird 1658 die Gemahlin von Herzog Ernst August, als Herzog Georg Wilhelm sein Verlöbnis mit ihr an seinen Bruder »abtritt«. Georg Wilhelms Frau Eleonore ist Sophie wegen ihrer niederen Geburt ein Dorn im Auge. Vor allem aber befürchtet sie, dass deren Kinder mit Georg Wilhelm ihren eigenen Nachkommen die Rechte streitig machen könnten, die er ihnen im Rahmen ihrer ungewöhnlichen Ehevereinbarungen zugesagt hat.

Lucas von Bucco Lucas ist der illegitime Sohn von Herzog Georg Wilhelm und der Tänzerin Zenobia Buccolini. Seine Lebensdaten sind nicht genau bekannt. Vermutlich wurde er ca. 1650 in Venedig geboren und ca. 1658 von seinem Vater mit nach Deutschland genommen, wo er später verschiedene militärische Posten und Hofämter innehatte.
Fiktiv ist er der Cousin von Alessa.

Stechinelli (1640–1694) auch: Francesco Maria Capellini
Stechinelli wird als Sohn einer verarmten Adelsfamilie in Rimini geboren und lebt in Rom, als er Herzog Georg Wilhelm begegnet

und ihn beeindruckt. Durch seine geschäftliche Begabung steigt er vom Kammerdiener zum Hoflieferanten für exotische Fernhandelswaren und besondere Wünsche des Fürsten auf. Unter anderem auch durch den Handel mit Immobilien bringt er es zu großem Reichtum, was ihm bei Hof zunehmend Einfluss verschafft.
Angeblich soll der Spitzname »Stechinelli« aus dem Italienischen stammen und sich auf seine dürren Beine bezogen haben (*stecchino* heißt Zahnstocher).

Zenobia Buccolini Zenobia war eine venezianische Tänzerin und Schauspielerin mit vermutlich griechischen Wurzeln. Für etliche Jahre war sie die Geliebte von Herzog Georg Wilhelm, der Venedig in seiner Jugend häufig und lange besuchte. Aus ihrer Verbindung ging ihr Sohn Lucas hervor, den der Herzog etwa 1658 mit nach Deutschland nahm, als er sich endgültig von ihr trennte.
Ihre Lebensdaten sind nicht genau bekannt. Fiktiv wurde sie 1626 geboren und stirbt 1667, zu Beginn der Romanhandlung.

Herzog Christian Ludwig (1622–1665) Er war der älteste der vier Welfen-Brüder, regierte 1641–1648 in Hannover und 1648–1665 in Celle.

Herzog Johann Friedrich (1625–1679) Er war der dritte der vier Welfen-Brüder und regiert 1665–1679 in Hannover.

Kanzler Sinold (1625–1677) Kanzler des Fürstentums Lüneburg ab 1665

Francesco Erizzo (1566–1646) Doge von Venedig 1631–1646

Francesco Molin (1575–1655) Doge von Venedig 1646–1655

Glossar

abominable franz. »Abscheulich«
Allemande franz. Name eines Tanzes (wörtlich: Deutsch)
Andiamo ital. »Lass uns gehen«
benissimo ital. »sehr gut, bestens«
Buonasera ital. »Guten Abend«
Burla (Plural: Burle) Typische Elemente der *Commedia dell'arte*, in der Art grober Streiche
calle Bezeichnung für die engeren Straßen in Venedig
Canaglione ital. »Erzschurke«
capo ital. »Oberhaupt, Chef«
Chocolate Alte Schreibweise für Schokolade, die Mitte des 17. Jahrhunderts noch als mit verschiedenen Gewürzen verfeinerte, gezuckerte und mit Wasser angerührte Trinkschokolade genossen wurde
compagnia ital. »Kompanie, Theatertruppe«
conférence franz. »Sitzung, Besprechung«
credito ital. »Kreditwürdigkeit, Ansehen«
C'est vrai franz. »Das ist wahr«
Diebeshaken Dietrich, Diebsschlüssel
Dio mio! ital. »Mein Gott!«
donna anziana ital. »alte Frau«
dormiglione ital. »Schlafmütze, Langschläfer«
Falkonier anderes Wort für Falkner; Betreuer der für die Jagd verwendeten Greifvögel
fondamenta Bootsanleger, Weg zwischen Gebäude und Kanal
gazza ladra ital. »Diebische Elster«
Gökelers plattdeutsch »Gaukler«

Il ne faut pas troubler l'eau qui dort franz. wörtlich: »Man soll das schlafende Wasser nicht stören.« Entspricht unserem Sprichwort »Man soll keine schlafenden Hunde wecken.«

Incendio! ital. »Feuer!«

je suis franz. »ich bin«

jeu d'échecs franz. »Schach«

jeux des cartes franz. »Kartenspiele«

Justaucorps, der Eng anliegende lange Jacke der Herren. Bei den Frauen auch Mieder mit angesetztem Rock

Kalesche Reisewagen

Lazzo (Plural: Lazzi) Typische Elemente der Commedia dell'arte, in der Art gestischer Scherze

mezzanotte ital. »Mitternacht«

Misericordia! ital. »Barmherziger Himmel!«

Mon Dieu franz. »Mein Gott«

Nobile Huomo venezianischer Adliger

nonno ital. »Großvater«

petit franz. »klein«

Pikör Führer der Hundemeute bei der Jagd

Porca puttana ital. »Verdammte Scheiße« (wörtlich: Schweineschlampe)

Porca vacca ital. »Verdammte Scheiße« (wörtlich: Schweinekuh)

Porco dio ital. »Verfluchter Gott«

pronto ital. »sofort«

Quando andiamo? ital. »Wann gehen wir?«

Quelle infamie! franz. »Was für eine Schändlichkeit!«

révoltant franz. »empörend, ungeheuerlich«

Sarabande höfischer Tanz, Teil der barocken »Suite«

Serenissima ital. »die Durchlauchtigste« – Name für Venedig

Sestiere/Sestieri die sechs Stadtteile von Venedig

signori di notte al criminal wörtlich: »Herren der Nacht«, venezianische Sicherheitspolizei

Suite Eine Abfolge von Orchestermusikstücken, denen bestimmte höfische Tänze zugeordnet waren
Tedesco ital. »Deutscher«
tendrement franz. »zärtlich, liebevoll«
Terraferma ital. »Festland«
ufficiale ital. »Offizier«
vigliacco ital. »Gemeiner Kerl, Feigling«
zia ital. »Tante«